IRIS MURDOCH

DIE FLUCHT VOR DEM ZAUBERER

Iris Murdoch

Die Flucht vor dem Zauberer

Roman

Aus dem Englischen
von Juliane Gräbener-Müller

Deuticke

EINS

Es war ungefähr drei Uhr an einem Freitagnachmittag, als Annette beschloss, die Schule zu verlassen. Sie hatten Italienisch. Mit bewegter, überspannter Stimme las die Italienischtutorin aus dem zwölften Gesang des *Inferno* vor. Gerade hatte sie die Stelle mit dem Minotaurus erreicht. Annette mochte das *Inferno* nicht. Sie fand, dass es ein grausames, unerfreuliches Buch war. Besonders die Passage über den Minotaurus mochte sie nicht. Warum musste der Minotaurus in der Hölle leiden? Es war nicht seine Schuld, dass er als Monster geboren war. Es war die Schuld Gottes. Wie ein Stier nach dem Todesstreich, sagte Dante soeben, springe der Minotaurus unter Schmerz und Pein hin und her. *Pàrtiti, bestia!*, rief die affektierte Stimme der Italienischtutorin. Sie war eine Engländerin, die, als sie noch jung war, in Florenz einen Kurs über italienische Kultur besucht hatte. Vergil sprach soeben in verächtlichem Ton mit dem Minotaurus. Annette beschloss zu gehen. Hier lerne ich nichts, dachte sie. Von jetzt an werde ich meine eigene Lehrerin sein. Ich werde die Schule des Lebens besuchen. Sie packte ihre Bücher ordentlich zusammen und stand auf. Sie durchquerte den Raum und nickte der Tutorin, die ihren Vortrag unterbrochen hatte und Annette missbilligend betrachtete, mit ernster Miene zu. Annette verließ den Raum und schloss leise die Tür hinter sich. Als sie plötzlich draußen in dem mit schweren Teppichen ausgelegten Korridor stand, fing sie an zu lachen. Es war alles so lächerlich einfach, dass sie gar nicht verstehen konnte, warum sie nicht schon viel früher darauf gekommen war. Mit einem ausgelassenen Hüpfer überquerte sie den Korridor, brachte dadurch eine stilvolle Vase auf einem Podest ins Wanken und eilte, immer drei Stufen auf einmal nehmend, die Treppe zur Garderobe hinunter.

Das Ringenhall Ladies' College war ein teures Mädchenpensionat in Kensington, das jungen Frauen genau die Künste beibrachte, die sie angeblich brauchten, um sich in einer, im Höchstfall zwei Saisons einen Mann zu angeln. Die weitsichtigen Mamas der gesellschaftlichen Schicht, aus der Ringenhall seine Schülerinnen rekrutierte, waren durchaus nicht mehr so reich wie früher und wollten rasch Ergebnisse sehen. Ringenhall war mit geradezu militärischer Strenge auf die Erzielung dieser Ergebnisse ausgerichtet. Annette war ungefähr sechs Monate lang Schülerin von Ringenhall gewesen. Ihr Vater, ein Diplomat, wollte, dass sie in London »debütierte«, und hatte behauptet, eine kurze Zeit in einer solchen Anstalt würde seiner »kosmopolitischen Göre«, wie er Annette nannte, so weit den Anschein einer jungen englischen Lady verleihen, dass er sie während der nächsten gesellschaftlichen Saison als solche würde ausgeben können, was er als notwendigen Teil, wenn nicht sogar als Krönung ihrer Erziehung ansah. Andrew Cockeyne, der seit seinem vierundzwanzigsten Lebensjahr nicht mehr in England gelebt hatte und eine große Abneigung gegen dieses Land hegte, das er, ohne es je zuzugeben, ebenso langweilig wie erdrückend fand, hatte dessen ungeachtet Wert darauf gelegt, dass sein Sohn dieselbe Public School besuchte wie er. Annettes Erziehung, die weniger wichtig war und in deren Verlauf sie vier Sprachen und nicht viel mehr gelernt hatte, war *un peu partout* mitgenommen worden; ihr Vater hielt es jedoch für unbedingt erforderlich, dass sie ihren Höhepunkt in London und nirgendwo anders fand. Annettes Mutter, eine Schweizerin, hatte diesem Arrangement mit ergeben ausgebreiteten Händen zugestimmt und, sollte sie irgendwelche Zweifel daran gehabt haben, diese für sich behalten.

Annette war fast neunzehn. Was Ringenhall betraf, hatte sie selbst niemals auch nur den geringsten Zweifel verspürt. Sie hatte es vom allerersten Tag an gehasst. Für ihre Mitschülerinnen empfand sie eine Mischung aus Mitleid und Verachtung und für ihre Lehrerinnen, die »Tutorinnen« hießen, Verachtung pur. Für die Direktorin, eine Miss Walpole, empfand sie reinen, leidenschaftslosen Hass. »Leidenschaftslos« deswegen, weil Miss Walpole sich Annette gegenüber nie unfreundlich verhalten oder ihr überhaupt irgendwie Beachtung geschenkt hatte. Bis dahin hatte Annette noch niemanden auf diese Weise gehasst und war stolz auf dieses Gefühl, das sie als Zeichen von Reife wertete. Gegen den Ringenhall-Lehrplan hatte sie beharrlich angekämpft, wild entschlossen, nicht einer einzigen der Vorstellungen, die er vermittelte, auch nur vorübergehend Aufnahme in ihr Bewusstsein zu gewähren. Wann immer möglich, las sie im Unterricht Bücher oder schrieb Briefe. Wenn das nicht möglich war, hing sie irgendeinem aufregenden Tagtraum nach oder fiel in ein selbst erzeugtes Koma des Stumpfsinns. Zu diesem Zweck ließ sie ihren Unterkiefer herabhängen und konzentrierte sich auf irgendeinen Gegenstand in ihrer unmittelbaren Nähe, bis ihre Augen glasig wurden und ihr Kopf völlig gedankenleer war. Nach einer Weile gab sie diese Praxis allerdings wieder auf, nicht weil die Tutorinnen allmählich dachten, sie sei wohl nicht ganz richtig im Kopf – das amüsierte sie nur –, sondern weil sie feststellte, dass sie sich selbst auf diese Weise zum Einschlafen bringen konnte, und das fand sie doch sehr erschreckend.

Annette zog ihren Mantel an und war bereit zu gehen. Doch als sie an der Tür ankam, die auf die Straße hinausführte, blieb sie abrupt stehen. Sie drehte sich um und schaute den Korridor hinunter. Alles kam ihr vor wie immer; die teuren Pflanzen, die verwaschenen Reproduktionen berühmter Gemälde, die viel bewunderte Rundung der weißen Treppe. Annette starrte das alles an. Es kam ihr vor wie immer und doch anders. Es war, als wäre sie durch den Spiegel hindurchgetreten. Ihr wurde bewusst, dass sie frei war. Während Annette fast ehrfürchtig über die Mühelosigkeit nachsann, mit der sie es getan hatte, spürte sie, dass Ringenhall ihr seine wichtigste Lektion beigebracht hatte. Langsam ging sie zurück, spähte durch Türöffnungen und berührte Gegenstände mit den Fingern. Fast erwartete sie, hinter vertrauten Türen neue Räume zu finden. Sie ging in die Bibliothek.

Leise betrat sie den Raum und stellte fest, dass er wie immer leer war. Sie blieb in der Stille stehen, bis er ihr wie die Bibliothek einer geplünderten Stadt vorkam. Diese Bücher gehörten jetzt niemandem mehr. Keiner würde mehr hierher kommen; nach einer Weile würden dann die Mauern zerfallen und der Regen würde hereinfegen. Annette fiel ein, dass sie ja ein oder zwei Bücher als Souvenirs mitnehmen könnte. Die Bände waren weder nach einem bestimmten System eingeräumt noch gestempelt oder katalogisiert. Sie nahm verschiedene Regale in Augenschein. Die Bücher standen durcheinander, waren aber wie neu, denn Lesen war in Ringenhall keine sonderlich beliebte Tätigkeit. Schließlich suchte sie sich eine in Leder gebundene Ausgabe der *Collected Poems* von Browning aus und verließ mit dem Buch unter dem Arm den Raum. Mittlerweile fühlte sie sich so glücklich, dass sie am liebsten vor Freude geschrien hätte, wäre da nicht der köstliche Zauber gewesen, unter dem sie zu stehen glaubte und der ihr immer noch Stille auferlegte. Selbstzufrieden schaute sie sich um. Ringenhall war ihr auf Gedeih und Verderb ausgeliefert.

Zwei Dinge gab es, die Annette seit ihrer Ankunft unbedingt hatte machen wollen. Das eine war, ihren Namen in eine hölzerne Büste von Grinling Gibbons, die im Gemeinschaftsraum stand, einzugravieren. Dieses Werk hatte etwas so Ehrwürdiges und Schwülstiges an sich, dass es Annette in den Fingern juckte. Das Holz war weich und einladend. Dennoch verwarf sie diesen Gedanken, aber nicht weil der Name

Grinling Gibbons im Ernstfall doch eine gewisse Magie auf sie ausübte, sondern weil sie ihr Taschenmesser verlegt hatte. Das andere, was sie immer hatte machen wollen, war, an dem Kronleuchter im Speiseraum zu schaukeln. Rasch lenkte sie ihre Schritte auf diesen Raum zu und schlüpfte hinein. Tische und Stühle standen in stiller Missbilligung da. Annette blickte zu dem Kronleuchter auf und ihr Herz schlug wie wild. Das Ding erschien ihr unglaublich hoch und weit weg. Es hing an einer stabilen Kette; das war Annette immer aufgefallen, wenn sie es sich angesehen hatte. Auch eine kräftige Metallstange mitten in seinem Zentrum hatte sie registriert und sich vorgenommen, sich daran mit den Händen festzuhalten. Neben und über dieser Stange hingen winzige Kristalltropfen, jeder von ihnen mit einem noch kleineren glänzenden Lichttropfen verziert, wie eine wunderschöne Welle, die, als sie gerade im Begriff war zu brechen, im hellen Sonnenlicht angehalten worden war. Annette war sich immer sicher gewesen, dass, wenn sie nur an dem Kronleuchter schwingen könnte, die Musik, die in den Kristallen verborgen war, zu einem gewaltigen Glockengeläut anschwellen würde. Jetzt erschien es ihr jedoch sehr schwierig, überhaupt hinaufzukommen.

In ihrer Vorstellung hatte Annette ihr Ziel immer mit einem Hechtsprung vom Lehrertisch aus erreicht; doch jetzt wurde ihr klar, dass das kein sehr brauchbarer Gedanke war. Verbissen fing sie an, einen der Tische in die Mitte des Raumes zu ziehen. Obendrauf stellte sie einen Stuhl. Dann fing sie an hochzuklettern. Schon als sie auf dem Tisch stand, überkam sie das Gefühl, weit vom Boden entfernt zu sein. Annette litt unter Höhenangst. Dennoch stieg sie beherzt auf den Stuhl. Von hier aus konnte sie, wenn sie auf Zehenspitzen stand, die Hände über die Metallstange legen. Atemlos hielt sie inne. Dann schubste sie mit einem kurzen Tritt den Stuhl weg und hing steif mitten in der Luft. Der Kronleuchter fühlte sich stabil an, ihr Griff war fest und man hörte auch nicht das Reißen einer Kette, die sich von der Decke löste. Schließlich, dachte Annette, wiege ich ja nicht viel.

Sie hielt die Füße hübsch geschlossen und die Zehenspitzen gestreckt. Dann begann sie, mit einem Impuls aus der Hüfte ganz behutsam vor und zurück zu schwingen. Der Kronleuchter fing an zu tönen, nicht mit einem ohrenbetäubenden Getöse, sondern mit einem sehr hohen, angenehmen Klingeln; genau genommen dem Geräusch, das man erwarten würde, wenn eine Meereswelle zum Erstarren gebracht und zu Glas verwandelt würde: ein winziges inneres Rieseln, eine Mischung aus Ton und Licht. Annette war völlig verzaubert von diesem Geräusch und dem ruhigen Rhythmus ihrer Bewegungen. Sie fiel in eine Art Trance und stellte sich vor, während sie verträumt hin und her schwang, den restlichen Nachmittag so zu verbringen, bis die Internatsschülerinnen von Ringenhall zum Abendessen hereinströmen, um ihre schwingenden Füße herumgehen und sich zu beiden Seiten davon niederlassen, ihr aber nicht mehr Beachtung schenken würden, als wäre sie ein Möbelstück.

In dem Moment ging die Tür auf und Miss Walpole kam herein. Annette, die gerade eine Schwingung vollendet hatte, ließ abrupt den Kronleuchter los und fiel, am Tisch vorbei, mit einem Krachen Miss Walpole vor die Füße. Miss Walpole musterte sie mit einem leichten Stirnrunzeln. Diese Dame wusste nie genau, wen sie am wenigstens mochte, heranwachsende Mädchen oder kleine Kinder; Letztere machten zwar mehr Lärm, waren im Großen und Ganzen aber oft leichter zu handhaben.

»Stehen Sie auf, Miss Cockeyne«, sagte sie in ihrem gewohnt lustlosen Ton. Sie seufzte immer beim Sprechen, so als sei ihr Gesprächspartner ihr lästig; und da kaum etwas sie je bekümmerte, konnte auch nichts sie sonderlich überraschen. Diese ruhige Indifferenz hatte ihr den Ruf eingebracht, eine gute Direktorin zu sein.

Annette stand auf und rieb sich die schmerzende Stelle; sie

hatte sich bei dem Sturz wehgetan. Dann drehte sie sich um, zog den Tisch gerade und stellte den Stuhl, der auf der Seite lag, wieder hin. Danach raffte sie ihren Mantel, die Tasche und das Browning-Exemplar an sich und drehte sich zu Miss Walpole um.

»Was machen Sie da, Miss Cockeyne?«, fragte Miss Walpole seufzend. »Am Kronleuchter schaukeln«, antwortete Annette. Sie fürchtete sich nicht vor ihrer Direktorin, deren Ansprüche auf moralische oder intellektuelle Vortrefflichkeit sie schon vor einiger Zeit durchschaut hatte.

»Warum?«, fragte Miss Walpole.

Darauf hatte Annette keine Antwort parat und dachte, sie könnte eigentlich genauso gut ein oder zwei Punkte im Gespräch überspringen, indem sie sofort: »Es tut mir Leid«, sagte. Und hinzufügte: »Ich habe beschlossen, Ringenhall zu verlassen.«

»Darf ich noch einmal fragen warum?«, fragte Miss Walpole.

Sie war eine ausgesprochen große Frau, was vielleicht auch eines der Geheimnisse ihres Erfolgs darstellte, und obwohl Annette auch groß war, musste sie den Kopf nach hinten neigen, wenn sie Miss Walpole in die Augen sehen wollte. Annette entfernte sich einen oder zwei Schritte von ihr, wich so lange zurück, bis die Linie zwischen ihren und Miss Walpoles Augen sich der Horizontalen näherte. Sie wollte würdevoll aussehen. Doch während sie zurückwich, kam Miss Walpole unmerklich näher, glitt wie von hinten angetrieben vorwärts, sodass Annette sich wieder den Hals verrenken musste.

»Ich habe alles gelernt, was ich hier lernen kann«, sagte Annette. »Von jetzt an werde ich meine eigene Lehrerin sein. Ich werde in die Schule des Lebens gehen.«

»Dass Sie alles gelernt hätten, was Sie hier lernen können«, entgegnete Miss Walpole, »stimmt ganz sicher nicht. Ihre Art, sich zu unterhalten, ist eindeutig kontinental, und wie ich neulich feststellen musste, gehen Sie noch immer wie ein Hund auf allen vieren die Treppe hoch.«

»Ich meine damit«, sagte Annette, »dass ich alles gelernt habe, was mir wichtig erscheint.«

»Was bringt Sie auf die Idee«, sagte Miss Walpole, »dass in einer Schule überhaupt irgendetwas Wichtiges gelehrt werden könne?« Wieder seufzte sie. »Ihnen ist sicher bewusst«, fuhr sie fort, »dass Ihre Eltern für Unterricht und Mahlzeiten bis zum Ende des nächsten Halbjahres im Voraus bezahlt haben und dass eine Rückvergütung dieses Geldes außer Frage steht?«

»Das macht nichts«, sagte Annette.

»Sie können sich glücklich schätzen, das sagen zu dürfen«, meinte Miss Walpole. »Was die Institution angeht, die Sie die ›Schule des Lebens‹ nennen, möchte ich, falls ich mir eine persönliche Bemerkung dazu erlauben darf, bezweifeln, dass Sie bereits die Befähigung besitzen, von ihrem Lehrplan zu profitieren. Was ist, nebenbei bemerkt, eigentlich *das* da?« Sie deutete auf den Browning, den Annette gerade in ihre Tasche gleiten ließ.

»Das ist ein Buch, das ich gerne der Bibliothek als Abschiedsgeschenk vermachen würde«, sagte Annette. Sie gab es Miss Walpole, die es mit einem gewissen Argwohn entgegennahm.

»Das ist eine edle Ausgabe«, sagte Miss Walpole. »Wir sind Ihnen sehr dankbar dafür.«

»Ich fände es schön, wenn ein Schildchen hineingeklebt würde«, sagte Annette, »auf dem steht, dass es ein Geschenk von Annette Cockeyne ist. Und nun auf Wiedersehen, Miss Walpole.«

»Auf Wiedersehen, Miss Cockeyne«, sagte Miss Walpole. »Denken Sie daran, dass das Geheimnis allen Lernens die Geduld ist und dass man Neugier nicht mit Wissensdurst verwechseln darf. Und vergessen Sie nicht, dass ich immer hier bin.«

Annette, die nicht vorhatte, sich diese unangenehme Vorstellung einzuprägen, sagte danke und entfernte sich schnell rückwärts in Richtung Tür. Einen Augenblick später eilte sie schon den Gang entlang und sprang hinaus auf die Straße.

Sobald Annette draußen war, fing sie an zu rennen. Nicht etwa, weil sie vom Ringenhall Ladies' College wegkommen wollte, sondern weil sie immer rannte, wenn sie glücklich und aufgeregt war: Wie Nike sah man sie normalerweise in schneller Bewegung und ihre Füße berührten den Boden in einem Wirbel aus Stoff. Unter ihrem Kleid trug Annette zwei oder drei bunte Petticoats, sodass sich ihre langen Beine, wenn sie rannte und der Aprilwind noch sein Bestes tat, sie vom Boden wegzufegen, in einem Kaleidoskop aus wirbelnden Farben zu bewegen schienen. Zweimal ließ sie ihre Bücher fallen und musste zurückgehen, um sie zu holen. Dreimal kam sie an etwas vorbei, was ihr gefiel, und musste rückwärts weiterrennen, bis es außer Sicht war. Annette hatte es nie etwas ausgemacht, sich auf der Straße umzudrehen und zurückzuschauen. Ihr Vater hatte ihr gesagt, das sei kindisch, und Miss Walpole fand es unwürdig. Aber ihr Bruder Nicholas, den sie mehr als irgendjemand sonst auf der Welt bewunderte, hatte gemeint: »Leute, die sich nie umschauen, verpassen immer etwas.« Und nichts fürchteten Annette und Nicholas so sehr wie die Möglichkeit, etwas zu verpassen. Ihr Vater hatte gelacht und sie an Orpheus und Lots Frau erinnert. »Ich an ihrer Stelle hätte mich auch umgedreht«, sagte Annette. »Die interessantesten Dinge passieren immer hinter einem.« »Das Schlimme bei dir ist«, hatte ihr Vater gesagt, »dass du immer überall zugleich sein willst. Eines Tages wirst du in lauter kleine Stücke zerspringen.«

Es begann zu regnen. Annette schoss, während sie einen schwarzen Mann anschaute, mit beachtlicher Geschwindigkeit rückwärts um die Ecke von Queen's Gate. Dann drehte sie sich um und stürmte die Kensington High Street entlang. Sie wollte schnell nach Hause kommen, sich umziehen und fertig sein, um Rosa die Neuigkeit mitzuteilen. »Jetzt bin ich der Chef«, sagte Annette laut, als sie an Barker's vorbeilief. Zwei entgegenkommende Damen warfen ihr verwunderte Blicke zu. Augen und Mund hatte sie weit geöffnet und ihre Petticoats drehten sich wie ein Feuerrad. Bei dem Versuch, wie ein Pferd die Fersen hinter sich in die Luft zu werfen, wäre sie fast der Länge nach hingefallen.

ZWEI

Unten schlug eine Tür heftig zu. »Meine Schwester bringt mich noch um!«, sagte Hunter Keepe.

Calvin Blick interessierte sich nicht für Hunters Schwester, die bereits ein gewisses Alter erreicht hatte. Im Übrigen war sie eine pummelige Frau; Calvin mochte Frauen, wenn überhaupt, nur langbeinig, blass und schlank mit kleinen Füßen. Er hatte sich auf die Kante von Hunters Schreibtisch gesetzt und ließ die Beine baumeln.

Hunter hasste diese Vertraulichkeit. »Müssen Sie auf meinem Schreibtisch hocken?«, fragte er.

»Eine andere Sitzgelegenheit gibt es nicht«, erwiderte Calvin beleidigt. Das stimmte; außer dem Stuhl, auf dem Hunter saß, gab es sonst keinen im Raum.

»Der Fußboden ist noch da!«, sagte Hunter.

Auch das stimmte. Calvin erhob sich und machte es sich auf dem Fußboden bequem, wo er sich zurücklehnte wie ein Etrusker, der auf seinem Grab liegt. Calvin war ein großer Mann mit wässrigen Augen, deren Farbe sich kein Mensch merken konnte.

»Müssen Sie so daliegen?«, fragte Hunter. Auch diese Haltung regte ihn auf.

»Ihnen ist aber auch nichts recht, Mr. Keepe«, sagte Calvin. »Wo soll ich mich denn nun niederlassen?«

»Sie können sich dort hinsetzen, mit dem Rücken an der Wand«, sagte Hunter.

Calvin setzte sich genau an die von Hunter angewiesene Stelle. »Hier sieht's ja aus wie in einem Schweinestall«, sagte er. »Schauen Sie sich mal den Staub auf meiner Hose an!«

»Ich kann mir keine Putzfrau leisten«, sagte Hunter, »und Rosa wird hier auch nicht sauber machen. Sie ist ohnehin jetzt sehr mit der Fabrik beschäftigt.«

»Mit der was?«, fragte Calvin.

»Mit der Fabrik«, sagte Hunter. »Haben Sie das nicht gewusst? Es kommt nur daher, dass sie nach Rosa Luxemburg benannt wurde. Sie hat nie eine Chance gehabt.« In seiner Stimme lag Bitterkeit.

»Hm, das weiß ich nicht«, sagte Calvin. »Und was ist mit mir? Ich bin ganz gut zurechtgekommen.«

»Jedenfalls ist es eine miese kleine Fabrik«, sagte Hunter, »in der irgendwelche Rollen und Sprühflaschen zum Anstreichen produziert werden. Gar nichts Aufregendes.«

»Aber es ist nützlich«, erwiderte Calvin. »Heute sind wir alle Produzenten, wie Saint-Simon sagt. Aber warum macht Ihre Schwester das?«

»Sie möchte mit dem Volk in Berührung sein«, antwortete Hunter düster, »und ihr Leben farblos machen.«

»Was das betrifft«, gab Calvin zurück, »das schaffen die meisten von uns, ohne so viele Mühen auf sich zu nehmen.« Er wollte das Gespräch wieder an den Punkt zurückbringen, von dem Hunter es abgelenkt hatte. »Sagen Sie, geben Sie die Zeitschrift von hier aus heraus?«

»Ja«, sagte Hunter. »Das ist das Büro.«

»Kein Wunder, dass Ihre Auflage im Keller ist.«

»Uns geht es ganz gut.«

»Sie sind fast bankrott«, sagte Calvin, »und ich verstehe einfach nicht, warum Sie meinen Vorschlag ablehnen. Niemand sonst wird Ihnen für Ihr lahmes Käsblatt ein Angebot machen.«

Calvin war erstaunt. Während des ganzen Gesprächs hatte Hunter sich nicht gerade unnachgiebig, aber offenkundig desinteressiert gezeigt. Wie ein beleidigtes Pferd hatte er ständig den Kopf weggedreht. Das Merkwürdige war, dass Blick seinen Gegner für eine schwache Persönlichkeit hielt. Mit einem solchen Widerstand hatte er nicht gerechnet und konnte sich bislang auch noch keinen Reim darauf machen.

»Ich will das, was Sie mein lahmes Käsblatt nennen, weder an Sie noch an irgendjemand anderen verkaufen, Punktum«, sagte Hunter. Er warf sein ziemlich langes blondes Haar nach hinten.

Hunter war siebenundzwanzig und das, was manche Leute einen »hübschen Jungen« genannt hätten. Er hatte ein glattes Gesicht und sein Lächeln war voller Missbilligung und Selbstmitleid. So hübsch er war, machte er eher den unordentlichen Eindruck eines kleinen Jungen als den eines Studenten. Er schlug seinem blonden Vater nach, der Maler gewesen war. Rosa dagegen ihrer dunkelhaarigen Mutter, einer Fabianistin.

»Es ist ja nicht einmal so«, sagte Calvin, »dass sie *Ihnen* gehörte, die *Artemis*. Genau genommen gehört sie doch Ihrer Schwester, oder?«

»Wenn man's ganz genau nimmt«, antwortete Hunter, »gehört sie einem Haufen alter Weiber, die neunzehnhundertzehn für die Rechte der Frauen gekämpft haben. Sie waren die ursprünglichen Aktionärinnen und eine Menge von ihnen – zäh wie Juchtenleder – sind immer noch da. Als unsere Mutter starb, ging ihr Anteil auf Rosa über. Männer dürfen keine Anteile halten. So steht es in der Satzung. Aber Rosa ist nur eine unter vielen Aktionärinnen.«

»Streng genommen«, sagte Calvin, »sind es also die Aktionärinnen, die entscheiden sollten, was mit der Zeitschrift passiert.«

»Denen ist das völlig egal«, erwiderte Hunter. »Die haben sie längst vergessen. Die Aktien waren jahrelang wertlos. Ich berufe vorschriftsmäßig Aktionärsversammlungen ein, schreibe Tätigkeitsberichte und erstelle Jahresabschlüsse, aber kein Mensch erscheint. Der gesamte Charakter der *Artemis* hat sich in den vergangenen zwanzig Jahren so grundlegend verändert, dass diese alten Drachen sie gar nicht mehr als das frühere Suffragettenblatt erkennen würden. Ich bin derjenige, der entscheidet, was jetzt passiert. Ich bin die *Artemis*.«

»Und was ist mit Ihrer Schwester?«, fragte Calvin.

»Die kümmert sich nicht die Bohne darum«, sagte Hunter ziemlich verbittert.

»Was also die Aktionärinnen angeht«, sagte Calvin, »wären sie vermutlich nur froh, wenn man sie ausbezahlen würde. Schließlich sähen sie für diese völlig wertlosen Aktien ganz unerwartet Bargeld.«

»Möglicherweise«, sagte Hunter.

»Also scheitert das Geschäft nur noch an Ihnen«, sagte Calvin, »und ich frage mich, warum! Es macht Ihnen nicht einmal Spaß, dieses Ding herauszugeben. Sie verdienen keinen roten Heller damit – und am Aussehen dieses Büros erkenne ich, dass das Ganze Ihnen schrecklich auf die Nerven geht.«

»Von ›dem Geschäft‹ kann überhaupt keine Rede sein«, entgegnete Hunter. »Es gibt kein Geschäft. Ich werde die *Artemis* nicht verkaufen, basta. Und jetzt seien Sie bitte so freundlich und lassen mich allein.«

Calvin stand auf und warf Hunter einen finsteren Blick zu. Er hatte nicht die Absicht aufzugeben und wollte keinesfalls gehen, bevor er nicht ganz und gar verstanden hatte, was in Hunters Kopf vorging. Falls nötig, würde er auch den Rest des Tages dort zubringen. Er fing an, im Zimmer auf und ab zu gehen und trat dabei die Kartons und Stapel von Zeitungen und alten *Artemis*-Ausgaben, mit denen der Fußboden übersät war, beiseite.

»Lassen Sie das«, sagte Hunter. »Sie wirbeln Staub auf.«

»Möchten Sie ein Foto von meiner Mutter sehen?«, fragte Calvin. Das war eine alte Masche.

»Das interessiert mich nicht«, erwiderte Hunter.

Calvin zog einen Stapel Fotos aus seiner Brusttasche. Er zeigte Hunter das oberste. Darauf war ein wohlproportioniertes Mädchen in schwarzen Strümpfen und hochhackigen Schuhen zu sehen.

»Nicht übel«, meinte Hunter.

»Und das ist eines von ihr, nachdem sie sich die Haare gefärbt hatte«, sagte Calvin. Das nächste Foto zeigte eine Blondine, die gerade aus der Badewanne stieg.

»Das reicht«, sagte Hunter. »Woher haben Sie diese Dinger überhaupt?« Man munkelte, Calvin Blick mache seine Fotos alle selbst.

»Aus dem Familienalbum natürlich«, sagte Calvin. Mit einer raschen Geste seiner blassen, sommersprossigen Hände raffte er die Fotos wie ein Kartenspiel zusammen. Calvin trug immer verschiedene Ringe, nicht immer dieselben. Das war Hunter aufgefallen und er fand es widerlich. Seine eigenen Hände waren schmutzig und die Fingernägel mehr oder minder spitz zugeschnitten. Voller Abscheu musterten die beiden Männer gegenseitig ihre Hände.

»Ihnen ist klar«, sagte Calvin, »dass Sie, ganz abgesehen von irgendwelchen Geldbeträgen, die Ihre Schwester für ihre Aktien bekommen würde, ein Angebot über eine gewisse Summe erhielten, eine Summe, bei deren Festlegung wir, wenn ich so sagen darf, für jeden vernünftigen Vorschlag hinsichtlich einer Entschädigung für die Übergabe Ihrer Herausgeberpflichten offen wären. Nun sind Sie ein gebildeter Mann, Mr. Keepe, und nicht, wie ich, ohne soziale Absicherung ...«

»Sie sind doch auch nicht ohne soziale Absicherung«, sagte Hunter in gehässigem Ton. Er freute sich, dass er zu einer so schlagfertigen Reaktion imstande war. Er konzentrierte sich auf Calvins Gummibundhose, einen weiteren Punkt, den er durch und durch verachtenswert fand. Trotzdem hatte er Grund, den Mann zu fürchten, und wünschte, er würde gehen.

»Ich frage mich, ob Ihnen klar ist, dass Sie hörbar mit den Zähnen knirschen?«, sagte Calvin. »Ich kannte einmal einen

Mann, der über Jahre hinweg so heftig mit den Zähnen knirschte, dass er sie sich bis aufs Zahnfleisch abrieb. Das ist natürlich ein neurotisches Symptom. Freud sagt irgendwo –«

»Hören Sie zu, Blick«, sagte Hunter. »Ihrem Chef gehören bereits drei Zeitungen und Gott weiß wie viele Zeitschriften und jede Art von Gemeinheit, die in gedruckter Form erscheint. Wozu braucht er da noch die armselige *Artemis*? Warum kann er nicht die Finger davon lassen?«

»Er will sie einfach«, sagte Calvin. »Das ist alles. Er will sie einfach.«

»Wenn er sie will, soll er selbst kommen und darum bitten«, sagte Hunter mit zitternder Stimme. »Er soll höchstpersönlich kommen, um mit mir zu reden, und nicht seine Diener schicken.«

Calvin starrte ihn an. »Ah!«, sagte er. »Aha!« Langsam fing er an zu begreifen.

In dem Moment sprang die Tür von Hunters Büro auf und Annette fegte wie ein kleiner Tornado herein. Mit einem Satz schien sie von der Tür auf Hunters Schreibtisch zu fliegen und ihr Rock und ihre Petticoats fielen in großen bunten Falten über seine ganzen Papiere, während sie, wie jemand, der auf einem Felsen Zuflucht sucht, die Beine unter sich zog.

»Du, Hunter«, rief Annette, »weißt du was? Ich habe das grässliche Ringenhall verlassen!«

»Annette!«, rief Hunter. »Wie oft muss ich dir noch sagen, dass du anklopfen sollst, bevor du dieses Büro betrittst? Ich habe gerade eine Besprechung, also geh bitte wieder.«

Annette bemerkte Calvin und fiel vom Schreibtisch. Doch da war es schon zu spät. Calvin war aufgesprungen und sagte: »Gehen Sie noch nicht, wir sind uns noch nicht vorgestellt worden.« Er musterte Annette mit großem Interesse.

Hunter sah wütend aus. »Das ist Annette Cockeyne«, murmelte er. »Darf ich dir Calvin Blick vorstellen?«

Annette nickte Calvin freundlich zu und streckte die Hand aus. Sein Name sagte ihr nichts. Sie verzog den Mund zu ihrem breiten fröhlichen Lächeln. Ihre Zähne standen auf dem Bogen eines Kreises, sodass ihr Lächeln immer mehr kleine weiße Zähne enthüllte, bis es sich über ihr ganzes Gesicht erstreckte. »*Enchantée*«, sagte Annette.

»Ja«, sagte Calvin. »Ich dachte, ich müsste mich schon sehr irren. Die Ähnlichkeit mit Ihrer Mutter ist frappierend.«

»Sie kennen meine Mutter?«, fragte Annette. Es überraschte sie nicht. Europa war voll mit Männern, die ihre Mutter kannten.

»Ich habe die Ehre gehabt, sie kennen zu lernen«, erwiderte Calvin. Mit forsch zusammengeschlagenen Hacken stand er jetzt da und neigte sich aufmerksam Annette zu. Die lässige Haltung von vorher war wie weggeblasen.

»Gehen Sie!«, sagte Hunter.

»Darf ich fragen, ob Ihre Mutter in London ist?«, fragte Calvin, ohne Hunter überhaupt zu beachten.

»Nein«, antwortete Annette, »sie ist noch mit Andrew in der Türkei.« So lange sie denken konnte, hatte Annette ihre Eltern immer beim Vornamen genannt.

»Bleiben Sie lange in London, Annette?«, fragte Calvin. »Darf ich Sie Annette nennen?«

»Wollen Sie jetzt *bitte* gehen, Blick?«, sagte Hunter.

»Sei doch nicht so gemein, Hunter«, sagte Annette, »was ist denn los mit dir? Für dieses Jahr bin ich fest in London. Ich war hier in der Schule, müssen Sie wissen. Das heißt, bis heute Nachmittag.«

»Wo wohnen Sie?«, fragte Calvin.

Hunter setzte sich an seinen Schreibtisch und stöhnte leise, während er sich daranmachte, die Papiere zu einem ungeordneten Stapel zusammenzuziehen.

»Na, hier wohne ich«, sagte Annette, »bei Hunter und Rosa. Kennen Sie Rosa auch?«

»Ja, ich habe das Vergnügen«, sagte Calvin. Er wandte sich Hunter zu. »Wie ich sehe, haben Sie mir allerhand Dinge vorenthalten!«, sagte er boshaft. Er bedachte Annette mit einem

Lächeln, das sein farbloses Gesicht zu einer plötzlichen Fröhlichkeit aufhellte und eine unerwartete Anzahl an Details darin offenbarte. »Erzählen Sie uns von Ihrer Schule«, sagte er. »Was hat es mit dem Verlassen auf sich?«

»Ja, das war herrlich«, sagte Annette. »Ich bin einfach hinausgegangen.«

»Warum haben Sie das gemacht?«, fragte Calvin. Während er sprach, musterte er Annette von Kopf bis Fuß. Mit Wohlwollen registrierte er ihren schmalen Körperbau, die Blässe ihres Gesichts und die cremige Glätte ihrer nackten langen Beine. Nach Calvins Auffassung sollte eine Frau am ganzen Körper dieselbe Farbe haben.

»Ich habe dort nichts gelernt«, erklärte Annette. »Von jetzt an werde ich meine eigene Lehrerin sein, habe ich beschlossen. Ich werde in die Schule des Lebens hinausgehen.«

Calvin lachte. »Gut so!«, sagte er. »Ich hoffe, ich werde Sie im Verlauf Ihrer Studien von Zeit zu Zeit sehen!«

»Und Sie verschwinden jetzt, Blick!«, sagte Hunter und erhob sich.

»Hör doch auf, Hunter«, sagte Annette. »Wo ist Rosa?«

»Sie ist zu Dr. Saward gegangen«, antwortete Hunter, »und dann weiter in die Fabrik.«

»Wann kommt sie zurück?«, fragte Annette. »Ich habe überlegt, ob ich noch schnell zu Nina gehen kann.«

»Heute kommt sie früh nach Hause«, sagte Hunter.

»Gut, dann besuche ich Nina morgen früh«, sagte Annette. »Ich möchte Rosa gleich sehen, wenn sie heimkommt.«

»Ist das die Schneiderin Nina?«, fragte Calvin. Seine Augen leuchteten wie zwei vom Meerwasser blank gewaschene Schneckenhäuser.

»Ja«, antwortete Annette. »Kennen Sie –?«

»Raus jetzt! Raus jetzt!«, rief Hunter. Er begann, die Papiere in die Luft zu werfen. Eine Staubwolke legte sich über alle drei. Annette fing an zu niesen.

»Raus jetzt!«, rief Hunter noch einmal und schob Calvin

Blick in Richtung Tür. Calvin leistete keinen Widerstand, verließ sie aber laut lachend, und sein Lachen und Niesen war noch die ganze Treppe hinunter zu hören.

Hunter kam zurück. Voller Verzweiflung sah er Annette an. Er war stolz auf sie, dachte aber, wie er schon damals zu Rosa sagte, als sie vorgeschlagen hatte, Annette könne doch bei ihnen wohnen, dass sie sich leicht als Unruhestifterin entpuppen könnte; und ganz abgesehen von seinen übrigen Sorgen war er ganz und gar nicht erfreut gewesen zu hören, dass sie die Schule verlassen hatte. Das kann ja heiter werden, dachte Hunter. Er warf dem mageren Kind einen ungehaltenen Blick zu.

»Du wartest, bis Rosa gehört hat, dass du Ringenhall verlassen hast!«, sagte er.

Annette wurde ein bisschen blass. »Rosa wird das ganz egal sein!«, sagte sie trotzig.

Genau das befürchtete Hunter. Er zuckte die Schultern. »Geh jetzt«, sagte er. »Ich habe zu tun.«

»Was meinte er damit, dass du ihm Dinge vorenthältst?«, fragte Annette.

»Ich habe nicht den blassesten Schimmer«, erwiderte Hunter. »Geh jetzt einfach, ja? Geh bitte!« Und als die Tür sich hinter ihr schloss, sagte Hunter noch einmal zu sich selbst: Ja, das kann wirklich heiter werden!

DREI

Peter Saward saß an einem sehr großen Schreibtisch, auf dem sich aufgeschlagene Bücher, Fotos und bedruckte Blätter mit Hieroglyphenschrift türmten, und schrieb. Die Tischplatte war nicht zu sehen. An manchen Stellen lagen drei oder vier Bücher übereinander. Auch der Fußboden war mit Büchern übersät. In dem Zimmer mussten sich ungefähr dreitausend Bände befinden, von denen mindestens hundert aufgeschlagen waren, manche davon flach auf dem Rücken, manche in einem Fünfundvierziggradwinkel liegend und andere senkrecht stehend, aufgeschlagen bei einer Lieblingsabbildung und oben auf Regalen thronend oder raffiniert von Schnüren gehalten. Fast überall reichten die Bücherregale bis unter die Decke. Und jede noch verbliebene freie Stelle war mit Kante an Kante angehefteten Fotografien von Statuen oder Reproduktionen von Gemälden bedeckt.

Das Zimmer war groß und hatte ausladende Flügelfenster, die auf einen dunklen, grünen Garten mit hohen Mauern und einer einzelnen Platane hinausgingen. Die Platane machte den Raum dunkel, und weil Wände wie Fußboden geradezu überkrustet wirkten, kam man sich darin vor wie in einer unterirdischen Höhle. Allein die Decke hatte Peter Saward widerstanden; dass er sie nicht mit Bildern und aufgehängten Gegenständen bedeckt hatte, war allerdings nur seinem Mangel an handwerklichem Geschick zu verdanken. Immerhin hatte ihre blasse Oberfläche, gleichsam in unwiderstehlicher Sympathie mit Wänden und Fußboden, im Laufe der Jahre erste Risse und leichte Wellen entwickelt, zu denen sich später Knoten, Wölbungen und Beulen gesellt hatten. Auf dem Kaminsims, von dem mal einzelne Papierblätter, mal Pfeifen und Streichholzschachteln herunterfielen, stand eine Sanduhr, die Peter Saward von Zeit zu Zeit nachdenklich umdrehte, und ein Foto von Peter Sawards Schwester, die mit neunzehn Jahren gestorben war. Das lag lange zurück. Über dem Kaminsims hing ein Bild von Mommsen und neben der Tür eines von Eduard Myer. Auf einem Tisch in der Ecke stand manchmal sichtbar und manchmal unsichtbar, mitten in einem Stapel Papier, eine undefinierbar aussehende grüne Pflanze, deren geheimnisvolle Lebenskraft in diesem dunklen, trockenen Interieur für üppiges Grün, allerdings ohne Blumen, sorgte.

Es war früher Nachmittag. Normalerweise teilte Peter Saward seinen Arbeitstag in vier Abschnitte. Morgens war er ruhig und aufnahmefähig, fast wie in einem Traum, und schrieb Gedanken, so wie sie ihm in den Kopf kamen, nieder. Er stand früh auf und fing sofort an zu arbeiten; das Frühstück verschob er bis zehn Uhr dreißig. Was er während dieser Zeit aufschrieb, waren vielleicht Pläne für künftige Vorhaben oder Eingebungen bezüglich gegenwärtiger Probleme oder irgendwelche anderen merkwürdigen Dinge, Fantasiebilder der Vergangenheit, eine Erkenntnis, die der Nacht anzugehören schien, von der er jedoch jeden Tag einen kleinen Teil zu erhaschen vermochte, bevor sie auf den Pfaden des Schlafes entfloh oder sich unentwirrbar mit den Phantomen der Begierde und der Angst vermischte. Peter Saward maß diesen Intuitionen große Bedeutung bei; und früher, bevor sein Arzt es ihm streng untersagte, hatte er diesen Teil seines Arbeitstages sogar in die Nacht hinein verlängert, sich einen Block mit ans Bett genommen, immer im Dunkeln darauf geschrieben, wenn er in den Nachtstunden zeitweise wach lag, und die Blätter auf den Boden geworfen, sodass er jeden Morgen inmitten eines Sees niedergeschriebener Gedanken erwachte, von denen er dann viele besorgt und oft erfolglos zu entziffern versuchen musste. Seit seiner Krankheit hatte er nun widerwillig von dem Versuch abgelassen, aus jedem Tag vierundzwanzig Stunden Arbeit herauszuholen. Allerdings machte er aus der Nacht immer noch, was er konnte.

Ab zehn Uhr dreißig, während des Mittagessens, das er am Schreibtisch einnahm, und im Anschluss daran bis vier Uhr nachmittags arbeitete er systematischer, schrieb vielleicht eine Anmerkung oder einen Artikel oder irgendeinen Teil einer längeren Arbeit, an der er jetzt seit ungefähr zehn Jahren saß. Abends las er Quellen, überprüfte Literaturangaben, machte sich Notizen, sichtete kritisch seine Sammlung von »Intuitionen« und bereitete Material für die Arbeit des folgenden Nachmittags vor. Danach kam wieder die Nacht, der eine Phase der Kontemplation vorausging, in deren Verlauf wie in einer Art Gebet die Probleme heraufbeschworen wurden, die in die Obhut der Dunkelheit gegeben und während der Stunden des Schlafes einer Lösung zugeführt werden sollten. Das war der normale Tagesablauf; gelegentlich kamen am Abend Freunde zu Besuch. Peter Saward war Historiker und auf die Reiche spezialisiert, die noch vor Babylon ihren Aufstieg und Fall erlebt hatten.

In letzter Zeit war Peter jedoch, wie er selbst es für sich formulierte, das Opfer einer absurden Obsession geworden. Die Obsession bestand im Entziffern der kastanischen Schrift, von der zahlreiche Proben nun seinen Schreibtisch übersäten. Peter hatte immer die Ansicht vertreten, das Entziffern alter Schriften sei nicht Aufgabe des Historikers. Viele namhafte Beispiele hatten ihn gelehrt, wie leicht so etwas in eine Manie ausarten konnte und wie die nüchternsten und ausgeglichensten Männer, wenn diese Leidenschaft sie erst einmal gepackt hatte, jedes Gefühl für Verhältnismäßigkeit verlieren und Jahre damit zubringen konnten, eine bestimmte Theorie aufzustellen, deren Nachweis auf eine Postkarte passte. »Das Entziffern dieser alten Schriften«, konnte er seine eigene

Stimme aus der Vergangenheit sagen hören, »ist etwas für Schwachsinnige. Historische Kenntnisse sind dabei noch nicht einmal besonders hilfreich. Sehr oft ist es besser zu vergessen, was man über die Frage, wer in dieser Sprache geschrieben haben könnte, weiß oder zu wissen glaubt, und das Ding stattdessen als Chiffretext oder als rein philologisches Problem zu betrachten. Historische Vermutungen sind sehr oft falsch; und hat man erst einmal den falschen Weg eingeschlagen, kämpft man sich womöglich jahrelang in der falschen Richtung vor. Das Leben ist zu kurz. Das ist es nicht wert.«

Und doch hatte er jetzt auf genau diese Weise den Verstand verloren. Von der kastanischen Schrift wusste man seit Mitte des neunzehnten Jahrhunderts, als in Syrien eine Reihe von Tafeln entdeckt worden war; und in den darauf folgenden Jahren waren immer wieder Tafeln, Statuen, Siegel und Schalen mit diesen Schriftzeichen aufgetaucht, doch bisher hatte die Sprache allen Entzifferungsversuchen hartnäckig widerstanden. Schon vor Jahren hatte Peter Saward über das Problem dieser Schrift nachgedacht, es aber dann unter den vielen anderen ungelösten Problemen der Altertumsforschung abgeheftet, die einfach auf den Glücksfall weiterer archäologischer Entdeckungen würden warten müssen, insbesondere die Entdeckung einer Statue oder Tafel, die eine Inschrift in einer bekannten und in der unbekannten Sprache tragen und damit einen nachvollziehbaren Ausgangspunkt für die weitere Entzifferung darstellen würde. Ohne eine solche Hilfe würde man bei der Arbeit an dieser Schrift völlig im Dunkeln tappen, denn es war noch keineswegs klar, wer aus welchem Grund in dieser Sprache geschrieben hatte, ja was für eine Art von Sprache es überhaupt war.

Vor achtzehn Monaten jedoch hatte die kastanische Schrift aufgrund zweier scheinbar nicht zusammenhängender Vorkommnisse erneut Peter Sawards Aufmerksamkeit erregt: Das eine war die Entdeckung eines geheimen Verstecks mit Tafeln, die diese Schriftzeichen trugen, an der Ausgrabungsstätte einer alten Stadt in der Nähe des Bosporus, die für Peter von besonderem Interesse war; zur gleichen Zeit tauchte, wiederum in Syrien, eine Reihe von Tafeln auf, die in Keilschrift, aber nicht in babylonischer, sondern in irgendeiner unbekannten Sprache beschrieben waren. Aus Gründen, die, dessen war er sich durchaus bewusst, noch nicht viel mit historischer Beweisführung zu tun hatten, war Peter Saward augenblicklich zu der Überzeugung gekommen, dass die unbekannte Keilschriftsprache und die Sprache der Hieroglyphenschrift ein und dieselbe waren. Des Weiteren setzte sich in ihm der keiner Kritik zugängliche Gedanke fest, dass die Entzifferung der Schrift, die auf einer mittlerweile beachtlichen Anzahl von Ausgrabungsstücken zu finden war, ihm auf die einzig mögliche Art die Antwort auf eine Reihe von Fragen bringen würde, die ihn schon seit Jahren umtrieben. Von dem Augenblick an war er verloren.

Peter Saward wusste sehr wohl, dass seine Intuitionen über die Schrift bis aufs i-Tüpfelchen denen glichen, von denen er früher mit einem mitleidigen Kopfschütteln behauptet hatte, sie würden seine Historikerkollegen irreführen und durcheinander bringen. Und als er selbst anfing, sich ernsthaft dieser Aufgabe zu widmen, erkannte er nur allzu deutlich, wie leicht es war, sich in einem solchen Morast aus Fantasie und Mutmaßungen verzweifelt an irgendeine Vorstellung zu klammern, die auch nur einen Funken Plausibilität aufwies, einer Vermutung, nur weil sie einem vertraut war und es an Alternativen mangelte, zu gestatten, einen wachsenden Grad an Wahrscheinlichkeit anzunehmen, und sich täglich mehr in sie zu verlieben, nur weil es einfach keinen rationalen Ausgangspunkt gab, auf den man sich hätte zurückziehen können. Bei der Arbeit war Peter Saward auf geradezu leidenschaftliche Weise systematisch. Obwohl er es auch verstand, die Dunkelheit zu Rate zu ziehen, ging er mit seinen Intuitionen äußerst kritisch um und alles, was nicht in das gleich bleibende, zusammenhängende System seiner Arbeit passte oder es veränderte, wurde schonungslos verworfen. Bei der Entzifferung der Schrift bestand die Frage jedoch gerade darin, *wie* eine systematische Vorgehensweise aussehen könnte. Nur die Tatsache, dass die Schrift zu viele Zeichen enthielt, um auf dem Alphabet zu beruhen, schien eindeutig zu sein. Möglicherweise war es eine Silben- oder Ideogrammschrift oder eine Mischung aus beiden. Es war noch nicht einmal klar, ob die betreffende Sprache eine indogermanische war. Möglich war alles. Schließlich ging Peter Saward nach zwei Methoden vor: Zum einen wählte er Namen von Göttern und Königen, die in den Inschriften hätten erwähnt sein können, und versuchte auf die eine oder andere Weise, ihnen bestimmte Schriftzeichen zuzuordnen; zum anderen studierte er die Zeichen selbst und versuchte, sie nach Gruppen einzuteilen und zu ordnen und so gewissermaßen die Struktur der Sprache nachzuvollziehen. Auch vom Studium der Keilschrifttafeln erhoffte er sich – wie, war ihm allerdings selbst noch unklar – ein paar Hinweise. Wie froh wäre er gewesen, wenn diese Verfahren nicht das geringste Ergebnis gezeitigt hätten! Leider zeitigten sie zwar wirklich keine nennenswerten Ergebnisse, schienen aber eine Reihe von Hinweisen oder Möglichkeiten zu bieten, denen nachzugehen immer lohnenswert schien, ohne dass sie bislang zu irgendetwas auch nur im Geringsten Schlüssigen geführt hätten. Also machte Peter Saward, während er sich selbst verfluchte, weiter, bis die Aufgabe der Entzifferung immer mehr von seinem Arbeitstag in Anspruch nahm und das Geheimnis seines Schlafes sich in einen Tanz albtraumhafter Hieroglyphen verwandelte.

Winters wie sommers brannte in Peter Sawards Zimmer ein Ofen, geschürt von seiner Vermieterin, einer Miss Glashan, die ihm auch seine Mahlzeiten brachte und das Putzen besorgte. Im Laufe der Zeit hatte diese Dame größte Fertigkeit darin erlangt, auch das letzte Staubkörnchen zu entfernen, ohne die Lage irgendeines Gegenstands zu verändern. Mit der

Gewandtheit einer Katze sauste sie geräuschlos durchs Zimmer und der Schmutz verschwand so vollständig, als hätte sie ihn verschluckt. Miss Glashan sprach nie ein Wort, lächelte aber oft. Sie hatte Ehrfurcht vor Peter Saward, nicht nur wegen der ziemlich strengen Grundzüge seines Charakters, die den meisten Leuten, die ihn kannten, Ehrfurcht einflößten, sondern auch aus einem ganz besonderen persönlichen Grund, nämlich dass er ein kranker Mann war. Miss Glashan, die in ihrem Leben nicht einen einzigen Tag krank gewesen war, betrachtete kranke Menschen mit einer Mischung aus Ehrerbietung und Entsetzen, die sie auch dem Tod gegenüber empfand. Peter Saward litt an einer fortgeschrittenen, aber stillen Tuberkulose. Wie Miss Glashan ihren Freundinnen mit bewegter Stimme erzählte, hatte er nur eine Lunge. Seine Krankheit war erfolgreich zum Stillstand gebracht worden, aber die Ärzte hatten ihn zu einem ruhigen Leben verurteilt. Seitdem war er dick geworden. Von der feinen Silhouette seiner frühen Jugendjahre war nur noch sein Gesichtsprofil übrig geblieben. Er war auch, wie seine Freunde bemerkten, seltsam fröhlich geworden; sehr oft, wenn er in Gesellschaft war, streckte er seine langen Beine aus, warf den großen Kopf zurück und lachte, bis das Haus schwankte, und dann sagte Miss Glashan in der Küche zu ihren Nachbarinnen: »Hören Sie sie nur lachen, die arme Seele!« Peter Saward war vierundvierzig Jahre alt.

Er starrte die Hieroglyphen an, nahm sie aber schon seit einer ganzen Weile nicht mehr wahr. Schließlich warf er sie neben sich hin. Er erwartete Rosa. Zeitverschwendung war für Peter ein Graus. Er las, während er aß und sogar während er sich rasierte, was zur Folge hatte, dass er normalerweise wie ein sizilianischer Gangster mit Narben übersät war. Es gab andere spezielle Tätigkeiten, die er sich für Zeiten aufhob, von denen er wusste, dass er gestört werden würde. Während Miss Glashan das Zimmer putzte, arbeitete er an einer Bibliographie, indem er die zahllosen Papierfetzen, die er mit Verweisen auf Bücher und Artikel beschrieben hatte, sortierte und in ein Register aufnahm. Doch sogar das war für die Zeit, wenn er auf Rosa wartete, zu anspruchsvoll. Nach diversen Experimenten hatte er beschlossen, dass die einzige für diese Zeit passende Beschäftigung im Aufschneiden von Buchseiten bestand. Er hasste diese unsinnige und ständig wiederkehrende Bewegung, hatte sich aber mittlerweile damit abgefunden. Er legte die Blätter mit den Hieroglyphen zusammen und griff nach einem Stapel von Büchern, die er sich für diesen Augenblick zurechtgestellt hatte. Das leise Zischen des Papiermessers bot das Hintergrundgeräusch für seine Gedanken.

Es klopfte an der Tür. Peter Saward wohnte im Erdgeschoss und da die Haustür immer offen stand, konnten seine Besucher gleich bis an seine Zimmertür kommen. Er ließ das Messer fallen und rief: »Herein!« Aber es war nicht Rosa.

Wer hereinkam, war ein Mann namens John Rainborough, ein alter Freund von Peter Saward, inzwischen jedoch ein eher seltener Gast. Peter bemühte sich nach Kräften, erfreut über den Besuch zu wirken, was ihm auch gelang. »Komm herein, John«, sagte er. »Welch unerwartetes Vergnügen! Nimm Platz!«

»Darf ich?«, sagte Rainborough. »Ich hoffe, ich störe dich nicht. Ich dachte, ich schaue auf dem Weg zurück ins Büro mal kurz vorbei.«

Rainborough bekleidete einen hohen Posten im Special European Labour Immigration Board, besser bekannt als SELIB, einer Organisation, die als hauptsächlich von Amerikanern getragener Wohltätigkeitsverein begonnen hatte und jetzt eine gewisse finanzielle Unterstützung von der britischen Regierung erhielt. Er stand in dem Ruf, ein sehr intelligenter Mann zu sein, obwohl diejenigen, die ihn so charakterisierten, stets hinzufügten: »Natürlich hat er seine Nische noch nicht gefunden.«

Rainborough war zwar einige Jahre jünger als Saward, sah

aber älter aus. Sein Haar hatte sich fast bis zum Hinterkopf gelichtet, was ihm den Anschein verlieh, eine gewaltige Stirn zu haben, die in zwei Hälften unterteilt war, eine untere Hälfte, die mit tiefen Falten übersät war, und eine obere, die glatt und glänzend war. Er zappelte ständig herum und hatte ruhelose braune Augen. Seine Teilglatze war ihm peinlich und er hörte nie auf, Peter Saward zu beneiden, in dessen buschigem braunem Haar er jedes Mal, wenn er ihn besuchte, vergebens nach lichter werdenden Stellen suchte. Saward mochte ihn, wenngleich er ihn im Augenblick zum Teufel wünschte.

Rainborough nahm Platz und musste sich dabei in den Sessel hineinwinden. »Was macht die Arbeit?«, fragte er.

»Sie stockt«, entgegnete Peter Saward.

»Ach so, diese Sprachengeschichte«, sagte Rainborough. »Ja, ich habe in der *Times* gelesen, dass sie auf etwas in zwei Sprachen gestoßen sind.«

»Das ist nicht wahr«, sagte Saward. »Zumindest war es nur ein Siegel mit einem einzigen Namen darauf, zusammen mit etwas, was eine meiner Hieroglyphen sein könnte, wahrscheinlich aber nicht ist.«

»Ich weiß gar nicht, warum dich das so beschäftigt«, sagte Rainborough.

Peter Saward zuckte die Schultern. »Nächste Woche könnte ein zweisprachig beschriftetes Stück auftauchen, vielleicht aber auch nie.« Er unterdrückte seinen Unmut gegenüber Rainborough, der ausgesprochen hatte, was er selbst auch empfand, nämlich dass er seine Zeit verschwendete.

Rainborough rutschte in seinem Sessel hin und her und spielte nervös an der Sesselkante herum. Obwohl er schon vor einer Weile aufgehört hatte, Peter Saward als einen Meister zu betrachten, von dem er bedeutende Wahrheiten lernen konnte, hegte er noch immer einen leichten Groll gegen ihn, weil er ihm überhaupt je, und sei es auch nur für einen Augenblick, als ein solcher erschienen war. Rainborough achtete und beneidete Saward seiner Gelehrsamkeit wegen, die weit über die Grenzen des Altertums hinausging, und die Einfachheit seines Lebens fand er entsetzlich und beeindruckend zugleich. Was er auch und ganz besonders bewunderte, war die Art, wie Saward es verstand, sich mit allen seinen geistigen Fähigkeiten einer einzigen Aufgabe zu verschreiben. Das war etwas, was Rainborough nie geschafft hatte; im Gegenteil, bei jedem Projekt, für das er sich interessierte, stellte sich regelmäßig nach einer Weile heraus, dass »nichts dahinter steckte«. Eine gewisse Erleichterung verspürte er jedoch, wenn er über die merkwürdige Sinnlosigkeit der Studien, auf die sein Freund sich spezialisiert hatte, nachdachte. Worin, so fragte er sich, lag der Reiz oder die Bedeutung des Auf- und Niedergangs von Reichen, deren bloße Existenz nur durch ein paar wenig ansprechende Steine und einen umstrittenen Hinweis im Buch der Könige belegt war? Ganze Dynastien von Prinzen mit wild klingenden Namen und ein Pantheon voller Götter, die auf zweifelhafte Weise mit respektableren und bekannteren Gottheiten in Verbindung gebracht wurden, schienen einzig und allein auf der ausschweifenden Fantasie von Peter Saward und seinen Kollegen zu beruhen. Und wenn Saward tatsächlich langsam verrückt geworden war und das alles nur erfand, sinnierte Rainborough, würde es Jahre dauern, bis irgendjemand – ja selbst seine Historikerkollegen, dachte er gehässig – dahinter kommen würde; und selbst dann würde es nicht den geringsten Unterschied machen.

Außerdem machte Rainborough seit Sawards Krankheit eine Veränderung zu schaffen, die er bei seinem Freund festzustellen glaubte und die zu diagnostizieren ihm schwer fiel. Nachdem Saward dem Tod ins Gesicht geschaut hatte, war er ein Narr geworden. Rainborough hatte den Eindruck, dass Saward in eine tiefe Melancholie verfallen war, eine Melancholie jedoch, die sich nur in einer völlig ungezwungenen Heiterkeit Ausdruck verschaffte. Sawards Persönlichkeit war von Grund auf lockerer, weniger steif geworden; und der von Rainborough vermutete tiefe Riss hatte den sonderbaren Effekt, dass er Saward nicht schwächer, sondern kraftvoller wirken ließ. Diese Veränderung quälte Rainborough, denn sie machte diesen Mann für ihn in gewisser Weise noch unerreichbarer, als er es vorher schon gewesen war. Wenn er Sawards häufig ertönendem Gelächter lauschte, fragte er sich oft, was ihn eigentlich mit dieser Deutlichkeit die Präsenz von etwas Traurigem spüren ließ. Von Saward selbst kam nur hin und wieder eine Äußerung, die offenbarte, was Rainborough allem Anschein zum Trotz für die wahre Sachlage hielt, etwa als er an einem Winterabend sagte: »Wenn es so kalt ist, denke ich oft an die, die draußen schlafen«, und Rainborough erst nach einer Weile realisierte, dass er die Toten gemeint hatte.

»Genau genommen habe ich einen kleinen Fortschritt zu verzeichnen«, sagte Peter Saward gerade. »Ich bin nahezu sicher, dass bestimmte Zeichen grammatisch gesehen Nachsilben darstellen …«

Rainborough, der aus reiner Höflichkeit nachgefragt hatte, unterbrach ihn hastig. »Schau mal, Peter«, sagte er. »Das spielt jetzt keine Rolle. Ich habe eine Neuigkeit für dich. Mischa Fox ist in England.«

»Ich weiß«, sagte Saward.

»Das *weißt* du?«, fragte Rainborough enttäuscht. »Woher denn?«

»Er hat mich letzte Woche besucht«, erwiderte Saward.

Rainborough sah verärgert aus. »Hast du's gut!«, sagte er. »*Mich* hat er noch nicht mit seinem Besuch beehrt. Ich habe mir gesagt, dass er in der Gegend sein muss, als ich diesen unsäglichen Calvin Blick in der Oxford Street gesehen habe. Ich bin extra auf die andere Straßenseite gegangen, um ihm nicht zu begegnen. Dann habe ich es in der *Evening News* gelesen. Da du nie Zeitung liest, dachte ich, du wüsstest es vielleicht nicht.«

»Aha«, sagte Saward. Sein buschiges braunes Haar war ihm über die Augen gefallen.

»Es ist umso ärgerlicher«, sagte Rainborough, »als ich in dem Ruf stehe, Mischas bester Freund zu sein, und die zehntausend Leute, die ihn sehen möchten, werden alle bei mir auf der Matte stehen. Ich bin nie so gefragt, wie wenn Mischa Fox in England ist. Hat er irgendwas über mich gesagt?«

»Nein«, antwortete Peter Saward.

Rainborough saß schweigend mit gerunzelter Stirn da, die untere Hälfte in ein Knäuel von Falten geworfen. Er hätte ehrlich und nicht ohne Stolz behauptet, dass Mischa Fox einer seiner besten Freunde war; doch in seinem Inneren verspürte er jetzt Furcht und fast so etwas wie Hass auf diesen Mann. Solange Fox im Land war, fühlte er sich immer unbehaglich.

»Ich erwarte Rosa«, sagte Peter Saward. »Du musst bleiben und ihr Hallo sagen.« Damit hoffte er, Rainborough höflich, aber klar zu verstehen gegeben zu haben, dass er nicht länger erwünscht war.

»Rosa! Schön!«, sagte Rainborough. Das Funkeln in seinen Augen war fast, aber nicht ganz, so etwas wie Freude. Rainborough kannte Rosa schon länger als Saward und verspürte, was Rosa betraf, ihm gegenüber einen gewissen Groll. Rainborough hätte gerne die Rolle des unglücklich in Rosa Verliebten gespielt, doch es war Saward gewesen, der sein Herz an sie verloren hatte; als er ihr zum ersten Mal begegnete, kannte Rainborough sie schon eine Weile. Genau genommen hatte wahrscheinlich erst Sawards Leidenschaft Rainborough auf Rosas Reize aufmerksam gemacht. Es wäre ihm jedoch absurd erschienen, Rosa vergeblich zu lieben, wo sein Freund es bereits tat.

Rainborough hatte nicht grundsätzlich etwas dagegen, unglücklich verliebt zu sein; ein solches Arrangement hätte ihm sogar sehr gut zu Gesicht gestanden. Er hatte jedoch keine Lust, die Schinderei einer unerwiderten Zuneigung auf sich zu nehmen, wenn er nicht gleichzeitig die Befriedigung erlebte, in den Augen der Welt und des Gegenstands seiner Liebe als einsamer Held dazustehen. Als glückloser Bewunderer hätte Rainborough, so dachte er, in der Spannung einer solchen Beziehung eine Daseinsform finden können, in der er sowohl fern der Geliebten als auch mit ihr zusammen gewesen wäre: kurz gesagt genau die Kombination aus Sicherheit, Sehnsucht und Verzückung, die mittlerweile zu seiner Idealvorstellung von der Partnerschaft mit einer Frau geworden war. Dass Rosa seine Liebe jemals hätte erwidern können, kam ihm gar nicht in den Sinn, ebenso wenig wie ihm der Gedanke in den Sinn kam, sie könnte je die von Peter Saward erwidern. Rainborough erschien es jetzt sehr unwahrscheinlich, dass Rosa, die ein Jahr älter war als er selbst, jemals heiraten würde. Die dieser Situation innewohnenden wunderbaren Möglichkeiten waren dadurch zunichte gemacht worden, dass Saward so unerwartet und unermüdlich beschlossen hatte, Rosa zu lieben. Rainborough lag nichts daran, einer von zwei Menschen zu sein, die von derselben fruchtlosen Leidenschaft beseelt waren. In einer solchen Rolle wäre er sich nur lächerlich vorgekommen. Aus diesen Gründen war er nicht in Rosa verliebt. Dennoch verspürte er eine gewisse Zuneigung zu ihr. Er bewunderte etwas, was er für einen asketischen Wesenszug hielt, und mochte ihren schmollenden Pessimismus, ihren Sarkasmus, ja sogar ihre Grobheit – und ihr außerordentlich langes schwarzes Haar.

»Hat sie ihn gesehen?«, fragte er Saward. »Weiß sie, dass er in England ist?«

»Weiß ich nicht«, sagte Saward. »Rosa ist seit zehn Tagen nicht hier gewesen.«

»Hat Fox *sie* erwähnt?«, fragte Rainborough.

»Nein.«

»Worüber habt ihr denn überhaupt gesprochen? Ach, lass nur, sag's mir nicht. Ich frage mich, ob wir Rosa gegenüber erwähnen sollten, dass Fox hier ist.«

»Sie weiß es bestimmt schon«, sagte Peter Saward.

»Ich wüsste nicht warum«, sagte Rainborough. »Sie könnte es in der Zeitung überlesen haben, schließlich wird ja nicht gerade der Himmel rot, wenn Mischa Fox landet; Kometen verbrennen nicht im Himmel, egal was manche Leute darüber denken.«

»Sie wird's wissen«, sagte Saward, »und es ist besser, gar nichts zu sagen.«

»Ihr kleiner Bruder ist nie darüber hinweggekommen, dass Rosa Mischa den Laufpass gegeben hat.«

»Ja«, sagte Peter Saward. »Er mochte Mischa bestimmt. Allerdings war Hunter damals noch sehr jung.«

»Die interessante Frage«, sagte Rainborough, während er seinen Freund beobachtete, »ist aber, ob *Rosa* je darüber hinweggekommen ist.«

»Hm …«, machte Peter Saward. Er legte die Bücher beiseite und betrachtete das Papiermesser.

»Es war gut, dass sie ihn nicht geheiratet hat«, sagte Rainborough. »Dieser Mann ist zu ungeheurer Grausamkeit fähig.«

Statt zu antworten starrte Peter Saward weiter das Papiermesser an und wiegte langsam den Kopf hin und her, während er seine langen Beine unter dem Schreibtisch verknotete. »Was macht das Büro, John?«

Rainborough schaute ihn an und verspürte angesichts seiner Verletzlichkeit einen mit Ärger vermischten stechenden Schmerz. Kein Mann, dachte er, hatte das Recht, so verletzlich zu sein. Er war dabei, die anderen im Stich zu lassen. Alle Männer haben das Recht auf eine gewisse Brutalität, eine gewisse Gefühllosigkeit. Wenn wir die nicht haben, dachte Rainborough, kann man uns alles anhängen. Aber Saward hatte auf dieses Recht verzichtet, hatte vielleicht nie gewusst, dass er es besaß. Er war eine Persönlichkeit ohne Grenzen. Saward verteidigte sich nicht, indem er andere auf die Plätze verwies. Er verteidigte sich überhaupt nicht. Es war ein Skandal, dachte Rainborough. Er ging auf den Themenwechsel ein.

»Im Büro«, sagte er, »ist es entsetzlich. Alle sind vor Langeweile und Trägheit wie gelähmt. Dabei gibt es jede Menge zu tun: Als Erstes müsste einmal die Hälfte der Belegschaft gefeuert werden. Zum einen liegt es daran, dass niemand genügend echte Autorität besitzt, um irgendwelche drastischen Maßnahmen zu ergreifen, und zum anderen fühlen wir uns auf unseren sicheren Posten mit unseren hohen Gehältern alle so wohl, dass wir uns aus Furcht, selbst über Bord zu gehen, nicht trauen, das Boot zum Schlingern zu bringen.«

»Worauf wartest du?«, fragte Peter Saward.

Rainborough lachte gehässig. »Ich nehme an«, sagte er, »ich warte, bis ich so fest im Sattel sitze, dass ich anfangen kann, anderen die Hölle heiß zu machen, ohne mich vor Repressalien fürchten zu müssen!«

»Aber du brauchst das Geld doch nicht, John«, sagte Peter Saward.

»Ich weiß«, entgegnete Rainborough. »Es ist ja gar nicht das Geld. Es ist nur, dass man richtig mutig sein und sich unbeliebt machen müsste, um irgendetwas zu bewegen. Es ist einfacher, still zu sitzen und darauf zu hoffen, dass die eigene Position sich von selbst verbessert.«

»Du hoffst auf den Direktorenposten, wenn Sir Edward in den Ruhestand tritt?«

»Ja«, erwiderte Rainborough knapp. Er ertappte sich immer wieder dabei, dass er Peter Saward gegenüber nachteilige Eingeständnisse machte, und ihm war nicht klar, ob das an der Art der Fragen lag, die sein Freund stellte, oder an seinem eigenen Verlangen, sich vor Saward zu entblößen.

Rosa kam. Mit dem Klopfen trat sie auch schon ein. Rainborough sprang auf, machte einen Schritt rückwärts und stolperte über einen Stapel Bücher. Rosa wirkte erstaunt, ihn zu sehen, und ungehalten. »John«, sagte sie und stieß die Silbe so farblos aus, dass sie weder nach einem Ausruf noch nach einer Begrüßung klang. Es war, als bemerkte sie seine Anwesenheit und murmelte das Wort nur vor sich hin. Ohne

Peter Saward Beachtung zu schenken, setzte sie sich neben die Tür. Saward schaute sie nicht an, sondern beugte den Kopf tiefer über seinen Schreibtisch.

»Kümmert euch nicht um mich«, sagte Rosa. »Unterhaltet euch ruhig weiter.«

Rainborough setzte sich wieder und trat dabei Bücher hierhin und dorthin. »Sei nicht albern, Rosa!«, sagte er. »Wie könnten wir dich ignorieren?«

»Ihr sollt mich ja nicht ignorieren«, sagte Rosa, »ihr sollt euch nur weiter unterhalten.« Sie drehte ihren Stuhl um, sodass sie mit dem Gesicht zu den Bücherregalen saß, und fing an, sich die Bücher anzuschauen. Nachdem sie einen Band ausgewählt hatte, begann sie, eine plumpe Hand auf der Stuhllehne, darin zu lesen. Die beiden Männer hatten ihren Rücken vor sich.

»Weswegen bist du so sauer, Rosa?«, fragte Rainborough.

Rosa drehte sich so weit um, dass er ihr Profil sehen konnte. »Dieser Calvin Blick ist bei Hunter«, antwortete sie.

Rainborough war ganz Ohr. »Was wollte er denn?«, fragte er.

»Er will für Mischa Fox die *Artemis* kaufen.«

»Das ist ja mal was!«, rief Rainborough. »Was heckt Fox denn jetzt schon wieder aus?«

»Muss er immer irgendetwas *aushecken*?«, fragte Rosa.

»Ja«, erwiderte Rainborough, »ich glaube schon. Du nicht?«

Rosa zuckte die Schultern. »Ich mag Calvin Blick nicht«, sagte sie, »und der arme Hunter hat schreckliche Angst vor ihm.«

»Blick ist die dunkle Hälfte von Mischa Fox' Geist«, sagte Rainborough. »Er tut die Dinge, die Mischa nicht einmal in den Sinn kommen. Deswegen kann Mischa so unschuldig bleiben.«

Rosa machte eine wegwerfende Geste. Dann ließ sie das Buch, das sie gelesen hatte, fallen.

»Heb es auf«, sagte Peter Saward, »und stell es dahin, wo du es gefunden hast, sonst weiß ich später nicht mehr, wo es ist.« Rosa stellte das Buch zurück.

»Aber warum um alles in der Welt sollte Mischa die *Artemis* haben wollen?«, fragte Rainborough. Die Frage faszinierte ihn.

»Ja, warum?«, sagte Rosa. »Wozu ist die *Artemis* überhaupt gut?«

»Das habe ich nicht gemeint«, sagte Rainborough, »wie du sehr wohl weißt. Aber warum die *Artemis*?«

»Die *Artemis* ist ein unabhängiges kleines Ding«, sagte Rosa, »sie ist gar nicht groß, trägt sich aber selbst. Heutzutage gibt es nicht mehr viele völlig unabhängige Zeitschriften. Vielleicht stört Mischa der Anblick solcher unabhängiger kleiner Dinger. Es ist wie der Drang, Fische oder Schmetterlinge zu fangen. Das Ding im eigenen Netz zappeln zu sehen.« Sie öffnete die Hand und schloss die Finger langsam.

»Rosa«, sagte Peter Saward. Er murmelte ihren Namen wie eine Zauberformel, nicht um sich selbst, sondern um sie zu schützen.

»Trotzdem ist es seltsam«, sagte Rainborough. »Hunter wird natürlich nicht verkaufen.«

»Ich habe keine Ahnung«, erwiderte Rosa, »was Hunter tun wird. Mit mir hat das nichts zu tun.«

»Komm schon, Rosa«, sagte Rainborough. »Du weißt, Hunter wird tun, was du sagst.«

»Und deswegen werde ich nichts sagen«, entgegnete Rosa.

»Ich hoffe nur, dass Hunter arrogant genug ist«, sagte Rainborough. »Es passiert nicht oft, dass jemand in der Position ist, Calvin Blick einen Gefallen abzuschlagen. Diese Chance darf man sich nicht entgehen lassen.«

»Ich verstehe nicht, warum Hunter nicht verkaufen sollte, wenn er es möchte!«, konterte Rosa. Ihr Haar hing ihr wie eine Wolke aus schwarzen Gedanken in Schlaufen über der Stirn und war im Nacken zu einem langen, schweren Knoten gewunden. Sie saß immer noch seitlich zu den beiden Männern, mit Blick auf die Bücherregale an der gegenüberliegenden Wand. »Ihm ist für die Anteile ein guter Preis genannt worden, dazu eine Entschädigung für den Verlust einer Arbeit, die er hasst. Ich verstehe nicht, warum er ablehnen sollte, nur weil ein paar Leute meinen, Calvin Blick müsste mal eine Lektion erteilt bekommen!«

»Hunter sollte zu stolz sein zu verkaufen!«, sagte Rainborough.

»Was soll das heißen, ›zu stolz‹?«, fragte Rosa. Sie konnte ihren Ärger kaum noch beherrschen.

»Na ja«, sagte Rainborough, »ich meine – ich hätte gedacht, die *Artemis* würde dir so viel bedeuten, Rosa, die ganze Tradition und so.«

»Du hast offensichtlich nie eine Zeitschrift herausbringen müssen«, erwiderte Rosa, »sonst würdest du nicht einen solchen Unsinn über ›Tradition‹ erzählen. Die *Artemis* ist in einem erbärmlichen Zustand, sie schafft es soeben, sich von Monat zu Monat hinzuschleppen. Es tut richtig weh zuzuschauen. Vielleicht wäre es sogar ganz gut, wenn Mischa Fox sie aus ihrem Elend befreite. Wenn er sie in ein Hochglanzmagazin verwandeln und rentabel machen kann, wünsche ich ihm viel Glück.«

»Du erstaunst mich, Rosa«, sagte Rainborough. Allmählich klang er richtig wütend. »Wenn ich du wäre, würde ich die *Artemis* eher einstellen, als sie Mischa Fox zu überlassen. Was werden denn die Aktionärinnen dazu sagen?«

»Sie werden sagen, was Hunter sagt«, erwiderte Rosa.

»Wenn es darum geht, etwas Geld hineinzupumpen«, sagte Rainborough, »wundert es mich, dass du nicht längst mit einer entsprechenden Bitte an die Aktionärinnen herangetreten bist. Eine oder zwei von diesen alten Schnepfen schwimmen im Geld. Camilla Wingfield zum Beispiel. Sie besteht nur aus Geld. Sie könnte die *Artemis* mühelos in die schwarzen Zahlen bringen. Hast du daran nie gedacht?«

»Nein«, sagte Rosa, »habe ich nicht. Die alte Frau, die du erwähnt hast, ist zufällig verrückt.«

»Sie ist nicht verrückt«, sagte Rainborough. »Ich gebe ja zu, dass sie unter dem Eindruck steht, sie habe Mr. Wingfield umgebracht, aber wer sind wir, dass wir sie als Irre bezeichnen dürften? Ich finde jedenfalls, du solltest den Kampf mit Mischa Fox aufnehmen.«

»Um Himmels willen!«, sagte Rosa. »Unter welcher Fahne denn?« Sie rieb sich die Augen und fuhr sich mit den Fingern durch die Haare, als wären ihre Gedanken überall sonst, nur nicht bei dem Gespräch, das sie gerade führten. »Das ist Hunters Angelegenheit«, sagte sie.

»Warum regst du dich dann so darüber auf?«, fragte Rainborough.

»Mir schlägt es auf den Magen, Calvin Blick im Haus zu haben«, antwortete Rosa. »Er ist ein schrecklicher Mensch.«

»Ich weiß nicht –«, warf Peter Saward plötzlich ein. »Er hat ein angenehmes Lächeln.«

»Deine Gutmütigkeit grenzt zuweilen an Schwachsinn, Peter«, sagte Rosa. »Jedenfalls möchte ich nicht, dass Blick von Annette Wind bekommt.«

»Ah, Marcia Cockeynes Tochter«, sagte Rainborough.

»Ja«, sagte Rosa. »Marcia möchte nicht, dass Annette in Mischas Nähe kommt. Mischa weiß nicht, dass das Kind in England ist. Und wenn Blick sie nicht aufspürt, gibt es auch keinen Grund, warum er es erfahren sollte.«

»Ich bin der legendären Marcia nie begegnet«, sagte Rainborough, »aber ich erinnere mich, dass ich Annette kennen gelernt habe, als sie vierzehn war, zusammen mit ihrem sonderbaren Bruder. Sie war ein bemerkenswertes Kind. Ihre Mutter war früher eng mit Mischa befreundet. Hat es Streit gegeben?«

»Natürlich nicht«, erwiderte Rosa. »Marcia meint nur, Mischa wäre in London wohl nicht der beste Begleiter für Annette.«

»Ich erinnere mich auch«, sagte Rainborough, »wie sich jemand fragte, ob nicht Mischa in Wirklichkeit Annettes Vater ist. Glaubst du diese Geschichte?«

»Ich weiß, dass sie nicht stimmt«, sagte Rosa. »Annette war ungefähr sieben, als ihre Mutter Mischa Fox zum ersten Mal begegnete.« Sie wandte sich um und schaute Rainborough an, während sie sich die Haare aus den Augen strich. Sie war jetzt ruhig und ernst, die Gereiztheit war verflogen. »Im Übrigen«, sagte sie, »wäre Mischa zu jung.«

»Wer weiß?«, hielt Rainborough dagegen. »Niemand kennt Mischas Alter. Es ist schwer, eine Vermutung anzustellen. Richtig unheimlich. Er könnte dreißig sein, aber ebenso gut fünfundfünfzig. Kennst du irgendjemanden, der es weiß? Ich bin sicher, nicht einmal Calvin Blick weiß es. Niemand kennt sein Alter. Es weiß auch niemand, wo er herkommt. Wo wurde er geboren? Was für Blut fließt in seinen Adern? Niemand weiß es. Und wenn man versucht, es sich vorzustellen, ist man gelähmt. Es ist wie dieses Ding mit seinen Augen. Man kann ihm nicht in die Augen schauen. Man muss den Blick *auf* seine Augen richten. Der Himmel weiß, was passieren würde, wenn man hineinschaute.«

Rosa gähnte ostentativ. »John, würde es dir etwas ausmachen zu gehen?«, fragte sie. »Ich möchte mit Peter reden.«

Rainborough stand auf. Er sah immer noch wütend aus. »Du machst mich wahnsinnig, Rosa!«, sagte er. Er nahm seinen Mantel. »Ich muss sowieso ins Büro zurück.«

»Und ich muss um vier in der Fabrik sein«, sagte Rosa.

»Oh!«, entfuhr es Peter Saward. Während der vorangegangenen Unterhaltung hatte er dagesessen, Rosas Profil betrachtet und scheinbar gar nicht zugehört. »Du schenkst mir also nur eine Dreiviertelstunde!«

»Stimmt«, sagte Rosa, »und Rainborough hat bereits zwanzig Minuten davon in Anspruch genommen.«

»Schon gut, schon gut, bin schon weg!«, sagte Rainborough. Er bewegte sich auf die Tür zu. Ohne aufzusehen, streckte

Rosa die Hand aus. Er drückte sie und lachte dann. »Du machst mich wahnsinnig!«, wiederholte er.

Als die Tür zu war, blieb Rosa noch eine Zeit lang schweigend sitzen, rieb sich die Augen und fuhr sich mit der Hand kräftig über das Gesicht. Peter Saward saß da, den Blick auf sein Papiermesser gerichtet. Er hörte, wie sie aufstand. Dann fing sie an, im Zimmer umherzugehen. Das tat sie immer. Es war eine Art Tanz. Peter Saward spürte, wie der ganze Raum plötzlich starr wurde. Die vor Wissen strotzenden Wände richteten sich mit einem Ruck auf. Die Decke zitterte. Die Atmosphäre im Raum glich einem ausgeworfenen und an wichtigen Punkten aufgehängten Fischernetz. Rosa war immer noch in Bewegung. Sie berührte die grüne Pflanze und fuhr mit dem Finger über die Fensterscheibe. Sie trat auf die Bücher und hauchte die Bilder an. Peter Saward kam es so vor, als schritte sie durch die Luft und ihr Schatten fiele von ganz weit oben auf ihn. Er wartete geduldig. Der Kreis wurde immer enger. Schließlich spürte er Rosas Finger auf seinem Haar. Zuerst berührten sie es nur leicht, wie Vögel, die es nicht wagten, sich niederzusetzen. Dann kamen sie zurück und tauchten tief ein. Rosa ließ ihre Hände zu beiden Seiten seines Gesichts hinabgleiten und hob seinen Kopf hoch. Sie stand über ihm. Zum ersten Mal seit ihrer Ankunft schauten sie sich in die Augen. Mit ernster Miene musterten sie einander einige Minuten lang, nicht zärtlich, sondern mit einer erstaunten, forschenden Neugier. »Hmm!«, sagte Rosa und warf seinen Kopf weg, als wäre er ein Ball. Peter Saward packte sie am Handgelenk, als sie sich gerade von ihm entfernen wollte.

Peter Saward war sich sehr wohl bewusst, dass der Liebende sich in der Illusion wiegt, die Liebe sei immer ein Trost. Dennoch konnte er nicht umhin zu hoffen, dass seine Liebe für Rosa eine Bereicherung darstellte. In der letzten Zeit hatte er bei ihr manchmal ein gesteigertes Interesse an ihm bemerkt oder zu bemerken geglaubt; das konnte allerdings auch ein Tribut an seine Krankheit und nicht etwa ein zärtliches

Gefühl für ihn selbst sein. Diese Unsicherheit würde ihn bis an sein Lebensende begleiten. Manchmal schien es ihm, als gefiele ihr die Kontinuität seiner Arbeit, als wäre sie Labsal für eine gewisse Unruhe in ihr. Wenn sie, was sie regelmäßig tat, ihrem Ärger über seine geradezu zwanghafte Beschäftigung mit der kastanischen Schrift Luft machte, schmeichelte er sich gerne selbst damit, dass dies die Widerspiegelung seiner eigenen Unzufriedenheit war, aufgedeckt von dem empfindlichen Sensor wahrer Zuneigung; es gab allerdings auch Zeiten, da neigte er eher zu der Annahme, dass ihr Ärger über die Hieroglyphen nicht etwa eine das Bewusstsein überschreitende Zuneigung zu ihm, sondern schlicht und einfach Ärger über ihn war.

Er seufzte und versuchte, zu ihr aufzublicken, aber Rosa bewegte sich hinter ihm und zog mit einem Griff über seine Schulter eines der Blätter mit den Hieroglyphen in die Mitte des Schreibtisches. Gemeinsam schauten sie es einen Moment lang an.

»Was steht da, Peter?«, fragte Rosa.

»Wenn ich das nur wüsste«, antwortete Peter Saward. »Vielleicht ist es ein großartiges Gedicht.«

Rosa stellte immer diese Frage und Peter gab immer dieselbe Antwort, obwohl er eigentlich nicht glaubte, dass es vielleicht ein großartiges Gedicht war.

»Wahrscheinlich ist es eher der Wunschzettel von irgendjemandem«, sagte Rosa.

»Niemand schnitzt seinen Wunschzettel in die Rückseiten von sechs Meter hohen Steinlöwen«, erwiderte Peter Saward.

»Gut, dann ist es die langweilige Prahlerei irgendeines Königs«, meinte Rosa, »soundso viele Städte zerstört, soundso viele Männer getötet. Ich wünschte, damit wäre es endlich vorbei! Aber vielleicht fällt es dir ja plötzlich wie Schuppen von den Augen.«

In solchen Momenten, wenn Rosa ihm über die Schulter blickte, hatte Peter Saward tatsächlich das Gefühl, es könnte ihm wie Schuppen von den Augen fallen. Aber er schüttelte den Kopf. »Es ist nicht so, als würde man einen Code knacken, Rosa«, sagte er. »Selbst wenn ich die grundlegenden Dinge richtig hinbekäme, müsste ich die einzelnen Wörter immer noch Stück für Stück aufbauen. Da kann nichts von einer Sekunde zur anderen passieren. Aber das habe ich dir schon hundertmal erzählt.«

»Ich kann einfach nicht zuhören«, sagte Rosa. »Ich versuche es, aber es langweilt mich zu Tode. Oh, wie ich dieses ganze Zeug *hasse*! Warum hasse ich es nur so, Peter?«

Peter Saward wünschte, er wüsste es. Er seufzte und ergriff wieder ihre Hand, wo sie leicht auf seiner Schulter lag. »Ach, Rosa …«, begann er.

»Wie ich sehe, hast du dich wieder beim Rasieren geschnitten«, sagte Rosa, die wusste, was jetzt kam. »Dein Gesicht ist ganz blutig.« Sie konnte sehr schnell mit einer Ablenkung zur Stelle sein, wenn Peter Saward etwas Ernstes sagen wollte.

»Rosa, ich liebe dich«, sagte Peter.

Rosa strich ihm mit ihrer freien Hand mechanisch übers Haar und sagte: »Ich wünschte, ich hätte für jedes Mal, wo du das gesagt hast, eine halbe Krone bekommen.«

Peter, der das schon kannte, antwortete nur: »Hör auf, dich hinter mir zu verstecken. Ich möchte dich anschauen.«

Rosa schlenderte zwischen den Büchern hindurch um seinen Schreibtisch herum. »In fünf Minuten muss ich gehen«, verkündete sie fröhlich.

»Ich wünschte, du kämst nicht immer nur für so kurze Zeit, Rosa!«, sagte Peter Saward. »Du ahnst nicht, wie sehr deine Besuche mich durcheinander bringen. Ich verliere Stunden wertvoller Arbeitszeit. Und dann bist du nur einen Moment lang hier. Und lässt mich in einem Zustand tiefer Verzweiflung zurück!«

Nun endlich ließ Rosa ihr Gesicht, das mit einem Mal vor Ironie und Freude leuchtete, voll auf ihn wirken. Peter

Sawards Liebe war der einzige Luxus in ihrem Leben. Sie wurde es nie müde, ihn dazu zu bringen, dass er sie offenbarte und wie ein prächtiges Gewand vor ihr ausbreitete; allerdings erst wenn sie sich mit Spott und Gelächter gewappnet hatte.

»Wie!«, sagte sie. »Lohnt es sich etwa nicht, mich eine halbe Stunde zu sehen? Denk nur, wie viel von mir du in einer halben Stunde sehen kannst. Ich niese, ich öffne und schließe die Augen, ich stehe auf, ich setze mich hin, ich gehe, ich spreche! Selbst wenn du zehn Stunden Arbeitszeit verlörest, würde sich das für eine halbe Stunde mit mir nicht lohnen?«

»Es würde sich lohnen!«, sagte Peter Saward. Sie reichte ihm beide Hände. Ihr Lächeln ergriff ihn wie eine züngelnde Flamme.

»Würde es sich nicht schon für zehn Minuten lohnen?«, fragte Rosa. »Denk nur, was du in zehn Minuten alles erleben könntest! Genug, um tagelang darüber nachzudenken!«

»Auch für zehn Minuten würde es sich lohnen, Rosa!«, sagte Peter Saward.

»Würde es sich nicht sogar für eine Sekunde lohnen?«, fragte Rosa. »Stell dir vor, du würdest mich nur einen Moment lang sehen, während eine Tür zugeht, wie bei einem Schnappschuss. Wäre das nicht zehn Stunden Arbeit wert?« Ihr Lächeln war einem Blick voll entzückter Zärtlichkeit gewichen, der ihn wie ein Pfeil zur Strecke brachte.

»Es wäre zehn Stunden Arbeit wert, Rosa«, sagte Peter Saward; »hundert Stunden, tausend Stunden!«

VIER

Rosa rannte die Straße zur Fabrik hinunter. Das große quadratische Gebäude mit den quadratischen Fenstern wurde immer größer, bis es steil über ihr aufragte. Ein hoher Schornstein legte eine reglose weiße Rauchfahne über drei Straßen und die Breite der Themse. Rosas Gedanken rasten ebenso schnell wie ihre Füße. Im Augenblick schien alles in ihrem Leben Anlass zu größter Sorge zu geben. Als hätte es nicht schon gereicht!, dachte sie. Es gab ja nicht nur das Problem der Zukunft ihres Bruders und der quälenden Entscheidung über die *Artemis*. Ihr Haar begann herabzufallen und sie konnte hören, wie eine Haarnadel nach der anderen leise klingelnd hinter ihr auf den Gehsteig fiel. Es gab nicht nur die Lügen durch stillschweigendes Einbeziehen oder Weglassen, zu denen sie sich Peter Saward gegenüber gezwungen gesehen hatte. Nicht dass es sie irgendwie gestört hätte, Peter Saward von Zeit zu Zeit zu belügen. Sie ging davon aus, dass er sie gut genug kannte, um immer zu wissen, wann sie ihn anlog, und deshalb war es in Ordnung. Für die Vier-Uhr-Schicht war sie spät dran. Ihr Leben war in Unordnung. Ihr Haar war in Unordnung. Würde das Taschentuch es halten? Es würde sich in der Maschine verfangen. In der Maschine verfangen. Es gab nicht nur die unbestimmte Sorge um Annette, die wie eine noch nicht gezündete Sprengladung still in ihrem Haus lebte. Jetzt war da auch noch Mischa Fox, dessen seltene Aufenthalte in England sie mit schönster Regelmäßigkeit aus der Fassung brachten, selbst wenn sie ihm, was normalerweise der Fall war, gar nicht begegnete, sondern nur aus der Ferne und auf Umwegen von seiner Ankunft erfuhr. Und schließlich gab es noch die Brüder Lusiewicz und das war das Allerschlimmste. Sie würden sie am Abend erwarten, würden jetzt schon auf sie warten. Die letzte Haarnadel löste sich. Als hätte es nicht schon gereicht!

Rosa stempelte ein. Das Haar fiel ihr, immer noch in einem losen Knoten, über den Rücken. Sie hielt es mit einer Hand hinter sich fest und ging auf die Suche nach ihrem Kittel. Dann hob sie ihr Haar oben auf den Kopf und balancierte es wie ein Bündel, während sie ein Taschentuch sicher darumwand. Danach eilte sie in den Maschinensaal. Das rhythmische Getöse sprang sie an, als sie die Tür öffnete. »Sie kommen zu spät, Miss Keepe«, murmelten Stimmen, vielleicht auch nur eingebildete, zwischen den Maschinen. Sie lief einen Gang aus verformtem Stahl entlang. Die Maschinen in der Fabrik waren Tag und Nacht in Bewegung. Wenn die Bedienungsperson einer bestimmten Maschine zu spät kam, wurde von der Person der vorherigen Schicht erwartet, dass sie dablieb, bis sie abgelöst wurde. Deshalb nahmen nicht nur die leitenden Angestellten, sondern auch die Arbeiter selbst Verspätungen mit einem Stirnrunzeln zur Kenntnis. Rosas Atem ging stoßweise. Der Maschinensaal war über neun Meter breit und ihre Arbeitsbank stand am anderen Ende. Sie lief auf einem weichen Teppich aus Papier- und Stahlspänen.

Je näher sie der Bank kam, umso langsamer wurde sie. Ihr Vorgänger war weg und auf ihrem Platz saß vorübergehend Jan Lusiewicz, der die Maschine bediente und gleichzeitig nach Rosa Ausschau hielt. Als er sie kommen sah, gab er ihr durch Gesten zu verstehen, dass sie langsam machen sollte. Sein Lächeln blitzte auf wie eine Neonreklame. Rosa konnte nichts anderes sehen. Keuchend kam sie an.

»So. Du beeilen«, sagte Jan. »Warten. Noch nicht. Hinsetzen.« Normalerweise sprach er immer noch in einsilbigen Wörtern, außer in Momenten der Ruhe, wenn er Zeit hatte, sich zu entspannen und sich ganze Sätze auszudenken.

Obwohl Rosa in dem Getöse seine Stimme nicht hören konnte, wusste sie irgendwie, was er sagte. Sie setzte sich auf die Bank und schnappte nach Luft, während Jan weiter auf sie herablächelte und mit der linken Hand die Maschine bediente.

»Ich übernehme jetzt!«, rief Rosa. »Danke, Jan!«

»Sag es nicht!«, rief Jan.

»Du meinst: ›Nicht der Rede wert‹!«, rief Rosa.

»Was?«

Rosa schüttelte heftig den Kopf. Sie lachten sich an. Jan hatte die linke Hand immer noch an dem Hebel. Rosas Hand lag auf der seinen und einen Augenblick lang fühlte sie durch sein Fleisch hindurch den Stahl des Hebels. Dann war seine Hand darunter hervorgeglitten und er drehte sich um.

»Wie sieht's aus?«, rief er ihr ins Ohr. »Heute Abend, ja?«

Rosa nickte heftig und in ihrem Kopf schwoll ein Geräusch an. Sie vermutete, dass es »Ja« war. Jan lächelte und verschwand winkend in dem Gang aus Stahl. Rosa heftete sich hinter die Maschine und deren Rhythmus erfüllte ihren Körper.

Sie nannte die Maschine »Kitty«, da sie ein sich ständig wiederholendes rhythmisches Geräusch von sich gab, das sich für Rosa anhörte wie *Kitty Kitty bäng klick, Kitty Kitty bäng klick*. Kitty war ziemlich groß und ragte, wenn Rosa sich setzte, weit über ihren Kopf – und wenn Rosa saß und durch den stählernen Körper der Maschine nach oben schaute, versuchte sie oft, Kittys Gesicht zu finden. Sie konnte sich jedoch nie entscheiden, wie dieses Gesicht aussah. Manchmal schien Kitty nur aus Gesicht zu bestehen, die großen Schutzschirme waren ihre Augen und das schaufelnde Vor und Zurück des Zuführtellers war das unersättliche Mahlen ihrer Kiefer. Zu anderen Zeiten konzentrierte Rosa sich auf die Bewegung der Stahlarme über dem Zuführteller und Kitty erschien ihr dann wie ein verkrampftes, verdrehtes, vielgliedriges Wesen mit einem winzigen runden Kopf, der sich weit unten auf der anderen Seite wie wild im Kreis drehte. Dann sah sie auch wieder ganz anders aus. Nur ihre Stimme veränderte sich nie. Wenn ihr das zu monoton wurde, konnte Rosa einen Synkopeneffekt herbeiführen, indem sie die Saugvorrichtung, die die Stahlspäne entfernte, leicht gegen den Takt einführte; das mochte sie allerdings nicht zu oft machen, da es den Mechanismus unnötig belastete. Eine andere Möglichkeit der Ablenkung von Kittys wohl bekannter Diktion bestand in dem Versuch, stattdessen dem Lärm zu lauschen, den die ganze Fabrik machte, und dessen Rhythmus zu verstehen. Doch in diesem ohrenbetäubenden Chaos von Tönen vermochte Rosa nie ein harmonisches oder wiederkehrendes Muster zu erkennen, wenngleich sie davon überzeugt war, dass es da sein musste und dass sie, wenn sie sich nur lange genug etwas merken und auf die richtige Weise zuhören konnte, herausfinden würde, was es war. Es tauchte jedoch nie auf und die einzige Folge dieser Kurzweil war, dass sie anfing, mit Kitty Fehler zu machen.

Heute allerdings hatte Rosa kein Ohr für Kittys Musik noch verspürte sie das Verlangen, Kittys Blick zu erhaschen. Sie saß da und während sie, Hand in Hand mit der Maschine, langsam hin- und herschwankte, starrte sie hinter Jan her. Jan war so schlank und frisch und heiter wie ein Seidentaschentuch, das man durch einen Ring gezogen hatte. Seine Haut war außerordentlich weiß und seine Augen von einem makellosen Blau, wie der Sommerhimmel oder eine kristallklare Lagune, deren Farbe sich von der Tiefe her aufbaute, ohne Inhalt oder Entfernungen. Sein Haar war von einem polierten Braun, und wenn es ihm in den bleichen Nacken fiel, sah es aus wie eine Kastanie, die ihre weiße Schale sprengte.

Er hatte große Ähnlichkeit mit seinem älteren Bruder Stefan, der auch in der Fabrik arbeitete. Die Lusiewicz-Brüder waren Ingenieure und gehörten zu denen, die in letzter Zeit im Rahmen des SELIB-Programms eingewandert waren und ihre Fähigkeiten in England erworben hatten. Obwohl es schwierig gewesen wäre, Jan mit Stefan zu verwechseln, der etwas unregelmäßigere Gesichtszüge hatte, galt die Ähnlichkeit zwischen den Brüdern allgemein als unheimlich – als wäre Stefans Gesicht die Wasserspiegelung von Jans, nur ein bisschen weicher und verschwommener in den Konturen. Die Frauen, an die hundert, die in der Fabrik arbeiteten, teilten sich in Janisten und Stefanisten, von denen manche das fein geschnittene Gesicht des Jüngeren priesen, während andere die markigen Züge des Älteren rühmten. Alle stimmten jedoch darin überein, dass man wirklich nur schwer sagen konnte, welcher von beiden der charmantere war. Beide beherrschten ihre Arbeit hervorragend und waren schon bald aus dem Sklavenstatus der Maschinenbediener, zu denen Rosa immer noch gehörte, in die relative Freiheit des technischen Personals aufgestiegen.

Rosa schaute zu, wie Jan ungefähr vierzig oder fünfzig Meter weiter hinten im Maschinensaal um eine Ecke verschwand, und fuhr heftig zusammen, als sie sein Gesicht ein paar Meter von ihr entfernt wieder auftauchen sah. Es war Stefan.

»Also. Du kommst. Ja?«, sagte er. »Heute Abend doch, oder?«

Rosa nickte und wieder bewegte sich ihre Zunge. Stefans Lächeln war wie Porzellan in der Sonne und seine Augen liebkosten Rosa. Er stellte sich dicht neben Kitty, sodass die rhythmische Vorwärtsbewegung des Zuführtabletts Rosas nackten Arm für einen Augenblick mit seinem in Berührung brachte. Als die Maschine sie wieder trennte, schwand Stefan dahin, den Mund zu einem Lachen geöffnet, das unhörbar in den allgemeinen Lärm einfiel.

»Ach, Kitty«, sagte Rosa. »Kitty, Kitty!«

Kitty Kitty bäng klick, sagte Kitty, wie ein gewitzter Papagei, der seinen Namen sagen konnte.

Die Lusiewicz-Brüder waren Rosas Geheimnis. Sie hatte sie entdeckt, als sie vor ungefähr achtzehn Monaten, kurz nach ihrer Ankunft in England, zum ersten Mal in die Fabrik gekommen waren, ein verwirrtes, hilfloses Paar sehr junger Männer. Da sich damals niemand sonst für sie zu interessieren schien, hatte Rosa pflichtbewusst, fast schmollend die Aufgabe übernommen, ihre Beschützerin zu sein. Damals waren sie niedergeschlagen und farblos, wie halb verhungerte, halb ertrunkene Tiere; und im Handumdrehen waren sie völlig abhängig von ihr geworden. Sie sprachen praktisch kein Englisch, saßen nebeneinander auf einer Bank und blickten aus ihren blauen Augen voller Verwirrung und Kummer zu Rosa auf. Sie unterhielten sich rasch auf Polnisch. Dann versuchte einer von ihnen, normalerweise Stefan, etwas auf Englisch zu Rosa zu sagen. Was herauskam, war ein entstelltes, falsch ausgesprochenes Wort, dazu viel Gestikulieren und eine Begleitung auf Polnisch von Jan. Rosa hatte nicht gewusst, dass eine Sprache einem so sehr wie ein Folterinstrument vorkommen konnte.

Sie hatte sie beschützt, geleitet, ihnen Geld gegeben und Englisch beigebracht. Während dieser Zeit sah sie sie jeden Tag in der Fabrik, gab ihnen fast jeden Abend Englischunterricht und verbrachte einen großen Teil ihrer Wochenenden damit, ihnen London zu zeigen. Sie wurden ihre Kinder und ihr Geheimnis. Anfangs hatte sie versucht, bei Hunter Interesse für sie zu wecken. Stefan war etwas jünger als Hunter. Doch damit hatte sie keinen Erfolg. Hunter mochte sie aus irgendeinem Grund nicht. Nach einer Weile stellte Rosa fest, dass sie in Bezug auf das Brüderpaar ein sonderbar geheimnistuerisches und besitzergreifendes Verhalten an den Tag legte. Sie erwähnte es nicht mehr bei den Freunden, denen sie anfangs von ihm erzählt hatte. Wenn jemand sie fragte: »Was ist aus diesen beiden traurigen Polen geworden, um die du dich gekümmert hast?«, antwortete sie: »Ach, denen geht's gut, denke ich. Sie kommen jetzt allein zurecht.

In der letzten Zeit habe ich sie gar nicht gesehen.« Sogar vor Hunter verbarg sie die Tatsache, dass sie die Lusiewicz-Brüder noch genauso oft sah wie vorher.

Die Brüder hatten mittlerweile erstaunliche Erfolge zu verzeichnen. Beide hatten vor ihrer Ankunft in England bereits eine gewisse technische Ausbildung absolviert und stellten schon recht bald ein beachtliches Geschick mit Maschinen unter Beweis. Sie lernten, selbstsicher und charmant Englisch zu sprechen, wenn auch mit einem kuriosen und sich wiederholenden Vokabular und einer tief sitzenden Verachtung für den bestimmten Artikel. Ihr Auftreten veränderte sich zu ihrem Vorteil. Ihr Haar, das ihnen in wirren Strähnen bis zum Kragen gehangen hatte, begann sich wie eine wiederbelebte Pflanze zu wölben und vor braunem Feuer zu glänzen; und die außerordentliche Blässe ihrer Haut ließ den Betrachter jetzt eher an griechischen Marmor denn an die Symptome von Blutarmut und Unterernährung denken. Ihre blauen Augen waren allmählich von Heiterkeit, Wildheit und Freude, ihr Mund von Lachen erfüllt. In der Fabrik empfahlen sie sich bald durch ihre Schönheit, ihr unbeholfenes Englisch, aus dem sie rasch ein Instrument der Verführung zu machen lernten, und ihre erstaunliche Ähnlichkeit den Frauen, die sich angezogen fühlten vom Anschein einer mittlerweile recht vertrauten und dadurch bezaubernden Hilflosigkeit und den Geheimnissen der Blutsverwandtschaft. Bei den Männern verschafften sie sich durch ihre technischen Fähigkeiten und ihren Lerneifer bald genügend Ansehen, um die durch ihren Erfolg bei den Frauen verursachte Verärgerung einigermaßen auszugleichen. Sie wurden beliebt.

Anfangs beobachtete Rosa dieses Aufblühen mit Interesse und Freude, später mit Trauer. Kein Zweifel, ihre Ankunft hatte die Fabrik für sie verändert. Rosa hatte seit etwa zwei Jahren in der Fabrik gearbeitet. Davor war sie Journalistin gewesen. Davor hatte sie an einer Mädchenschule Geschichte unterrichtet. Für ihre Mutter war es eine Enttäuschung, dass sie keine fanatische Idealistin war, und für sie selbst, dass sie keine gute Lehrerin war. Ihre Erfolge als Journalistin hatten zwar ihre Erwartungen, ja sogar ihre Wünsche leicht übertroffen, sie hatte sich jedoch nie von der Düsterkeit und dem Zynismus erholt, mit denen sie in dieses Geschäft hineingegangen war. In die Fabrik war sie in einer Geisteshaltung bewusster Askese gekommen. Arbeit war für sie etwas Ekel Erregendes, Verseuchtes geworden, befleckt mit heimlichen Ambitionen, enttäuschten Wünschen und der Rivalität und den Meinungen anderer Leute. Jetzt wollte sie endlich etwas Einfaches, Sauberes, Stromlinienförmiges, Bescheidenes und Eintöniges daraus machen. Was ihr so gut gelungen war, dass sie sich schier zu Tode langweilte. Rosa ging nicht davon aus, dass die Fabrik in ihrem Leben etwas anderes als ein Zwischenspiel sein würde; allerdings hatte sie auch die Vorstellung aufgegeben, ihr Leben würde überhaupt je etwas anderes als eine Reihe von Zwischenspielen sein.

Es hatte eine Zeit gegeben, da hatte sich in Rosas Leben ständig etwas Außergewöhnliches getan. Doch seit sie in die Fabrik ging, tat sich überhaupt nichts mehr. Es war, als hätte der Gott, den sie damals anrief, als sie sich in einer von ihren Freunden als schrecklich destruktiv und negativ empfundenen Stimmung für einen solchen Fortgang der Dinge entschied, sie tatsächlich beim Wort genommen. Ihr Leben wurde einfach, eine Einfachheit allerdings, die nicht die der Schönheit oder Güte, sondern die einer monochromen Langeweile war. Was Schönheit und Güte anging, hatte Rosa natürlich keine besonderen Erwartungen an ihr neues Leben gehabt; sie war weit davon entfernt, das dringende Bedürfnis ihrer verstorbenen Mutter nach Kontakt mit dem Volk zu teilen. Tief im Inneren hatte sie jedoch, ohne es irgendjemandem gestanden zu haben, gehofft, einige ihrer Arbeitskollegen kennen zu lernen; ja sie hatte sogar gehofft, ihnen auf die eine oder andere Weise helfen zu können. Doch nichts davon war geschehen. Sie verkehrte freundschaftlich mit den

Männern und Frauen, mit denen sie arbeitete, blieb aber doch, exzentrisch und einzelgängerisch wie sie war, auf Distanz zu ihnen und hart am Rande des Argwohn Erregenden. Das hatte Rosa keineswegs überrascht und nur ein bisschen enttäuscht. Das Leben wurde unpersönlich und mechanisch; und selbst das gefiel ihr, befriedigte es doch ein tiefes, vielleicht verzweifeltes Verlangen nach Frieden.

Rosa wollte nie, dass andere Menschen ihr zu nahe kamen. Ihre Intimität mit Hunter, der Person, die ihr am nächsten stand, erfüllte sie zuweilen mit einem gewissen Schrecken. Sie war Hunter auf obszöne Weise nah. Zwischen ihr und ihm gab es für sie kein Außen. Die Schale aus Konventionen und Ambitionen, die einen Menschen umgibt und bestimmt, verlief nicht zwischen Hunter und Rosa, sondern umschloss sie beide zusammen. Die Nähe zu einem selbst, dachte sie, wird durch die Tatsache erträglich, dass man sich verändern kann, die Struktur ist lebendig. Für diese andere Nähe gab es jedoch kein Heilmittel; und das weckte in Rosa eine solche Angst vor jeder Nähe, dass sie sich damit über ihre zunehmende Einsamkeit hinwegtröstete. Sie hätte sich über die ihr aufgezwungene Ungreifbarkeit gefreut, würde sie sich nicht so schrecklich langweilen. So war die Zeit vergangen und nichts war passiert: nichts außer der Ankunft der Lusiewicz-Brüder.

Anfangs hatten die Brüder Rosa mit einer unartikulierten Ehrerbietung behandelt, die religiöser Ehrfurcht gleichkam. Sie ähnelten armen Wilden im Angesicht eines wunderschönen weißen Mädchens. Für sie war Rosa von Anfang an »englische Lady«; und wie sie ihr später erzählten, waren sie sehr stolz darauf, gleich erkannt zu haben, dass sie »Lady« war, »nicht wie die anderen, sondern Lady«. Es war sehr schwierig gewesen, sie dazu zu überreden, sie beim Vornamen zu nennen. Die Abhängigkeit der beiden von ihr war vollkommen und ihre Achtung vor Rosa hatte etwas Unterwürfiges. Rosa machte sich sogar schon Sorgen darüber, wie groß ihre

Macht über sie war. Für die einfachsten Dinge fragten sie sie um Erlaubnis, trafen keine Wahl, ohne ihre Meinung gehört zu haben, sie waren ihre Sklaven. Rosa fürchtete diese Macht, genoss sie aber auch. Es gab Tage, da hatte sie, während sie die Anmut und Vitalität ihrer Schützlinge betrachtete, das Gefühl, sie hätte ein Paar junge Leoparden geschenkt bekommen. Es war unmöglich, nicht für sie zu schwärmen, es war unmöglich, es nicht zu genießen, dass sie ihr gehörten.

Die Brüder wohnten in einem billigen Zimmer in Pimlico. Es war ein l-förmiger Raum voll schäbiger Möbel, die ursprünglich ein vor vielen Jahren verstorbener Trödler nur dort abgestellt hatte; seitdem war niemand auf die Idee gekommen, das Zimmer auszuräumen. Die Brüder, bei denen sich, nachdem ihre anfängliche animalische Furcht sich so weit gelegt hatte, dass normale menschliche Eigenschaften zum Vorschein kamen, ein außerordentliches Maß an Sparsamkeit zeigte, waren hocherfreut über den mit Trödel vollgestopften Raum, den sie für acht Schilling pro Woche mieten konnten und dessen Nippsachen, einst nutzloses Zeug, sie bald instand setzten und dabei jedem abgenutzten Gegenstand seinen eigenen Sinn und Zweck zuwiesen.

Die Brüder hatten ihre sehr alte, bettlägerige Mutter mitgebracht. Diese alte Dame verstauten sie im hintersten Winkel des L, wo sie auf einer Matratze auf dem Boden lag. Die Brüder selbst schliefen auf einer breiteren Matratze im Hauptteil des Zimmers. Das gemeinschaftliche Leben spielte sich normalerweise auf dem Boden ab, denn es gab zwar eine Reihe von Stühlen, von denen sich jedoch keiner zum Sitzen eignete, und ein Bett, sogar ein sehr großes, das aber nur aus dem leeren Rahmen bestand. Dieses große Bettgestell war das zentrale Stück im Raum. Die eisernen Seitenteile waren längst zum Kopf- und Fußteil hin gerostet und sie auseinander zu nehmen, wäre jetzt ein ausgesprochen schwieriges Unterfangen gewesen. Dabei hätte das die Brüder nicht einmal abgeschreckt, wenn sie nicht im Grunde sofort beschlossen hätten, dass das Bett ihnen so, wie es war, gute Dienste tat. Seine Anwesenheit war ein Witz, dessen sie nie müde zu werden schienen. Da vom Innenteil des Rahmens nichts mehr da war, musste man nacheinander über beide Seitenteile steigen, um das Zimmer zu durchqueren. Andererseits dienten diese Eisenstangen als Sitze, Rückenlehnen oder Wäschegestell – und so blieb das Bett unangetastet. Eine widerwärtige Toilette auf dem ersten Treppenabsatz bot den Brüdern und all den anderen äußerst verschlossenen Hausbewohnern einen Wasseranschluss.

Es war nicht Rosa gewesen, die diesen Ort ausfindig gemacht hatte. Wie die Brüder darauf gestoßen waren, verrieten sie nie. Es erfüllte sie mit Stolz, ihn gefunden zu haben, und sie wiederholten nur immer wieder: »Wir machen es allein!«, was in jenen Zeiten so viel hieß wie nicht mit Rosa. Das Zimmer in Pimlico hatte Rosa einen Schock versetzt, als sie ganz am Anfang ihrer Bekanntschaft zum ersten Mal zu Besuch gekommen war. Die Altersschwäche der Gegenstände, von denen kaum einer noch intakt war, schuf zusammen mit der makellosen Sauberkeit, dem Werk der Brüder, die es sogar geschafft hatten, ihr Zimmer von dem Geruch zu befreien, der das ganze Haus durchzog, eine sonderbare Szenerie. Die sauber geschrubbten Farben und die Atmosphäre ordentlicher, wohl überlegter Haushaltsführung unterstrichen mit einem merkwürdigen Nachdruck die Tatsache, dass eigentlich nichts im rechten Zustand war.

Am allerwenigsten hatte Rosa mit der alten Mutter gerechnet. Die Brüder hatten weder ihr noch irgendjemand anderem in der Fabrik von ihr erzählt – und Rosa neigte dazu, diese Unterlassung eher bewusster Geheimnistuerei als dem Fehlen eines so elementaren Wortes in ihrem Vokabular zuzuschreiben. Die alte Frau sprach kein Englisch und inwieweit ihr überhaupt klar war, wo sie sich befand und was um sie herum vorging, konnte Rosa nicht entscheiden. Manchmal wenn Rosa sich mit den Brüdern unterhielt, lag sie stundenlang mit geschlossenen Augen da. Hin und wieder allerdings hatte Rosa bemerkt, wie sie sie mit forschender, verwirrter Miene beobachtete; vielleicht stellte sie sich vor, Rosa sei jemand anderes, eine Nichte oder eine Freundin von ganz früher, an deren Namen sie sich nicht erinnern konnte. Andererseits wusste sie ja vielleicht sehr wohl, was vor sich ging: Rosa machte sich darüber Gedanken und als sie die Brüder ein bisschen besser kannte, fragte sie sie, aber bei diesem Thema waren sie kurz angebunden. »Sie denkt, es ist immer noch Polen«, sagte Jan. »Sie nie weiß, dass es nicht ist.«

»Nie«, bestätigte Stefan. Sie standen da und schauten auf sie hinab. Ihre Mutter schien sie mit einer Mischung aus Zärtlichkeit, Wut und Grausamkeit zu erfüllen. Als Rosa, erschrocken über die Art, wie die alte Frau in der Zimmerecke verstaut war, ihre Hilfe angeboten hatte, um es ihr bequemer zu machen, hatten sie alle ihre Vorschläge fast verärgert abgelehnt. Sie ließen Rosa nicht einmal näher an die Stelle heran, wo sie lag. »Sie ist unsere Mutter«, sagte Stefan. »Es ist genug.«

Als Rosa klar geworden war, dass die Brüder eine Mutter hatten, war ihre erste Reaktion die des Unbehagens, ja fast der Eifersucht gewesen. Sie machte sich sofort ein Bild von ihr als einem Wesen, mit dem man rechnen musste, jemand, dem man schmeicheln, gut zureden und seinen Willen lassen, den man überzeugen und lenken musste. Obwohl die alte Frau nie aufhörte, ihr eine Art von Ehrfurcht einzuflößen, die schon fast an Schrecken grenzte, gewöhnte sie sich bald an, ihr aus praktischen Gründen nicht mehr Beachtung zu schenken, als wenn sie ein weiteres sonderbares Möbelstück gewesen wäre. Wenn sie beide, was manchmal passierte, allein im Zimmer waren, blieb Rosa auf Distanz, ließ sich aber nieder, um, ohne verlegen zu werden, das Gesicht der alten Abgöttin zu studieren.

Tatsächlich war es, als hätte man eine lokale Gottheit vor sich, an die man zwar nicht glaubt, die einen aber dennoch in

Angst und Schrecken versetzen kann. Die Mutter hatte einen gelben Teint und ihre Haut war lederartig. Auf ihrem Gesicht und Hals kreuzten sich zahllose Falten und es war nahezu unmöglich, vor lauter anderen dunklen Linien, die das Auge ablenkten, ihre Gesichtszüge zu erkennen. Ihre Wangen waren von tiefen Rissen zerfurcht, wie ein Gefäß, das zerbrochen und grob wieder zusammengeklebt worden war. Die untere Gesichtshälfte war eingefallen, sodass ihr Mund und Kinn wie ein schlaffer Sack von den knochigen Vorsprüngen darüber herabhingen. Nur ihr üppiges graues Haar schien noch lebendig zu sein, und ihre Augen, die, groß und dunkel, wie ein Paar Quallen in ihren schartigen Höhlen saßen und mit ihrer feuchten, glänzenden Oberfläche einen sonderbaren Kontrast zu der extremen Trockenheit ihrer Umgebung bildeten. Sie lag immer auf drei Kissen gestützt da und schlief, soweit Rosa das sehen konnte, auch nachts so. Sie sagte fast nie etwas, aber wenn sie das eine oder andere ihrer Kinder auf Polnisch ansprach, klang ihre Stimme recht kräftig und überhaupt nicht wie das Geplapper von jemandem, der senil war. Ein- oder zweimal, als sie allein im Zimmer gewesen waren, hatte Rosa sie auf Englisch angesprochen, worauf sie jedoch, außer weiterhin aus ihren großen feuchten Augen zu starren, keinerlei Reaktion gezeigt hatte. So saß Rosa da und betrachtete sie, während sie Rosa betrachtete, und das Ausmaß ihrer Beziehung hätte nicht geringer sein können, wenn sie zwei verschiedenen historischen Epochen angehört hätten.

Es überraschte Rosa, dass sie nicht bereit war, Mitleid mit der alten Frau zu haben, und dass sie schon bald imstande war, es wie die Brüder zu machen, die ihre Mutter meistens völlig ignorierten. Sie richteten, wenn Rosa da war, nur ganz selten das Wort an sie. Zuweilen schien die Anwesenheit der Mutter sie jedoch in wilde Aufregung zu versetzen. Dann standen sie da und starrten sie ganz erstaunt an. Mit der Zeit konnte Rosa diese Stimmung erkennen, die damit anfing, dass beide Brüder vor Anspannung zitterten, und rasch zu einem orgiastischen Höhepunkt anschwoll, wie bei einem rituellen Fest.

»Sie ist Erde, Erde«, sagte Stefan in feierlichem Ton zu Rosa. »Sie ist unsere eigene Erde.«

»Sie ist unser Land«, sagte Jan. »Manchmal wir tanzen auf ihr, Tanz unseres Landes. He, alte Frau!«, rief er plötzlich und stieß sie mit dem Fuß an. Die Mutter lächelte zahnlos zu ihnen auf und starrte sie weiter mit offenem Mund an.

»Sie verwest innen«, sagte Stefan. »Alles ist Verwesung. Ich es nicht erklären kann. Du riechst es bald.«

»Kommt Tag, da verbrennen wir sie«, sagte Jan. »Wenn wir sie versichert hätten, hätten wir sie längst verbrannt. Sie so trocken jetzt, wie Stroh, sie verbrennen sofort. Eine große Flamme und dann Schluss.«

»Wir dich verbrennen, du Alte, jawohl, wir legen Feuer in deine Haare!«, rief Stefan, und die alte Mutter lächelte wieder und ihre Augen begannen fiebrig zu glühen, während sie zu ihren großen Söhnen aufblickte.

»Du alter Müll! Alter Sack!«, schrie Jan. »Bald töten wir dich, wir stecken dich unter Dielenbretter, da stinkst du nicht schlimmer als hier! Wir töten dich! Wir töten dich!« Und er tat, als würde er ihr auf den Bauch springen. Dann tanzten die beiden im Zimmer umher, während sie laut irgendetwas auf Polnisch riefen, und die alte Mutter stemmte sich gegen die Kissen hoch, als könnte sie jeden Augenblick aufstehen und sich in den Tanz einreihen.

Dann war die Aufregung ziemlich plötzlich vorbei und die beiden Brüder setzten sich jeder auf eine Seite des Bettgestells und wischten sich den Schweiß von der Stirn. Beim ersten Mal versetzte diese Vorstellung Rosa einen ziemlichen Schock, doch bald gewöhnte sie sich daran.

»Wie alt ist eure Mutter?«, fragte sie einmal, nachdem ihr Tanz zum Stillstand gekommen war.

»Hundert«, antwortete Jan.

»Er meint sehr alt«, erklärte Stefan. »Sehr, sehr alt. Bald

vergisst sie polnische Sprache. Sie alles vergessen. Wenn so alt ist, Vergangenheit ist nichts, Zukunft nichts. Nur Gegenwart – so groß.« Er hielt seine beiden Handflächen so nah nebeneinander, dass nur noch der Bruchteil eines Zentimeters dazwischen passte.

»So ist es«, sagte Jan. Beide stießen einen tiefen Seufzer aus.

Nachdem sie schreiend herumgetollt waren, befiel sie eine tiefe Traurigkeit und sie fingen an, mit wehmütiger Stimme ihr Repertoire an polnischen Liedern zu singen; am Ende stand immer *Gaudeamus igitur*, das sie ganz langsam intonierten, einem Grabgesang gleich, zu dem sie sich, Schulter an Schulter, feierlich hin und her wiegten.

»Das ist Studentenlied«, erklärte Jan immer. »In Polen sind wir Technikstudenten, aber wir haben keine Zeit zum Doktormachen.«

»Jetzt trinken wir«, sagte Stefan. Es wurde eine Flasche britischer Sherry hervorgeholt und mit Teetassen angestoßen.

»Unsere Mutter!«, sagte Jan ernst.

»Siehst du, wir sind auch Patrioten für unser neues Land«, sagte Stefan. »Wir trinken schreckliche Weine von unserem neuen Land!« Dann erschallte brüllendes Gelächter, in das auch Rosa einfiel.

Anfangs hatte der übermäßige Respekt, mit dem die Brüder Rosa behandelten, sie ziemlich entmutigt. Sie wäre gerne ihre Freundin gewesen; doch die Rolle, die sie ihr zudachten, bestand zur Hälfte aus Gutsherrin und zur Hälfte aus Sozialarbeiterin. Nachdem sie sie endlich dazu überredet hatte, sie Rosa zu nennen, ein Wort, das sie ganz merkwürdig und nur unter Erröten, Stottern und verschämtem Lächeln aussprachen, machte sie sich daran, sie auf jede nur erdenkliche Weise zu umwerben. Ihr Respekt, ihre Hilflosigkeit, ihre Schüchternheit weckten bei Rosa neben ihrer Zärtlichkeit einen regelrechten Beschützerinstinkt. Sie kam sich vor, als schenkte sie einem kleinen, übel zugerichteten und fast erfrorenen Vogelpärchen durch ihre eigene Wärme das Leben wieder. Jeder Tag brachte ihr einen Fortschritt, einen Triumph, eine Überraschung. In dieser Zeit machten die Lusiewicz-Brüder sie wirklich sehr glücklich.

Besondere Freude bereitete es ihr, den beiden Englisch beizubringen. Am Anfang hatten sie nur mit Hilfe von Pantomime und der erstaunlich kleinen Anzahl von Wörtern, die die Brüder mitgebracht hatten, miteinander kommuniziert. Doch allmählich und mit zunehmender Geschwindigkeit weitete sich der Rahmen ihrer Kommunikation aus, wurden ihre Unterhaltungen vielseitiger und subtiler – und Rosa hatte immer wieder Gelegenheit, sich zu dem Gespür zu gratulieren, das sie dazu veranlasst hatte, sich dieser zwei sonderbaren und hilflosen Kinder anzunehmen. Sie fühlte sich wie die Prinzessin, deren starker Glaube den verzauberten Prinzen aus seinem Schlaf erweckt oder von der Gestalt eines Ungeheuers befreit. Als ihre beiden Prinzen sich zunehmend mit der englischen Sprache vertraut machten und ihr immer mehr von sich offenbaren konnten, stieß sie bei ihnen auf ein Vielfaches an Intelligenz, Humor und Lebensfreude, als sie anfangs bei ihnen vermutet hatte. Doch es gab auch Augenblicke, da sie sich wie die Prinzessin, die mit einer seltsamen Nostalgie an die pelzige Schnauze und den ängstlichen Blick zurückdachte, die für immer verschwunden waren, besonders bewegende Momente in der Metamorphose wieder herbeiwünschte. Tatsächlich hätte sie, wenn es in ihrer Macht gelegen hätte, den Prozess verlangsamt, so sehr genoss sie ihn.

Der Unterricht fand in dem Zimmer in Pimlico statt, wo sie innerhalb des Bettrahmens zu dritt im Schneidersitz auf dem Boden saßen. In der Mitte lagen die Lehrbücher und die Wörterbücher. Zuerst sprachen die Brüder viel auf Polnisch miteinander und waren kaum dazu zu bewegen, mit Rosas Hilfe stammelnd eine Übung vorzutragen. Dann entdeckten sie, wie man auf Englisch einfache Bemerkungen machen konnte. Rosa verbot ihnen, sich auf Polnisch zu unterhalten, und sie machten sich einen besonderen Spaß daraus, voreinander anzugeben oder sich gegenseitig wegen ihrer Fehler aufzuziehen.

»Du bist wie Bauer!«, sagte Stefan zu Jan. »So nur sprechen Bauern in England!«

»Du bist nicht einmal wie Bauer!«, entgegnete Jan. »Rosa dich überhaupt nicht verstehen. Ich sprechen wie Bauer, aber du sprechen wie Schwein!«

Manchmal brachten sie Rosa so sehr zum Lachen, dass ihr die Tränen übers Gesicht liefen; und dann stellte sie plötzlich fest, dass diese Tränen nicht aufzuhalten waren und sie flossen und flossen, bis sie schluchzte, um einen Schmerz zu lindern, der für jeden normalen Trost zu tief lag. Die Brüder hatten in ihr eine feste Naht aus Verletzlichkeit und Gram aufgetrennt. In ihrer Gegenwart war sie immer atemlos, wie in einem neuen, wunderschönen Land, von einem unerklärlichen Entzücken erfüllt und nie sehr weit von den Tränen entfernt. In solchen Augenblicken behandelten die Brüder sie mit Rücksicht und zärtlichem Respekt, boten ihr feierlich saubere Taschentücher an und stellten keine Fragen.

Dann passierte eines Tages etwas, was Rosa nicht direkt vorausgesehen, woran sie aber gedacht hatte, ohne sich näher damit befassen zu wollen. Sie ging von der Fabrik aus mit Stefan nach Hause. Es war ein nebeliger Novemberabend. Jan, der in einer früheren Schicht gearbeitet hatte, war vorausgegangen und würde sie mit einer warmen Mahlzeit erwarten. Die Fabrik war in Lambeth; sie brauchten also nur den Fluss zu überqueren und schon waren sie in Pimlico. Rosa war für einen schnelleren Schritt. Es war feucht und kalt. Es war auch sehr dunkel und sie schob ihren Arm unter Stefans. Sie näherten sich dem Fluss. Dann gab Stefan plötzlich eine Art Stöhnen von sich und blieb abrupt stehen. Rosa blieb auch stehen. Einen Augenblick lang dachte sie, er sei krank.

»Was ist los?«, fragte sie besorgt, während sie sich zu ihm umdrehte. Dann sah sie, was los war, und ein Schreck durchfuhr sie wie eine Prophezeiung. Einen Moment lang standen sie da wie gelähmt und starrten einander an. Dann stieß Stefan sie mit einer heftigen Bewegung rückwärts an die Mauer. Er küsste sie mehrmals leidenschaftlich. Dann stöhnte er wieder wie ein Tier und lehnte sich schwer gegen sie. Als Rosa sein Gewicht auf sich spürte, war der Wille aus ihrem Körper gewichen. Schweigend hielt sie sich an ihm fest.

Schließlich wich Stefan ein wenig zurück und schaute sie an. Mit einem Finger fuhr er ihr ganz zart seitlich über das Gesicht. »Rosa«, nannte er sie bei dem Namen, den sie ihm beigebracht hatte, »du willst das, ja?« Rosa konnte nur stumm nicken. Etwas anderes konnte sie nicht tun.

Der Rest des Weges nach Pimlico war wie ein Albtraum. Wenn sie später daran dachte, meinte Rosa sich zu erinnern, dass sie kaum hatte gehen können und dass Stefan sie hatte stützen und mitschleppen müssen. Es war weiter nichts mehr gesagt worden. Als sie ankamen und die Treppen hinaufgingen, verhielt Stefan sich wie sonst auch und bald saßen sie zusammen beim Abendessen, das Jan zubereitet hatte. Danach war Englischunterricht und der Abend verging ohne Zwischenfall. Rosa meinte, ein- oder zweimal einen seltsamen Ausdruck auf Jans Gesicht erhascht zu haben, aber das konnte auch Einbildung gewesen sein.

Der nächste Tag war ein Samstag und Rosa hatte es so arrangiert, dass sie nachmittags und abends andere Freunde besuchte. Morgens sah sie die Brüder kurz in der Fabrik. Beide schienen außergewöhnlich gut gelaunt zu sein, sie pfiffen und sangen und brachten alle zum Lachen. Den Rest des Tages verbrachte sie in jammervoller Apathie. Sie meinte zu sehen, wie die Brüder auf einer Rolltreppe vor ihr davonschossen. Irgendein unausgesprochenes Band zwischen ihnen, das sie alle für kurze Zeit aus dieser Welt herausgehoben hatte, war zerrissen. Plötzlich sah sie in ihnen zwei sehr junge Männer, fast zwanzig Jahre jünger als sie selbst. Doch was sie über diese Sache dachte, war nicht eindeutig, und sie konnte weder genau sagen, was sie befürchtete, noch was sie zu tun gedachte.

Sonntags ging sie immer gegen fünf Uhr nach Pimlico und verbrachte einen langen Abend mit den Brüdern. Das war normalerweise die beste Zeit der ganzen Woche. Diesmal ging sie pünktlich, aber schweren Herzens hin. Stefan war da, aber keine Spur von Jan. Stefan stand in der Mitte des Bettrahmens, die Hände in den Hüften und einen Schimmer von Frohlocken im Blick. »Ah, Rosa!«, sagte er in einem Ton, den sie nie zuvor gehört hatte.

»Wo ist Jan?«, fragte Rosa knapp.

»Jan ist bei Freunden«, erwiderte Stefan. »Er bittet um Entschuldigung.«

Das war, wie sie beide wussten, etwas noch nie da Gewesenes und Außergewöhnliches; aber Rosa äußerte sich nicht dazu. Wie immer tranken sie etwas und aßen zu Abend. Die alte Mutter saß da und blickte über sie hinweg. Die Brüder gaben ihr in Rosas Gegenwart nie etwas zu essen. Sie beendeten ihre Mahlzeit und während sie eine Zigarette rauchten, schwiegen sie beide.

An die Eisenstangen gelehnt, saßen sie einander in dem leeren Bettgestell gegenüber. Rosa drückte ihre Zigarette aus. Sie stellte fest, dass Stefan sie durchdringend ansah, und erwiderte seinen Blick. Während sie ihn jetzt anschaute, verspürte sie eine seltsame Mischung von Gefühlen. Ein Schmerz, der aus genau der Tiefe kam, die die Ankunft der Brüder in ihr aufgerissen hatte, mischte sich mit einer intensiven Hochstimmung, dem Echo auf das, was sie beim Eintreten in Stefans Augen gesehen hatte; und zu alledem kam noch, fast als körperliche Wahrnehmung, die dumpfe Lähmung, die entstand, wenn das Denken sich selbst betäubte. Sie wusste, dass sie eine Liebe heraufbeschworen hatte, gegen die sie jetzt wehrlos war.

Stefan sah nicht mehr nach Hochstimmung aus, sondern musterte sie mit einem strengen, eigenartigen Blick. »Komm und setz dich hierher, Rosa«, sagte er.

Sie bewegte sich und fiel, während sie ihm ins Gesicht sah, neben ihm auf ein Knie. Gleich packte er sie bei der Schulter und zog sie zu sich herunter. Rosa lag steif in seinen Armen. Im Liegen schaute sie direkt in die Augen der alten Frau, die sie beide mit unveränderter Miene betrachtete.

»Wir schlafen jetzt zusammen, Rosa. Es ist Zeit«, sagte Stefan in sachlichem Ton.

»Das ist unmöglich«, sagte Rosa ebenso sachlich, »wegen Jan.« Sie war nicht imstande zu denken und etwas Prägnanteres fiel ihr nicht ein.

»Jan ist nichts hier«, sagte Stefan. »Jetzt bin ich, nicht Jan. Komm.« Er stand auf und zog Rosa mit hoch.

»Deine Mutter!«, sagte Rosa.

»Sie nicht sehen, nicht hören«, sagte Stefan.

Unwillkürlich trat Rosa rückwärts um die Ecke des Zimmers aus dem Sichtfeld der alten Frau heraus und in der Bewegung brachte Stefan sie aus dem Gleichgewicht und warf sie der Länge nach auf die Matratze. Er stürzte auf sie und dann lagen sie keuchend da. Ein paar Minuten später machte er sich wild über sie her.

Am nächsten Tag begann Rosa sich zu fragen, was um alles in der Welt sie jetzt tun sollte. Der erste Schock der Verzweiflung war vorbei. Sie bedachte jede einzelne Möglichkeit, einschließlich der, ihre Kündigung einzureichen und von London wegzuziehen. Es war unmöglich, Jan und Stefan zu trennen; für sie waren sie ein einziges Wesen. Andererseits erfüllte der Gedanke, die Brüder zu verlieren, sie mit einem solchen Schmerz, war die Vorstellung eines Lebens ohne sie so unendlich qualvoll, dass sie bald auf zwar noch weniger praktikable, aber dafür weniger schmerzvolle Strategien umschwenkte. Wenn es auch unmöglich war, die Brüder zu trennen, so schien es doch ebenso unmöglich, sich von ihnen zu trennen. Letztlich war Rosa, da sie von der ganzen Situation nur eine beunruhigend vage Vorstellung hatte, zu keiner Entscheidung fähig. Sie wusste weder, was passiert war, noch wo sie stand. Sie konnte nichts anderes beschließen, als zu warten; und ihr wurde klar, dass sie insgeheim hoffte, die Brüder würden irgendwie die Situation in die Hand nehmen und alle nötigen Entscheidungen für sie treffen.

Ihrer gewohnten Vereinbarung gemäß wurde sie an jenem Abend wieder in Pimlico erwartet. Normalerweise überquerte sie an diesem Tag nach der Schicht mit beiden Brüdern den Fluss, doch als es Zeit war, die Fabrik zu verlassen, konnte sie keinen von beiden entdecken. Schließlich machte Rosa sich allein auf den Weg, und während sie ging, liefen die Tränen in einem langsamen Strom, stetig und unaufhörlich wie Winterregen. Es waren bittere und kummervolle Tränen, nicht die warmen Tränen, die Linderung für den unaussprechlichen Schmerz brachten. Solche Tränen würde es vielleicht nie mehr geben.

Sie stieg die Treppe hinauf und betrat das Zimmer. Jan war da, saß auf dem Rand des Bettgestells und tat so, als lese er ein Buch. Von Stefan war nichts zu sehen. Als sie hereinkam, stand Jan auf und sagte: »Ah, Rosa!«

»Wo ist Stefan?«, fragte Rosa.

»Er ist bei Freunden«, antwortete Jan. »Er bittet um Entschuldigung.« Jan strahlte über das ganze Gesicht.

»Aha!«, sagte Rosa.

Schweigend aßen sie zu Abend. Nach dem Essen rauchten sie eine Zigarette, während sie, an die Eisenstangen gelehnt, einander in dem leeren Bettgestell gegenübersaßen. Rosa blickte Jan an und es schien ihr, dass sie ihn durch eine so dicke Wolke aus Melancholie anschaute, dass sie ihn überhaupt nur mit Mühe sehen konnte. Er erwiderte ihren Blick, nicht mit Strenge, aber mit einem Ausdruck wilder Entschlossenheit.

»Jetzt, Rosa!«, sagte er und stand auf.

»Jetzt *was*?«, entgegnete Rosa mit der ganzen plötzlichen Verärgerung tiefer Not.

»Jetzt schlafen wir zusammen«, sagte Jan.

»O Gott!«, sagte Rosa. Und fügte hinzu: »Das geht nicht, Jan.«

Jan schaute mit einem Ausdruck missmutiger Verständnislosigkeit auf sie herab. »Wie, geht nicht?«, sagte er. »Mit Stefan ja, aber mit mir nicht? So *nicht*! Steh auf!«

Rosa erhob sich. Sie standen sehr nah beieinander. Jan war starr, sein Gesicht wie versteinert. Rosa bebte zwischen Wut und dem Schmerz der Verzweiflung.

»Du weißt von Stefan?«, fragte sie.

»Natürlich«, erwiderte Jan. »Und jetzt bin ich dran. Komm.«

Rosas Knie gaben nach und sie sank auf die Matratze nieder.

Nach diesem Tag wusste Rosa überhaupt nicht mehr weiter. Die Initiative war, wie sie es sich vage gewünscht hatte, in die Hand der Brüder übergegangen. Sie erkannte bald, dass alles, was passiert war, im Voraus zwischen ihnen abgesprochen gewesen war. Diese Erkenntnis erfüllte sie mit einer Mischung aus Erleichterung, Schrecken und grotesker Belustigung. Sie traf sie ebenso häufig wie vorher; und war ihnen dankbar für das Feingefühl, mit dem sie ihr die Regeln des neuen Systems klarmachten. Der Englischunterricht ging weiter und die späten Abendessen, die sie zu dritt einnahmen, auch, nur stand jetzt manchmal der eine oder andere der Brüder auf, streckte sich und behauptete, er müsse noch frische Luft schnappen. Dann blieb er ungefähr zwei Stunden weg und kam genau rechtzeitig zurück, um mit seinem Bruder zusammen Rosa zum Bahnhof zu bringen.

Rosa war erstaunt darüber, wie schnell sie sich an die neue Situation gewöhnte. Sobald ihr klar wurde, dass der Verlust der Brüder vermieden werden konnte – und das wusste sie in dem Moment, als sie von ihrer geheimen Absprache erfuhr –, fiel der heftige Schmerz von ihr ab und an seine Stelle trat ein wolkiger Fatalismus, unter dessen Oberfläche Abscheu und Verzweiflung schwelten. Die Brüder hatten entschieden und sie konnte nicht mehr viel daran ändern. Das Einzige, was sie unmittelbar störte, war die alte Mutter, deren Anwesenheit im Raum während des Liebesaktes Rosa auf unüberwindliche Weise ängstigte und entsetzte und deren bloße Existenz sie wie eine dunkle Wolke überschattete, unter deren Bedrohung sie sich eines schrecklichen Verbrechens schuldig fühlte. Und die ganze Zeit über breitete sich bei Rosa hinter diesem Fatalismus und dieser Trauer ein noch tieferes Unbehagen aus. Jetzt hatte die Macht sie verlassen. Die Herrschaft war auf die Brüder übergegangen. Sie waren so freundlich und respektvoll wie immer – aber ihre Augen waren die von Eroberern. In ihrem tiefsten Inneren, das die Brüder selbst offen gelegt hatten, ärgerte Rosa sich darüber; und mit der Zeit fing sie an, sie zu fürchten.

FÜNF

Annette lag, die Beine in die Luft gestreckt, auf ihrem Bett. Sie bewunderte gerade die außergewöhnliche Schmalheit ihrer Knöchel. Bei ihr waren Hand- und Fußgelenke schmal, fast schon, wie Nicholas behaupten würde, absurd schmal; aber Annette gefielen sie. Als sie sah, wie sich die zerbrechlichen Knochen unter der Haut bewegten, wurde sie sich ihres ganzen Körpers als einer Art erlesener Maschine bewusst. Langsam drehte sie einen Fuß hin und her und beobachtete dabei, wie die weiße Haut sich über dem Knochen dehnte. Dann ließ sie die Beine langsam sinken, legte sich die Hände auf die Hüften und spannte die Bauchmuskeln an. Sie lag schlaff da und nahm einen tiefen Atemzug, während ihre Lippen sich sanft entspannten, als atmete sie gleichzeitig ein Lächeln ein. Und wie sie so mit geöffneten Augen dalag, stellte sie sich vor, sie wäre eine wunderschöne Leiche. Ihr Körper war lang und geschmeidig, ihre Hüfte schlank, ihr Kopf hübsch und klein wie der einer Katze. Sie hatte große leuchtende braune Augen und eine sehr dünne Nase, die leicht *retroussé* war. »Annettes Nase ist wie ein Stück Papier«, pflegte Nicholas zu sagen. »Sie ist so dünn, dass man fast durchsehen kann.«

Annette wartete, dass Rosa nach Hause kam. Das Mädchen, das sich nie sicher war, wie Rosa auf irgendetwas reagieren würde, fragte sich, was sie wohl zu ihrer neuesten Heldentat sagen würde. Doch sie machte sich, während sie wartete, keine Sorgen. Nicholas hatte vor langer Zeit einmal zu ihr gesagt: »Lebe in der Gegenwart, Schwesterherz. Und vergiss nicht, du bist diejenige, die entscheidet, wie lang die Gegenwart ist.« Annette, die immer versuchte, den Rat ihres Bruders zu befolgen, stellte erfreut fest, dass sie in diesem Fall eine natürliche Begabung besaß, genau das zu tun, was er vorschlug. Jetzt lag sie ohne einen Gedanken im Kopf in einem glücklichen Koma und genoss die Stille und das Gefühl, einen schlanken Körper zu besitzen.

Annettes Leben war immer voller Bewegung und Lärm gewesen: Motoren und Musikgruppen und *Badinage* in vier Sprachen. Wenn sie einen Kontinent überquerte, dann immer mit der höchsten Geschwindigkeit, die das Zeitalter zu bieten hatte, und wenn sie eine Straße entlangging, dann immer in Gesellschaft mehrerer Leute, die normalerweise sangen. Selten war sie längere Zeit an einem Ort geblieben. »Keine Sorge, bald sind wir hier weg!«, pflegte ihr Vater zu sagen, um sie zu trösten, wenn sie sich wegen irgendetwas Besorgnis Erregendem klein vorkam, sei es die Feindseligkeit des Zimmermädchens oder das ungeklärte Klopfen, das sie in der Nacht gehört hatte. Aber gerade das bereitete ihr Sorgen. Genau wegen dieser Dinge gab es ein Geheimnis, das nie enthüllt worden war. Sie erinnerte sich, wie sie vor sehr langer Zeit in einem Garten in der Bretagne eine Rosenknospe gesehen und zu ihrem Kindermädchen gesagt hatte, sie wolle noch nicht zu Bett gehen, sondern aufbleiben und die Blume aufgehen sehen. Das Kindermädchen hatte zu ihr gesagt, sie solle sich nicht anstellen, und ihr Vater hatte gelacht und gemeint, dass sie, wenn die Blume aufginge, schon fast fünfhundert Kilometer weit weg wäre. »Leute wie wir können keine normale Kindheit haben«, hatte Nicholas ihr gesagt, als sie zehn und er zwölf gewesen war. »Das wird sich rächen, wenn wir fünfundvierzig sind!«

Annette hatte immer das Gefühl, dass sie mit einer Geschwindigkeit reiste, die nicht die ihre war. Bei ihren zahllosen Fahrten zu oder von ihren Eltern hielt der Zug manchmal zwischen zwei Bahnhöfen an und offenbarte plötzlich die

Stille der Berge. Dann schaute Annette sich das Gras neben den Schienen an und nahm das Grün, wie es im leichten Wind schwankte, in allen seinen Einzelheiten wahr. In der Stille erschien ihr das Gras sehr nah; und sie verblüffte sich selbst mit dem Gedanken, dass das Gras wirklich da war, nur ein paar Schritte entfernt, und dass sie einfach aussteigen und sich hineinlegen und den Zug ohne sie abfahren lassen konnte. Oder wenn sie gegen Abend reiste und die Lichter in den Häusern angingen, dann sah sie den Radfahrer an der Bahnschranke, den Blick gedankenverloren in die Ferne gerichtet, und dachte, dass er, wenn der Zug vorbeigefahren und die Schranke wieder offen war, seinen Weg fortsetzen und sie selbst, wenn er zu Hause ankam, gerade über eine weitere Grenze fahren würde. Sie stieg jedoch nie aus, um sich ins Gras zu legen, noch verließ sie den Zug hoch oben in den Bergen an dem verschlafenen Bahnhof, der gar nicht im Fahrplan stand, wo der Zug unerwartet hielt und das kleine Hotel, dessen Namen sie so deutlich lesen konnte, mit offenen Türen wartete. Sie vermochte den Bann nicht zu brechen und die Grenze zu dem überschreiten, was ihr in solchen Momenten als ihre Welt erschien. Sie blieb im Zug bis zur Endstation und der Chauffeur kam, um das Gepäck zu holen, und Nicholas sprang in den Wagen und erfüllte sie mit Trauer und zugleich mit Erleichterung darüber, dass die Reise zu Ende war. Doch die Welt des Zimmermädchens, des Radfahrers und des merkwürdigen kleinen Hotels existierte weiter und verfolgte und verwirrte sie mit einem Traum von etwas Langsamem und Stillem, das ihr für immer verschlossen blieb.

Mit dem Erwachsenwerden hatte Annette immer die Vorstellung verbunden, nach ihrem eigenen Rhythmus leben zu können. Daran hatte sich auch nichts geändert, als Nicholas alt genug war, um als ihre Aufsichtsperson zu fungieren. Und das war schon sehr früh gewesen, denn Annettes Eltern, von Nicholas die »Olympier« genannt, waren der Meinung, dass Kinder unabhängig sein sollten, was bedeutete, dass sie so schnell wie möglich groß werden und sich vernünftig in die Erwachsenenwelt, die nun einmal die Welt war, in der sie lebten, einpassen sollten. Nicholas, der seine Public School fast genauso gehasst hatte wie Annette Ringenhall, war bald zu dem Entschluss gekommen, dass Paris, wo er jetzt gerade sein Studium an der Sorbonne beendete, seine geistige Heimat war. Annette hatte dort viele Abende in Gesellschaft von Nicholas und seinen Freunden verbringen und endlosen Gesprächen lauschen müssen, die sich bis in die Morgenstunden hinzogen, bis die Luft vor lauter Abstraktionen so dick war, dass Annette, halb erstickt, in unruhigen Schlaf fiel. Angesichts der sehr allgemein gehaltenen Themen und der sehr ausgefeilten Gesprächsbeiträge erschien es Annette unmöglich, sich an diesen Unterhaltungen zu beteiligen, obwohl sie nie genau wusste, ob es an ihr selbst, an den Freunden ihres Bruders oder an der französischen Sprache lag. »*Moi, j'aime le concret!*«, hatte sie gerufen, als sie am Ende einer dieser Sitzungen plötzlich wach wurde. »*Le concret! C'est ce qu'il y a de plus abstrait!*«, hatte ihr Bruder schlau erwidert. Alles lachte und Annette brach in Tränen aus.

Zu den jungen Frauen in Ringenhall hatte Annette gesagt: »Ich habe kein Vaterland und keine Muttersprache. Ich spreche vier Sprachen fließend, aber keine korrekt.« Das stimmte nicht. Ihr Französisch und Englisch waren perfekt. Annette sah sich jedoch gerne als heimatloses Kind. Sogar ihr Äußeres deutete darauf hin, stellte sie mit Befriedigung fest. Manchmal saß sie vor dem Spiegel und versuchte, in der Tiefe ihrer großen, unruhigen Augen das Flackern einer tragischen Unzufriedenheit zu entdecken. Annette war zwar nie verliebt gewesen, aber auch nicht ganz ohne Erfahrung. Mit siebzehn war sie auf Anraten ihres Bruders von einem seiner Freunde entjungfert worden. Nicholas hätte es auch schon arrangiert, als sie sechzehn war, nur brauchte er sie zu dem Zeitpunkt für eine schwarze Messe. »In diesen Dingen musst du einen kühlen Kopf bewahren, Schwesterherz«, sagte er zu ihr. »Lass erst gar keine Geheimnisse und Erwartungen aufkommen, die machen dich nur neurotisch.« Seitdem hatte Annette eine Reihe von weder sonderlich freud- noch schmerzvollen Abenteuern gehabt. Wenn Nicholas jedoch gehofft hatte, durch dieses Training würde sich für sie das Geheimnisvolle, das ihm alles andere als gesund erschien, in Luft auflösen, hatte er sich gründlich getäuscht. Das Geheimnisvolle war verlagert, blieb jedoch als dicke, von Blitzen erhellte Wolke am Himmel von Annettes Zukunftsvision hängen.

Annette stand abrupt auf. Sie hatte beschlossen sich umzuziehen. Sie warf ihren Rock und ihre Petticoats von sich, zog eine enge schwarze Hose an und bewunderte sich im Spiegel. Ihr gefiel die Figur, die sie in Männerkleidern abgab, ganz wie ein junger Dandy, der sich gerade erst mit Würfeln, Frauen und Champagner vertraut machte. Sie besaß Seidenhemden in allen Farben mit den dazu passenden Seidentaschentüchern. Es gab Zeiten, da hatte Annette das Gefühl, dass sie außer Kleidern eigentlich nichts interessierte: Kleider und ihre Juwelen. Schon in zartem Alter hatte Annette sich in den Kopf gesetzt, ungefasste Edelsteine zu sammeln. Und dieses teure Hobby war, was manche Leute schockierend fanden, von reichen Verwandten und Bekannten aus Diplomatenkreisen in verschiedenen Teilen der Welt wohlwollend unterstützt worden. Mittlerweile besaß sie eine beachtliche Sammlung, die sie, sehr zum Leidwesen ihres Vaters und der Versicherungsgesellschaft, nicht nur unbedingt bei sich haben wollte, sondern, statt sie auf Drängen ihrer eher nüchternen Ratgeber auf der Bank zu deponieren, auch offen auf ein blaues Samttuch legte, das sie jetzt auf ihrer Kommode ausgebreitet hatte. Annettes Mutter, Marcia Cockeyne, in der Auseinandersetzung um die Juwelen ihrer Tochter um ihre Meinung gebeten, hatte gelacht und gesagt, die einzige Rechtfertigung dafür, so viel Geld für Edelsteine auszugeben, statt sie in Eisenbahnaktien anzulegen, bestehe darin, dass Edelsteine manchen Leuten eine besondere Art von Freude bereiteten und dass sie von ihrer Tochter enttäuscht gewesen wäre, hätte sie solche Preziosen besitzen, sie aber in der Bank aufbewahren wollen. Damit war die Sache erledigt.

Annette legte nicht ihre ganze Sammlung aus, sondern nur eine Auswahl, die sie von Zeit zu Zeit veränderte. Die Steine, die zu sehen waren, ordnete sie jeden Tag neu an, manchmal als symmetrisches Muster, manchmal als Sternbild und manchmal einfach nur zufällig über das Tuch hingeworfen. Annettes wertvollster Stein war ein Rubin, den sie mit zwölf von einem indischen Prinzen bekommen hatte, der in ihre Mutter verliebt war. Ihr Lieblingsstein war das jedoch nicht. Der Stein, den sie am liebsten mochte, war ein weißer Saphir, den sie mit vierzehn von einem Flugzeughersteller bekommen hatte, der in ihren Bruder verliebt war. Diesen Stein hielt sie jetzt in ihrer Handfläche und schaute wie in ein Kristall in ihn hinein. Sein Leuchten war nicht weiß oder blau, sondern golden, ein goldener Schimmer, fast zu einem transparenten Licht verfeinert. Der gegenwärtige Augenblick war auf einen einzigen Feuerpunkt reduziert. Sie schaute mitten hinein.

»Annette!«, sagte Rosa. Annette fuhr hoch und hätte fast den Saphir fallen lassen. Hastig legte sie ihn zurück. Rosa missbilligte ihre Juwelen. Rosa sah müde aus, ihre Hände baumelten, wie sie so im Türrahmen stand, an ihr herab wie die großen Hände einer Statue. In solchen Zeiten hing ihr Fleisch schwer an ihr auf eine Weise, die Annette mit einer Mischung aus Mitleid und Abscheu erfüllte. Als Rosa aus der Fabrik heimkam, hatte Hunter sie gleich mit der Neuigkeit von Annettes Entschluss, Ringenhall zu verlassen, und ihrer Begegnung mit Calvin Blick empfangen. Rosa, die später in Pimlico erwartet wurde, hatte genug mit ihren eigenen Problemen zu tun. »Sie hat also die Schule verlassen«, sagte Rosa. »Jetzt wird der Ballon hochgehen!«

»Genau das habe ich auch gedacht!«, sagte Hunter, erleichtert, dass ihre Wut nicht ihn traf.

Rosa hatte Marcia Cockeyne, als sie zusammen in der Schweiz zur Schule gingen und später in London gemeinsam eine Wohnung hatten, sehr gemocht und sie tat ihr Bestes, nicht ohne einen gewissen Erfolg, auch Annette zu mögen. Das war umso einfacher, als das Mädchen bisher nicht viel von Rosas Aufmerksamkeit beansprucht hatte. Rosa, durch Annettes kokette Art halb bezaubert, halb verärgert, zog unwillkürlich Vergleiche mit ihrer Erinnerung an sich selbst in diesem Alter, bei denen das Mädchen schlecht wegkam. Doch eine derartige Kritik an Annettes Verhalten, zu der Rosa, wie sie feststellte, aus unerfindlichen Gründen neigte, war bisher nicht formuliert worden, und sie hatte sich nicht die Mühe gemacht zu überlegen, ob sie gerecht und vernünftig war oder nicht vielleicht Ausdruck einer Art von Eifersucht auf eine jüngere und in mancher Hinsicht glücklichere Frau, zu der Rosa sich durchaus imstande fühlte. Oft genoss sie Annettes Gesellschaft, aber das Mädchen machte sie nervös. Sie wusste, dass Annette ihren Sarkasmus fürchtete, und das machte sie noch geneigter, sie zu zwicken und zu beißen.

Jetzt ließ sie sich auf Annettes Diwan nieder, nicht als freundliche Geste, sondern weil sie erschöpft war.

»Wie ich höre, hast du beschlossen, nicht mehr zur Schule zu gehen«, sagte sie zu Annette.

»Ja«, antwortete Annette, die steif dastand. »Hast du etwas dagegen, Rosa?«

Rosa streckte die Hand nach ihr aus, bemerkte, wie schmutzig sie war und zog sie genau in dem Moment, als Annette sie ergreifen wollte, zurück. »Nein, natürlich nicht!«, sagte Rosa. »Und selbst wenn, würde das auch nichts ausmachen.«

Sie hob die Beine aufs Bett, ließ die Füße überhängen und faltete vorsichtig die Hände, um die Tagesdecke nicht zu beschmutzen. Halb Annette zugewandt, lag sie ziemlich unbequem da. »Von Ringenhall habe ich sowieso nie viel gehalten. Was wirst du denn jetzt mit deiner Zeit anfangen?«

»Ich habe dort nichts gelernt«, sagte Annette. »Ich habe beschlossen, dass ich von jetzt an meine eigene Lehrerin bin.«

»Ich habe gefragt, was du mit deiner Zeit anfangen wirst«, sagte Rosa.

»Es gibt eine Menge Dinge, die ich herausfinden will«, sagte Annette unbestimmt. »Ich werde mir einen Plan machen.«

Wie sie so auf dem Bett lag, vergaß Rosa Annette plötzlich ganz und gar. Eine Wolke von Müdigkeit und Depression senkte sich wie eine Glocke auf sie herab.

»Darf ich die Nadeln aus deinem Haar ziehen?«, fragte Annettes Stimme aus der Ferne. Sie hockte jetzt neben Rosas Schulter auf dem Bett.

»Ja, wenn du willst«, entgegnete Rosa. Das war ein gewohntes Ritual und Rosa hatte nicht die Kraft, sich zu bewegen. Sie hob den Kopf und einen Augenblick später fiel ihr Haar wie eine schwere dunkle Kaskade auf. Annette zog es zur Seite in ihren Schoß und strich liebevoll darüber; es war nicht, als würde sie Rosa berühren.

»Wie schön es ist!«, sagte Annette. »Ich habe einmal versucht, mir die Haare wachsen zu lassen, aber sie sind mir nur bis zu den Schulterblättern gewachsen und nicht weiter.«

Annettes Haar war braun, extrem kurz und lockig. Die Locken waren die Kreation ihres Friseurs. Das Haar ihres Bruders, dem diese Behandlung abging, war dick und sehr gerade und fiel in einem so ordentlichen Kreis von seinem Oberkopf, dass manche Leute dachten, er trüge eine Perücke. Hätte Annette ihr Haar auch so frisiert, wäre ihre Ähnlichkeit mit ihm frappierend.

»Du meinst, du warst sie leid und hast sie abgeschnitten«, sagte Rosa, während sie angestrengt über etwas anderes nachdachte.

»Bleib jetzt liegen und ruh dich aus«, sagte Annette. »Leg deine Füße richtig hoch.«

Behutsam zog sie Rosas Füße aufs Bett und faltete ihre Hände auseinander. Schlaff und mit einem leicht ironischen

Lächeln lag Rosa da, während Annette sich über sie beugte und sie wie ein Liebhaber eingehend betrachtete.

»Du bist ein Renoirgemälde«, sagte Annette. »Du hast so schimmernde dunkle Augen.«

Rosa, die wusste, dass der Schimmer in ihren Augen auf die Nähe von Tränen zurückzuführen war, drehte den Kopf weg.

»Was ist das?«, fragte Annette und deutete auf eine runde Narbe auf Rosas Arm.

»Das ist ein Impfmal«, antwortete Rosa. »Du hast bestimmt auch eines.«

»Ich glaube nicht«, sagte Annette. »Ich bin zwar geimpft worden, habe aber kein Mal zurückbehalten.« Sie rollte beide seidenen Ärmel bis zur Schulter hoch. Sie hatte Recht. Es war kein Mal zu sehen.

»Ich bin froh darüber«, sagte Annette. »Ich würde es hassen, für immer irgendein Mal am Körper zu haben oder etwas zu verlieren, was nicht wiederkäme. Ich bin froh, dass mir noch nie ein Zahn gezogen worden ist. Und dass ich mir keine Ohrlöcher habe stechen lassen.«

»Wenn du Ohrlöcher stechen lässt, verlierst du kein bisschen Fleisch«, sagte Rosa. »Das Fleisch wird aufgetrennt, aber nichts davon weggenommen.«

»Ich weiß«, erwiderte Annette, »aber für meinen Körper würde es einen Unterschied machen und er wäre hinterher nicht mehr derselbe. Ich hätte das Gefühl, er würde aufgebraucht und es gäbe kein Zurück.«

»Er *wird* aufgebraucht und es *gibt* kein Zurück«, sagte Rosa. »Was ist mit Falten? Das sind auch Male, die kommen und nie mehr weggewischt werden. Sogar du hast welche.«

»Nein!«, rief Annette. Sie machte sich von Rosa frei und lief zum Spiegel, um ihr Gesicht anzuschauen. Auch Rosa schaute es sich an. Es war vollkommen glatt und die Haut war blass und durchscheinend mit der Blüte frühester Jugend.

»Hier, bitte schön!«, rief Annette. Sie drehte sich zu Rosa um und hielt ihr das Gesicht wie zum Kuss hin.

»Ja«, sagte Rosa, »du bist wie ein kleiner Fisch. Du bist vollkommen glatt. Du hättest eine Meerjungfrau werden sollen.«

Annette fuhr mit den Händen an ihren glatten Armen hinab und hielt sie vor sich, als wären sie eine unbezahlbare Stickerei. Dann fing sie an, im Zimmer umherzutollen, machte dabei Luftsprünge und sang: »Ich bin wie ein klei-ner Fisch, hätte eine Meerjungfrau wer-den sol-len!«

Rosa, die jetzt völlig entspannt mit wirrem Haar dalag, hatte wieder einmal alles um sich herum vergessen.

SECHS

Rosa ging durch die Eingangstür in Pimlico, die nie verriegelt war. Sie eilte die Treppe hinauf und betrat ohne zu klopfen das Zimmer der Brüder.

Jan lag flach auf einer der Eisenstangen des Bettgestells und hielt sich im Gleichgewicht. »Das machen Fakire«, sagte er, »genau so. Sie liegen vielleicht jahrelang so. Oder nicht? Dann kennen sie Gott.«

»Das glaube ich nicht«, sagte Rosa. »Ich meine, dass sie Gott kennen.«

Sie warf einen raschen Blick in die Zimmernische. Die alte Dame war wie immer gegen die Kissen gelehnt und ihre Rosa zugewandten Augen waren wie die einer Statue. »Guten Abend«, sagte Rosa, eine Begrüßung, die sie immer formulierte und auf die sie nie eine Antwort bekam.

Am anderen Ende des Zimmers war Stefan dabei, an einer seltsamen, aus Riemen und Sprungfedern bestehenden Maschine herumzubasteln.

»Was ist denn das?«, fragte Rosa.

»Ein Trainingsgerät«, antwortete Stefan. »Wir bauen sie selber. Wir sehen eine in Laden und tun, als ob wir sie kaufen. Wir schauen sie lange an und machen genauso eine. Wir nehmen die Teile von Fabrik. Das ist schlau, oder?« Er setzte sich darauf, schnallte sich in die Riemen und fing an, sich mit aller Kraft vor- und zurückzustoßen, sich in einer Art Ruderbewegung nach vorne zu beugen und wieder auszustrecken.

Rosa brach in schallendes Gelächter aus. »Ihr spinnt!«, sagte sie.

»Aber so werden wir stark«, entgegnete Stefan und stand auf. »Wir werden stark, bis wir stärker als alle anderen sind. Wenn einer von uns so ist, sind wir König. Wenn beide zusammen, sind wir Kaiser.«

»In Polen machen wir viel Sport«, sagte Jan. »Stefan war Box-Champion.«

»Und Jan Rad-Champion«, sagte Stefan.

Daraufhin begannen sie beide, wie verrückt im Zimmer herumzuspringen, Stefan im Sparring und Jan, über eine imaginäre Lenkstange gebeugt, mit den Beinbewegungen eines Radfahrers. Der Lärm war ohrenbetäubend. Im Zimmer darüber fing jemand an, auf den Boden zu klopfen.

Rosa setzte sich auf das Bettgestell und lachte, bis ihr die Tränen herunterliefen. »Bitte hört auf!«, sagte sie. »Ich bin sowieso so müde. Ich kann nicht mehr! Ich kann nicht mehr!«

Die Brüder beruhigten sich und kamen besorgt auf sie zu. Ihr Lächeln hing über ihr wie das zweier Engel.

»Wir geben dir jetzt Abendessen, du armes Ding«, sagte Stefan. »Komm, setz dich hierher.«

Sie setzten sie auf die Matratze und breiteten die Sachen fürs Abendessen aus. Rosa lehnte sich an die Wand. In ihrer Gegenwart verspürte sie eine augenblickliche Zufriedenheit, die alle anderen Sorgen vertrieb. Stefan rührte irgendetwas über der Gasflamme. Jan stand da und schaute liebevoll auf sie herab.

Er berührte sie mit dem Fuß. »Du bist unsere Schwester«, sagte er. »Du gehörst beiden.« Das sagten die Brüder oft. Sie wiederholten es, einem Zauberspruch gleich, jedes Mal, wenn sie kam.

»Ehefrau ist nichts«, sagte Jan. »Wo *das* Ding ist, ist Ehefrau. Aber Mutter ist viel und Bruder ist viel. Ehefrau kann immer neu gemacht werden. Bruder ist aber nur einmal. Schwester auch. Du gehörst uns beiden. Das ist genug.«

Rosa blickte ruhig zu ihm auf und ließ sich verzaubern. Seine Worte schienen immer sanfter zu klingen, als versuchte er, sie in den Schlaf zu sprechen.

»Heute Abend erzählen wir dir eine Geschichte von unserem Dorf«, sagte Jan. »Die Geschichte von erster Frau!«

Wenn sie abends zusammenkamen, erzählte meistens der eine oder andere der Brüder eine Geschichte über Polen. Die Geschichten begannen meistens mit den Worten: »In unserem Dorf ...« Rosa wurde es nie müde, diese Geschichten zu hören. Was sie da für sie heraufbeschworen, war sehr weit entfernt und doch kristallklar, wie eine Märchenvision. Sie konnte alles vor sich sehen, bis hin zu den Grashalmen, den Türgriffen und dem Glanz auf den Fenstern; und sie konnte die Brüder die Straße entlanggehen sehen, mal als kleine Jungs, mal als fast erwachsene Männer. Es war sehr ausführlich und doch sehr fein und zerbrechlich und sie merkte, dass sie sich erst gar nicht fragen wollte, ob es der Wahrheit entsprach.

Einmal bat sie die Brüder, ihr auf einer Karte zu zeigen, wo ihr Dorf war; als sie aber die Karte vor Augen hatten, waren sie sich über seine Lage so uneins und wurden so wütend aufeinander, dass Rosa nie wieder danach fragte und sich mit dem Bild begnügte, das ihre Geschichten in ihr heraufbeschworen hatten.

Ein anderes Mal hatte sie, laut vor sich hin träumend, gesagt: »Ich frage mich, ob ihr je dorthin zurückkehren werdet.«

Und Jan hatte geantwortet: »Warum gehen wir zurück? In unserem Dorf sind sie dumm. Sie wissen nicht, was Universität ist. Sie denken, es ist Mechanikerschule. Sie kennen nur Schule für Mechaniker. Wenn Jan und ich unsere Semester machen, denken sie, es ist das. Sie sind Bauern.«

»Außerdem«, fügte Stefan hinzu, »ist es nicht mehr da. Hitler hat es zerbrochen. Erschießt es und verbrennt es dann. Nichts mehr übrig. Vielleicht wir finden es nicht, erinnern uns nicht, wo es ist. Alles ist jetzt plattes Land.«

Als sie mit dem Abendessen fertig waren, begann Stefan mit der Geschichte. »In unserem Dorf«, sagte er, »gab es

Schule. Nicht richtig Schule, wie in England, sondern Bauernschule. Alle Kinder kommen in großem Raum zusammen, große Kinder und kleine Kinder alle zusammen. War viel Lärm. Kinder sitzen in Gruppen und Lehrer geht herum, sodass manche Unterricht haben und andere für sich arbeiten. So war das. Jan und ich gehen in diese Schule, seit wir sieben sind. Wir müssen nicht gehen, aber wir wollen gehen. Ich sage zu Jan, wenn wir klein sind, lernen wir viel, lesen, schreiben, dann werden wir stark, nicht wie Bauern. Also gehen wir. Zuerst war Schulmeister mit langem Bart, so. Sehr alt und außerdem großer Dummkopf. Ich sage zu Jan: ›Wir bleiben eine Weile. Er stirbt bald.‹ Wir lernen lesen, ein bisschen schreiben. Dann Schulmeister stirbt. Wir fragen uns, was ist jetzt? In Polen ist nicht wie in England. Nicht jeder ist Schulmeister. Das Dorf fragt, was ist jetzt?

Dann kommt aus der Stadt Schulmeisterin in unser Dorf. Vorher hat nie Schulmeisterin gegeben. Zuerst alle sind überrascht, misstrauisch. Sie ist jung, hübsches Mädchen. Kann so hübsches Mädchen Schulmeisterin sein? Wir lachen. Erster Tag, ganzes Dorf kommt zu Schule zum Schauen. Alle Kinder gehen hinein, dann ganzes Dorf draußen, an Türen, an Fenstern, und schaut. Schulmeisterin ist da, sehr rot, sehr hübsch. Wir alle lachen. Aber bald wir sehen, sie ist wirklich Schulmeisterin. Sie weiß alles, lässt sich nicht veräppeln. Wir sehen unsere Mütter und Väter zu den Türen reingucken, und wir wollen lachen und spielen. Aber sie sorgt für Ruhe. Zieht ihren Schuh aus, haut ihn auf das Pult, so, *ratata*, und wir sind ruhig. Sie trägt Stadtschuhe mit hohen Absätzen. Plötzlich wir haben alle Angst. Dann sie dreht sich zur Tür um, wo unsere Mütter und Väter sind, schauen, ob so hübsches Mädchen Schulmeisterin sein kann. Sie sagt: ›Wenn Sie Unterricht wollen, kommen Sie herein, wenn nicht, gehen Sie fort.‹ Jetzt sind sie dran mit rot werden. Sie gehen fort, so, schleichen geduckt. Danach veräppelt keiner von uns Schulmeisterin, nicht in Schule, nicht im Dorf.

Wir bleiben in dieser Schule und wir lernen viele Sachen. Wir sind beste Schüler, allerbeste. Wir sind jetzt große Jungen, Jan und Stefan. Unsere Familie hat viel Geld, deshalb wir nicht arbeiten auf Feld. Schulmeisterin ist zufrieden mit uns, bringt uns viel bei, mehr als den anderen. Sie möchte, dass wir zu Universität gehen, wenn wir erwachsen sind. Das meinen wir auch. Aber eines Tages sie macht großen Fehler mit uns. Wir sind dreizehn Jahre, oder ich dreizehn und Jan zwölf. Sie schlägt uns, so, ins Gesicht. Warum sie uns schlägt, weiß ich nicht mehr, Jan auch nicht. Aber sie schlägt uns beide, erst Stefan, dann Jan, und alle Kinder sehen und lachen. In Polen auf Dorf Leute schlagen nicht so. So ein Schlag kann nicht entschuldigt werden. Ich schweige und Jan schweigt – aber jeder von uns denkt bei sich, das vergessen wir nie, und wenn wir groß sind, haben wir diese Frau und dann rächen wir uns an ihr. Wir beide, jeder von uns denkt das, sagt es aber nicht dem anderen.

Nach dem Tag sind wir im Unterricht still, immer still. Vorher wir sprechen viel, beantworten und stellen Fragen. Jetzt schweigen wir. Wir sitzen so und schauen sie an, starren sie die ganze Zeit an. Wenn sie uns etwas fragt, antworten wir ganz kurz, und die ganze Zeit starren und starren wir. Bald wird sie unglücklich. Sie sagt: ›Warum sagt ihr nichts mehr, ihr zwei, was ist mit euch, seid ihr krank?‹ Aber sie weiß genau, was ist mit uns. Wir nichts sagen. Wir machen sie sehr unglücklich. Die ganze Zeit wir starren, wir stützen Köpfe auf Hände und starren. So vergeht ein Jahr, zwei Jahre. Wir lernen viel, aber jetzt lernen wir allein, aus Büchern. Bald wir wissen viele Sachen, mehr als die Schulmeisterin. Wir kommen immer noch zur Schule, aber starren sie nur an, und manchmal, wenn sie jetzt etwas Falsches sagt, verbessern wir sie. Sie sehr unglücklich jetzt, wenn sie uns dort sieht. Sie bekommt Angst vor uns. Und die ganze Zeit jeder von uns sagt in seinem Herzen, es dauert nicht mehr lange, bald ist Zeit gekommen. Aber wir immer noch nicht miteinander sprechen. Jeder behält Plan in seinem Herzen, geheim. Wir warten bis wir kräftig, groß und stark sind. Jetzt wir jeden Tag in Spiegel schauen zu sehen, ob wir wie Männer sind. Wir sehen, wie wir groß werden, fesch, wie Soldaten. Kommt viel Bart am Ende. Jeden Tag ich so schaue in Spiegel und bewundere, und jeden Tag ich sehe wie Jan macht dasselbe, wie er sich an Wand misst, in Spiegel schaut, Schultern strafft, so, und Faust ballt. Aber ich nicht weiß, was er denkt, und er nicht weiß, was ich denke.

Dann eines Tages unsere Mutter geht weg aus Dorf. Sie wird krank und geht zu Schwester in anderes Dorf. Ich bei mir denke: Jetzt ist es. Jan denkt auch bei sich: Jetzt ist es. Es ist derselbe Tag. Aber wir immer noch nicht sprechen. Wir beide gehen in Schule, und wir beide sitzen wie vorher und starren, und als Schulmeisterin uns dort sieht, sie ist rot und unglücklich wie vorher. Der Unterricht ist vorbei. Dann jeder von uns gibt ihr ein Briefchen, aber wir sehen immer noch nicht, was anderer tut. Ich, Stefan, ich lege Briefchen in ihr Buch. Jan, er legt sein Briefchen in ihren Hut. Dann wir gehen heim, sehr zufrieden, sehr aufgeregt. Aber wir erzählen einander immer noch nicht. In meinem Briefchen an Schulmeisterin ich sage: *Ich dich liebe. Treff mich heute Abend um neun bei Brunnen.* In Jans Briefchen an Schulmeisterin er sagt: *Ich dich liebe. Treff mich heute Abend um neun bei Eiche.* Den ganzen Nachmittag wir lachen sehr viel, wir warten auf Abend. Aber immer noch keiner weiß, was anderer getan hat.

Endlich kommt Abend. Ich, Stefan, gehe und stehe bei *Brunnen*. Jan geht und steht bei Eiche. *Brunnen* ist in Nähe von Ende von Dorfstraße, aber auf nördlicher Seite von Dorf. Eiche ist in Nähe von Ende von selber Dorfstraße, aber südliche Seite von Dorf. Dazwischen am Ende von Dorfstraße ist Springbrunnen. Als ich komme an *Brunnen* es ist erst ein bisschen dunkel und ich schaue mich um. Ich sehe nicht Schulmeisterin, aber ich sehe Jan unter Eiche sitzen. Und Jan sieht mich. Wir beide fluchen, und dann tun, als ob nicht gesehen haben. Ich setze mich auch hin. Zwischen uns ist es nicht weit, vielleicht zweihundert Meter. Also wir warten. Es ist Dämmerlicht, sehr still, sehr schön. Ich bei mir denke: Wenn nur Jan nicht wäre. Was er kann unter Eiche tun? Jan bei sich denkt: Wenn nur Stefan nicht wäre. Was er kann bei *Brunnen* tun?

Dann plötzlich kommt Schulmeisterin, in weißem Kleid, wie Braut die Dorfstraße herunter. Sie ist im Dämmerlicht sehr deutlich zu erkennen. Wir beide sehen sie. Sie kommt zum Ende der Dorfstraße. Sie schaut rechts und sieht mich. Sie schaut links und sieht Jan. So steht sie einen Moment. Dann sie setzt sich hin neben Springbrunnen und zieht ihren Rock zurecht. Sie schaut zum Himmel. Sie hält Hand in Springbrunnen. Ist Stille. Die Minuten vergehen. Ich zu mir sage, sie sieht Jan dort, und sie wartet, bis er weggeht, sie dann kommt zu mir. Jan zu sich sagt, sie sieht Stefan dort, und sie wartet, bis er weggeht, sie dann kommt zu mir. So wir warten alle drei. Abend ist so blau, so warm. Es ist dunkler und Sterne kommen heraus, ein Stern, zwei, dann ganz viele. Ein Vogel singt im Wald, vielleicht eine Nachtigall. Und die ganze Zeit wir sehen Schulmeisterin dasitzen, ganz reglos, mit Kopf nach hinten, so, und Hand im Springbrunnen. Wir sie immer sehen, obwohl es dunkel ist, weil sie so weißes Kleid trägt.

Ich werde verrückt. Ich diese Frau jetzt heftig begehre. Ich spüre Wasser auf meiner Stirn, ich zittere; aber immer ich sehe Jan dort unter Eiche, auch wenn ist dunkel, ich sehe sein Gesicht dort, sehr blass. Und solange Jan dort ist, ich kann mich nicht bewegen, ich bin wie Mann in Ketten. Dorfstraße endet an Springbrunnen, aber dann gibt es Pfad, der zu Kirche führt. Plötzlich kommen Leute von Kirche und kommen zu Springbrunnen. Es ist Zeit genau vor Ostern, die Abendmesse. Zuerst kommt alte Dame, die Mutter von Schulmeisterin ist – und jetzt sie packt Schulmeisterin am Arm und nimmt sie mit fort. Und jetzt lauter Stimmen sind in der Luft und Nachtigall ist fort und Nacht ist sehr dunkel. Ich sitze reglos an *Brunnen* und fange an zu heulen. Jan erzählt mir später, er auch hat geweint, unter Eiche. Dann wir beide gehen fort allein, durch Wälder, langer Weg, mit vielen Tränen, und wir schlagen mit Händen gegen Bäume und liegen zwischen Blättern und Pflanzen. Sehr spät wir kommen nach Hause. Wir nichts sagen zum anderen, nicht ein Wort, und wir schlafen.

Am nächsten Tag wir gehen nicht in Schule. Wir nehmen Bücher und gehen weit fort über Berg. Ich, Stefan, gehen nach Norden und Jan nach Süden. Und so wir warten bis Abend werden. Als Abend ist, wir kommen beide zurück, und um neun Uhr ich bin wieder an *Brunnen* und Jan ist unter Eiche. So wir warten. Dann alles ist wie vorher. Schulmeisterin kommt in weißem Kleid wie vorher und setzt sich neben Springbrunnen. Sterne, ein, zwei, drei, viele gehen an blauem Himmel auf. Jetzt ist so still, wir können hören wie Springbrunnen plätschert. Dann ist da wieder Nachtigall. Ich sitze neben *Brunnen* und Wasser läuft mir an Brust herunter. Ich ziehe Hemd auf, so, an Hals. Ich kann nicht atmen. Ich bin verrückt nach dieser Frau, aber solange Jan da ist, ich bin wie Toter, ich dasitze wie Leiche, ich kann kaum Hand bewegen. Ich keuche, dann ich stöhne, aber ganz leise, und ich wiege mich ein bisschen hin und her, und mein ganzer Körper tut weh. Dann ist alles wie vorher. Plötzlich die Leute von Kirche kommen und zuerst ist Mutter, die Schulmeisterin mitnimmt, wie am Abend zuvor. Dann ich liege auf Gesicht neben *Brunnen*. Ich liege wie Mann, der tot ist. Ich kann nicht einmal mehr stöhnen; so ich liege eine Stunde lang. Dann ich gehe nach Hause und schlafe. Jan kommt viel später nach Hause.

Morgens wir schauen einer den anderen an. Jeder von uns ist weiß wie ein Geist. Aber wir sagen immer noch nichts. Wir essen zusammen, aber wir sagen nichts. Wir jetzt über gar nichts sprechen, jeder spricht nur in seinem Herzen. Ich dann bei mir denke, dass ich Jan töten werde. Ich zittere überall, wenn ich diesen Gedanken denke. Ich habe Brot in meiner Hand und lege es hin. Ich stehe von Tisch auf. Ich zittere und kann fast nicht gehen. Ich muss mich an Tür festhalten, als ich vorbeigehe, sonst ich falle hin. Ich gehe hinaus in Schuppen, nach Axt schauen. Im selben Moment Jan ist aufgestanden und in Schlafzimmer gegangen. Ich finde Axt und komme zurück. Dann ich sehe Jan ist an Tür von Schlafzimmer und hält langes Jagdmesser. Wir stehen so lange Zeit, sehr lange Zeit, vielleicht zehn, fünfzehn Minuten, und wir schauen uns gegenseitig an. Jan lehnt an Tür von Schlafzimmer und ich lehne an Tür zum Hof. Dann wir drehen uns beide um und legen diese Sachen weg. Ich dann gehe raus aufs Feld und kotzen. Dann ich gehe fort über Berg wie an Tag zuvor.

Am Abend ich komme zurück ins Dorf, und um neun Uhr ich bin an *Brunnen*. Ich schaue und sehe Jan unter Eiche wie an Abenden vorher. Dann ist alles gleich. Schulmeisterin kommt in weißem Kleid und setzt sich an Springbrunnen. Es ist warm und mit vielen Sternen. Ich höre Geräusch von Springbrunnen und Geräusch von Nachtigall. Ich mich diesmal nicht hinsetze, sondern bleibe stehen, mit Fuß auf Rand von Brunnen. Ich warte zehn Minuten. Ich zittere und atme schnell, aber ich bin nicht schwach wie am Abend zuvor. Ich mir nicht vorkomme wie in Ketten. Ich schaue zu Jan. Ich schaue zu Schulmeisterin, ich schaue zu Kirche. Und ich denke, nicht schon wieder die Mutter! Dann ich fange an ganz ruhig den Berg runter zu Springbrunnen zu gehen. Ich gehe so langsam, gleite wie Geist. Ich fast hoffe, ich bin unsichtbar wie Geist. Ist jetzt sehr dunkel. Ich sehe weißes Kleid von Schulmeisterin. Aber zur selben Zeit Jan fängt auch an, von Eiche aus den Berg runterzugehen. Als ich das sehe, ich gehe schneller und Jan geht auch schneller. Dann ich renne und Jan rennt und wir beide kommen an Springbrunnen an, wo Schulmeisterin ist.

Schulmeisterin steht auf. Sie sagt nichts. Wir sagen nichts. Dann wir führen sie, jeder einen Arm, und bringen sie zurück zu unserem Haus. Wir führen sie über Felder, damit Dorf nicht sehen. Wir bringen sie ins Haus. Dann wir ziehen sie aus und nehmen sie, erst einer und dann der andere.«

Stefan hielt inne. »Wer zuerst?«, fragte Rosa nach kurzem Schweigen.

»Ich«, sagte Stefan, »weil ich der Älteste bin. In Polen es bedeutet eine Menge, Ältester zu sein. Ältester ist König. Zwischen uns es gibt keinen König. Aber da wir sie nicht zusammen lieben können, machen sogar wir es nacheinander, ich zuerst.«

»Seitdem«, sagte Jan, »wir teilen immer unsere Frauen. So soll es sein.«

»Ja«, sagte Stefan. »Wenn wir meinen, dass wir sie nehmen werden, und dem anderen nichts sagen, tun wir etwas Schlechtes. Ein Bruder muss dem anderen immer alles erzählen. Das war ein Zeichen.« Beide nickten ernst.

»Habt ihr noch einmal mit ihr geschlafen«, fragte Rosa, »oder nur das eine Mal?«

»Nur in dieser Nacht«, sagte Jan. »Danach wir haben mit vielen Mädchen im Dorf geschlafen, vielen, vielen Mädchen, haben mit allen hübschen Mädchen im Dorf geschlafen, aber mit ihr nicht mehr.«

»Warum nicht?«, fragte Rosa.

»Ich weiß es nicht«, sagte Jan. »Wir sie nicht mögen. Sie erzählt Lügen. Sie sagt, sie ist Jungfrau, aber das stimmt nicht.«

»In Polen sagen alle jungen Mädchen, sie sind noch Jungfrau«, sagte Stefan.

»Jedenfalls wir hassen sie«, sagte Jan. »Wir vergessen den Schlag nicht. Warum sollen wir ihr Freude machen? Für sie es ist genug Ehre, dass sie die Erste gewesen ist.«

»Dann wir haben ihr viel Schmerzen bereitet«, sagte Stefan. »An Tagen danach, wir nicht gehen zur Schule. Wir überhaupt nie mehr hingehen. Sie schaut uns auf Straße an, sie wartet auf uns. Manchmal sie wartet wieder an Springbrunnen. Wir beobachten sie. Aber wir tun nichts. Wir sie nicht kennen, sie nicht grüßen. Alles ist, als wäre sie Fremde. Wir machen ihr viel Schmerz.«

»Armes Ding!«, sagte Rosa. Sie fühlte sich den Tränen nahe. »Armes Ding! War sie schön?«

»Ja«, antwortete Jan. »Sie war schön, wie solche Frauen sind. Sie kommt aus Stadt, aber sie ist Bauernfrau, nicht Lady wie du. Sie hat lange, sehr lange schwarze Haare, fast zwei Meter lang, ihre Haare, und wie Schwanz von Pferd. Ist nicht Seide wie deines, aber so kräftig, sie umarmt dich fast mit ihren Haaren. Und Augen, sehr groß, auf einer Seite von Gesicht wie bei Tier, und gehen nach oben, so.«

»Und sie trägt immer vier schwarze Petticoats«, sagte Stefan.

»Was ist aus ihr geworden?«, fragte Rosa.

»Komische Sache, sie stürzt in Brunnen«, sagte Stefan.

»Den Brunnen im Dorf?«, fragte Rosa. »Den, an dem du gewartet hast?«

»Ja«, sagte Stefan. »Sie stürzt nicht zufällig. Sie springt selbst hinein.«

»Warum?«, fragte Rosa.

»Wegen Hitler«, antwortete Stefan.

»War sie Jüdin?«, fragte Rosa.

Stefan zuckte die Schultern. »Vielleicht Jüdin, vielleicht Sozialistin, keine Ahnung.«

»Ich glaube, sie war Zigeunerin«, sagte Jan. »Hitler mag Zigeuner auch nicht, er tötet auch Zigeuner, sagen sie jedenfalls in Polen.«

»War komische Sache«, sagte Stefan. »Als sie in Brunnen fällt, sie macht es nicht richtig, verfängt sich mit Fuß in Brunnenseil und hängt mit Kopf nach unten halb in Brunnen.«

»Und dann?«, fragte Rosa.

»Jemand aus unserem Dorf kommt vorbei«, sagte Stefan. »Wer war es, Jan, wer kommt vorbei?«

»Nikolai, der Zimmermann«, sagte Jan.

»Nikolai kommt vorbei«, sagte Stefan, »und sieht sie da unten im Brunnen. Alles, was er sieht, sind ihre schwarzen Petticoats. Und er fragt sie: ›Wollen Sie rauf oder runter?‹ Sie sagt: ›Runter‹, also schüttelt er Brunnenseil und sie fällt in Brunnen und ertrinkt. Das war witzig, oder? ›Wollen Sie rauf oder runter‹!«

»Das Nikolai erzählt«, sagte Jan, »aber er war immer großer Lügner, Nikolai.«

»Komische Sache auch mit diesem Brunnen«, sagte Stefan. »Waren immer Fische in diesem Brunnen. Wir holen sie mit langem Netz raus, aber kommen immer mehr Fische. Woher kommen sie, diese Fische?«

Rosa stand abrupt auf. Sie stieg über das Bettgestell und schaute auf die Brüder hinunter. Schulter an Schulter saßen sie in ihrer verzauberten Einfriedung und blickten zu Rosa auf. Dann fingen sie ganz leise an zu singen und dabei im selben Rhythmus hin und her zu schwingen, als wären ihre Körper miteinander verbunden.

Gaudeamus igitur,
Iuvenes dum sumus;
Post iucundam iuventutem,
Post molestam senectutem,
Nos habebit humus,
Nos habebit humus.

Vita nostra brevis est,
Brevi finietur;
Venit mors velociter,
Rapit nos atrociter,
Nemini parcetur,
Nemini parcetur.

Rosa setzte sich auf die Matratze und schloss die Augen. Sie ließ ihren Körper steif werden und drängte etwas aus ihrem Bewusstsein, das entsetzt aufschrie. Fast war es weg, es war weg; und wie sie jetzt, einer steinernen Göttin gleich, starr dasaß und spürte, dass sie, ohne irgendwelche Gedanken und Gefühle, einfach existierte, erschien ihr das wie ein Triumph.

Die Brüder beendeten ihr Lied, dann streckten sie ihre langen Beine aus und standen langsam auf. Sie kamen beide zu Rosa und blickten auf sie hinab. Sie hörte sie kommen, während sie mit geschlossenen Augen ruhig verharrte, und spürte ihre Nähe als Schwingung, die durch ihren ganzen Körper ging. Dann kniete Stefan sich neben sie und Jan legte sich auf ihre andere Seite.

Es war zum Ritual geworden, dass die beiden Brüder ihr gemeinsam das Haar lösten und eine Weile bei ihr saßen, bevor einer von ihnen sich erhob und ging. Stefan fing jetzt an, die Haarnadeln herauszuziehen. Rosa öffnete die Augen.

Jan lag mit dem Kopf in ihrem Schoß. Er schaute zu ihr auf und seine Augen waren umgekehrt betrachtet die eines Dämons. »Wie viele Küsse hast du für mich?«, fragte er. »Ich will viele, viele. Du gibst Stefan immer mehr als mir.«

Sie sah seine Zähne bei etwas strahlen, was wohl ein Lächeln sein musste. Traurig blickte sie auf ihn hinab und berührte seine Stirn. Sie reagierte nie auf irgendwelche Liebesbekundungen, die einer der Brüder in Gegenwart des anderen von sich gab, und ebenso wenig erwarteten die Brüder eine Reaktion von ihr. Stefan löste ihr Haar und ließ es nach vorne auf ihre Brust fallen. Jan nahm es in beide Hände und zog es nach unten, um es unter seinem Arm festzuhalten. Stefan lehnte an ihrem Rücken, die Lippen ganz nah an ihrem Hals. Alle drei schlossen die Augen und eine Art Schlummer schien sie zu überkommen. So verharrten sie und ihr Atem ging sacht.

Dann geschah plötzlich etwas sehr Sonderbares. Die alte Frau, die außer Sicht in der Zimmernische lag, stieß einen lauten Schrei aus und im selben Augenblick wurde der Raum durch einen bläulichen Blitz in grelles Licht getaucht. Im Handumdrehen waren die Brüder aufgesprungen und Rosa schrie vor Schreck. Auch sie sprang auf und einen Moment lang standen sie benommen da. Dann rannte Jan zu seiner Mutter. Die alte Frau saß aufrecht im Bett und sprach schnell auf Polnisch. Stefan folgte und die beiden Brüder standen da und hörten ihr zu. Sie sprachen auf Polnisch miteinander und dann verließ Stefan den Raum, um kurz darauf kopfschüttelnd zurückzukommen. Sie waren beide blass und angespannt vor Sorge.

»Was ist los? Was ist los?«, fragte Rosa immer wieder.

Jan drehte sich zu ihr um und legte ihr die Hand auf den Arm. Dann umarmte er sie. »Es ist nichts, Rosa«, sagte er. »Irgendwas mit dem Strom. Morgen sagen wir dem Vermieter Bescheid.« Und mehr sagten sie nicht.

Stefan holte die Flasche hervor und alle drei nahmen einen ordentlichen Schluck. Rosa zitterte und blickte beunruhigt von einem zum anderen. Bald darauf sagte sie, sie müsse jetzt gehen, und sie erhoben keinen Einspruch. Schweigend begleiteten sie sie zum Bahnhof. Und den ganzen Heimweg über ließ sie die Szene in allen Einzelheiten Revue passieren, als berge sie die allerschlimmste Bedrohung, aber sie konnte beim besten Willen nicht verstehen, was passiert war, noch was ihr eigentlich Angst machte.

SIEBEN

Nina, die Schneiderin, wohnte in einem sehr hohen Haus in Chelsea. Annette war unterwegs zu ihr; es war der Morgen des nächsten Tages. Wegen des klaren hellen Frühlingswetters hatte Annette beschlossen, den ganzen Weg vom Campden Hill Square zu Fuß zurückzulegen, und jetzt war sie fast bei Nina angekommen. Annette ging schnell, machte große Schritte und verfiel dann und wann ins Laufen. Beim Gehen fuchtelte sie viel mit den Armen herum und knuffte gelegentlich auch Passanten. Sie fühlte sich hochgewachsen und schlank und frisch, und das las sie auch in den Mienen der Menschen, die sie beim Herankommen musterten und sich, wenn sie vorbeigegangen war, nach ihr umdrehten. Wie sie so dahinging, war ihre Brust zum Bersten gefüllt mit der vagen Aussicht auf ein Glück, angesichts dessen sie manchmal, wenn es sie mit fast unerträglicher Wucht überkam, tief Luft holen und die Augen schließen musste.

Nina war eine gute und nicht zu teure Schneiderin. Kurz vor Annettes Abreise nach England hatte ihre Mutter, die sich ein Leben ohne Schneiderin gar nicht vorstellen konnte, zu ihr gesagt: »Such dir eine Schneiderin, die gut ist, aber nicht zu teuer. Für mich ist es in Ordnung, viel Geld für Kleidung auszugeben, für dich, eine *jeune Fille*, dagegen nicht. Bitte Rosa, dich zu beraten.« Rosa hatte Nina vorgeschlagen und Annette war sehr zufrieden gewesen. Nina war geduldig, gutmütig, bescheiden, diskret, schnell, eine ausgezeichnete Arbeiterin und in Bezug auf Kleider von einer unerschöpflichen Vorstellungsgabe. Annette hatte einmal den Gedanken gehabt, sie könnte Nina ja zu einer Kammerzofe der gehobenen Art machen. Sie stellte sich vor, wie sie später mit Nina als ihrer Dienerin und Vertrauten im Gefolge Europa bereiste. Diese Vorstellungen verließen sie zwar nie, blieben aber doch in einem embryonalen Stadium, da Annette aus Nina letztlich nicht schlau wurde. Obwohl die kleine Schneiderin sich ihr gegenüber untadelig verhielt, gab es Augenblicke, wo Annette den Verdacht hatte, dass Nina sie im Grunde ihres Herzens hasste.

Nina war das, was Annette als »irgendeine Art Flüchtling« bezeichnete. Sie sprach mit einem bezaubernden, kaum zu diagnostizierenden ausländischen Akzent. Annette hatte zunächst versucht, Deutsch oder Französisch mit ihr zu sprechen, doch Nina hatte immer höflich, aber bestimmt auf Englisch geantwortet und sich nicht weiter dazu geäußert. Nina war eine kleine Frau mit braunem Teint und dunklem geradem Haar, das sie blond färbte. Ihre Arme waren mit langen flaumigen Haaren bedeckt, die sie ebenfalls blond färbte, sodass sie wie ein kleines künstliches Tierchen wirkte. Annette überkam öftes der Wunsch, sie zu streicheln. Auch in Bezug auf Ninas Alter tappte Annette im Dunkeln. Sie musste immer noch das genaue Alter der Leute kennen, um sie im Vergleich zu sich selbst einzuordnen. Bei Nina war sie sich nie sicher; sie dachte, sie könnte so etwa neunundzwanzig sein. Und diese Unsicherheit vermischte sich mit ihren anderen Zweifeln und bewirkte, dass ihre Beziehung zu Nina zwar herzlich, aber immer ein bisschen beklemmend war. Ganz im Inneren verspürte Annette Nina gegenüber eine Mischung aus Besitzgier, Nervosität und Verachtung. Sie konnte sich des Gedankens nicht erwehren, dass Ninas kleine Gestalt ein Zeichen ihres kleinen Wesens war. Sie staunte selbst über diesen Gedanken, von dem sie wusste, dass er absurd war. Bis dahin hatte sie in Bezug auf andere Leute nie einen solchen Gedanken gehegt, konnte sich aber nicht davon frei machen.

Es gefiel Annette zu glauben, dass Nina immer für sie arbeitete. Was ihre Kleidung betraf, hatte Annette ein geradezu mystisches Gefühl. Es war, als dürfte die Aufgabe, sie zu kleiden, nie zu einem Ende kommen. Sie musste wie eine Prinzessin sein, für die sich die Leute in ihrem ganzen Reich Tag und Nacht abmühten, um ihre Aussteuer zusammenzustellen. Kein anderes Gefühl mochte Annette so sehr wie das, dass jemand anderes etwas für sie anfertigte oder tat, dessen Früchte sie bald genießen würde. Dieses Gefühl war für sie vielleicht der Inbegriff der Freiheit. Annette hasste die Vorstellung, dass Dinge irgendwann fertig waren und sie dann mit dem würde leben müssen, was sie hatte. Aus genau diesem Grund hatte sie als kleines Mädchen Geschichten von einsamen Inseln nie gemocht. Darüber hatte sie sich mit Nicholas gestritten, denn er war von der Annette verhassten Vorstellung fasziniert gewesen, völlig isoliert zu sein und sich mit wenigen vorhandenen Dingen klug durchs Leben zu schlagen. Wenn es um Kleider ging, war Vollendung ihr jedenfalls ein Graus, und ihre Garderobe konnte noch so groß sein, und sie war schon ungeheuer groß, es wäre für sie die reinste Folter gewesen, hätte sie mit dem zurechtkommen müssen, was da war.

Nina lebte in einem großen hellen Raum im obersten Stock und Annette kam keuchend an ihrer Tür an. Die Tür öffnete sich in einen Wald von Kleidern. In dem Raum waren eine Reihe von Stahlstangen, von denen Kleider in verschiedenen Stadien der Fertigstellung herabhingen, in unregelmäßigem Zickzack knapp unter der Decke befestigt. Als Annette eintrat, bewirkte der Luftzug ein Rascheln von Seide und ein Murmeln von Samt, das wie ein Seufzer an den hängenden Kleiderreihen entlang auf den Spiegel zuglitt, der gegenüber an der Wand befestigt war. Der Spiegel war sehr hoch und glänzend und in dem Licht, das von ihm herabfiel, standen die vollbusigen weißen Schneiderpuppen, manche bekleidet, manche unbekleidet, zwischen denen Annette mit vor Erwartung geweiteten Augen beim Eintreten ihr eigenes Spiegelbild entdeckte. Ninas Zimmer steckte für Annette voller Geheimnisse. Sie war sich nicht sicher, ob Nina dort auch wohnte. Abgesehen von den Kleidern und Ninas großer Nähmaschine mit Tretkurbel gab es sehr wenige Möbel und nur ein paar Gegenstände von persönlichem Wert. Der bemerkenswerteste davon war ein fein geschnitztes Holzkruzifix, das über der Tür hing. Dieses Ding machte Annette verlegen. Ihre Eltern hatten der Religion immer gleichgültig gegenübergestanden, aber sie selbst hatte sich in einer Klosterschule, die sie einmal für kurze Zeit besucht hatte, den einen oder anderen Aberglauben zu Eigen gemacht. Eine Zeit lang hatte sie sogar abends gebetet, bis ihr auffiel, dass ein seltsam höhnischer Ton sich in diese Gebete einschlich – und aus Furcht hatte sie damit aufgehört. Bald darauf hatte Nicholas zu ihrer Zufriedenheit bewiesen, dass die Vorstellung von Gott widersprüchlich war. Jedenfalls machte die Tatsache, dass das Kruzifix dahing, ihr zu schaffen, und der Gedanke, dass Nina an Gott glaubte, war ihr auf sonderbare Weise unangenehm.

Annette schloss die Tür und Nina kam auf weichen Sohlen im Zickzack zwischen den Kleiderreihen hindurch auf sie zu.

»Miss Cockeyne!«, sagte Nina lächelnd. »Gerade habe ich an Sie gedacht. Das Abendkleid ist fertig zur Anprobe.«

»Danke, Nina, vielen Dank«, sagte Annette. »Darf ich es jetzt anprobieren? Es tut mir Leid, ich hätte Bescheid sagen sollen, dass ich komme.«

Nina schob die Kleider an den Stangen zu beiden Seiten weg und schuf so in der Mitte des Raumes eine breitere Gasse, durch die Annette auf den Spiegel zuging. Nina folgte ihr. Als Annette in den Spiegel schaute, konnte sie Ninas Kopf soeben über ihre Schulter hinausragen sehen.

Eine von Ninas Schneiderpuppen trug Annettes Abendkleid. Es war ein tief ausgeschnittenes Kleid aus steifem meergrünem Brokat. Als Annette es sah, verschwanden alle anderen Gedanken aus ihrem Kopf und sie schrie vor Freude auf.

Ihre Augen glänzten vor Bewunderung für das Kleid und für sie selbst.

»Schnell!«, sagte sie zu Nina. »Lassen Sie es mich anziehen!«

»Ich werde es noch ein bisschen ändern müssen«, sagte Nina. »In der Taille habe ich es ziemlich offen gelassen. Keine meiner Puppen ist so schlank wie Sie, Miss Cockeyne. Angezogen wird es noch besser aussehen.« Nina schmeichelte Annette immer.

Annette war bereits aus ihrem Rock geschlüpft, unter dem ein in rotweißem Karo gemusterter Seidenpetticoat zum Vorschein kam; schon zog sie mit derselben Hast, die sie als Kind an den Tag gelegt hatte, wenn es ins Schwimmbad ging, ihre Bluse und das scharlachrote Halstuch aus. »Schnell!«, sagte Annette. »Schnell! Schnell!«

Vorsichtig entfernte Nina die Stecknadeln, mit denen das Kleid an der Puppe festgesteckt war. Es fiel in scheinbar formlose Stücke auseinander und Nina trug sie über dem Arm dahin, wo Annette, die Beine fest auf den Boden gestemmt, einen Fuß vor den anderen gestellt und mit lose herabhängenden Armen wie eine Zirkustänzerin vor dem Sprung vor dem Spiegel stand. Nina begann ihr in das Kleid zu helfen und als sie spürte, wie das kühle glatte Material über ihre Haut glitt, schloss Annette aus purer Freude die Augen. Als sie sie wieder aufschlug, war sie verwandelt. Das Kleid war ein Triumph. Das steife Material fiel in Kaskaden aus Annettes schmaler Taille zu einem breiten Saum hinab, der vier oder fünf Zentimeter über ihrem Knöchel hing, und der tiefe ovale Ausschnitt führte in weitem Bogen nach innen zu einem hohen Kragen hinter Annettes langem Hals. Ihr weißer Busen, der sich in Form einer Träne offenbarte und mitten in dem formalen Widerspruch zwischen dem eng geknöpften Oberteil und dem erlesenen Kragen lag, vermittelte den sonderbaren Eindruck einer Frau, die elegant gekleidet und nackt zugleich war. Genau das hatte Annette sich gewünscht.

»Es ist wunderbar«, sagte sie zu Nina. »Genau davon habe ich geträumt! Ich hatte das Gefühl, für ein solches Kleid würde ich sterben!«

Nina bedachte das Kleid mit einem kritischen Blick. Auch ihr gefiel es. Für den Augenblick war Annette verblasst. Annette war allenfalls eine weitere Puppe. Sie war nichts anderes als das Kleid. »Ja«, sagte Nina, »es passt.«

Sie nahm eine ganze Reihe Stecknadeln zwischen die Lippen und fing an, den Stoff in der Taille fester zusammenzuziehen und die Abnäher im Oberteil enger zu nähen. Als Annette spürte, wie das Kleid sich immer enger an sie anschmiegte und ihre beiden Brüste sich hoben wie ein Schiff, das von der Flut getragen wird, dachte sie, sie liebte Nina. Die Stecknadeln noch zwischen den Lippen, trat Nina einen Augenblick zurück, um ihre Arbeit zu begutachten. In diesem Moment bemerkte Annette, dass jemand den Raum betreten hatte. Ein Mann war hereingekommen und stand an der Tür am entgegengesetzten Ende der Kleiderreihen. Annette konnte ihn im Spiegel sehen. Sie konnte ihre drei Köpfe sehen, ihren eigenen hell und nah, Ninas unter ihr, ein bisschen im Schatten, und den Kopf des Mannes, weit hinten über ihrer Schulter und ziemlich dunkel. Dennoch wusste sie, dass er ihr in die Augen schaute. Eine Sekunde später entdeckte ihn auch Nina, als sie einen Blick in den Spiegel warf. Und als Nina sich umdrehte, entdeckte Annette in ihrem Gesicht einen Blick, der Ärger oder Angst bedeuten konnte, oder beides.

Und während Nina sich umdrehte, begann der Mann durch die Länge des Raumes auf sie zuzugehen. Annette fühlte sich in ihrem grünen Kleid wie eine Königin und sie kam gar nicht auf die Idee, sich zu ihm umzuwenden. Sie betrachtete nur neugierig sein Spiegelbild, während er näher kam. Nina hatte auf der Seite gestanden und sich in die dicke Reihe von Kleidern gepresst. Auf ihrer Höhe blieb der Mann stehen, nickte ihr zu und lenkte seinen Blick dann unmittelbar auf

Annettes Spiegelbild. Sie sah ihn jetzt deutlich. Für sie war er ein Fremder; und das erstaunlichste Merkmal seines Gesichts fiel ihr sofort auf: Es machte alles andere an ihm für einen Augenblick unsichtbar. Er hatte ein blaues und ein braunes Auge.

Annette drehte sich langsam um, während sie ihren schweren Rock leicht mit einer Hand anhob. Ihr Blick fiel auf Nina und dann wieder auf den Mann, der jetzt ganz in ihrer Nähe stand und sie ohne Scheu musterte. Er war ein zierlicher Mann von mittlerer Größe mit weichem braunem Haar und einem kleinen Schnauzbart und einem langen, sanft geschwungenen Mund. Doch Annette konnte nicht anders als in seine Augen zu starren. Das blaue war nicht bräunlich und das braune nicht bläulich. Jedes hatte seine eigene klare Farbe ohne Tupfen oder Flecken. Somit gab es ein braunes Profil und ein blaues Profil, wodurch der Eindruck von zwei übereinander liegenden Gesichtern entstand.

»Sie müssen uns einander vorstellen, Nina«, sagte das Individuum mit den Augen.

»Miss Cockeyne«, sagte Nina, »darf ich Ihnen Mr. Fox vorstellen.« Sie murmelte die Worte in einem Ton der Verzweiflung und während sie sprach, fuhr sie sich mit der Hand über den Mund und zog sie blutbefleckt wieder zurück; in ihrer Überraschung beim Anblick des Besuchers musste sie sich die Lippen an den Nadeln aufgerissen haben. Annette, die jedes Jahr Tausende von Namen hörte und ein schrecklich schlechtes Gedächtnis hatte, konnte sich erinnern, den Namen Fox in irgendeinem Zusammenhang gehört zu haben, wusste aber nicht mehr genau in welchem.

»Guten Tag«, sagte sie und streckte die Hand aus. Sie war immer noch fasziniert von den Augen und wünschte sich richtig, ihre wären auch so. Das würde einen jedenfalls unvergesslich machen.

Mit einer raschen anmutigen Bewegung küsste der Mann ihr die Hand und trat zurück. »Sie sehen Ihrer Mutter ähnlich«, sagte er. Er sprach ohne irgendeinen Akzent, aber mit einer Art von Genauigkeit, die ihn als Ausländer kennzeichnete.

Annette, die diese Bemerkung bis zum Gehtnichtmehr gehört hatte, ordnete ihn grob als einen Verehrer ihrer Mutter ein und merkte, wie ihr Interesse deutlich nachließ. »Ach ja, wie nett«, sagte sie unbestimmt.

Fox war jetzt in den Schatten der hängenden Kleider zurückgetreten und stand da wie ein Mann am Waldesrand.

»Dürfte ich einen Stuhl haben?«, fragte er Nina. Sie brachte ihm einen und er setzte sich da, wo er war, und legte die Beine übereinander. »Lassen Sie sich von mir nicht stören«, sagte er.

Nina verharrte kurz in steifer Haltung, als würde sie jeden Moment aufschreien. Dann ging sie wieder zum Spiegel, wirbelte Annette herum, als wäre sie eine Puppe, und wandte sich erneut dem Kleid zu. Plötzlich fühlte Annette sich hilflos. Nina bewegte Annettes Arme und ihren Kopf hin und her, als wäre sie aus Holz gemacht. Sie kam sich vor wie eine Marionette. Mit einem Blick in den Spiegel versuchte sie, den Gesichtsausdruck des Mannes zu erkennen; sein Gesicht lag jedoch wieder im Schatten und kurz darauf hatte Nina ihr den Kopf in die andere Richtung gedreht, ihn wie einen Ball festgehalten und herumgeschwenkt, als würde sie ihn am liebsten in die hinterste Zimmerecke pfeffern. Jetzt hatte Nina Annettes linken Arm gepackt und senkrecht in Richtung Decke gezogen, dann nahm sie den rechten Arm und knickte ihn energisch am Ellenbogen ab, und dabei fuhren ihre Hände die ganze Zeit irgendwo an Annettes Körper herum und zupften am Stoff. Annette spürte, wie die Nadeln ihr ins Fleisch pieksten. Sie sah sich selbst im Spiegel, die Arme wie eine Puppe steif in die Luft gestreckt, und fand, dass sie lächerlich aussah. In ihr machte sich das Bedürfnis bemerkbar, zu irgendjemandem unfreundlich zu sein.

Plötzlich regte sich ihr Gedächtnis und sie sagte: »Sind Sie der Mensch, den sie Mischa Fox nennen?«

»Ja«, sagte der Mann hinter ihr. Sie sah seine Zähne aufblitzen, aber mehr sagte er nicht.

»Ich nehme an, Sie sind wegen irgendetwas berühmt«, sagte Annette, »ich kann mich aber leider nicht erinnern weswegen. Ich habe ein sehr schlechtes Gedächtnis.«

»Es überrascht mich nicht, dass Sie sich nicht erinnern«, sagte Mischa Fox, »im Grunde bin ich nämlich nicht wegen irgendetwas Bestimmtem berühmt. Ich bin einfach berühmt.«

»Aha«, sagte Annette. »Ich hoffe, dass ich das auch mal schaffe. Da ich sicher nie wegen irgendetwas Bestimmtem berühmt werde, kann ich bestenfalls darauf hoffen, einfach so berühmt zu werden.« Sie merkte, dass sie gerade unverschämt war, und das bereitete ihr eine Freude, die sich aus einem Hochgefühl und Scham zusammensetzte.

Mischa Fox sagte: »Das ist nicht schwer.« Wieder lächelte er. Seine Haltung hatte etwas Träges, Entspanntes, das Annette ärgerte. Er strengte sich offensichtlich nicht an. Er beobachtete sie einfach, wie man etwa einen Vogel beobachten würde.

Dann merkte Annette, dass Nina anfing, die Stecknadeln aus dem Kleid zu ziehen. Sie ließ die Arme sinken und hielt instinktiv den Stoff um ihren Busen herum zusammen.

»Halten Sie still, Miss Cockeyne, sonst mache ich noch einen Fehler«, sagte Nina tonlos. Sie beugte Annettes beide Arme am Ellenbogen und streckte die Unterarme nach vorne zum Spiegel hin, sodass das Mädchen aussah wie jemand, der sich zum Kopfsprung bereit machte. Annette stand ganz steif da. Nina zog eine Stecknadel heraus und im selben Augenblick war der schwere Rock zu Boden gefallen. Dann fing Nina an, behutsam das Oberteil aufzumachen. Annette starrte ihr Spiegelbild an. Wie jemand, der sich in großer Höhe nur dadurch vor dem Schwindel retten kann, dass er geradeaus schaut, richtete sie den Blick in ihre eigenen Augen. Sie hielt die Luft an und für eine Sekunde hörten die beiden anderen auf zu existieren. Nina hatte unter behutsamem

Bewegen von Annettes Armen das Oberteil abgenommen. Dann hob sie Annettes Bluse und Rock dort auf, wo sie achtlos auf den Boden geflogen waren, und schleuderte sie ihr entgegen. Mit einem Mal wurde Annette lebendig und hatte sie im Handumdrehen übergestreift. Sie spürte, dass sie besiegt worden war, und errötete heftig.

»Nina«, sagte Mischa Fox, »ob Sie Annette und mir wohl eine Tasse Tee machen könnten?«

Nina drehte sich um und verließ, ohne Annette oder Mischa anzuschauen, den Raum. Er saß immer noch lässig auf dem Stuhl, ein Bein unter sich gezogen, in einer Haltung, die eher feminin als maskulin wirkte. Anmutig und geschmeidig wie ein Tier, das sich erhebt, stand er langsam auf und kam heraus in das helle Licht neben dem Spiegel. Annette fiel die lange, sanft geschwungene Linie seines Mundes auf. Nervös und erstaunt sah sie ihn an. Unterdessen studierte Mischa Fox ihr Gesicht. Dann lächelte er sie an. Dann streckte er einen Arm aus, fasste sie an der Schulter und drehte sie herum, damit mehr Licht auf ihr Gesicht fiel.

Annette machte einen Satz rückwärts. »Rühren Sie mich nicht an!«, rief sie. Dieser Schrei brachte sie einander näher als jeder physische Kontakt.

»Entschuldigen Sie«, sagte Mischa Fox. »Ich wollte nur Ihr Gesicht sehen.«

Vielleicht einen Meter voneinander entfernt, standen sie einander gegenüber. An der Schulter, dort wo Mischa sie berührt hatte, spürte Annette ein Brennen. Er lächelte nicht. Sie konnte sein blaues Auge sehen. Sein braunes lag im Schatten.

»Oh«, sagte Annette mit einer Art Stöhnen. Sie hob die Hand an den Kopf.

Nina kam mit dem Tee herein. Mischa Fox wandte sich ihr zu und begann, Konversation zu treiben. Annette entfernte sich von ihnen. Ein samtener Saum berührte sie flüchtig an der Wange und irgendeine Gaze hing ihr vor den Augen. Am liebsten hätte sie sich tief in den Wald aus hängenden Kleidern gestürzt. Plötzlich wusste sie nicht, was sie mit ihrem Körper machen sollte. Sie hob ihr Halstuch und ihre Handtasche auf und fing an, in der Tasche zu wühlen, teils um etwas zu tun zu haben, und teils in der Hoffnung, irgendeinen Zauberspruch gegen die unbegreifliche Qual des gegenwärtigen Augenblicks zu finden. Sie stieß auf ihre Puderdose und begann, sich die Nase zu pudern. Dann drückte Nina eine Tasse mit Untertasse gegen ihr Handgelenk und sie musste ihre Handtasche auf den Boden legen.

»Ich bin schon zu lange hier!«, sagte Annette plötzlich.

Die anderen beiden drehten sich zu ihr um. Annette starrte Mischa Fox grimmig an. »Ich komme zu spät«, sagte sie. »Können Sie mich in Ihrem Auto zu meiner nächsten Verabredung bringen?«

Mischa Fox lächelte auf die ihm eigene träge und zärtliche Art. »Leider«, sagte er, »bin ich zu Fuß hergekommen. Andernfalls wäre es mir ein Vergnügen gewesen. Kann ich ein Taxi rufen?«

»Nein«, erwiderte Annette. »Machen Sie sich keine Umstände. Ich laufe einfach los. Auf Wiedersehen.« Mit diesen Worten schoss sie durch die Gasse aus Kleidern hinaus.

Nachdem die Tür zugefallen war, schaukelten die Kleider sanft und kamen in einem abklingenden Murmeln von Seide, Samt und Nylon wieder zur Ruhe. Mischa Fox nippte weiter an seinem Tee und sein Blick wanderte umher, vom Kruzifix zur Nähmaschine und von der Nähmaschine zu den blassen, vollbusigen Schneiderpuppen. Zum Schluss blieb er an Nina hängen, die ausdruckslos in ihre Teetasse starrte. Es dauerte lange, bis sie bereit war, seinen Blick zu erwidern.

ACHT

John Rainborough saß in seinem Büro. Die Beine hatte er unter seinem Schreibtisch steif ausgestreckt. Die Absätze seiner Schuhe bohrten sich tief in den Teppich und die Sohlen erhoben sich daraus in einem Winkel von ungefähr achtzig Grad. Die Hände waren leicht zusammengelegt und berührten sich an den Fingerspitzen. Er schaute auf das leere Blatt Papier vor sich und sein Blick hatte etwas Sanftes, Durchdringendes, so als könnte er unmittelbar durch das Papier in eine unterirdische Höhle sehen. Er war in das Problem Miss Casement vertieft.

Miss Casement war Rainboroughs persönliche Assistentin. Sie war von einem von Rainboroughs Vorgängern eingestellt worden und er hatte sie zusammen mit seinem Büro und den Akten geerbt. Damals war Miss Casement Schreibkraft gewesen. Es gibt bestimmte Gruppen von Menschen, deren Mitglieder scheinbar nicht voneinander zu unterscheiden sind. Woraus diese jeweiligen Gruppen bestehen, ist je nach Betrachter unterschiedlich. Manche Leute finden, dass es nicht möglich ist, Studenten voneinander zu unterscheiden. Rainborough war nie in der Lage gewesen, Schreibkräfte zu unterscheiden. Für ihn sahen sie alle völlig gleich aus. Er konnte ihr Lächeln sehen, aber sonst keine Gesichtszüge. Und so hatte er, ohne weiter über die Sache nachzudenken, seine neue Stelle angetreten und damit Miss Casements klickende Schreibmaschine und ihr strahlendes Lächeln übernommen.

Doch sehr bald entdeckte Rainborough, dass es mit Miss Casement viel mehr auf sich hatte. Miss Casements Einstellung war eine ganz besondere gewesen, die vom damaligen Abteilungsleiter persönlich vorgenommen worden und nicht über die Personalabteilung gegangen war. Solche Einstellungen waren zwar offiziell verpönt, im SELIB-Büro jedoch nicht unüblich; und trotz der leichten Unregelmäßigkeit, die ihrem Einstand anhaftete, schien Miss Casement ein ausgesprochen gutes Verhältnis zur Personalabteilung zu haben, da sie in den ersten Wochen nach Rainboroughs Antritt eine beachtliche Gehaltserhöhung bekam. Bald darauf wurde sie von der Schreibkraft zur Organisatorin Stufe zwei befördert. Diese erfreulichen Dinge ereigneten sich, ohne dass Rainborough irgendeine Empfehlung gegeben, ja sogar ohne dass er offiziell unterrichtet worden wäre. In beiden Fällen kam er, da Miss Casement sich mit Informationen darüber schamhaft zurückhielt, nur durch Zufall dahinter.

Es war eine Besonderheit von SELIB, dass Beförderungen nach einem System vorgenommen wurden, das nur der Personalabteilung bekannt war und auf so traditionelle Merkmale wie Referenzen übergeordneter Stellen verzichtete. Dieses System, das von einem Mitglied der Personalabteilung als »durch und durch demokratisch« bezeichnet wurde, wirkte sich unter anderem so aus, dass nicht selten ein Ressort- oder Abteilungsleiter, wenn er einem vermeintlichen Untergebenen Anweisungen erteilte, von diesem die schüchterne Replik bekam, eine kürzlich erfolgte Beförderung habe ihre jeweiligen Positionen umgekehrt. Auf diese Weise wurde das Personal von SELIB ständig und unregelmäßig in Bewegung gehalten, alle sprangen hintereinander her wie hölzerne Karussellpferdchen, alle waren einbezogen in die Bewegung, die zwar von geheimnisvollen Kräften gesteuert wurde, auf lange Sicht aber doch zur Zufriedenheit aller immer weiter in Richtung obere Ränge der Hierarchie und höhere Gehaltsstufen zielte. Die einzige Schwierigkeit bei diesem liberalen und insgesamt gesehen ziemlich angenehmen System bestand darin, dass man sich schwer vorstellen konnte, was passieren würde, wenn alle Mitglieder des Personals die höchste Beförderungsstufe erreicht hatten, alle Bauern sozusagen Königinnen geworden waren. Dieses glückselige Zeitalter, in dem alle Unterschiede vergessen und alle Angestellten in trauter Eintracht auf der höchsten Gehaltsstufe vereint sein würden, lag zwar, vorausgesetzt die gegenwärtige Beförderungsrate würde beibehalten, nicht in unvorstellbarer Ferne, war aber auch noch nicht angebrochen; und in der Zwischenzeit brodelte es auf allen Organisationsebenen fröhlich weiter, was der Personalabteilung dauerhaft Arbeit verschaffte und bei dem Rest der Angestellten ein täglich neues Interesse weckte, was auch von Vorteil war, da sie es für ihre Arbeit sicherlich nicht aufbrachten.

Rainborough war jetzt seit über einem Jahr bei SELIB und hatte es noch nicht geschafft, sich daran zu gewöhnen. Für seine jetzige Stelle als Leiter des Finanzressorts hatte er einen sicheren, ruhigen Posten im Innenministerium aufgegeben und die Veränderung seither bereut. Wenn er die Situation, mit der er konfrontiert war, in Augenschein nahm, waren seine Gefühle ungefähr die eines Mannes, der aus der Sicherheit eines Feudalsystems hinauskatapultiert wurde in eine expandierende Ellbogengesellschaft, in der sich für geschäftstüchtige Individuen die Lehren des *Laisser-faire* allmählich bezahlt machten. Rainborough war kein geschäftstüchtiges Individuum und hatte in dieser Phase seines Lebens nicht die Absicht, sich den Anforderungen an einen Selfmademan zu stellen. Er war der Meinung, dass die Mühe, die er in seine Schul- und Universitätsausbildung gesteckt hatte, eigentlich ausreichen müsste, um ihn kraft ihrer eigenen Trägheit unter Aufwendung lediglich einer geringen weiteren Energiezufuhr eine anständige Karriere als Beamter durchlaufen zu lassen und ihm am Ende sogar noch den Ruf eines angesehenen Mannes einzubringen.

Rainborough war in einem Augenblick größter Unzufriedenheit aus dem öffentlichen Dienst geschieden. Solche

Momente waren selten in seinem Leben und die Stimmung, aus der heraus sie entstanden, flüchtig. Wie flüchtig, das konnte er jetzt zur Genüge feststellen, während er mit Abscheu seine Umgebung betrachtete und sich fragte, ob er wohl je Gelegenheit haben würde, die so teuer erkaufte Selbsterkenntnis nutzbringend anzuwenden. Als Rainborough seine Verwaltungslaufbahn als junger Assistant Principal im Finanzministerium begonnen hatte, hatte einer seiner Vorgesetzten über ihn gesagt: »Der junge Rainborough produziert hochintelligentes, brillantes Zeug – aber irgendwie ist es immer völlig nutzlos.« Diese Bemerkung war Rainborough zugetragen worden, der sich nicht weiter darüber wunderte und hinfort in eine senile Resignation verfiel, von der er sich nie wieder erholte. Diese Resignation hatte sich im Laufe der Jahre zu einer stillen Melancholie entwickelt, und um dieser Melancholie, die eine Zeit lang übermächtig erschienen war, zu entgehen, war Rainborough so überstürzt vom Regen in die Traufe geraten.

Als Chef der Finanzabteilung hatte Rainborough potentiell eine Schlüsselposition im SELIB inne. Auf diese Tatsache war er bei seinem Eintritt in die Organisation von dem Direktor, Sir Edward Guest, einem älteren Staatsbeamten, der aus dem Ruhestand exhumiert worden war, um mit seinem wohl bekannten Namen und seiner mutmaßlichen Erfahrung die Spitze des SELIB zu schmücken, in väterlichem Ton aufmerksam gemacht worden. »Wie Sie von Ihrer Zeit im Finanzministerium her wissen dürften, lieber Freund«, hatte Sir Edward gesagt, »zieht der Mann, der die Fäden der Staatskasse zieht, auch die Fäden der Politik. Finanzielle Angelegenheiten lassen sich breit interpretieren, vor allem in einer jungen Organisation wie dieser. Wir gehen davon aus, dass Sie eine Führungsrolle übernehmen.« Rainborough hatte diesen Worten aufmerksam gelauscht und sie hatten für ihn eine Vision der Macht heraufbeschworen, deren köstliche Verlockungen, von seinem resignierten Geist so lange entbehrt, er fast vergessen hatte.

Doch die Vision verblasste rasch. Rainborough begriff sehr schnell, dass die von SELIB dargebotene Situation völlig über seinen Verstand ging. Es gab Zeiten, da hatte er das Gefühl, dass SELIB so gänzlich außer Kontrolle geraten war, dass kein Mensch die Lage mehr retten konnte. Dann wiederum gab es Zeiten, da hatte er den Verdacht, dass ein genialer Verwalter vielleicht rechtzeitig für Ordnung hätte sorgen können. Er schwankte jedoch nie in seiner Gewissheit, dass es absolut nichts gab, was er, Rainborough, dafür unternehmen konnte. Wie er gegenüber seinen Kollegen gerne bemerkte, ähnelte die Organisation als Ganzes, was die Überfülle lebendiger unabhängiger Zentren anging, dem Italien der Renaissance, was die Qualität der erzeugten Resultate betraf jedoch nicht. Jede Abteilung bewies ein besonderes Gespür für ihre eigene Autonomie, die sie oft so weit trieb, dass sie die Existenz der anderen Abteilungen einfach ignorierte. Die einzige Autorität, die von allen anerkannt wurde, war die der Personalabteilung, deren nützliche Tätigkeit selbstverständlich von allgemeinem Interesse war.

Wenn Rainborough in neugieriger Stimmung war, machte er manchmal einen Streifzug durch das Gebäude. Seine Ankunft in weiter entfernten Abteilungen fiel nicht auf und verursachte auch keine Unruhe, weil niemand auch nur die blasseste Ahnung hatte, wer er war. Er wanderte durch abgelegene Korridore und warf flüchtige Blicke in Räume, in denen hinter Tapeziertischen mit verstaubten Aktenbergen fröhliches Mädchenlachen und Teetassengeklapper hervordrang. Hier und dort stieß Rainborough allerdings auch auf einen ernsthaften Arbeiter, einen Streber, der, von seinen Kollegen verspottet, inmitten von Dokumenten und Nachschlagewerken die Geschichte der polnischen Landwirtschaft oder das Vorkommen von Arbeitslosigkeit in bayrischen Städten studierte. Die Arbeit dieser Gelehrten wurde jedoch durch das Fehlen jeglicher Verbindung zwischen den einzelnen Abteilungen zunichte gemacht, was dazu führte, dass auf der einen Seite viel Forschungsarbeit auf die Entdeckung von Dingen verwendet wurde, die an anderer Stelle in der Behörde bereits bekannt waren, und auf der anderen Seite die erhobenen Daten, selbst wenn sie tatsächlich jemandem im SELIB hätten von Nutzen sein können, nur selten ihren Weg an den richtigen Ort fanden.

Alles das sah und beklagte Rainborough; und zuweilen träumte er davon, wie ein Zyklon durch das Büro zu fegen und alles wieder in Ordnung zu bringen. Im Innersten wusste er jedoch, dass diese Aufgabe seine Kräfte überstieg. In jedem Fall hätte er, um das zu erreichen, zunächst einmal selbst um mehr Macht kämpfen müssen; und der Kampf um Macht in jeder Form war etwas, was Rainborough, wie er wusste, nicht beherrschte. Mit Wehmut blickte er auf die Zeit im öffentlichen Dienst zurück, wo eine uralte Hierarchie, alte Werte und geheiligte Verfahrensweisen den nackten Konflikt zwischen Menschen auf ein Minimum reduzierten. Über solche Dinge diskutierte er oft des Längeren mit der einzigen anderen Person im SELIB, die er als ihm ebenbürtig betrachtete, einem gewissen G. D. F. Evans, Cambridge-Absolvent und ebenfalls vormaliger Staatsbeamter, der die Leitung der so genannten »Abteilung für soziale Fragen« innehatte.

Anfänglich hatte Rainborough Evans mit einer gewissen Portion Argwohn gegenübergestanden. Er hatte den Verdacht, dass Evans sich letztlich als das entpuppen könnte, was er selbst sein sollte, nämlich die Macht, die SELIB auf Vordermann bringen, alles neu machen würde. Also dachte Rainborough sich alle möglichen Testfragen im Zusammenhang mit ihrer Arbeit aus, auf die Evans ausnahmslos die befriedigende Antwort gab: »Jetzt haben Sie mich erwischt, mein Guter! Tut mir Leid, da habe ich meine Hausaufgaben nicht gemacht!«; oder aber Rainborough platzte zu unterschiedlichen Tageszeiten unangemeldet in Evans' Zimmer, wo er ihn entweder gar nicht oder beim Lesen von Proust antraf.

Eine Zeit lang hegte er trotzdem noch die Befürchtung, Evans arbeite womöglich heimlich; am Ende kam er jedoch zu dem Schluss, dass Evans harmlos war, und konnte sich in dem Bewusstsein entspannen, dass niemand in dem Büro weniger untätig war als er selbst.

Evans war der Erste gewesen, der Rainborough an einem langen Nachmittag, an dem sie zusammen Tee getrunken und das Büro mit der ruhigen Objektivität von Historikern inspiziert hatten, darauf aufmerksam gemacht hatte, dass ein neues soziales Phänomen aufgetaucht war. Es war der Aufstieg zur Macht der Gehaltsgruppe der Organisatoren. Diese zu Anfang nur schwach besetzte Gruppe war erfunden worden, um verschiedenen unscheinbaren »Experten«, die von SELIB zur Beratung bei Problemen mit Anwerbetechniken in Balkanstaaten bis hin zum Englischunterricht mit der direkten Methode eingestellt worden waren, Positionen von einem gewissen Ansehen zu geben. Sehr bald war diese Gehaltsgruppe jedoch von einer Armee junger Frauen besetzt worden, die sich, ursprünglich als Schreibkräfte eingestellt, rasch darangemacht hatten, ihre Position zu verbessern, und die, als sie erst einmal in diesem neuen Bereich Fuß gefasst hatten, mit rasender Geschwindigkeit vorwärts kamen und eine Spur von Erschütterungen und Präzedenzfällen hinterließen, die sich ihre Nachfolgerinnen auf der Stelle zunutze machten. Das Grundkonzept bei dieser sozialen Veränderung war das der persönlichen Assistentin; und der Ehrgeiz dieser jungen Frauen, die berauscht waren von der Tatsache, dass ihrem Aufstieg in höhere Gehalts- und Prestigeklassen kein unüberwindliches Hindernis entgegenstand, führte im Verein mit der Lethargie ihrer Vorgesetzten, die selbst keine weiteren Beförderungschancen mehr hatten, zu einer echten Machtverschiebung. Nicht lange und diese energischen jungen Frauen würden im Grunde die Einzigen sein, die die Arbeitsweise von SELIB durchschauten und wirklich wussten, was vor sich ging.

Eine besondere Rolle innerhalb dieser Bande hübscher Abenteurerinnen kam Miss Perkins, Evans' persönlicher Assistentin, und Rainboroughs Miss Casement zu, die vor kurzem eine weitere Beförderung zur Position der »Organisatorin Stufe eins« bekommen hatte. Evans wies lachend darauf hin, dass diese jungen Frauen und ihre Freundinnen bald in der Lage sein würden, das gesamte Büro selbst zu leiten. »Dann können wir getrost zu Hause bleiben und unsere Gehälter beziehen!«, sagte Evans. Rainborough, der diesen Zynismus geschmacklos fand, war alles andere als erfreut über die soziale Veränderung, auf die Evans ihn aufmerksam gemacht hatte. Auf eine, wie er argwöhnte, schon etwas absurde Weise wurde er eher nervös bei dem Gedanken an die Ambitionen dieser forschen jungen Frauen, deren Begierde, vorwärts zu kommen, keinerlei althergebrachte Gesetzmäßigkeiten bezüglich der natürlichen Überlegenheit von Universitätsabsolventen, Vertretern des anderen Geschlechts oder Leuten, die von Verwaltungsposten im öffentlichen Dienst abgestellt worden waren, anerkannte. So etwas wie einen Schock hatte ihm auch die Erkenntnis versetzt, dass an vorderster Front dieser Harpyien seine Miss Casement stand. Auch darauf hatte Evans ihn aufmerksam gemacht. »Und Ihre P. A. ist die Bienenkönigin«, hatte Evans ihm mit einer Spur Neid in der Stimme gesagt.

Tatsächlich hatte Rainborough schon eine Weile vorher angefangen, sein Augenmerk auf Miss Casement zu richten. Als Erstes hatte ihr außergewöhnlicher Fleiß ihn beeindruckt. Zu jeder Tageszeit traf man sie dabei an, wie sie ihre nicht eben knapp bemessene freie Zeit darauf verwendete, sämtliche Akten der Finanzabteilung durchzuarbeiten. Diese Akten waren verworren und umfangreich und bestanden zum Teil aus Unterlagen, die SELIB bei seiner Gründung von anderen internationalen Freiwilligenorganisationen übernommen hatte. Über diesen komplizierten Dokumenten brütete Miss Casement stundenlang und machte sich dabei Notizen. Das nannte sie »sich mit dem Hintergrund vertraut machen«. Rainborough bewunderte ihre Sorgfalt. Bei seiner Einstellung hatte er die Absicht gehabt, genau das selbst zu tun; die Akten der SELIB-Finanzabteilung stellten jedoch einen so schrecklichen Kontrast zu den ordentlichen und intelligent angelegten Akten des Innenministeriums dar, dass er den Mut verloren und beschlossen hatte, dass es nicht der Mühe wert sei.

Außerdem war Miss Casement hübsch. Genau genommen waren alle anderen Organisatorinnen das auch. Es bestand jedoch kaum ein Zweifel, dass Miss Casement die hübscheste war. Das bemerkte Rainborough Evans gegenüber nicht ohne Stolz. Miss Casement hatte einen geradezu vollkommenen Teint, einen kleinen Mund von der Art, wie man ihn im frühen neunzehnten Jahrhundert bevorzugte, und eine Überfülle an schwarzem, von ihrem Friseur wie ein kunstvoll gestalteter Garten in einzelne Bereiche gelegtem Haar, das es schaffte, trotz der unterschiedlichen Locken, Wellen, Fransen und hochstehenden Strähnen, in die es sich aufteilte, immer ausgesprochen ordentlich auszusehen. Unterhalb dieses Haares fand sich hinten eine Fläche glatten, leicht zitronenfarbenen Nackens, dem in der letzten Zeit Rainboroughs besonderes Interesse gegolten hatte, und vorne das bereits erwähnte Lächeln, das, obschon aus genanntem Grund klein von Ausmaß, mit seiner Intensität und Strahlkraft ein bemerkenswertes Ereignis darstellte. Miss Casements zur Enge neigende Augen waren nicht gerade ihre größte Zierde, aber ihre Wimpern, ob naturgegeben oder künstlich vermochte Rainborough nicht zu entscheiden, waren lang und geschwungen; und aus diesem Dickicht heraus ruhte Miss Casements Blick, wenn er nicht auf ihre Schreibmaschine oder die Abteilungsakten gerichtet war, immer häufiger auf Rainborough.

Durch Miss Casement wurde sich Rainborough auch nach und nach einer völlig neuen Art und Palette weiblicher Reize bewusst. Ihm fiel zum Beispiel auf, dass Miss Casement, wenn sie sich hinsetzte, ihren Rock hochzog, sodass ihre Beine von den seidenen Knien abwärts deutlich sichtbar wurden und die Unterwäsche vage zu erahnen war. Diese Geste, von der Rainborough immer gedacht hatte, sie würde nur von Filmstars gemacht, die für die Abendzeitungen fotografiert wurden, erzürnte und entzückte ihn zugleich. Dann bemerkte er, dass sie bei allen Mädchen im Büro gang und gäbe war. So kam es, dass Rainborough, der bisher, wenn er eine Frau bewunderte, seine Aufmerksamkeit immer auf ihren Kopf, ihre Konversation und die gröberen Körperrundungen gerichtet hatte, langsam ein Kenner in Dingen wie Parfüm, Lippenstift, Schuhen, Strümpfen, Armbändern, Ohrringen und Nagellack wurde; und das lief jedes Mal so ab, dass Rainborough von irgendeinem neuen, erfreulichen Aspekt seiner Untergebenen beeindruckt war und dann dieselbe Nuance plötzlich wie ein schwächer werdendes klingendes Echo im ganzen Büro wiederfand, bis SELIB in seiner Vorstellung allmählich bevölkert war von einer Heerschar aufgrund ihrer Künstlichkeit ebenso schrecklicher wie begehrenswerter Frauen.

Als Rainborough klar geworden war, dass er an Miss Casement interessiert war, hatte er beschlossen, etwas über sie herauszufinden, und sich an die Personalabteilung gewandt, um Einsicht in ihre Personalakte zu bekommen. Dieses Ansinnen war von der Personalabteilung, die es für ein Zeichen schlechten Geschmacks zu halten schien, abgelehnt worden. Die Qualifikationen und Vorgeschichten der Angestellten von SELIB waren aus Sicht der Personalabteilung heilige und mystische Geheimnisse, die außer den Mitgliedern ihrer eigenen priesterlichen Kaste niemandem preisgegeben werden durften. Diese Diskretion, ein offensichtliches Nebenprodukt der unbeständigen sozialen Hierarchie von SELIB, wurde von Rainborough mit seinem starken Gespür für historische Notwendigkeit respektiert. Deshalb musste er zu anderen Methoden greifen. Zunächst hatte er Miss Casement ein paar direkte Fragen gestellt; diese waren jedoch nicht gut angekommen. Einmal fragte er sie nach ihrer Ausbildung, worauf sie knapp antwortete, sie habe »das College besucht«, eine Wendung, die Rainborough abstoßend gefunden und die ihn argwöhnisch gemacht hatte. Aufgrund gewisser Merkwürdigkeiten in Miss Casements Vokabular war Rainborough sicher, das sie früher im öffentlichen Dienst gewesen war, doch obwohl sie zugab, »in Verbindung mit dem Arbeitsministerium« tätig gewesen zu sein, gelang es ihm nicht herauszufinden, welches ihr Aufgabengebiet gewesen war. Dennoch gab er diese eher abstrusen Forschungen bald auf und begann, sich auf einfachere Dinge wie etwa die Entdeckung ihres Vornamens zu konzentrieren.

Das hatte sich als erstaunlich schwierig erwiesen. Wenn Miss Casement die Gelegenheit hatte, irgendein Dokument für ihn zu unterzeichnen, tat sie das mit einem unleserlichen Gekritzel von Initialen. Erst als er, der Verzweiflung nahe, unmittelbar bevor sie in den Sommerurlaub fahren sollte, in ihrer Handtasche nachgeschaut hatte, hatte er auf ihrem Reisepass gesehen, dass sie Agnes May Casement hieß. Diese Entdeckung machte Rainborough nur noch konfuser. Auf welchen dieser lieblichen Klänge reagierte Miss Casement normalerweise? Jeden Tag um elf und um vier Uhr fanden unter Leitung von Miss Casement und Miss Perkins Versammlungen der Organisatorinnen statt, die so genannten Kaffee- beziehungsweise Tee-Versammlungen, bei denen »die flotten Bienen«, wie Evans sie nannte, zusammenkamen, um Angelegenheiten von geschäftlichem und von allgemein weiblichem Interesse zu diskutieren. Rainborough versuchte ein- oder zweimal, indem er während solcher Versammlungen an der Tür lauschte, zu erkunden, was er wissen wollte; doch nach allem, was er mit dieser Methode herausfand, die er im Übrigen aufgab, als er von einer Nachzüglerin in Lauscherpose erwischt worden war, sprachen die jungen Frauen sich ausnahmslos mit »Miss Soundso« an. Diese Entdeckung steigerte seine Ehrfurcht vor ihnen ganz erheblich.

Der Bürobote Stogdon war es schließlich, durch den Rainborough erfuhr, dass Miss Casement korrekterweise mit »Agnes« angesprochen wurde. Diese Offenbarung ergab sich, als Rainborough Stogdon einmal dabei überraschte, wie er mit Miss Casement plauderte und sie dabei so ansprach: mit einem Ausmaß an Vertrautheit, das er, wie sich bald herausstellte, in bemerkenswert kurzer Zeit mit all den jungen Frauen erreicht hatte. Sie wiederum liebten ihn abgöttisch und nannten ihn »Stoggers«. Dieser Mann stellte für Rainborough, den er mit einer schrecklichen Freundlichkeit und Komplizenhaftigkeit behandelte, eine unerschöpfliche Quelle des Schmerzes dar. »Die jungen Dinger hier, das sind echt Alleswisser«, rief er aus und meinte damit die Organisatorinnen, und irgendetwas in seinem Benehmen ließ darauf schließen, dass er Rainborough und sich selbst zu den »alten Knackern« zählte. »Bevor die noch viel älter sind, haben die den Laden hier in Schwung gebracht!«, sagte Stogdon mit einem hintergründigen Blick, den Rainborough als Drohung auffasste. Stogdons offensichtliche Vermutung, dass die meisten Entscheidungen im Büro mittlerweile von Miss Casement und ihren Freundinnen getroffen wurden, fuchste Rainborough umso mehr, als ein Körnchen Wahrheit darin enthalten war. »Sir Edward Guest ist der Direktor der Organisation«, sagte er einmal betont kühl zu Stogdon, »nicht Miss Casement.« Doch Stogdon hatte nur mit einem Augenzwinkern geantwortet, als wollte er sagen: »Sie und ich, wir beide wissen es besser!« Bei einer anderen Gelegenheit sagte Stogdon seufzend zu Rainborough: »Ach, die jungen Dinger, die haben ihr ganzes Leben noch vor sich. Wie es wohl ist, sein ganzes Leben noch vor sich zu haben, hä?« Dieses »Hä?«, mit dem Stogdon so viele seiner Sätze beendete, ärgerte Rainborough genauso wie das zum Ausdruck gebrachte Gefühl. Er wollte deutlich machen, dass auch er sein Leben noch vor sich hatte und dass unter den obwaltenden Bedingungen seine Aussichten sicher besser waren als die Stogdons. Dem Mann ist gar nicht klar, wer ich bin, dachte Rainborough mit der Verzweiflung dessen, der weiß, dass er es mit einer Natur zu tun hat, der gegenüber er sich auf keine Weise behaupten kann. Er hatte nichts, womit er Stogdon hätte beeindrucken können. Und dann folgte mit seiner ganzen Gedankenschwere: Wer bin ich denn überhaupt?

Während der früheren Stadien dessen, was Rainborough und Evans Miss Casements »Kampagne« nannten, hatte sie zwischen ihren anderen Aktivitäten unauffällig weiterhin ihre Pflichten als Schreibkraft, die im Grunde erstaunlich wenig Zeit in Anspruch nahmen, erfüllt. Später jedoch, als sie immer mehr von Rainboroughs Arbeit übernahm und von dem Stadium, in dem sie ihn zu Konferenzen begleitete, in das Stadium überwechselte, in dem sie ihn bei Konferenzen vertrat, wurde sie allmählich aufsässig. Zum Schluss sagte sie bestimmt: »Wir brauchen eine Schreibkraft.«

»Ich dachte, wir hätten eine!«, entgegnete Rainborough, der an diesem Tag schlechter Laune war.

Miss Casement überhörte das und sagte: »Wir brauchen nur die Personalabteilung zu fragen.« Diese freundliche Abteilung war in der Tat bereit, auf den leisesten Wunsch einer Abteilung hin Personal jedweder Art zur Verfügung zu stellen.

»Also gut, kümmern Sie sich darum«, sagte Rainborough und verschwand ins Wochenende.

Als er zurückkam, stellte er fest, dass das Büro umgeräumt worden war. Vorher war der größere, zum Gang liegende Raum seiner gewesen, während Miss Casement in einem kleineren, dahinter liegenden Raum ohne eigenen Eingang gesessen hatte. Jetzt stellte er fest, dass sein Schreibtisch in den hinteren Raum geschoben worden war, während Miss Casement und die Schreibkraft in dem anderen untergebracht waren.

»Ich dachte, Sie hätten vermutlich lieber den Raum für eine Person«, erklärte Miss Casement vage. Rainborough hatte sich dazu nicht geäußert; irgendwie passte ihm das Arrangement ganz gut und er war jetzt sogar noch ungestörter. Die meisten der für ihn gedachten Angelegenheiten, die durch die Korridortür hereindrangen, kamen nicht weiter als bis zu Miss Casement.

Die Schreibkraft erregte nur für kurze Zeit Rainboroughs Aufmerksamkeit. Er hatte den Verdacht, dass Miss Casement das Mädchen in Wirklichkeit nicht über die Personalabteilung bekommen, sondern selbst privat ausgesucht hatte. Einer oder zwei Äußerungen meinte Rainborough entnehmen zu können, dass die Schreibkraft möglicherweise in dieselbe Schule gegangen war wie Miss Casement, allerdings auf niedrigerer Stufe. Auf jeden Fall war das Mädchen Miss Casements Sklavin. Es war ein unscheinbares Ding ohne jeden Schick, von dem sich ständig irgendetwas abzulösen schien wie von einem Vogel in der Mauser; und Miss Casement, die, so mutmaßte Rainborough, sie genau wegen dieser Eigenschaften ausgesucht hatte, fing an, ihr das Leben zur Hölle zu machen. Das mit anzuhören war Rainborough so peinlich, dass er oft die Tür schließen musste. Das Mädchen, das Miss Casement, und darin folgte Rainborough bald unwillkürlich ihrem Beispiel, immer »die kleine Tippse« nannte, war sehr oft in Tränen aufgelöst.

Mit der Einstellung der Schreibkraft gewann Miss Casement noch mehr an Selbstvertrauen. Rainborough, der ihr immer mit größter Förmlichkeit begegnet war, stellte plötzlich fest, dass ihr Parfüm, die zitronenfarbene Haut ihres Nackens und die Lippenstiftränder an den Zigarettenkippen, die sie in dem Aschenbecher auf seinem Schreibtisch hinterließ, ihm mehr als sonst zusetzten. Diese innere Unruhe schrieb er zunächst der sich verstärkenden Wirkung eines Lebens in unmittelbarer Nähe so vieler provozierender Harpyien zu; später wurde ihm jedoch klar, dass sie vielleicht eher die Folge eines raffinierten Schwenks in Miss Casements Taktik war. Ihm fiel nämlich auf, dass sie etwas länger als zuvor an seiner Tür herumstand und dabei ihren lang gestreckten Körper hin und her wiegte oder dass sie ihm völlig unwichtige Akten brachte, über denen sie dann gemeinsam brüten mussten, wobei Miss Casements gepuderte Wange die seine fast streifte. Und dann elektrisierte sie ihn eines Tages, indem sie »John« zu ihm sagte.

Dieser Schritt hing, soweit Rainborough das beurteilen konnte, nicht mit irgendeiner anderen tatsächlichen Wendung in ihrer Beziehung zusammen und konnte nur als grundloser Frontalangriff gewertet werden, gegen den er machtlos war. Natürlich äußerte er sich nicht zu dem hinfort recht häufigen Vorkommen dieses Einsilbers. Er war nur froh, dass Miss Casement bisher davon abgesehen hatte, ihn in Anwesenheit Dritter zu benutzen. Allerdings konnte Rainborough sich nicht dazu durchringen, sie im Gegenzug »Agnes« zu nennen. Trotz aller Anstrengung konnte er sie sich nur als Miss Casement vorstellen; da es ihm jedoch, seit sie sich für die weniger formelle Anrede entschieden hatte, nicht mehr möglich war, sie so anzusprechen, war er gezwungen, ihre Aufmerksamkeit mit anderen Mitteln wie Husten, dem Fallenlassen von Büchern oder Ausrufen wie »Na, so was!« auf sich zu ziehen. Der Zustand des Jammers und der Peinlichkeit, in den der nervöse Rainborough aufgrund dieser Situation geriet, berührte Miss Casement nicht im Geringsten. In ihrer fröhlichen und anmutigen Art trippelte sie, ordentlicher und gepflegter denn je, im Büro umher und ihre wiederholte Erwähnung von Rainboroughs Vornamen klang ihm in den Ohren wie das monotone Gurren einer Taube.

Rainborough hatte sich eine Zeit lang gesagt: »Lange kann das nicht mehr dauern«, ohne jedoch irgendeine Vorstellung davon zu haben, wie es wohl enden sollte. Mittlerweile beunruhigte Miss Casement ihn sehr und während der Bürozeiten dachte er an kaum etwas anderes. Genau genommen wurde sie ein Gegenstand sowohl der Kontemplation als auch der Forschung; und als Rainborough sich an diese Untersuchung machte, dachte er verbittert, dass das, was er tat, letztlich nicht sinnloser war als das, was jetzt gerade in den meisten anderen Büros im SELIB-Gebäude vor sich ging. Sein neuester Spleen bestand darin, ihr Alter herausfinden zu wollen, und er ärgerte sich maßlos, dass er nicht darauf geachtet hatte, als er ihren Pass in der Hand hielt. Das beabsichtigte er mittels eines ausgeklügelten Systems von Fragen zu bewerkstelligen, die über eine gewisse Zeit hinweg in Abständen gestellt werden sollten; die Antworten darauf würden zusammengesetzt die notwendigen Informationen liefern. Ausgangspunkt dieses Systems war das Faktum, dass Miss Casements Bruder drei Jahre jünger war als sie. Heimlich das Alter ihres Bruders herauszubekommen, war Ziel des raffinierten Plans, den Rainborough, der gerade die Hand nach seinem Stift ausstreckte, im Begriff war zu Papier zu bringen.

Es klopfte an der Tür. Miss Casement und die Schreibkraft waren, wie es schien, zum Tee gegangen und irgendjemand war bis zur Tür von Rainboroughs Zimmer vorgedrungen. Der legte irritiert seinen Stift hin und rief: »Herein!«

Es war Hunter Keepe. Rainborough sah ihn erstaunt und verärgert an. »Hocherfreut Sie zu sehen!«, sagte er.

»Hallo«, sagte Hunter. Der Junge wirkte aufgeregt und verlegen. Er schaute sich nach einer Sitzgelegenheit um und ließ sich mit der ungelenken Hast eines Spielers bei der »Reise nach Jerusalem« auf der nächstbesten nieder.

Rainborough lehnte sich zurück und betrachtete ihn mit verdutzter Miene. Hunters Kommen beruhigte ihn ganz und gar, so groß war die Überlegenheit, die er Rosas nicht sehr reifem und nicht sehr erfolgreichem Bruder gegenüber empfand. Hunters Anblick erinnerte ihn allerdings auch an Rosa und ließ ihn, als er ihr Bild im Geist neben das von Miss Casement stellte, ein leichtes Schuldgefühl verspüren. Für Rainborough galt der Grundsatz, dass Rosa über allen anderen Frauen stand; und er hätte sich einfach gesagt, dass es bei Rosa um Geistiges, bei Miss Casement dagegen um Fleischliches ging, wäre er nicht so ehrlich gewesen zu vermuten, dass sein Interesse an Miss Casement zu vielschichtig geworden war, um auf diese einfache Formel gebracht zu werden. Dafür verachtete er sich bei dem Gedanken an Rosa selbst.

Rainborough verspürte, wenn überhaupt, eine gewisse Abneigung gegen Hunter. Er wusste, dass Hunter über sein, Rainboroughs, Interesse an seiner Schwester im Bilde war, ja es vielleicht sogar überschätzte. Er wusste auch von Hunters notorischer Feindseligkeit gegenüber jedem, der in Rosa vernarrt war. Das weckte in Rainborough die Erwartung, die sich für ihn auch prompt bestätigte, dass Hunters Verhalten mit kleinen Angriffen gespickt war. Jetzt schaute er ihn voller Ungeduld an, wie er, einem Studenten gleich, mit hochrotem Kopf auf der Stuhlkante saß. Was um alles in der Welt kann er nur wollen?, wunderte sich Rainborough.

»Was wollen Sie?«, fragte er Hunter. »Ich meine, was kann ich für Sie tun?« Und während er sprach, dachte er bei sich, dass es vermutlich mit Mischa Fox zusammenhing.

Hunter hatte es mit einer Erklärung nicht eilig. Er schaute sich erst einmal in dem Zimmer um, als erwartete er, dass sich in einer Ecke irgendein seltsames Tier niedergelassen hätte. Dann sagte er zu Rainborough: »Sie sind sicher sehr beschäftigt.«

Rainborough, der nicht genau wusste, ob das sarkastisch gemeint war, antwortete ausweichend: »Ach, wissen Sie, mal mehr, mal weniger.«

»Ich war gerade in der Nähe«, sagte Hunter, »und da dachte ich, ich schaue mal auf einen Schwatz vorbei.« Das war so offenkundig gelogen, dass Rainborough verstummte.

Hunter fuhr fort: »Wie ich höre, haben Sie Rosa neulich bei Dr. Saward getroffen.«

»Das stimmt«, sagte Rainborough.

»Was für ein netter Mann Dr. Saward ist«, sagte Hunter, »wirklich fast ein Heiliger.«

»Er ist ein guter Mann«, sagte Rainborough, »aber er wäre der Erste, der Sie ermahnen würde, einen Gelehrten nicht mit einem wahren Asketen zu verwechseln.«

»Natürlich«, sagte Hunter. »Und dann ist da noch sein Gesundheitszustand.«

Rainborough fragte sich gerade, ob er nicht lieber eine richtig nette Bemerkung über seinen Freund machen sollte, als Hunter fortfuhr: »Letzte Woche hat Dr. Saward Mischa Fox getroffen.«

»Ach ja«, sagte Rainborough. Es interessierte ihn einfach, was Hunter von ihm wissen wollte.

»Haben Sie ihn gesehen?«, fragte Hunter.

»Wen?«, fragte Rainborough, nur um ihn zu ärgern.

»Mischa Fox.«

Da Rainborough ungern zugeben wollte, dass er ihn noch nicht gesehen hatte, sagte er: »Ja, ich habe ihn vor ein paar Tagen gesehen, aber nur sehr kurz. Ich war ziemlich beschäftigt.«

»Hat er irgendetwas Besonderes gesagt?«, fragte Hunter.

»Nein«, erwiderte Rainborough, »nichts Besonderes.« Ihm fiel auf, dass die Leute sich immer genötigt sahen, diese Frage über Mischa zu stellen, obwohl sie immer dieselbe nichts sagende Antwort bekamen.

»Hm«, machte Hunter. Wieder begann er, sich mit gespieltem Interesse in dem Zimmer umzuschauen. Rainborough, der ihn dabei beobachtete, verspürte Ärger über seine Schlichtheit und Neid wegen seines üppigen Haarschopfes.

»Muss interessant sein, Ihre Arbeit«, sagte Hunter. »Aber sagen Sie, wenn Leute im Rahmen Ihres Programms einwandern, haben sie dann nur eine vorübergehende Erlaubnis, hier zu arbeiten, oder können sie für immer bleiben?«

Jetzt macht er einen auf höflich, dachte Rainborough. »Tatsächlich können sie«, sagte er, »wenn kein besonderer

Grund vorliegt, sie rauszuschmeißen, auf Dauer bleiben. Die ersten fünf Jahre haben sie eine spezielle SELIB-Erlaubnis. Danach können sie beim Arbeitsministerium eine normale Genehmigung beantragen oder sich um die Einbürgerung bemühen.«

»Verstehe«, sagte Hunter. »Ich dachte, sie wären irgendwie auf Probe da.«

»Nur insofern«, sagte Rainborough, »als ihre Erlaubnis, überhaupt hier zu sein, von ihrer Arbeitsgenehmigung abhängt. Sind sie allerdings erst einmal hier, wird niemand sich den Kopf über sie zerbrechen, und solange sie nicht auffällig werden, wird nichts sie davon abhalten, für immer hier zu bleiben.«

»Aha«, sagte Hunter ziemlich düster. »Für immer.«

»Natürlich«, sagte Rainborough, der plötzlich zunehmendes Interesse an diesem Thema verspürte, »ist die ganze Angelegenheit auf gewisse Weise absurd. Technisch gesehen dürfte die Hälfte dieser Arbeiter gar nicht hier sein.«

»Wie kommt denn das?«, fragte Hunter.

»Sie wissen ja, dass unsere Organisation eine Mischform ist«, sagte Rainborough, »zur Hälfte vom Staat und zur Hälfte durch Spenden finanziert. Die meisten Spenden kommen aus Amerika. Als wir anfangs dieses Geld annahmen, trafen wir die Vereinbarung, es nur zugunsten von Menschen zu nutzen, die westlich einer bestimmten Linie geboren waren.«

»Menschen, die westlich einer bestimmten Linie *geboren* waren?«, fragte Hunter.

»Ja«, sagte Rainborough, »klingt verrückt und willkürlich, nicht wahr? Wir mussten aber damals so etwas wie eine grobe Unterscheidung treffen. Der Sinn einer solchen Vereinbarung liegt natürlich auf der Hand. Eine internationale Organisation wie diese hat einen schwierigen Kurs zu steuern. Es kann leicht passieren, dass wir von der einen Seite der Bestechlichkeit und von der anderen des Missbrauchs ihrer Gelder für politische Zwecke bezichtigt werden. Nicht dass gewisse Amerikaner etwas dagegen hätten. Aber unsere Spender sind hauptsächlich liberale Organisationen, Quaker und so weiter, und sie hatten sehr genaue Vorstellungen davon, wie ihr Geld verwendet werden sollte. In unserer Gründungscharta ist des Langen und Breiten ausgeführt, dass unser Zweck darin besteht, Menschen zu helfen, die aus rein wirtschaftlicher Not emigrieren möchten. Das ist natürlich sehr künstlich. Wer kann schon wirtschaftliche Not definieren? Bei jeder unserer Konferenzen fängt irgendjemand wieder damit an. Aber man muss nun mal eine Unterscheidung treffen und sich daran halten. Das ist Verwaltung. Dafür ist die Linie erfunden worden. Und so ist ihr Verlauf.«

Rainborough stand auf und wandte sich einer großen Landkarte zu, die hinter ihm hing. Er deutete auf eine unregelmäßige rote Linie, die von Norden nach Süden durch Europa lief. »Wir nennen sie EPO«, sagte Rainborough, »Entferntester Punkt im Osten.«

»Aber wenn ich Sie richtig verstanden habe«, sagte Hunter, »sind doch viele von den Leuten, die unter SELIB einwandern, in Wirklichkeit östlich dieser Linie geboren?«

»Ja«, sagte Rainborough, »aber das sagen wir einfach nicht. Wie so vieles in England ist es zwar in höheren Kreisen inoffiziell bekannt, solange es aber nicht offiziell bekannt ist, gibt es keine Probleme.«

»Was würde es denn offiziell bekannt machen?«, fragte Hunter.

»Na ja«, antwortete Rainborough, »wenn irgendjemand es an die *Times* schreiben oder eine Anfrage im Parlament machen oder wenn irgendein Minister es aufgreifen würde, dann wäre es natürlich nicht mehr zu ignorieren. Im Grunde genommen würde es aber niemandem nützen, die Sache zur Sprache zu bringen.«

»Niemandem nützen?«, fragte Hunter.

»Nein«, sagte Rainborough, »weder die heutige Regierung noch die Opposition hat ein Interesse daran, deswegen Stunk zu machen. Warum sollten sie? Es würde lediglich Großbritannien Angriffen von beiden Seiten aussetzen.« Langsam nahm Rainborough das an, was seine Freunde seine »Royal-Commission-Art nannten; es machte ihm Spaß, solche Argumente zu erläutern.

»Woher wissen Sie denn überhaupt, wo Ihre Leute geboren sind?«, fragte Hunter.

»Na ja, in manchen Fällen, wenn die Papiere verloren gegangen sind«, sagte Rainborough, »ist es schwer zu sagen. Eine Menge dieser Burschen haben Pässe, die offenkundig gefälscht sind.« Er ging an einen riesigen Aktenschrank in der Ecke, schloss ihn auf und zog ein paar Schubladen heraus. »Hier bewahren wir alle ihre Ausweispapiere auf. Schauen Sie sich das hier an«, sagte er und hielt Hunter ein grünliches Büchlein hin, »offensichtlich eine grobe Fälschung. Da drücken wir ein Auge zu. Aber in manchen Fällen verheimlichen sie es nicht einmal. Aus ihren Papieren geht dann eindeutig hervor, dass sie im Osten geboren wurden.«

»Es wäre doch traurig für einen Mann«, sagte Hunter, »wenn sein Schicksal dadurch entschieden würde, wo er zur Welt gekommen ist. Er hat sich nicht ausgesucht, wo er geboren wurde.«

»Ja, es ist nicht angenehm, Unterschiede zwischen Menschen zu machen«, sagte Rainborough, »aber man muss mit der Situation, so wie man sie vorfindet, zurande kommen, und wir haben diese hier nicht gemacht. Das Leben ist sowieso voll mit solchen Ungerechtigkeiten. Wir müssen etwas sein, was wir uns nicht ausgesucht haben.« Dabei lag Rainboroughs Blick auf Hunters Haar.

»Angenommen, es gäbe einen Skandal«, fragte Hunter, »was würde dann mit den östlich des EPO geborenen Leuten, die bereits im Land arbeiten, passieren?«

Es klopfte an der Tür.

»Ich weiß es nicht«, sagte Rainborough. »Ich nehme an, sie würden abgeschoben. Herein!«

Evans streckte den Kopf herein. »Tut mir wirklich Leid«, sagte Evans, »ich wusste nicht, dass Sie beschäftigt sind. Es geht ums Übliche.« Das Übliche war das Kreuzworträtsel aus der *Times*, über das Rainborough und Evans normalerweise um diese Tageszeit Informationen austauschten.

Rainborough, der diese Angelegenheit in Hunters Beisein nicht erwähnt haben wollte, sagte: »Ich komme gleich in Ihr Büro.« Evans ging. »Sie müssen mich entschuldigen«, sagte Rainborough zu Hunter, »ein Routine-Check-up. Ich bin sofort wieder da.«

Sobald die Tür sich hinter Rainborough schloss, sprang Hunter von seinem Stuhl auf und lief zu dem Aktenschrank. Plötzlich bebte er und sein Atem ging schwer. Mit zitternder Hand fuhr er oben am Rücken der Akten entlang. Nicht lange und er hatte gefunden, was er suchte, und studierte es ein paar Minuten lang sorgfältig. Dann hinterließ er den Aktenschrank, wie er ihn vorgefunden hatte, und wandte seine Aufmerksamkeit der Landkarte zu.

Als Rainborough zurückkam, studierte Hunter immer noch die Karte. Er schien darin versunken zu sein.

»Es ist eine gute Karte«, sagte Rainborough. »Selbst die kleinsten Orte sind darauf verzeichnet. Suchen Sie etwas Spezielles?«

»Nein«, sagte Hunter. Er fuhr mit dem Finger langsam quer über Ostpolen. Zum Schluss stieß er einen tiefen Seufzer aus und wandte sich mit einem Lächeln ab. »Ich muss jetzt leider gehen«, sagte er zu Rainborough.

Rainborough bedauerte das ein wenig. Er hätte ihm gerne mehr erzählt. »Kommen Sie doch wieder einmal vorbei«, sagte Rainborough. »Wie geht es Rosa?«

Hunters Miene verschloss sich. »Rosa geht es gut«, sagte er.

»Hat in der Fabrik sicher viel zu tun«, sagte Rainborough.

»Ja«, erwiderte Hunter, »ihr geht's gut. Auf Wiedersehen, und danke für das Gespräch.« Er ging hinaus.

Rainborough setzte sich wieder hin und schaute auf seine Armbanduhr. Bald Zeit, nach Hause zu gehen. Alberner Schnösel, dachte er; ich frage mich, was er wollte. Seine Gedanken kehrten zu Miss Casement zurück.

NEUN

Tatsächlich war Rosa sehr unglücklich. Sie spürte, dass ihre Beziehung zu den Lusiewicz-Brüdern immer weiter auf eine Katastrophe zusteuerte. Sie wusste auch, dass sie gerade eine Phase durchlief, bei der sie sich im Rückblick über ihre eigene Trägheit wundern würde. Es gab immer noch eine gewisse Handlungsmöglichkeit. Noch hatte sie die Initiative nicht ganz verloren. Doch schon sehr bald würde sie machtlos sein. Aber noch war sie nicht machtlos; noch nicht. Das war der allerschmerzlichste Gedanke.

Außerdem machte sie sich Sorgen um Hunter. Es war offenkundig, dass Hunter Hilfe brauchte. Er befand sich in einem Zustand quälender Unentschlossenheit in Bezug auf die *Artemis* und wollte unbedingt, dass Rosa ihm die Entscheidung abnahm. Rosa liebte ihren Bruder und ihm diese Hilfe zu versagen, bereitete ihr größten Kummer. Doch bisher hatte sie selbst sich nicht in der Lage gefühlt, irgendeinen Schritt zu unternehmen. Weder sie noch Hunter sprachen die Angelegenheit an, und da dieses Schweigen sie unfähig machte, über irgendetwas anderes zu reden, hatten sie tagelang kaum ein Wort gewechselt. Nur Hunters vorwurfsvolle und traurige Blicke erinnerten Rosa unablässig daran, dass sie selbst ihn in diese leidvolle Situation gebracht hatte, in der sie sich jetzt auch noch weigerte, ihm mit einem guten Rat zur Seite zu stehen.

Rosa fühlte sich der *Artemis* nicht sonderlich verbunden. Früher hatte sie sich einmal vorgestellt, sie selbst herauszugeben und zu einer großen seriösen Zeitschrift zu machen;

doch ihre Zeit als Journalistin hatte sie zum einen gelehrt, wie schwierig es war, seriöse Zeitschriften zu verkaufen, und zum anderen, wie wenig sie selbst sich als Herausgeberin eignete. Hätte sie über eine gewisse Summe verfügt, um sie in das Magazin zu stecken, hätte die Sache anders ausgesehen. So aber hatte sie die *Artemis* ihrem Schicksal überlassen und sich bestenfalls von ihr erhofft, dass sie Hunter, bevor sie schließlich einging, noch einige nützliche Erfahrungen verschaffte und ihm half, sich für eine andere, einträglichere Beschäftigung zu qualifizieren. Hätte Hunter zu irgendeiner Zeit von irgendjemand anderem ein so lukratives Angebot bekommen wie jetzt von Mischa Fox, hätte Rosa, die sich für die Armut ihres Bruders verantwortlich fühlte, ihm geraten, es anzunehmen. Sie wusste, dass der Gedanke, die *Artemis* zu kaufen, in äußerst angesehenen Kreisen mehr als einmal aufgekommen war und sie war immer enttäuscht gewesen, wenn sie dann doch nichts mehr davon gehört hatte.

Rosa zweifelte keine Sekunde, dass Mischa Fox den Zeitpunkt für sein Angebot äußerst sorgfältig gewählt hatte. Ihr war auch klar, dass Mischa eigentlich weniger auf die *Artemis* aus war als darauf, Hunter und sie in eine Art von Dilemma zu bringen. Das war typisch für ihn. Etwas anderes konnte sie sich nicht vorstellen; und sie war sich immer noch unschlüssig, ob Mischas Schritt als ein Versuch, die Verhandlungen wieder aufzunehmen, oder eher als ein Racheakt zu werten war. Mischa war durchaus imstande, noch nach zehn Jahren mit einer sorgfältig durchdachten Maßnahme Vergeltung zu üben. Während Rosa saß und darüber nachsann, wurde sie von dem Gedanken gequält, dass sie so wenig wusste. Sie konnte sich kaum etwas vorstellen, was sie nicht dafür gegeben hätte zu wissen, was gerade in Mischa Fox' Kopf vorging. Was ihr am meisten Angst machte, war die Tatsache, dass sie tief in ihrem Herzen auf den starken Wunsch stieß, Mischa könnte tatsächlich die Verhandlungen wieder aufnehmen wollen. Diese Entdeckung beunruhigte sie aus vielerlei Gründen. Zehn Jahre zuvor hatte sie beschlossen, jegliche Beziehung zu Mischa Fox könne ihr nur Schaden zufügen, und eine Gelegenheit, ihre Meinung zu ändern, hatte sich nie geboten. Doch die Feststellung, dass sie immer noch, wenn auch nur zum Teil und auf sehr unbestimmte Weise, von dem Gedanken an Mischa fasziniert war, machte ihr Sorgen – nicht so sehr weil diese Faszination sich überhaupt aufdrängte, um sie in Versuchung zu führen, sondern wegen der grenzenlosen Vielfalt an Leid, die eine solche Situation bereithalten konnte.

Als Rosa zu spüren begann, wie stark ihr Interesse an Mischa nach so langer Zeit immer noch war, schien ihr Verhältnis zu den Lusiewicz-Brüdern allmählich unerträglich zu werden. Sie wünschte sich sehnlichst, frei von ihnen zu sein, teils wegen des schlichten Wunsches, ohne jede weitere Komplikation in ihren hoffnungslosen und mit Schuldgefühlen verbundenen Gedanken über Mischa Fox schwelgen zu können, und teils weil, was ihr vielleicht sogar am meisten zusetzte, die Vorstellung, Mischa Fox könnte die Sache mit den Brüdern herauskriegen, ihr eine Heidenangst machte. Bisher war Rosa absolut sicher, dass das Geheimnis ihrer Verbindung mit ihnen gut gehütet worden war. Die beiden hatten ihre eigenen Gründe zu schweigen. Sie selbst hatte ihre Namen schon mehrere Monate lang niemandem gegenüber mehr erwähnt, und außer Hunter gab es niemanden, der in der Lage gewesen wäre, jede ihrer Bewegungen zu verfolgen; und was immer Hunter argwöhnte, er würde nur allzu bestrebt sein, es für sich zu behalten. Sollte Mischa Fox es aber herausfinden, hätte die Entdeckung wahrscheinlich zur Folge, dass er eher zur Rache als zu Verhandlungen neigen und gleichzeitig in den Besitz einer so machtvollen Waffe gegen Rosa gelangen würde, dass sie allein bei dem Gedanken, jemand könnte sie besitzen oder gar benutzen, ganz blass wurde.

Rosa wusste das; und sie wusste auch, dass sie nicht die Kraft hatte, der Macht der Brüder zu entfliehen. Es war zwecklos, sich jetzt zu fragen, ob das Band zwischen ihnen Liebe war. Die Dunkelheit, in der die beiden sie hielten, war unbeschreiblich tief. Aus eigenem Willen konnte sie den Bann nicht brechen. Und dann fragte sie sich wieder: Warum sollte ich ihn überhaupt brechen? Was kümmern mich die anderen Leute! Warum sollte ich diese wahre Liebe opfern? Die Brüder hatten schließlich nichts anderes verbrochen, als sie zu lieben. Sie waren arm und hilflos, sie waren ihre Kinder. Von der Vernunft her hatte sie ihnen nichts vorzuwerfen. Von Mischa dagegen wusste sie viel Schlimmes und vermutete noch mehr, sodass er für sie manchmal zur Personifizierung des Bösen wurde. Das sagte sich Rosa. Aber es war nicht das, was sie wirklich dachte.

Rosa war bewusst, dass Hunter ihr die Weigerung, Mischa Fox zu heiraten, nie verziehen hatte; und dass der Junge in der gegenwärtigen Situation unweigerlich irgendwelche Träume, irgendwelche Hoffnungen haben musste. Manchmal erschien es Rosa wahrscheinlich, dass Hunters sehnlichster Wunsch genau darin bestand, sich an Mischas Macht zu verkaufen – obwohl er, selbst wenn es die Komplikation in Bezug auf seine Schwester nicht gegeben hätte, nicht notwendigerweise danach gehandelt hätte. So aber hatte Hunter keine Ahnung, nicht einmal davon, in welchem Maß Rosa an der *Artemis* hing, und erst recht nicht von der möglichen Existenz irgendeines Überbleibsels ihrer Zuneigung zu Mischa. Über ihre Haltung konnte er nur Vermutungen anstellen; und seine stärkste Versuchung bestand darin sich vorzustellen, dass vielleicht Rosas eigentlicher Wunsch, den sie ihm aber nicht offen eingestehen wollte, der war, dass er die Zeitschrift verkaufte und so in gewisser Weise dafür sorgte, dass sie beide wieder in den Dunstkreis von Mischa Fox gezogen würden. So sah jedenfalls Rosa die Situation. Ihre Prophezeiung lautete, dass ohne irgendeine Hilfestellung von ihr Hunter –

zum Teil unter dem Einfluss von Unabhängigkeitsidealen, hauptsächlich aber aus Angst, seine Schwester zu kränken, falls es, worauf letztlich alle vorhandenen Anzeichen hindeuteten, tatsächlich so war, dass sie keinerlei weitere Kontakte gleich welcher Art zu Mischa Fox wünschte – sich weigern würde, die *Artemis* zu verkaufen.

Die jährliche Aktionärsversammlung der *Artemis* sollte in etwa einer Woche stattfinden. Falls Hunter beschloss zu verkaufen, konnte die Angelegenheit höchst praktischerweise dort besprochen und streng genommen sofort erledigt werden. Die Satzung der *Artemis* sah vor, dass Entscheidungen bei einer ordentlich einberufenen Aktionärsversammlung kein Quorum benötigten. Die energiegeladenen Frauen, die die Zeitschrift gegründet und das Gefühl gehabt hatten, ihre Liebe zu ihr würde ewig währen, hatten damals so argumentiert, dass sonst, sollte je eine Zeit kommen, wo die Aktionäre zu gleichgültig wären, um die Versammlungen zu besuchen, das Ganze seinem Schicksal überlassen würde. Diese für sie so unvorstellbare Zeit war gekommen; und jetzt verlas Hunter, während sie an ihrem Kaminfeuer dösten, den Jahresbericht vor einem leeren Raum und traf mit der Unterstützung von Rosa, die sehr oft die einzige anwesende Aktionärin war, alle notwendigen Geschäftsentscheidungen. Somit konnte der Verkauf mühelos durchgebracht werden; und wenn Rosa darüber nachdachte, wie reizvoll der Gedanke unter so vielen alltäglichen Gesichtspunkten erscheinen musste, spürte sie, dass sie Hunter einem unerträglichen Druck aussetzte. Um ihm helfen zu können, müsste sie sich aber erst einmal selbst über eine Reihe von Dingen klar werden, die auch nur näher zu betrachten sie kaum ertragen konnte und die zu entscheiden sie sich völlig unfähig fühlte.

Mit einem Mal jedoch dachte Rosa an ein Projekt, das eine gewisse Hoffnung in sich barg, zumindest die Atmosphäre ein wenig zu entspannen – und da sie sich leidenschaftlich nach irgendeiner Art von Aktion sehnte, aber völlig unfähig zu der speziellen Aktion war, die jetzt am dringendsten benötigt wurde, stürzte sie sich mit Vergnügen auf diese Idee. Es war eine Idee, die ihr von John Rainborough nahe gelegt worden war, als sie ihn zuletzt bei Peter Saward getroffen hatte, eine Idee, die sie im Grunde schon viel früher gehabt, jedoch aus einer ganzen Reihe von Gründen verworfen hatte: nämlich einen Spendenappell an eine der Aktionärinnen zu richten. Rosa und Hunter hatten schon vor langer Zeit über diese Möglichkeit diskutiert, sich damals jedoch dagegen entschieden. Hunter hatte es so formuliert: »Wenn wir diese alten Mädchen aufscheuchen, werden sie anfangen sich einzumischen«; und Rosa selbst war zu stolz gewesen, um Spenden von ältlichen, wohlhabenden Frauen zu erbitten, die die Bewunderinnen und Anhängerinnen ihrer Mutter gewesen waren und jetzt eigentlich aus freien Stücken hätten kommen müssen, um die *Artemis* zu unterstützen.

Als Rosa inmitten ihrer Sorgen wieder neu auf diesen Gedanken kam, erschien er ihr ausgesprochen gut. Wenn plötzlich ein großer Geldbetrag aus anderer Quelle der *Artemis* zur Verfügung stünde, würde das die Situation gegenüber Mischa Fox zwar kaum lösen, aber doch vereinfachen. Rosa sagte sich, dass sie, so wie die Dinge im Augenblick lagen, nie genau wusste, wie viel von ihrer Haltung echte Sorge um Hunters Wohlergehen war. Wenn dieser Punkt durch Gelder, die mit der Situation überhaupt nichts zu tun hatten, geklärt würde, dann, so meinte Rosa, wäre sie in der Lage, deutlicher zu sehen, was auf dem Spiel stand. Die *Artemis* in finanzieller Hinsicht aus der Gefahrenzone zu bringen, würde für sie selbst und für Hunter eine so gewaltige Erleichterung bedeuten, dass sie beide ihrer Meinung nach, wäre das erst einmal erreicht, zu wahren Wundern an klarem Denken und entscheidender Aktion fähig wären. Wenn der zur Verfügung stehende Betrag groß genug wäre, könnte sie vielleicht sogar an ein regelmäßiges Einkommen für Hunter und ein ganz neues Aussehen für die Zeitschrift denken; und obwohl Rosa nicht optimistisch genug war zu meinen, Geld sei die Lösung aller ihrer Probleme, war sie doch außer sich vor Freude, endlich einen Bereich gefunden zu haben, in dem sie sich frei bewegen konnte – und die Vorstellung, dass sie auf ihre eigene Initiative hin und in welch geringem Ausmaß auch immer die Situation, in die Mischa Fox sie gebracht hatte, ändern konnte, gab ihr das Gefühl, bereits auf halbem Weg zur Wiedererlangung ihrer Freiheit zu sein.

Als sie an diesem Abend aus der Fabrik heimkam, nahm sie das Aktionärsbuch mit in ihr Zimmer. Zu Hunter sagte sie nichts von ihrem Plan. Während sie das Buch durchging, gewann sie den Eindruck, dass es zwei Frauen gab, an die sie sich wenden könnte, die erste eine Mrs. Carrington-Morris, die eine führende Methodistin gewesen und immer noch war, und die zweite Mrs. Camilla Wingfield, die exzentrische Dame, die Rainborough erwähnt hatte. Rosa überlegte eine Weile zwischen diesen beiden hin und her und entschied sich schließlich für Mrs. Wingfield. Möglicherweise würde Mrs. Wingfield sich als zu verrückt erweisen; wahrscheinlicher war jedoch, dass Mrs. Carrington-Morris sich als zu vernünftig herausstellte; und Rosa beschloss, erst einmal auf Mrs. Wingfields Großzügigkeit zu setzen, die womöglich gar nicht vorhanden, vielleicht aber sogar übertrieben war. Rosa konnte sich auch erinnern, dass sie den beiden Damen vor ungefähr dreißig Jahren begegnet war und eine deutliche Präferenz für Mrs. Wingfield verspürt hatte. Aus diesem Grund war es ihr Name, den sie im Londoner Telefonbuch suchte, um zu ihrer Überraschung festzustellen, dass Mrs. Wingfield auch am Campden Hill Square wohnte, in einem Haus auf der gegenüberliegenden Seite, das man vom Fenster aus sehen konnte. Für Rosa war das ein gutes Omen.

Sie beschloss, ihre Kampagne mit einem persönlichen Besuch anstelle eines Briefes zu eröffnen und auf den Überraschungseffekt im Verein mit dem Namen ihrer Mutter und ihrer eigenen physischen Ähnlichkeit mit derselben zu setzen, um eine sofortige Kapitulation zu bewirken. So klopfte Rosa am nächsten Tag, einem Samstag, gegen vier Uhr nachmittags an Mrs. Wingfields Tür. Sie hatte ausgerechnet, dass es am klügsten war, zur Teezeit vorbeizukommen, wenn jegliche durch ihre Ankunft verursachte Verlegenheit inmitten des Verteilens der Teetassen rasch zerstreut werden konnte.

Rosa klopfte mehrmals, ohne Antwort zu erhalten, und war auf den Gehsteig zurückgetreten, um zu den dicht mit Gardinen verhängten Fenstern hochzuschauen, als die Tür sich leise einen wenige Zentimeter breiten Spalt öffnete und ein blasses Gesicht herausspähte. Rosa machte so eilfertig einen Satz nach vorn, dass die Besitzerin des Gesichts auf der Stelle die Tür wieder schloss, und Rosa konnte hören, wie die Kette eingehängt wurde. Mit dieser zusätzlichen Sicherung öffnete sich die Tür erneut zu einem schmalen Schlitz und Rosa konnte ein auf sie gerichtetes hellblaues Auge erkennen.

»Entschuldigen Sie«, sagte Rosa, von diesem Empfang gründlich nervös gemacht, »ich möchte gerne Mrs. Camilla Wingfield sprechen. Können Sie mir wohl sagen, ob sie zu Hause ist?«

Damit schloss die Tür sich wieder und Rosa wollte in ihrer Verzweiflung schon gehen, als sie hörte, dass die Kette erneut ausgehängt wurde, und einen Augenblick später stand die Tür sperrangelweit offen, um den Blick auf eine verwirrte Frau in einer Kittelschürze freizugeben.

»Ach, das tut mir aber Leid!«, sagte diese Person und strahlte Rosa an. »Ich habe Sie für eine Zigeunerin gehalten. Sie müssen schon entschuldigen. Zu dieser Zeit im Jahr laufen hier so viele davon herum. Im Winter arbeiten sie mit den Zirkusleuten, wissen Sie, und im Sommer in der Landwirtschaft, aber in dieser Zeit des Jahres, einer Zeit dazwischen, streifen sie durch die Städte und versuchen Sachen zu verkaufen. Eine kam letzte Woche und war *so* aufdringlich. Sie stellte den Fuß in die Tür und wollte einfach nicht gehen. Am Ende musste ich ihr ein bisschen Heidekraut abkaufen, um sie loszuwerden. Es wäre ja nichts dagegen einzuwenden, wenn sie nützliche Dinge wie Bürsten verkaufen würden, aber Heidekraut zu dem Preis, das ist einfach Halsabschneiderei. Sie müssen entschuldigen, dass ich Sie für eine Zigeunerin gehalten habe. Sobald Sie angefangen haben zu sprechen, war mir natürlich klar, dass Sie keine sind. Am Anfang habe ich aber nur Ihr schwarzes Haar gesehen und das hat mir einen Schrecken eingejagt. Jetzt kann ich auch an Ihrem Aussehen erkennen, dass Sie keine Zigeunerin sind. Beim ersten kurzen Hinschauen habe ich mich geirrt. Es ist heutzutage so ungewöhnlich, dass eine Dame ihr Haar so lang trägt. *Sie* tun es natürlich, ich meine, die Zigeunerinnen. Aber Ihr Haar ist sehr schön, wenn ich mir die Bemerkung erlauben darf, und so, wie Sie es tragen, steht es Ihnen sehr gut. Ich wünschte, mehr junge Mädchen würden ihr Haar lang tragen. Aber das ist ihnen wohl zu umständlich, nicht wahr, sie haben es ja immer so eilig, die armen Dinger.«

Während dieses Monologs entspannte Rosa sich völlig und fing an zu lächeln. Sie mochte die Sprecherin, deren gesellschaftliche Klasse zu erraten ihr immer noch schwer fiel. Rosa war stolz auf ihre Fähigkeit, die Menschen, denen sie begegnete, sehr schnell als soziale Phänomene einzuordnen, ein Talent, das sie von ihrer Mutter geerbt hatte. Diese angesehene Sozialistin hatte ein nahezu untrügliches Gespür für soziale Unterschiede besessen. Rosa beschloss, dass ihr Gegenüber, ungeachtet der Kittelschürze und der wollenen Socken, die ihr auf die Knöchel rutschten, Mrs. Wingfields Gesellschafterin war. Das Alter dieser Person blieb jedoch unklar. Ihre großen Augen waren von einem so blassen Blau, dass sie fast weiß wirkten, wie ein ausgebleichtes Kleidungsstück, und das hellgräuliche Fleisch von Gesicht und Hals war mit kreuz und quer verlaufenden Sorgen- und Lachfältchen bedeckt, die die klare Linie ihrer Gesichtszüge zerstörten, sodass die Augen Rosa aus einer schlaffen Fleischmasse, die sich ohne weitere Unterbrechung von dem perückenartigen Haar, das dem Inneren einer Matratze glich, bis zu dem Spitzenbesatz an dem runden Ausschnitt ihrer alten Kittelschürze erstreckte, der den Anfang ihres Körpers ankündigte.

»Ich bin Miss Foy«, sagte diese Person mit einem Gehabe, als spräche sie einen berühmten Namen aus. Die trockene Haut bewegte sich, während sie sprach, wellenförmig wie die eines Alligators.

»Ah!«, sagte Rosa mit einer Betonung, von der sie hoffte, sie möge angemessen sein.

»Ja!«, sagte Miss Foy triumphierend. Sie legte sich das Geschirrtuch, das sie in der Hand hielt, über den Arm. »Ich mache den Abwasch«, erklärte sie.

»Ich hätte gern mit Mrs. Wingfield gesprochen«, sagte Rosa. »Wenn es keine Umstände macht.«

»Sie erwartet Sie nicht«, sagte Miss Foy vorwurfsvoll.

»Es tut mir Leid«, sagte Rosa. »Wenn es einfacher wäre, könnte ich jetzt gehen und ein andermal wiederkommen.« Sie ärgerte sich, dass sie nicht daran gedacht hatte, eine Visitenkarte mitzunehmen.

»Oh, das macht nichts!«, sagte Miss Foy fröhlich. »Es wird ihr die Zeit vertreiben, Sie zu sehen. Gehen Sie lieber gleich zu ihr. Kommen Sie herein, meine Liebe; das ist schon recht.«

Miss Foy winkte Rosa herein und als die Tür sich hinter ihr schloss, wurden sie in fast vollständige Dunkelheit getaucht. Rosa konnte verschiedene längs der Wände gruppierte große Gegenstände ausmachen, während über ihnen raschelnd und atmend eine Reihe von Pflanzen in den Raum zu ragen schienen. Aus dem Hintergrund hörte man ein sonderbares Stöhnen, als liefe irgendeine Maschine.

»Sie müssen entschuldigen, wenn ich Sie nicht melde«, sagte Miss Foy. »Sie hasst es, mich zu sehen, wenn ich den Abwasch mache. Das Wohnzimmer liegt nach vorne im ersten Stock. Sie werden sie wahrscheinlich singen hören und das wird Sie leiten. Seien Sie nicht nervös, meine Liebe. Und«, Miss Foy zog Rosa an sich und senkte die Stimme, »machen Sie sich bloß nichts aus den komischen Dingen, die sie sagt, sie sagt sie nur, um die Leute zu schockieren, in Wirklichkeit meint sie es aber gar nicht so.«

Damit verschwand Miss Foy unvermittelt im Dunkeln und überließ es Rosa, allein den Weg nach oben zu finden. Sie begann die Treppe hinaufzusteigen und ihr wurde klar, dass das seltsame Geräusch, das sie beim Hereinkommen wahrgenommen und das sich während ihres ganzen Gesprächs mit Miss Foy fortgesetzt hatte, von einer menschlichen Stimme herrührte. Dieses Geräusch entpuppte sich, als Rosa näher kam, als eine tiefe, nicht unangenehme Stimme, die auf eigenartig monotone Weise sang. Voller Neugier auf das, was sie gleich sehen würde, klopfte Rosa an die Wohnzimmertür. Es kam keine Antwort und das Singen ging weiter. Also klopfte sie erneut, diesmal lauter, und trat dann ein.

Sie fand sich in einem großen, hellen, unordentlichen, mit Möbeln voll gestellten Wohnzimmer wieder, unter dessen wild durcheinander stehenden Gegenständen ihre geblendeten Augen zunächst keine menschliche Gestalt ausmachen konnten. Dann bemerkte sie ein Paar feste, männlich wirkende Schuhe, deren Sohlen, oben auf der Armlehne eines gewaltigen Sofas, auf sie gerichtet waren. Die Besitzerin der Schuhe und der Stimme, die nach wie vor sang, lag anscheinend, für sie nicht sichtbar, auf dem Sofa. Rosa ging um das Sofa herum, bis sie davor stand, und da kam eine große, grauhaarige Frau in Tweedjackett und Cordhose zum Vorschein, die, die Füße viel höher gelegt als den Kopf, ausgestreckt dalag, während neben ihr auf dem Fußboden eine

Champagnerflasche und ein Glas standen. Als Rosa in ihr Blickfeld kam, wandte die Besitzerin der Schuhe ihr ein Gesicht zu, das eine beachtliche Kraft ausstrahlte und aus dessen sehr trockener, dick gepuderter und offensichtlich faltenloser Fläche zwei dunkelbraune Augen heiter herauslugten.

»Sie kommen gerade richtig zur Audienz«, sagte Mrs. Wingfield.

»Wie bitte?«, sagte Rosa.

»Ich habe gesagt, Sie kommen gerade richtig zur Audienz«, wiederholte Mrs. Wingfield. »Das ist nur eine Redewendung. Vor Ihrer Zeit, vermute ich. In der Sprache wechseln die Moden so schnell.« Mrs. Wingfield sprach mit einer tiefen, trägen Stimme, die nicht die einer sehr alten Frau war.

»Entschuldigen Sie vielmals, dass ich unangemeldet hereingeplatzt bin«, sagte Rosa und bereute dann diese Bemerkung, die ein schlechtes Licht auf Miss Foy zu werfen schien.

»Ich nehme an, die alte Zimtziege hat Sie hereingelassen«, sagte Mrs. Wingfield. »Das ist in Ordnung. Sie spült Geschirr. Nehmen Sie einen Champagner. Das ist das Einzige, was ich noch trinken kann, ohne dass mein Magen rebelliert. Leider gibt es nur ein Glas.«

Mit einer erstaunlichen Energie schwang sie die Beine vom Sofa, goss Champagner ein und reichte ihn Rosa. Dann schwang sie die Beine in ihre ursprüngliche Lage zurück und nahm ihren monotonen Gesang wieder auf: »*In the twi-twi-twilight, out in the beau-ti-ful twilight*. Von den Liedern, die ich vor neunzehnzehn gehört habe, kenne ich noch jedes einzelne, und die danach habe ich allesamt vergessen«, erklärte sie Rosa.

»Da haben Sie für mein Empfinden nicht viel versäumt«, sagte Rosa höflich. Sie hatte Mrs. Wingfields Wellenlänge noch nicht herausgefunden und tastete sich behutsam vorwärts.

»Wer zum Teufel sind Sie eigentlich?«, fragte Mrs. Wingfield. »Das ist genau wie dieses ganze verdammte Zeitalter. Leute spazieren einfach so in dein Wohnzimmer, und hast du nicht gesehen, trinken sie deinen Champagner und du weißt nicht mal, wer sie sind.«

Rosa wollte sich gerade vorstellen, als Mrs. Wingfield rief: »Sagen Sie es nicht! Lassen Sie mich raten!« Sie drehte den Kopf zu Rosa und ihre beiden dunklen Augen, die über den prallen Sofakissen senkrecht übereinander zu stehen schienen, inspizierten sie kritisch.

»Würden Sie mir wohl Ihr Profil zeigen?«, sagte Mrs. Wingfield. »Danke. Ja, das habe ich mir gedacht. Sie sind Miss Keepe, Margaret Richardsons Tochter, und Sie wohnen auf der anderen Seite des Platzes.«

»Das stimmt«, sagte Rosa. »Wir haben uns schon einmal gesehen, vor langer Zeit, als ich noch ein Kind war. Das haben Sie wahrscheinlich vergessen.«

»Ich habe das keineswegs vergessen«, sagte Mrs. Wingfield. »Tut mir Leid, Sie zu enttäuschen, aber ich bin nicht so senil, wie Sie offenbar annehmen. Wir haben uns in Wimbledon getroffen. Sie müssen ungefähr acht gewesen sein und Ihre Manieren waren schon damals schockierend. Aber ich kann mich ums Verrecken nicht an Ihren Vornamen erinnern.«

»Rosa.«

»Ach ja«, sagte Mrs. Wingfield. »Ihre Mutter war durch und durch Bolschewikin. Aber wenn sie noch am Leben wäre, hätte sie jetzt die Nase voll davon.«

Rosa lief vor Ärger rot an und wollte schon antworten, als Mrs. Wingfield rief: »Jetzt seien Sie doch nicht gleich verärgert! Ich habe Ihre Mutter angebetet. Vermutlich habe ich sie weit mehr geschätzt als Sie selbst. Ich muss sagen, ich habe mich schon gefragt, wann Sie wohl die Höflichkeit haben würden, mich zu besuchen. Ich nehme allerdings an, dass Sie Geld wollen; das ist der einzige Grund, warum mich heute überhaupt noch jemand besucht. Also, Geld können Sie keins bekommen. Hat Ihnen das niemand erzählt? Ich bin ein alter Geizkragen. Aber Sie können hier bleiben und sich mit mir unterhalten, bis ich zu Bett gehe. Sie mögen zwar ziemlich schlechte Manieren haben, aber Sie können nicht, kaum dass Sie gekommen sind, schon wieder gehen, und jetzt, wo ich Sie hier habe, lasse ich Sie nicht mehr los. Was kümmert's mich, wenn Sie nie mehr wiederkommen? Trinken Sie ein bisschen Champagner.«

Rosa, die zwischen Verärgerung, Belustigung und Verzweiflung schwankte, sagte: »Vielen Dank«, und hielt das Glas hin.

»Ah, Sie möchten noch *mehr*, nicht wahr?«, sagte Mrs. Wingfield. »Gut, geben Sie mir das Glas zurück. Sie können ihn aus einer Tasse trinken. Ich glaube, in der Vitrine da drüben steht noch eine.«

Rosa ging zu der Vitrine hinüber und wand sich dabei zwischen den Puffs, Kniekissen, Polstern, Fußschemeln und vereinzelten Tischen durch, die neben den größeren Möbelstücken den Raum füllten. Sie nahm eine wunderschöne Meißner-Tasse heraus und brachte sie Mrs. Wingfield. Die hatte unterdessen mit verblüffender Geschwindigkeit das Champagnerglas gefüllt und geleert und füllte es gerade noch einmal für sich, während ihr Kopf merkwürdig über der Kante des Sofas hing.

»Wischen Sie es lieber mit Ihrem Taschentuch aus«, sagte sie, als Rosa ihr die Tasse hinhielt. »Sie ist zwei oder drei Regentschaften lang nicht abgestaubt worden.« Das schien zu stimmen. Rosa rieb mit ihrem Taschentuch darüber und Mrs. Wingfield goss den Rest des Champagners ein.

»Leider nicht mehr viel übrig«, sagte sie, »und das ist die letzte Flasche! Nein, ich bin eine Lügnerin, das ist nicht die letzte Flasche, ich meine nur, das ist die letzte, aus der Sie etwas bekommen.«

»Es ist eine hübsche Tasse«, sagte Rosa höflich.

»Ja, sie ist wirklich süß«, sagte Mrs. Wingfield. »Ich habe ein paar nette Sachen hier, nur kann man sie nicht sehen, weil das Durcheinander so groß ist. Ich muss die alte Zimtziege dazu bringen, dass sie Sie einmal durchs Haus führt. Jetzt gerade macht sie allerdings den Abwasch. Ich lasse sie nur alle drei Wochen abwaschen. So lange dauert es, bis wir uns durch unser ganzes Porzellan gearbeitet haben. Ich hasse es, wenn Foy nach dem Essen aufspringt, um zu spülen, das schadet meiner Verdauung. Deshalb warten wir so lange, bis kein Porzellan mehr da ist, und dann verbringt Foy einen ganzen Tag damit.«

»Ich verstehe. Was für ein sinnvolles Arrangement«, sagte Rosa.

»Das ist kein sinnvolles Arrangement«, sagte Mrs. Wingfield, »aber es ist das Arrangement, das wir angenommen haben ...«

In dem Augenblick kam Miss Foy mit einem Champagnerglas ins Zimmer. »Ich dachte, Sie bräuchten vielleicht noch ein Glas«, sagte sie.

»Da haben Sie richtig gedacht«, sagte Mrs. Wingfield, »aber wie immer ein bisschen spät am Abend. Gehen Sie doch nicht gleich, Sie Dummkopf. Lassen Sie das Glas hier, wo Sie es schon gebracht haben. Sie können diese Tasse mitnehmen, ich verstehe gar nicht, warum wir sie übersehen haben. Haben Sie noch zu trinken, Mädchen? Gießen Sie es in das Glas und geben Sie Foy die Tasse zum Mitnehmen. So ist's recht.«

Miss Foy drehte sich zum Gehen um. »Übrigens, Foy«, rief Mrs. Wingfield hinter ihr her, »das ist Rosa Keepe.«

Die Augen vor Erregung funkelnd, kam Miss Foy zurückgerannt. »Na, so was, Miss Rosa«, rief sie, »das ist aber eine Freude – und eine Ehre!«

»Ehre, so ein Quatsch«, sagte Mrs. Wingfield. »Es ist Miss Keepe, nicht ihre Mutter.«

»Ich kann mich gut an Ihre Mutter erinnern«, sagte Miss

Foy. »Ich habe sie oft in den Sälen rund um Holborn und Kingsway reden hören! Was für eine Rednerin sie war! Natürlich war ich damals noch sehr jung.«

»Ganz so jung auch nicht«, widersprach Mrs. Wingfield. »Für wie alt halten Sie Foy?«, fragte sie Rosa.

Rosa sah verlegen aus. »Ich bin nicht besonders gut darin, das Alter von Leuten zu schätzen«, sagte sie kühl.

»Sieh mal an!«, sagte Mrs. Wingfield. »Sie weist mich in meine Schranken! Schätzen Sie doch einfach mal. Aber schauen Sie zuerst genau hin. Sie ist doch wie ein alter Mopp, oder? Sind Sie je einem Menschen begegnet, der mehr wie ein alter Mopp aussah? Und schauen Sie nur ihre Beine an. Ziehen Sie Ihren Rock hoch, Foy. Die haben doch gar keine Form. Sehen aus wie zwei Pfosten. Sind Sie je einem Menschen begegnet, dessen Beine noch mehr wie zwei Pfosten aussahen?«

»Machen Sie sich nichts daraus, Miss Rosa«, sagte Miss Foy, die das schon gewohnt zu sein schien. »Sie meint es nicht so.«

»Und ob ich es so meine!«, rief Mrs. Wingfield erregt. Mit derselben energischen Bewegung wie vorher schwang sie ihre Beine wieder herunter, saß da und deutete auf Miss Foy, die unter ihrem Grau jetzt noch eine Idee blasser wurde. »Schauen Sie sich ihr Haar an. Haben Sie je so einen Krauskopf gesehen? Es zeigt, dass einer ihrer Anfälle bevorsteht. Bei Verrückten stehen die Haare immer so hoch. Es heißt ja, ein Wahnsinniger ist wahnsinnig bis in die Fingerspitzen.«

»Nein!«, sagte Miss Foy. »Bitte hören Sie auf! Davon kriege ich ja eine Gänsehaut!« Sie drehte sich um und floh aus dem Zimmer.

»Was für eine Vogelscheuche!«, sagte Mrs. Wingfield. »Sie denkt, ich meinte es ernst. Bevor ich Miss Foy kennen lernte, war ich viel fröhlicher. Und trotzdem, wenn sie nicht wäre, würde ich mich auf der Veranda irgendeines dämlichen

Hotels sonnen. Würden Sie sagen, dass die alte Foy noch Jungfrau ist?«

»Dazu habe ich absolut keine Meinung«, entgegnete Rosa schroff; sie war empört darüber, wie Miss Foy schikaniert wurde, und hatte inzwischen beschlossen, dass Mrs. Wingfield auf keinen Fall verrückt war.

»Was heißt, Sie haben keine Meinung?«, sagte Mrs. Wingfield. »*Irgendetwas* müssen Sie doch darüber denken, so oder so!«

»Ich meine«, sagte Rosa, »dass ich finde, Sie waren sehr grob zu Miss Foy.«

»Warum zum Teufel sagen Sie nicht, was Sie meinen?«, erwiderte Mrs. Wingfield. »Ich kann doch keine Gedanken lesen. Ich werde Ihnen was sagen. Natürlich denken Sie, dass sie Jungfrau ist. Das tut jeder. Und ich sage Ihnen noch etwas. Sie ist es nicht! Das wird Sie überraschen. Aber all das erzähle ich Ihnen ein andermal. Könnten Sie an den Schrank gehen und noch eine Flasche Champagner holen? So ist's brav. Wissen Sie, wie man eine Champagnerflasche aufmacht? Also machen Sie die da auf und sehen Sie zu, dass nicht alles auf die Möbel spritzt.«

Mrs. Wingfield setzte sich jetzt auf, die in Hosen steckenden Beine energisch gespreizt, und lehnte sich in die Sofakissen. Als Rosa ihr ein Glas Champagner eingoss, bemerkte sie erstaunt die außerordentlich trockene Beschaffenheit ihres Gesichts, das aus der Nähe erschreckend künstlich wirkte. Die Oberfläche sah eher wie glatte, leicht verstaubte Pappe denn wie Haut aus. Und inmitten dieser Wüste das beunruhigende Funkeln der beiden Augen, die unkrautumwucherten Tümpeln glichen. Rosa verspürte fast Panik bei dem Gedanken, dass, wenn diese Augen je eine Träne vergossen, sie sicher eine seltsame Furche in die trockene, pulvrige Oberfläche ziehen und darunter Gott weiß was zum Vorschein bringen würde. Es lag ein süßer, staubiger Geruch in der Luft, wie von altem, in Lavendel aufbewahrtem Leintuch.

»Sie denken jetzt«, sagte Mrs. Wingfield, »dass ausgerechnet ich es nötig habe, vom Alter zu reden. Ich mache kein Geheimnis um mein Alter. Ich bin dreiundachtzig. Sie finden, dass ich ein emailliertes Gesicht habe, wie die Königin Sowieso. Möchten Sie ein Foto von mir sehen, als ich zwanzig war? Geben Sie mir das Album.« Rosa reichte ihr ein dickes Buch mit einem roten Samteinband, das mitten in einer Ansammlung von Vasen und Messingtieren oben auf einem Klavier ganz in ihrer Nähe lag.

»Das bin ich«, sagte Mrs. Wingfield.

Rosa schaute sich das Bild eines stolzen Mädchens mit einem süßen Gesicht, einem Wust dunkler Haare und leuchtenden dunklen Augen unter einem gewaltigen Hut an. »Sie waren schön«, sagte Rosa. »So schrecklich anders sehen Sie jetzt gar nicht aus«, fügte sie ehrlich hinzu. Einer Vision gleich sah sie plötzlich das junge Gesicht durch Mrs. Wingfields altes hindurchscheinen. Das war verblüffend.

»Sie sind eine kleine Schmeichlerin«, sagte Mrs. Wingfield, »und eine Schmeichlerin ist eine Lügnerin. Bei Ihrer Mutter war das anders. Sie hätte nie irgendjemandem geschmeichelt. Aber Sie wollen ja auch etwas von mir. Das hier bin ich wieder, etwas später.«

Sie blätterte um und Rosa sah das wirre Bild einer großen Frau in einem knöchellangen Rock, die, von einer Menschenmenge umgeben, mit unnatürlich ausgestreckten Armen dastand. »Das war, als ich mich an den Zaun der Wellington Barracks angekettet hatte. Von diesem Tag habe ich immer noch eine Narbe am Handgelenk.« Sie zeigte Rosa eine kleine rote Narbe an ihrem rechten Handgelenk.

»Tatsächlich!«, entfuhr es Rosa.

»Glauben Sie mir?«, fragte Mrs. Wingfield und lachte teuflisch. »Egal! Schauen Sie, hier werde ich gerade in Ascot verhaftet. Diese Fotos habe ich von der Zeitung bekommen. Am nächsten Tag haben sie immer einen höflichen Mann zu uns geschickt, der fragen sollte, ob wir Bilder haben wollten. Ihre Mutter muss eine ganze Sammlung davon gehabt haben.«

»Ja, das hatte sie«, sagte Rosa. »Ich erinnere mich an eines, auf dem sie mit Ihnen zusammen Flugblätter in einem Theater herumwirft.«

»Das stimmt!«, sagte Mrs. Wingfield und ihre Augen leuchteten auf. »Das war Covent Garden. *Il Trovatore.* Das Königshaus war anwesend. Sie schlaues kleines Ding, Sie strengen sich ganz schön an, um zu kriegen, was immer Sie kriegen wollen!« Sie blätterte wieder um. »Auf diesem Foto hier spreche ich mit Bernard Shaw.«

Rosa schaute sich voll Ehrfurcht das Bild an. »Der alte Wingfield war eifersüchtig auf Bernard«, sagte Mrs. Wingfield. »Das war, bevor ich dem alten Mistkerl eins übergebraten habe – dem alten Wingfield meine ich. Ich habe ihn mit einer Axt getötet, wissen Sie. Wegen Bernard hätte er sich keine Sorgen zu machen brauchen. Ihn selbst habe ich verachtet, das eingebildete Arschloch. Hat sein Geld der Kampagne für die Rechtschreibreform hinterlassen! Und jetzt fragen Sie sich«, fuhr Mrs. Wingfield fort, »wem *ich* mein Geld hinterlassen werde! Ha, das werde ich Ihnen nicht verraten! Die alte Foy glaubt, sie wird es bekommen, dabei habe ich ihr nicht einen Penny vermacht!« Mrs. Wingfield kicherte und warf sich zur Seite in die Kissen.

Rosa wich ein wenig zurück und suchte sich einen Stuhl. Sie wollte nicht, dass die Situation außer Kontrolle geriet.

»Und sagen Sie bloß nicht«, fuhr Mrs. Wingfield ziemlich atemlos fort, »dass mir doch egal sein kann, was mit meinem Geld passiert, wenn ich einmal nicht mehr bin. Dann wird es mir egal sein, aber jetzt noch nicht. Schließlich leben wir doch alle in der Zukunft, auch wenn es eine Zukunft ist, in der wir nirgendwo auf der Welt mehr zu finden sein werden. Wir alle leben in der Zukunft, solange wir überhaupt leben, was in meinem Fall nicht mehr sehr lange sein wird. Noch ein paar Monate und sie werden das Büro nach dem Testament durchwühlen. Haben Sie geglaubt, was ich Ihnen gerade gesagt habe?«

»Was?«, fragte Rosa. Sie verspürte eine wachsende Sorge um Mrs. Wingfield, die allmählich immer wilder dreinblickte.

»Dass ich dem kauzigen alten Wingfield mit der Axt eins über den Schädel gezogen habe!«

»Nein!«, sagte Rosa.

»Wie Recht Sie hatten!«, rief Mrs. Wingfield und fing an zu lachen und zu husten. »Wenn Leute so alt sind wie ich, werden sie langsam schreckliche Lügner! Ich habe ihm nicht mit der Axt eins übergebraten, sondern seinen Kopf mit einem Plätteisen gespalten!« Sie erstickte fast vor lauter Lachen.

»Mrs. Wingfield, bitte!«, sagte Rosa. »Bitte beruhigen Sie sich.«

»Ich bin vollkommen ruhig«, sagte Mrs. Wingfield. »Und glauben Sie im Ernst, mich würde jucken, was Sie von mir denken? Fleischeslust und Wut! Fleischeslust und Wut, wie der Dichter sagt! Wenn man so alt ist wie ich, verliert man seine Identität. Was ist der Unterschied zwischen mir und einer alten Säuferin in der Bayswater Road, sieht man von den Erinnerungen ab, die wir mit uns herumschleppen? Und was sind sie? Märchen, die niemand hören will und die wir selbst kaum glauben. Alte Geschichten und Fotografien. Erzählen Sie mir jetzt bloß nicht, die alte Säuferin wäre ein besserer Mensch. Das hätte Ihre Mutter gesagt. Ich habe nicht vergessen, was für eine Bolschewikin sie war!«

»Bitte, Mrs. Wingfield«, sagte Rosa in dem Gefühl, dass die Situation ihr nun doch entglitten war. »Tut mir Leid, vielleicht bin ich schon zu lange hier und –«

»Bestimmt sind Sie das!«, sagte Mrs. Wingfield. »Sie sind jetzt schon eine Stunde hier und haben noch immer nicht den Mumm gehabt, mir zu sagen, warum Sie gekommen sind. Heraus damit!«

»Ich bin gekommen, um Sie in einer geschäftlichen Angelegenheit zu beraten«, begann Rosa.

»Ich wusste, dass es um Geld geht!«, sagte Mrs. Wingfield. »Ich habe Ihnen schon gesagt, dass Sie keins bekommen. Und jetzt können Sie gehen. Ich bin müde.«

»Es tut mir Leid«, sagte Rosa. Eine Mischung aus Kummer und Wut hatte sie erröten lassen. Sie nahm ihren Mantel. »Ich komme ein andermal wieder, wenn ich darf.«

»Nichts dergleichen werden Sie tun!«, sagte Mrs. Wingfield. »Ein andermal werde ich schon unter der Erde liegen. Ich sterbe vor Neugier zu erfahren, was Sie wollen. Ich werde heute Nacht nicht schlafen, wenn Sie es mir nicht erzählen. Setzen Sie sich hin, Mädchen, und entspannen Sie sich. Ich bin nicht so verrückt, wie ich scheine.«

Rosa setzte sich wieder hin und warf ihrer Gastgeberin einen zweifelnden Blick zu. »Es geht um die *Artemis*«, sagte sie. Auch sie war müde.

»Die *was*?«, fragte Mrs. Wingfield.

»Die *Artemis*«, sagte Rosa. »Das ist eine Zeitschrift.«

»Ach, Sie meinen die *Artemis*«, sagte Mrs. Wingfield. »Natürlich. Sie sprechen sie so komisch aus. Und, was ist damit?«

»Sie braucht Geld«, sagte Rosa. Sie hielt es für das Beste, keine Umschweife zu machen. »Wenn wir keine finanzielle Unterstützung bekommen, werden wir sie einstellen müssen. Ich dachte, Sie wären vielleicht bereit, uns unter die Arme zu greifen. Sie sind eine der Hauptaktionärinnen.«

»Das weiß ich«, sagte Mrs. Wingfield. »Behandeln Sie mich nicht, als wäre ich eine ägyptische Mumie. Ich nehme an, Sie leiten das Ding selbst?«

»Na ja, nicht direkt«, sagte Rosa. »Genau genommen leitet mein kleiner Bruder sie.«

»Ihr kleiner Bruder!«, sagte Mrs. Wingfield. »Ein blonder Dussel, wenn ich mich recht entsinne. Sah Ihrem Vater ähnlich. Warum Maggie *den* geheiratet hat, konnte keiner von uns verstehen. Ich habe Ihren Bruder vor ein paar Jahren in Oxford gesehen. Jawohl, ich bin sogar bis nach Oxford gekommen! Ich habe mir dort die Aufführung einer College-

Theatergruppe angesehen. Er spielte mit. Er sollte irgendeinen Gentleman darstellen. Es war Shakespeare. Er hatte drei Zeilen zu sagen, und sogar davon hat er noch eine vergessen. Sie wollen also, dass ich die *Artemis* rette, damit sie Ihrem Bruder als Spielzeug dient? Da werde ich Sie enttäuschen müssen, Miss Keepe.«

»Mein Bruder ist ein absolut kompetenter Herausgeber«, sagte Rosa. »Was ihm fehlt, ist Geld. Aber das ist gar nicht der eigentliche Punkt. Vordringlich ist zu verhindern, dass die *Artemis* bankrott geht.«

»Und warum kommen Sie damit zu mir?«, fragte Mrs. Wingfield. »Warum bieten Sie sie nicht in der Fleet Street zur Versteigerung an?«

Mittlerweile war Rosa hinlänglich klar, dass Mrs. Wingfield tatsächlich keine ägyptische Mumie war. Sie lächelte schwach. »In der Fleet Street will sie gerade im Moment niemand kaufen«, sagte sie, »jedenfalls niemand, dem wir sie verkaufen möchten.«

»Sie haben also ein Angebot gehabt?«, sagte Mrs. Wingfield. Sie beugte sich vor und ihre hellen flüssigen Augen traten leicht heraus, während sie Rosa anstarrte. »Legen Sie die Karten auf den Tisch!«

»Ja«, sagte Rosa, »wir hatten ein Angebot von Mischa Fox. Aber wir möchten nicht gezwungen sein, es anzunehmen. Wir zögen es vor, wenn die *Artemis* unabhängig bliebe. Das wäre besser, als sie überhaupt an jemanden zu verkaufen. Wenn wir sie aber an Fox verkaufen, wird er den Charakter der Zeitschrift völlig verändern.«

»Nach allem was ich weiß, hat Ihr Bruder ihn vermutlich ohnehin schon verändert«, sagte Mrs. Wingfield.

»Sie bekommen jeden Monat ein Freiexemplar«, entgegnete Rosa kühl.

»Tatsächlich?«, sagte Mrs. Wingfield. »Ich frage mich, was damit passiert. Foy muss sie in ihrem Zimmer verschlingen. Und warum kommen Sie mit dieser Leidensgeschichte zu mir?

Glauben Sie, es kümmert mich, ob dieser Fox oder der Teufel selbst die *Artemis* kauft? Warum versuchen Sie es nicht bei Ada Carrington-Morris? Sie hat immer noch Ideale. Ich bin zu alt. Fleischeslust und Wut, Fleischeslust und Wut, Miss Keepe!«

Rosa erkannte, dass Mrs. Wingfield das nur sagte, um zu sehen, wie sie reagierte. »Wir möchten nicht von Mrs. Carrington-Morris unterstützt werden«, meinte sie besonnen, »wir möchten von Ihnen unterstützt werden.«

»Noch mehr Honig ums Maul!«, sagte Mrs. Wingfield. »Hier, nehmen Sie noch Champagner, ich habe ganz vergessen, Ihnen welchen anzubieten, oder hätten Sie lieber Tee?«

»Machen Sie sich keine Umstände wegen des Tees«, sagte Rosa. »Ich werde Champagner trinken.«

»Sie sagt, ich soll mir keine Umstände wegen des Tees machen, sie trinkt auch Champagner!«, rief Mrs. Wingfield. »Haben Sie eine Ahnung, was eine Flasche von diesem Champagner kostet? Und der Tee, den wir trinken, kostet elf Pennys das Viertelpfund. Klingeln Sie nach Foy und verlangen Sie einen Tee! Ich habe Ihnen gesagt, dass ich ein Geizkragen bin!«

»Ich meine doch nur«, sagte Rosa verzweifelt, »Sie sollen sich keine Umstände machen. Eigentlich möchte ich weder Tee noch Champagner.«

»Dann haben Sie also meinen Champagner getrunken, ohne ihn wirklich zu wollen!«, schrie Mrs. Wingfield.

»Ich bitte Sie inständig«, sagte Rosa, »über die Sache mit der *Artemis* nachzudenken. In einer Woche ist eine Aktionärsversammlung und es sollte vorher zu einer Entscheidung kommen. Mein Bruder hat eine Menge Arbeit in die Zeitschrift gesteckt. Er bezieht kein Gehalt, im Grunde verwendet er sogar eigene Ersparnisse darauf, sie am Leben zu erhalten. Wenn wir nicht irgendwoher eine beträchtliche Summe bekommen können, kann ich ihm nicht guten Gewissens vom Verkauf an Fox abraten. Die *Artemis* steckt tief in den roten Zahlen.«

»Ich dachte, es wäre darum gegangen, sie einzustellen, nicht sie zu verkaufen«, sagte Mrs. Wingfield.

»Welches von beiden auch immer«, erwiderte Rosa, »es bedeutet das Ende der *Artemis*, wie wir sie kennen, der Zeitschrift, die von Ihnen und meiner Mutter gegründet wurde.«

»Schmeichelei!«, sagte Mrs. Wingfield. »Gesülze! Warum sollte es mir jetzt zur Ehre gereichen, mit dieser Bolschewikin in Verbindung gebracht zu werden? Ich verstehe, dass Sie sich um Ihren Bruder kümmern möchten. Eine natürliche Reaktion. Haben sogar Tiere. Was diesen Fox betrifft, ist er ein Freund von Ihnen?«

Rosa blickte Mrs. Wingfield scharf in ihre feucht schimmernden Augen. »Nein«, sagte sie.

»Ich habe von ihm gehört«, sagte Mrs. Wingfield. »Er ist doch so etwas wie ein Pressezar und überhaupt ein Unruhestifter, oder?«

»Ja«, sagte Rosa.

»Es gibt zu viele Männer in dieser Geschichte«, sagte Mrs. Wingfield. »Die *Artemis*, wie ich sie kannte, war eine Frauenzeitschrift. Und jetzt ist es für mich Zeit, schlafen zu gehen. Ich bin tagsüber viel auf den Beinen. Wenn ich mich jetzt hinlege, komme ich nicht wieder hoch. Das bedeutet aber, dass ich früh zu Bett gehen muss. Könnten Sie dieses Perückengesicht rufen, wenn Sie gehen?«

Rosa stand auf und schickte sich an zu gehen. »Wir wären Ihnen sehr dankbar«, sagte sie, »wenn Sie erwägen würden, uns zu helfen.«

»Ihnen ist natürlich klar, dass ich Sie mit dem kleinen Finger retten könnte«, sagte Mrs. Wingfield. »Ich bin reich wie ein Jude!« Sie lehnte sich in die Sofakissen zurück und schwang die Beine auf die Sofalehne. »Ob ich das *tun werde*, steht auf einem anderen Blatt.«

»Darf ich hoffen …«, sagte Rosa.

»*Hoffen* dürfen Sie«, sagte Mrs. Wingfield; »das kostet mich nichts! Aber kein Wort zu Ihrem blonden Bruder.« Sie schloss die Augen und faltete die Hände über ihrem Bauch.

Rosa sah, dass es ziemlich dunkel im Zimmer geworden war. Sie bahnte sich ihren Weg um die verschiedenen Hindernisse herum zur Tür. Als sie sie öffnete, sagte sie: »Auf Wiedersehen.« Mrs. Wingfield gab weder eine Antwort noch schlug sie die Augen auf, und Rosa schlüpfte auf Zehenspitzen aus dem Zimmer.

ZEHN

John Rainborough stand in seinem Garten. Es war Sonntagnachmittag und die Sonne, die schon seit mehreren Stunden schien, fing an, den Boden zu erwärmen. Rainborough hatte sich, bisher erfolgreich, immer nach Kräften bemüht, nicht an SELIB zu denken, wenn er zu Hause war. Sein Haus war eine sichere Zuflucht; es war der Ort seiner Kindheit und es steckte voller Mythen und Geister aus der Vergangenheit, deren wohltuendes Murmeln er hören konnte, sobald er innerlich zur Ruhe gekommen war und den Ärger des Büroalltags hinter sich gelassen hatte. Dann scharten sich diese Geister um ihn, spendeten ihm Trost und streiften ihn mit ihrem weichen Hauch, bis er in einem Gefühl der Zufriedenheit und des Wissens versank, das tiefer ging als jeder Gedanke. Bereits vor vielen Jahren hatte Rainborough sich gesagt, dass das Einzige, was ihn wirklich interessierte, die Erlangung von Weisheit war. Manchmal nannte er das auch die Erlangung von Güte; im Augenblick zog er jedoch aus verschiedenen Gründen die andere Bezeichnung vor.

Seit das Phänomen Miss Casement in seinem Leben aufgetaucht war, fand Rainborough es allerdings viel schwieriger, sich an die Regel zu halten, nach der er den Büroalltag vergessen sollte, wenn er nach Hause kam. Und heute schien es ganz besonders schwierig zu sein. Am Vortag hatte Miss Casement ihn aus heiterem Himmel mit einem langen Bericht verblüfft, den sie selbst über die Umstrukturierung von SELIB verfasst hatte. Dieser Bericht, ganz eindeutig ein Ergebnis des Studiums nicht nur der Akten aus der Finanzabteilung, sondern auch derer aus den anderen Abteilungen, war ausgesprochen detailliert und gründlich. Er begann mit einer übersichtlichen Darstellung des derzeitigen Personals und der Aktivitäten von SELIB, ging weiter mit einer Analyse seiner Aufgaben einschließlich einer kurzen Geschichte von deren Entwicklung und leitete nach einem Abschnitt über die internationale Bedeutung von SELIB über zu einer Reihe konkreter Vorschläge zur Rationalisierung der Büroorganisation und zur Erreichung größerer Effizienz bei geringeren Kosten. Diese Vorschläge sahen praktisch die Abschaffung verschiedener Abteilungen und die Beschneidung anderer vor; und Rainborough fiel sofort auf, dass nach Miss Casements neuem Konzept die Finanzabteilung die leitende Funktion innehaben würde, was er selbst sich so oft gewünscht, aber bisher nicht zu realisieren vermocht hatte.

Diesen Bericht hatte Miss Casement ihm auf eine demütige und bescheidene Art überreicht. Unter Zurschaustellung großer Hemmungen und Bedenken hatte sie ihn hervorgezogen und dazu gesagt, das sei nur etwas, was sie in ihrer Freizeit geschrieben habe, um sich selbst klar zu werden, vielleicht könne es ihm ja als Grobentwurf dienen, wenn er selbst Sir Edward Vorschläge zur Umstrukturierung des Büros unterbreite. Rainborough war sich nicht bewusst, Miss Casement gegenüber je die Möglichkeit solcher Vorschläge erwähnt zu haben, hielt es aber für denkbar, dass er in der ersten Zeit nach seiner Einstellung irgendeine Bemerkung gemacht hatte, die dahin gehend hätte interpretiert werden können. Rainborough nahm das Dokument mit vagen Worten des Dankes entgegen und machte sich neugierig daran, es zu lesen.

Zu seinem größten Kummer stellte er fest, dass es wirklich sehr gut war. Abgesehen von ein, zwei stilistischen Unebenheiten wäre er stolz gewesen, hätte er es selbst geschrieben. Im Grunde genommen war es genau das Dokument, das zu verfassen er sich vorgestellt hatte, als er bei SELIB anfing. Es verband eine genaue und detailreiche Kenntnis der Struktur dieser Organisation mit einer fantasievollen Deutung ihrer wichtigsten Funktionen. Der Abschnitt über SELIB und die internationale Szene war geradezu staatsmännisch gehalten. Das Einzige, was man gegen Miss Casements Bericht ins Feld führen konnte, war, dass er, würde er umgesetzt, mit einer Menge bestehender Interessen kollidieren würde. So fiel Rainborough auf, dass nach dem vorgeschlagenen neuen Konzept Evans' Abteilung ersatzlos gestrichen würde.

Rainborough war sich sehr wohl der Tatsache bewusst, dass er, wenn er seinen Namen unter Miss Casements Bericht setzte und ihn Sir Edward schickte, eine Ära der Kriege und Revolutionen einläuten würde, deren Grausamkeit ihn bei dem bloßen Gedanken daran schon erzittern ließ; und wer wusste schon, wie es ihm selbst in einem solchen Kampf ergehen würde? Bei einer Reihe von Leuten, deren Position in dem Bericht in Frage gestellt wurde, ging er mit relativ großer Sicherheit davon aus, dass sie unverzüglich Vergeltungsmaßnahmen ergreifen würden. Kurz gesagt, Rainborough spürte, dass er, wenn er den Bericht befürwortete, gegen ein gewisses subtiles Gentlemen's Agreement verstoßen würde, das bei SELIB für den Verzicht auf jegliche gegenseitige Kritik sorgte, und sich außerdem Gegenangriffen aussetzen würde, wobei er wusste, dass er ziemlich empfindlich darauf reagieren würde. Sich selbst gegenüber tat er, als zweifelte er noch, doch im Grunde wusste er, dass er sich schon entschieden hatte, Miss Casements Bericht zu kippen, und diese Neuigkeit wollte er ihr lieber so schnell wie möglich mitteilen. Er hatte sich auch schon eine Reihe von Argumenten wie »jugendliche Begeisterung«, »schlafende Hunde« und so weiter zurechtgelegt. Das Einzige, was er nicht einschätzen konnte, und das bereitete ihm ein gewisses Unbehagen, war Miss Casements Reaktion auf die Aussicht, dass ihr Bericht auf unbestimmte Zeit im Aktenschrank verschwinden sollte. Er fragte sich, ob sie wohl wusste, wie gut er war, und hatte den unangenehmen Verdacht, dass sie es wusste.

Solche Gedanken hatten Rainboroughs Wochenendfrieden gestört. Inzwischen waren sie jedoch fast völlig verflogen und hatten nur so etwas wie Groll hinterlassen, der sich irgendwie mit der Erinnerung an Miss Casements Parfüm und die Lippenstiftränder an ihren Zigarettenstummeln vermischte und am Ende zu einer kleinen Wolke des Verlangens auflöste. Als Rainborough jetzt in seinem Garten stand, die spürbar warme Frühlingssonne im Nacken, traten andere traurige Dinge in den Mittelpunkt seines Denkens. Rainborough bewohnte ein großes Haus in unmittelbarer Nähe des Eaton Square, das Haus seiner Eltern, zu dem ein für Londoner Verhältnisse großer Garten gehörte, der von einer hohen grauen Steinmauer umgeben wurde. Entlang dieser Mauer war auf der Höhe der Terrassentür von Rainboroughs Wohnzimmer über Hunderte von Jahren eine verträumte Glyzinie gewachsen, hatte ihren knorrigen, goldbraunen Stamm in grotesken, romantischen Biegungen ausgestreckt und ihre verstaubten blauen Blüten über die Staudenrabatten gehoben. Für Rainborough war diese Glyzinie nicht nur mit seiner Kindheit verbunden, sondern auch mit dem, was er als seine allertiefsten Gedanken betrachtete: jene Phantome, durch deren nebelhafte Formen er, während er stundenlang ununterbrochen am Wohnzimmerfenster saß, wie durch die Körper von Geistern hindurch die knotigen Äste und fedrigen Blätter gesehen hatte, bis die äußere Welt, vermischt mit dem Denken und in eine innere Substanz verwandelt, ganz und gar verschwunden war.

Jenseits der Mauer, an der die Glyzinie wuchs, lag das Gelände eines Krankenhauses; und vor ungefähr sechs Monaten war ihm ein eiskalter Schreckensschauer über den Rücken gelaufen, als er eine in höflichem, bedauerndem Ton gehaltene Mitteilung der Stadtverwaltung erhielt, nach der es, um den Bauplan für eine dringend gebrauchte Röntgenstation fertig zu stellen, notwendig sei, ein Stück Land von etwa einem Meter fünfzig Breite und zwanzig Metern Länge, das am Ende seines Gartens lag, zu beschlagnahmen. Die Verwaltung wies darauf hin, dass dieser Gebietsanspruch auf ein Minimum beschränkt worden sei und dass die Entfernung dieses sehr schmalen Streifens die Größe seines Gartens nicht merklich verringern würde. Natürlich würde die Stadt die Kosten für den Abriss der bestehenden Steinmauer tragen, von der sie festgestellt habe, dass sie ohnehin in einem schlechten Zustand sei, und an deren Stelle entlang der vereinbarten Linie eine neue solide Backsteinmauer errichten. Selbstverständlich werde er für sein Land eine Entschädigung in Höhe der für solche Enteignungen vorgesehenen Beträge bekommen.

Als Rainborough diese Mitteilung erhielt, machte ihn das so todunglücklich, dass er fürchtete, es nicht zu überleben. Die Enteignung erschien ihm als ein Akt gänzlich unverdienter Grausamkeit und Ungerechtigkeit, wie er sie nie zuvor erlebt hatte. Zuerst war er vollkommen fassungslos. Dann lief er ungefähr eine Woche lang herum und beklagte sich überall dort, wo möglicherweise Hilfe zu erwarten war. Er schrieb an seinen Parlamentsabgeordneten, er schrieb sogar an die *Times*, die seinen Brief jedoch nicht abdruckte. Das Ganze blieb ohne Erfolg, nicht einmal eine Ermutigung erfuhr er. Danach verfiel er ob der ganzen Angelegenheit in eine teilnahmslose Melancholie und verbot seinen Freunden, je darüber zu sprechen.

Bis zu dem für den Abriss festgesetzten Termin waren es jetzt noch zwei Wochen. Als er näher rückte, hatte die Krankenhausleitung versucht, mit den Opfern der Enteignung, die etwa ein halbes Dutzend Häuser zu beiden Seiten von Rainborough bewohnten, in Kontakt zu treten, indem sie sie einlud, sich das Krankenhaus anzusehen, den Entwurf für die Röntgenstation zu prüfen und deren gegenwärtige unzulängliche Unterbringung in Augenschein zu nehmen. Rainborough hatte sich geweigert hinzugehen. Er hatte nicht die Absicht, sich in dieser Sache in Großzügigkeit zu üben; und als eine wohlmeinende Dame von nebenan ihm lauthals verkündete, wenn man gesehen habe, wie nötig sie den Platz brauchten, die armen Dinger, dann könne man wirklich nicht mehr verärgert sein, gab er ihr eine richtig grobe Antwort. Er war wirklich sehr verbittert.

Rainborough wusste sehr wohl, dass das eigentlich nicht so, sondern ganz anders sein sollte. Im Stillen missbilligte er seine eigene Haltung, ließ aber zu, dass sie ihren Platz in dieser Ansammlung von Realitäten einnahm, deren sehr präzises geistiges Abbild ihm seit neuestem anstelle von Tugend diente. Schließlich war Selbsterkenntnis sein Ideal; und konnte nicht das Wissen mit seinem eigenen reinen Licht die gemeinste seiner Entdeckungen transformieren? Rainborough hatte nicht das Gefühl, dass er aufgefordert war, in dieser Phase seines Lebens mehr Arbeit in die Entwicklung seines Charakters zu stecken, als nötig war, um einen ziemlich minuziösen Kommentar darüber abzugeben, wie diese Entwicklung tatsächlich voranschritt. Die Möglichkeit, sie konkret zu beeinflussen, kam ihm nicht in den Sinn. In moralischen wie in intellektuellen Dingen war Reife für Rainborough gleichbedeutend mit der Erkenntnis, dass menschliches Streben zumeist unweigerlich in Mittelmäßigkeit endet und wir durch unsere Bewunderung für andere schließlich zu dem trostlosen Wissen gelangen, dass wir, so wie wir sind, selbst die *Élite* darstellen. Die Trostlosigkeit dieses Wissens wird nur dadurch gemildert, dass dies letztlich auch Wissen ist.

Die Wärme des Gartens schuf zusammen mit der Stille ein Bild des Sommers. Zum ersten Mal in diesem Jahr konnte Rainborough die Sonne im Nacken spüren, was Erinnerungen an andere Sommer wachrief; und durch seine Überlegungen hindurch begann er endlich die Blumen zu sehen. Vor ihm standen Hyazinthen, Narzissen, Primeln und Osterglocken, kerzengerade vor lauter Lebenskraft und verziert mit Staubgefäßen, die in engen Kreisen oder sternförmig ausgebreitet standen. Er blickte in ihre schwarzen und goldenen Herzen hinab; und wie er so hinschaute, schien das Blumenbeet an Größe, Nähe und Detailreichtum zu gewinnen. Allmählich nahm er die Härchen an den Blumenstielen und die gelben Pollenkörnchen wahr und wie eine kleine, in ihrem zarten Alter noch fast durchsichtige Schnecke auf einem Blatt langsam ihre Hörner ausstreckte. Nicht weit von seinem Fuß entfernt hatte eine Armee von Ameisen in zwei Richtungen eine Spur über den Pfad gelegt. Er beobachtete die Ameisen. Jede weiß, was sie tut, dachte er. Sein Blick fiel auf die Schnecke. Kann sie mich sehen?, fragte er sich. Dann dachte er: Wie wenig ich doch weiß und wie wenig man überhaupt wissen kann! Und dieser Gedanke erfüllte ihn für einen Augenblick mit Freude.

Plötzlich merkte Rainborough, dass noch jemand anders im Garten war. Rasch hob er den Kopf und sah Annette Cockeyne unmittelbar neben der Terrassentür stehen. Er erkannte sie sofort. Wieder wanderte sein Blick zu den Ameisen hinunter. Doch jetzt erschienen sie ihm winzig klein und in weiter Ferne. Er seufzte und wandte sich mit einer Mischung aus nur schwach aufflackerndem Interesse und seinem Ärger über die Störung Annette zu. Sie wirkte auf ihn eigentlich immer noch wie das Kind, das er sechs Jahre zuvor kennen gelernt hatte, nur war sie jetzt, wie er auf den zweiten Blick erkannte, auch eine Frau. Es war absurd.

»Miss Cockeyne!«, sagte Rainborough und bemühte sich, in der Art, wie er ihren Namen aussprach, Überraschung, Freude und Ehrerbietung zum Ausdruck zu bringen.

»Oh, gut«, sagte Annette vage; was sie damit meinte, war Rainborough allerdings nicht ganz klar. Sie streckte die Hand aus. »Wir haben uns schon einmal gesehen«, sagte sie.

»Als hätte ich Sie vergessen können!«, entgegnete Rainborough und ließ seine Gedanken zu dem Wutanfall zurückschweifen, in dem Annette sich bei ihrer letzten Begegnung befunden hatte. »Was für ein unerwartetes Vergnügen!« Was will der kleine Teufel, fragte er sich. Dann beschloss er, immer noch ziemlich verärgert, das Beste daraus zu machen und Annettes Besuch wenigstens etwas Unterhaltsames abzugewinnen. Bei aller Verärgerung verspürte er eine gewisse Leichtfertigkeit. »Kommen Sie herein. Möchten Sie etwas trinken?« Annette trat zurück ins Wohnzimmer.

Während Rainborough Sherry ausschenkte, stand sie, die Füße über Kreuz, unbeholfen da und schaute sich mit einer Miene im Zimmer um, als sei sie einerseits neugierig, registriere andererseits aber gar nichts.

»Nehmen Sie Platz, Annette«, sagte Rainborough. »Es macht Ihnen doch nichts aus, wenn ich Sie Annette nenne? Ich habe das Gefühl, ich kenne Sie, seit Sie ein kleines Mädchen waren.«

»Oh ja, bitte!«, sagte Annette. Sie ließ ihren Mantel zu Boden fallen und trank schnell einen Schluck Sherry. Sie wirkte nicht verlegen, aber auch nicht unbefangen.

Rainborough setzte sich ihr gegenüber und musterte sie. Ihm fiel sofort das Zarte, Sommerliche ihrer Kleidung auf. Sie trug eine leichte Baumwollbluse, einen Leinenrock und um den Hals ein scharlachrotes Seidentuch, das sie jetzt abzog und in den Händen drehte. Ihre extrem schlanke Gestalt schien die Knappheit ihrer Kleidung noch zu unterstreichen. Die Bluse hing wie eine Wolke um ihre Brüste. Rainborough musste urplötzlich und unweigerlich an die Schnecke denken – und lächelte.

»Wie geht es Rosa?«, fragte er Annette.

»Böse auf mich!«, antwortete Annette mit einer Grimasse.

»Warum?«

»Ich weiß nicht genau«, sagte Annette. »Ich denke, weil ich von der Schule gegangen bin; ich weiß aber nicht genau.«

»Sie sind von der Schule gegangen?«, fragte Rainborough.

»Ja«, erwiderte Annette. »Ich war auf dem Ringenhall

College, wissen Sie, aber ich habe beschlossen, dass ich lieber meine eigene Lehrerin sein will.«

»Und was wollen Sie lernen?«, fragte Rainborough.

»Ach, ich weiß nicht«, sagte Annette. »Im Augenblick gehe ich einfach Leute besuchen.«

»Verstehe«, sagte Rainborough, »um herauszufinden, wer Ihnen sonst noch als Lehrer dienen kann.«

Annette sah ihn argwöhnisch an. »Ich habe so wenig Zeit gehabt, seit ich in England bin«, erklärte sie. »Ich wollte Sie schon früher besuchen.«

»Hat Rosa Sie davon abgehalten?«, fragte Rainborough. »Vom Besuchen, meine ich?«

»Ein bisschen«, sagte Annette.

»Ich stelle es mir schwierig vor, mit Rosa zusammenzuleben«, sagte Rainborough. Er hätte Annette gerne dazu gebracht, Rosa zu kritisieren.

Doch Annette antwortete: »Nein, ich habe sie sehr gern.«

Das glaubst du, dachte Rainborough bei sich, aber es stimmt nicht. Dann wurde ihm bewusst, dass er sich eigentlich den ganzen Nachmittag über schrecklich gelangweilt hatte, jetzt aber keine Langeweile mehr verspürte. Er füllte Annettes und sein eigenes Glas nach.

»Sie sind ein Freund von Mr. Fox, nicht wahr?«, fragte Annette.

Das ist es also!, dachte Rainborough. »Ja«, sagte er, »Sie auch?«

»Ich habe ihn einmal gesehen«, erwiderte Annette. »Er ist ein sonderbarer Mensch, finden Sie nicht?«

Obwohl es ihm so oft passierte, konnte Rainborough sich einfach nicht an die Vorstellung gewöhnen, dass Leute ihn nur besuchten, um alles herauszukriegen, was er über Mischa Fox wusste. Er knirschte mit den Zähnen.

»Was ist sonderbar an ihm?«, fragte er.

»Ach, ich weiß nicht«, sagte Annette. »Er ist so – äh –«

»Ich finde ihn nicht sonderbar«, sagte Rainborough, nachdem er vergeblich auf das Attribut gewartet hatte. »Das einzig Ungewöhnliche an Mischa, sieht man einmal von seinen Augen ab, ist seine Geduld. Er hat immer hundert Ideen im Kopf und er ist er einzige Mensch, den ich kenne, der buchstäblich jahrelang wartet, bis selbst der einfachste Plan zur vollen Reife gelangt ist.« Rainborough warf Annette einen feindseligen Blick zu.

»Stimmt es, dass er wegen Dingen weint, die er in der Zeitung liest?«, fragte Annette.

»Das halte ich für höchst unwahrscheinlich!«, sagte Rainborough. Annettes Augen waren sehr groß und als sein Blick sich darauf richtete und er sah, wie wenig seine schroffe Art sich auf ihre Stimmung auswirkte, wurde ihm unter Schaudern die Realität des Bildes bewusst, von dem sie im Augenblick besessen war.

»Wie alt ist er?«, fragte Annette.

»Ich habe keine Ahnung«, antwortete Rainborough, »ebenso wenig wie irgendjemand sonst.« Die Aussicht, mit Annette noch länger über Mischa Fox zu diskutieren, erfüllte ihn mit einem kaum zu verhehlenden Ärger. Abrupt wechselte er das Thema.

»Womit werden Sie Ihren Lebensunterhalt verdienen?«, fragte er und ließ die Frage absichtlich brutal klingen.

»Das weiß ich nicht«, sagte Annette. »Ich kann nichts besonders gut.« Sie lächelte auf eine hilflose, weibliche Art, von der Rainborough nicht sicher sagen konnte, ob sie natürlich oder aufgesetzt war. Frauen nehmen diese Konventionen in einem so zarten Alter an, dachte er, dass sie fast darin aufwachsen.

»Sie arbeiten in einem Büro, nicht wahr?«, sagte Annette. Ohne es zu beabsichtigen, ließ sie die Frage leicht verächtlich klingen.

»Ich arbeite in einem Büro und mache auch noch andere Arbeit.«

»Was für andere Arbeit?«

»Denken«, sagte Rainborough.

»Ich glaube, es muss schwer sein zu denken«, sagte Annette ehrlich. »Immer wenn ich versuche zu denken, träume ich nur mit offenen Augen.«

Rainborough verrutschte seinen Sessel. Es lag etwas Bedrückendes in der Luft. Wie kann jemand, der so viel gereist ist, so entsetzlich unreif sein, fragte er sich. Annette saß ihm gegenüber und ihre extrem kleine rechte Hand, die gerade das Sherryglas abgesetzt hatte, lag schlaff auf dem Tisch, während die linke an ihrem Halstuch herumnestelte. Rainborough schaute ihre Hand und ihr sehr knochiges Handgelenk an. Die Ärmel ihrer Bluse waren bis zum Ellbogen hochgerollt. Er nahm die Sherrykaraffe und goss ihr, über ihr stehend, wieder nach. Dann nahm er seinen Platz wieder ein. Eine Minute lang hatte keiner von ihnen geredet. Dann sagte Annette etwas, was Rainborough nicht hörte.

»Wie bitte?«, sagte er.

»Ich sagte, was für eine hübsche schwarzweiße Motte«, wiederholte Annette. Sie zeigte auf eine große Motte an der Wand, die auf halber Höhe hinter Rainboroughs Kopf hockte. Er schaute hinter sich und meinte, den Staub ihrer Flügel und die haarige Beschaffenheit ihres Kopfes sehen zu können. Er bildete sich sogar ein, ihren Blick auf sich zu ziehen.

»Das ist eine Korkmotte«, sagte er. »So früh im Jahr sieht man sie nicht oft.«

»So ein Abendkleid hätte ich gerne«, sagte Annette.

Rainborough runzelte die Stirn und atmete etwas schneller, wie ein Mann mit einem schwerwiegenden Problem. Er schien sich Annettes Anwesenheit kaum bewusst zu sein. Sein Problem war folgendes: Während der letzten halben Minute war ihm klar geworden, dass das sonderbare, unbehagliche Gefühl, das ihn bedrückte, das sehr starke Verlangen war, seine Hand nach der von Annette auszustrecken und sie zu fassen. Die Frage war, was daraus folgen würde, wenn er es tat, und ob ihm das recht wäre. Rainborough wünschte, es gäbe eine Möglichkeit, mit einer Frau intim zu werden, ohne vorher diese quälenden Momente unwiderruflicher Entscheidungen durchleben zu müssen. Es war wie die Unterwasserjagd mit der Harpune, ein Sport, den er einmal so töricht gewesen war auszuprobieren. Erst ist da der Fisch – anmutig, geheimnisvoll, begehrenswert und frei – und im nächsten Moment nur noch Kampf und Blut und wildes Durcheinander. Wenn es nur möglich wäre, dachte er, die Freuden des Betrachtens und des Besitzens miteinander zu verknüpfen.

Als er diesen Gedanken zu Ende gedacht hatte, streckte er seine Hand nach Annettes aus, bedeckte sie mit seiner und umfasste mit den Fingern ihr Handgelenk, als versuchte er, ihren Puls zu fühlen. Dazu musste er sich ziemlich weit vorbeugen, weshalb er mit der anderen Hand unbeholfen seinen Sessel hinter sich herzog, ohne jedoch seinen Griff zu lockern. Er schaute sie nicht an, betrachtete aber ihre Hand und ihren Arm so eingehend, als wären sie von ihrem Körper losgelöst.

Annette, deren kleine Hand schon häufiger umschlossen worden war, als Rainborough vermutete, machte keine Bewegung, richtete aber ihren Blick fest auf seine Stirn.

Rainborough hob den Kopf mit dem geduldigen, freundlichen Gehabe des Mannes, der aufschaut, um zu sagen: »Das waren die Worte der Lesung«. Bis jetzt verspürte er eine außerordentliche und höchst befriedigende Ruhe. Er lächelte Annette an. Dann begann er ihr Gesicht zu studieren.

»Es tut mir Leid, aber ich kann mich nicht an Ihren Vornamen erinnern«, sagte Annette.

Die Kühle, mit der sie das sagte, schockierte Rainborough einen Moment lang. »John«, sagte er.

»John«, wiederholte Annette.

Rainborough meinte in ihrem Blick einen Hauch von Belustigung zu entdecken. Auch das schockierte ihn. Er könnte vielleicht belustigt sein, aber sie sollte eigentlich zittern. War es Belustigung oder war es einfach die Genugtuung über ein Gefühl der Macht? Die kleine Dämonin!, dachte er bei sich und für einen Augenblick wurde Annettes Bild von jenem Miss Casements überlagert.

In dem Moment ließ Annette ihr Halstuch auf den Boden fallen und griff mit der Linken hinüber nach ihrem Sherryglas. Gedankenverloren trank sie, was in dem Glas noch übrig war, während die Rechte reglos in Rainboroughs Griff verharrte. Das war zu viel für ihn. Rainborough nahm ihr das Glas weg und warf es quer durch den Raum, woraufhin es, ohne zu zerbrechen, in eine Ecke rollte. Dann ließ er die Hand sachte unter ihre Bluse gleiten. Es gefiel ihm, die Geschwindigkeit ihrer Herzschläge zu spüren und die unwillkürliche Geste, mit der sie jetzt die Hand zum Schutz auf seinen Arm legte. Ihre andere Hand begann leicht zu zittern. Rainborough beeilte sich, sie ziemlich unbeholfen auf die Wange zu küssen.

»John, bitte!«, sagte Annette.

»Glauben Sie nicht, dass Sie mich überzeugen können«, sagte Rainborough, »wenn Sie in einem solchen Ton sprechen!«

Er rutschte von seinem Sessel und zog sie mit einer schwungvollen Bewegung mit zu Boden. Er fing an, ihre Bluse aufzuknöpfen. Wie er schon vermutet hatte, trug sie nichts darunter. Dann begann er, ihr einen Arm nach hinten zu biegen, um ihr das Kleidungsstück auszuziehen. Annette, die ihm weder half noch ihn zurückhielt, lag wie eine Puppe da, nur ihr Blick war außerordentlich durchdringend und strahlend. Als sie ihn so anschaute, hätte Rainborough schwören können, dass es wirklich Vergnügen war, das das Feuer in ihren Augen aufflammen ließ, und nicht die Freude an der Macht.

»Tun Sie das oft?«, fragte Annette.

»Ungefähr einmal in zehn Jahren«, sagte Rainborough und hätte, wäre er nicht anderweitig beschäftigt gewesen, innegehalten, um über dieses traurige Eingeständnis nachzudenken. Außerdem wurmten ihn ihr Blick und die Distanziertheit ihrer Stimme.

»Annette«, sagte er, »Sie sind jetzt eine erwachsene Frau. Tun Sie doch nicht so, als wären Sie an dieser Szene nicht genauso aktiv beteiligt wie ich. Lassen Sie mir wenigstens dieses Vergnügen.« Es war schon lange her, seit Rainborough sich mit so ernsten Worten an eine Frau gewandt hatte.

Die Wirkung ließ nicht lange auf sich warten. Annettes Augen umwölkten sich plötzlich mit einem Ausdruck der Kränkung und Entrüstung. »Oh!«, sagte sie. »Wie können Sie nur so ...«, und mit einer Heftigkeit, die Rainborough überraschte, begann sie sich zu wehren.

Als Rainborough merkte, wie Annette kämpfte, packte er unwillkürlich fester zu und einen Augenblick lang rollten sie wie verrückt auf dem Fußboden hin und her. Währenddessen fiel Annettes Bluse, die zu Beginn des Kampfes schon halb von ihr geglitten war, ganz von ihr ab und Rainborough spürte, wie sie sich unter seinem Griff wand und drehte wie ein kraftvoller Fisch. Alles, woran er sich später erinnerte, wenn er an diesen Vorfall zurückdachte, war der verworrene Eindruck von der Geschmeidigkeit ihres Körpers, der Magerkeit ihrer Arme, der Kleinheit ihrer Brüste und der gewaltigen, vor Wut funkelnden Fläche ihrer Augen, die in seiner Erinnerung immer größer zu werden schienen, bis sie fast das ganze Bild ausfüllten. Rainborough hatte sich auf ein Knie erhoben und drückte sie mit aller Kraft zu Boden, als es an der Haustür klingelte – und man gleich darauf jemanden hereinkommen hörte.

Wie von einem Zauberstab berührt, erstarrten Annette und Rainborough zu stiller Reglosigkeit, eingefroren in den wilden Gesten des Kampfes. Einen Augenblick lang trafen sich, starr vor Schrecken, ihre Blicke. Dann setzte Annette sich auf. Bis zur Taille war sie nackt. Natürlich, dachte Rainborough, ich habe die Haustür offen gelassen. So ist auch das Mädchen hereingekommen. Ohne weiter nachzudenken, stand er auf, zog Annette an der Schulter hoch und öffnete die Tür eines Geschirrschranks, der sich gleich hinter ihr befand. Er stieß sie hinein und warf ihre Kleider und ihre Handtasche hinterher. In dem Schrank war gerade so viel Platz, dass sie aufrecht stehen konnte. Dann machte er die Tür zu. Die Schritte kamen durch die Diele näher. Rainborough zog seine Krawatte zurecht und brachte die Teppiche wieder in Ordnung.

Jemand klopfte an die Wohnzimmertür und trat ein. Es war Mischa Fox. Rainborough starrte ihn mit offenem Mund an. Zu jeder anderen Zeit hätte er Mischa mit Freuden, ja sogar mit einem gewissen Triumph in seinem Haus empfangen; doch jetzt erfüllte sein Anblick Rainborough mit einem Gefühl puren Entsetzens. Dennoch gewann er augenblicklich die Fassung zurück.

»Mischa! Wie wunderbar!«, rief er und während er vorwärts stürzte, um ihn zu begrüßen, beförderte er Annettes Sherryglas, das unauffällig auf dem Boden lag, mit einem kräftigen Fußtritt unter einen der Sessel.

»Wie schön, dich zu sehen, Mischa!«, sagte Rainborough nervös und führte, die Geschirrschranktür immer im Blick, seinen Freund weiter herein.

Mischa blieb höflich mitten im Zimmer stehen und lächelte. Wenn ich ihn nur in den Garten lotsen könnte, dachte Rainborough; das Mädchen ist vielleicht so schlau zu verschwinden, oder ich könnte selbst unter einem Vorwand zurückkommen und sie wegschicken. Er fühlte, dass alles in Ordnung wäre, wenn er Annette nur unverzüglich und ohne Wiederkehr aus dem Haus befördern könnte – und wenn er sie in diesem Augenblick durch die reine Macht seiner Gedanken zu nichts hätte zusammenschrumpfen lassen können, hätte er es getan. So aber spürte er nur wenige Schritte hinter sich ihre körperliche Präsenz, schwer, unerbittlich und anklagend.

»Komm, schau dir meinen Garten an, Mischa«, rief Rainborough, »ich habe ein paar neue Steingartengewächse, die dich interessieren werden!«

»Danke, John«, erwiderte Mischa. »Ich glaube, ich setze mich erst einmal hierhin und schaue sie mir durchs Fenster an.«

Er steuerte auf den Sessel gegenüber der Geschirrschranktür zu, in dem Annette gesessen hatte, machte es sich darin bequem und legte die Beine übereinander. Rainborough ächzte innerlich. Unsicher ging er zu dem anderen Sessel und setzte sich. Er hoffte, dass er sich natürlich benahm. Um alles normaler wirken zu lassen, sagte er: »Möchtest du einen Drink?«

»Gerne«, sagte Mischa.

Wieder durchfuhr es Rainborough wie ein Schock, als ihm klar wurde, dass die einzigen Gläser im Haus sich zusammen mit Annette in dem Geschirrschrank befanden. Für den Bruchteil einer Sekunde dachte er nach, dann goss er etwas Sherry in sein eigenes Glas, das noch auf dem Tisch stand, und reichte es Mischa.

»Danke«, sagte Mischa und fügte kurz darauf hinzu: »Trinkst du nichts, John?«

»Nein«, erwiderte John verzweifelt, »ich habe es aufgegeben. Ich meine, letztens hatte ich Probleme mit dem Magen und der Arzt sagt, ich sollte den Alkohol lieber etwas einschränken.«

»Tut mir Leid, das zu hören, John«, sagte Mischa. Sein Blick lag auf der Sherrykaraffe. »Dann erwartest du also jemanden?«

»Nein, doch«, sagte Rainborough. »Ich dachte, ein Mann aus dem Büro würde vielleicht vorbeikommen, aber dafür ist es jetzt zu spät. Jetzt wird er sicher nicht mehr kommen.« Kaum hatte er das ausgesprochen, ärgerte er sich über sich selbst, dass er nicht das Gegenteil gesagt hatte, sodass er den erwarteten Gast vielleicht als Mittel hätte benutzen können, um Mischa loszuwerden. Tausende plausibler Ausreden, die jetzt alle verschenkt waren, drängten in seinen Kopf.

»Das ist ja prima, sage ich ganz egoistisch!«, sagte Mischa. »So können wir uns ungestört richtig lange unterhalten.«

Rainborough sah ihn mit leerem Blick an. Allmählich sehnte er sich nach einem Drink. Wenn er bloß etwas trinken könnte, um seine Nerven zu beruhigen, dann würde er sicher alles hinkriegen, das fühlte er. Unter Qualen sah er Mischa Fox dabei zu, wie er, einer Katze gleich, an seinem Sherry nippte.

»Auf dem Weg hierher habe ich etwas Trauriges gesehen«, sagte Mischa.

»Was denn?«, fragte Rainborough.

»Einen Vogel mit nur einem Bein«, sagte Mischa. »Wie schafft er es wohl, sich bei Sturm mit einem einzigen Bein an einem Ast festzuhalten?«

Rainborough wusste es nicht und wollte es auch gar nicht wissen. Langsam beschlich ihn nämlich schon jenes unheimliche Gefühl, an das er sich von so vielen früheren Gesprächen mit Mischa erinnerte. Er wusste nie, was er von Mischas Bemerkungen halten sollte. Es war, als würde Mischa ihn absichtlich in einen Zustand der Überempfindlichkeit und Verwirrung versetzen. Außerdem hatte er den Eindruck, aber das bildete er sich sicher nur ein, dass Mischa die Tür des Geschirrschranks unverwandt anstarrte – und dann fiel ihm ein, dass die Tür nicht richtig schloss und manchmal, auch wenn sie fest zugemacht worden war, einen Spalt aufging. Mit Grauen stellte er sich vor, wie die Tür sich langsam öffnete und Mischa den Blick auf Annettes halb nackte Gestalt freigab. Unwillkürlich musste er sich umschauen. Die Tür war fest zu. Rainborough stand auf und holte die Zigarettenschachtel, die er Mischa anbot, und als er zu seinem Sessel zurückkehrte, um sich wieder hinzusetzen, schob er ihn so nach hinten, dass er gegen die Schranktür drückte. Ihm war, als fühlte er, wie innen etwas nachgab. Mit einer energischen Bewegung setzte er sich hin und zündete sich mit zitternden Händen eine Zigarette an.

»Wie friedlich es hier ist!«, bemerkte Mischa, der offensichtlich keinen Anreiz verspürte, die Sache mit dem einbeinigen Vogel weiter zu verfolgen. »Wie ruhig du hier wohnst, John. Ich liebe die Stille dieses Zimmers und des Gartens. Kaum zu glauben, dass das London ist.«

»Ja, es ist sehr friedlich«, sagte Rainborough, während er sich aufmerksam umschaute, ob nicht im Laufe des Kampfes noch etwas anderes in Unordnung gebracht oder zerbrochen worden war.

»Und was für eine wunderschöne Motte da drüben an der Wand!«, sagte Mischa. »Hast du sie gesehen, John?«

»Ja, die habe ich gesehen«, sagte John, ohne sich umzuschauen. »Das ist eine Korkmotte. So früh im Jahr sieht man sie nicht oft.«

»Trotz allem siehst du müde und angespannt aus«, sagte Mischa. »Wie läuft's bei SELIB?«

»Die reinste Hölle!«, sagte Rainborough, froh ein Thema gefunden zu haben, an dem er ein bisschen von seiner angestauten Angst, Verzweiflung und Wut ablassen konnte. »Scheußlich! Unerträglich! Widerlich!«

»Aber warum denn?«, fragte Mischa.

»Es sind die Frauen«, entgegnete Rainborough. Bisher war ihm das gar nicht so klar gewesen, aber plötzlich sah er sie vor sich. Eine riesige Armee kluger und provozierender Frauen, von denen jede wie eine Mischung aus Annette und Miss Casement aussah, erstreckte sich über sein inneres Blickfeld. Sie durchdrangen alles. Sie machten einem das Leben im Büro unmöglich. Jetzt verfolgten sie ihn sogar schon bis nach Hause. Er verspürte ein tiefes Bedürfnis, es Mischa zu erklären.

»Was sind das für Frauen?«, fragte Mischa.

»Das sind Furien, die sich als Sekretärinnen und so weiter verkleiden«, sagte Rainborough, »und als so genannte Organisatorinnen. Es gibt Dutzende davon. Aberdutzende. Sie nehmen einem die Arbeit weg. Nicht dass sie selbst irgendetwas arbeiteten, aber der ganze Laden wird durch ihre pure

Anwesenheit sinnlos.« Er wusste, dass er wild drauflosrede-te, aber Mischa schien zu verstehen und nickte aufmunternd.

»Und ich nehme an, es sind auch noch hübsche Mädchen?«, sagte Mischa. »Die hübschen Vögel sind die mit den spitzesten Schnäbeln.«

»Entzückende Mädchen«, bestätigte Rainborough. »Bezaubernd und stahlhart, mit grausamen Augen.«

»Dennoch können solche Wesen faszinieren«, sagte Mischa.

»Faszinieren, ja«, sagte Rainborough. »Sie würden einen zum Sklaven machen, wenn sie könnten. Sie würden einen auffressen.«

»Aber du kämpfst natürlich gegen die Faszination an?«, sagte Mischa.

»Ich kämpfe dagegen an«, sagte Rainborough, »aber was nützt es? Ich kann *nicht loskommen*, indem ich dagegen ankämpfe. Ich bin erfüllt davon. Was kann ich machen?« Ich bin verrückt, dachte er bei sich, ohne dass es ihm aber viel ausgemacht hätte. So mit Mischa zu sprechen, verschaffte ihm eine seltsame Erleichterung.

»Kommt drauf an«, sagte Mischa, der, wie es schien, seine letzte Frage sehr ernst genommen hatte. »Nicht jede Frau ist es wert, dass man mit ihr kämpft, sondern nur eine Frau mit einer etwas komplexeren Struktur.«

Rainborough fragte sich, ob Miss Casement eine komplexe Struktur hatte. Er war sich nicht sicher.

»Viele Frauen«, sagte Mischa, »haben überhaupt keine Form. Sie sind wie die Embryonen in biologischen Experimenten, denen irgendwo irgendwelche Organe wachsen. Platziere ein Bein da, wo das Auge sein sollte, und es wird sich zu einem Auge auswachsen, und das Auge zu einem Bein. Im besten Fall sind sie formlos, im schlimmsten Monster.« Rainborough schauderte es.

»Nimm auf der anderen Seite ein junges Mädchen«, fuhr Mischa fort, »ein Kind von neunzehn Jahren oder so …«

Rainborough knallte mit seinem Sessel heftig gegen die

Schranktür. Er befürchtete plötzlich, Annette könnte wie ein beleidigter Geist mit Geheul daraus hervorbrechen.

»Nimm ein ganz junges Mädchen«, sagte Mischa. »Auch sie ist das Kämpfen nicht wert. Eine Frau existiert erst, wenn sie fünfundzwanzig, vielleicht sogar dreißig ist.«

»Das Kämpfen nicht wert. Nein, ich bin sicher, du hast Recht«, sagte Rainborough.

»Junge Mädchen sind voller Träume«, sagte Mischa. »Das ist es, was sie so rührend und so gefährlich macht. Jedes junge Mädchen träumt davon, die Mächte des Bösen zu beherrschen. Es denkt, es habe diese Tugend in sich, die alles besiegen kann. Trotz vieler Erfahrungen kann ein solches Mädchen noch immer in seinem Herzen Jungfrau sein und an die Mär von der Jungfräulichkeit glauben. Das führt sie im festen Glauben, sie würde beschützt, in die Höhle des Drachen.«

»Und was passiert dann?«, fragte Rainborough.

»Der arme Drache muss sie fressen«, sagte Mischa, »und so kommen Drachen zu ihrem schlechten Ruf. Aber für sie ist das nicht das Ende.«

»Nein?«, fragte Rainborough. Er spürte kalten Schweiß auf seiner Stirn und den verzweifelten Wunsch nach einem Drink.

»Nach dem Einhorn-Mädchen«, sagte Mischa, »kommt die Sirene, die zerstörerische Frau. Sie merkt, dass die Männer ihr auf die Schliche gekommen sind, dass sie sie nicht retten kann, diese Tugend trägt sie nicht in sich. Also wird sie die Männer stattdessen zerstören. Sie ist kalt, ein Vogel mit dem Kopf einer Frau. Solche Frauen sind auch gefährlich, auf andere Weise.«

»Sind sie das Kämpfen wert?«, fragte Rainborough. Er hatte bemerkt, dass Mischas Sherry praktisch unberührt vor ihm stand. Er zündete sich noch eine Zigarette an.

»Kommt drauf an«, sagte Mischa. Er lehnte sich nachdenklich zurück und nahm sich Zeit. »Frauen sind proteische

Wesen. Manche entwickeln sich durch viele Stadien hindurch, bevor sie sich stabilisieren; und solche Frauen kann man transformieren, indem man mit ihnen kämpft. Andere bleiben ihr Leben lang auf einer ersten oder zweiten Stufe. Es gibt ewige Jungfrauen ebenso wie es ewige Sirenen gibt.«

Rainborough fragte sich, zu was Miss Casement wohl transformiert würde, wenn er mit ihr kämpfte. Er sinnierte, dass sein eigenes letztes Stadium durchaus schlimmer sein könnte als sein erstes.

»Wenn eine Frau aber von Natur aus eine Sirene ist«, sagte Mischa, »ist es besser, sie in Ruhe zu lassen. Eine solche Frau kann man nicht erobern, man kann sie nur verwunden, und dann wird sie einen vergiften, wie die Kröte, die durch ihre Haut ein Gift absondert, wenn sie angegriffen wird.«

»Und wenn man sich nicht im Klaren ist –?«, fragte Rainborough. Er überlegte, ob er es wohl wagen könnte, in die Küche zu gehen und rasch einen Schluck aus einer der Flaschen in der Speisekammer zu trinken. Er hatte jedoch Angst, Mischa mit dem Inhalt des Schranks allein zu lassen. Sein Gefühl sagte ihm, dass Annette, wenn sein Sessel nicht mehr fest gegen die Tür drückte, die Nerven verlieren würde.

»Vielleicht sollte man immer kämpfen«, sagte Mischa. »Proteus konnte man dadurch besiegen, dass man nicht von ihm abließ, bis er schließlich seine tatsächliche Form annahm. Eine Frau muss man restlos erschöpfen, auch wenn es Jahre dauert. Dann wird man sehen, was sie ist.«

Rainborough bemerkte, dass die Sonne verschwunden war und es im Zimmer kühl und ein bisschen dunkel wurde. Mischas Stimme fuhr in monotoner Weise fort wie die matte träumende Stimme eines Priesters. Macht er sich über mich lustig, fragte sich Rainborough, oder ist er vielleicht verrückt? Dann fiel ihm wieder ein, wie oft er sich früher diese Frage über Mischa ergebnislos gestellt hatte.

»Ist dir je in den Sinn gekommen, dass Frauen wie Fische

sind?«, sagte Mischa gerade. »Das weibliche Gegenstück zu Pan ist die geschmeidige Meerjungfrau. Ihre Körper sind stromlinienförmig. Das macht sie stolz, nicht beschämt, wie die Psychologen meinen. Eine echte Frau ist stolz darauf.«

»Eine echte Frau«, sagte Rainborough. »Wo kann man so etwas finden?«

»Es gibt eine Art weise Frau«, sagte Mischa; »eine, in der zu irgendeinem Zeitpunkt eine Zerstörung, eine Umwälzung stattgefunden hat. Sämtliche Strukturen sind eingerissen worden und es ist nichts übrig geblieben als die Schale, die Erde, die Weisheit des Fleisches. Eine solche Frau kann man manchmal erschaffen, indem man sie bricht –«

Rainborough fühlte, dass Mischa ihn genau beobachtete, während er sprach. Er hob rasch den Blick, aber um Mischas Augen zu sehen, war es schon zu dunkel. Rainborough verspürte seine alte Angst vor Mischa und so etwas wie Abscheu.

»Warum redest du so einen Blödsinn, Mischa«, sagte er, »und bringst mich dazu, es auch zu tun? Wenn das, was du sagst, wahr wäre, wären Frauen entweder giftig oder langweilig!«

»Hm«, machte Mischa, und Rainborough konnte seine sehr weißen Zähne unter seinem Schnurrbart aufblitzen sehen, »es gibt aber immer noch die Möglichkeit, eine freie Frau zu finden.«

»Was ist das?«, entgegnete Rainborough. Wie werde ich den Mann nur los?, fragte er sich verzweifelt.

»Was zuerst passieren muss«, sagte Mischa, »ist die Zerstörung des Herzens. Jede Frau glaubt ganz schlicht an das Herz. Die Liebe einer Frau ist aber nichts wert, solange sie nicht von jeglicher Romantik gereinigt ist. Und das ist kaum möglich. Wenn sie die Zerstörung des Herzens übersteht und immer noch die Kraft hat zu lieben …«

Mit einer Geste der Verzweiflung griff Rainborough nach der Karaffe, hob sie hoch, drehte sie um und goss sich einen guten Schluck Sherry teils in den Mund und teils über Gesicht und Hals.

»Armer John!«, sagte Mischa freundlich. »Ich langweile dich offensichtlich bis zum Wahnsinn.«

»Entschuldige«, sagte Rainborough, »dieses Zwielicht geht mir auf die Nerven.« Er beugte sich vor und schaltete eine elektrische Lampe an.

Durch die Lichtveränderung aufgescheucht, verließ die Korkmotte ihren Platz an der Wand, flatterte einmal rund ums Zimmer und ließ sich dann auf Mischas Handrücken nieder. Einen Augenblick lang starrte Rainborough auf dieses seltsame Omen und machte dann eine Geste, als wollte er die Motte beschützen, denn sein unmittelbarer Gedanke war, dass Mischa sie zerquetschen würde. Mischa, der die Geste verstand, lachte und stand auf. »Keine Sorge«, sagte er, »ich liebe alle Kreaturen.«

Durch die Terrassentür ging er in den Garten, der immer noch gut beleuchtet in einem kräftigen Zwielicht lag, das den Blumen in einem pulvrigen Dunst Farbe und Duft zugleich zu entziehen schien. Ganz behutsam überredete Mischa die Motte, von seiner Hand auf ein Blatt zu krabbeln. Einen Moment lang stand er, Gesicht und Hände gegen das Licht der Lampe abgezeichnet, im Türrahmen. Und dann entdeckte Rainborough etwas Entsetzliches. Ihm war vage bewusst gewesen, dass Mischa, während er redete, so etwas wie ein Taschentuch in der Hand gehalten hatte. Als Rainborough es jetzt im Licht der Lampe betrachtete, sah er, was es war. Es war Annettes Halstuch.

Rainborough lehnte an der Tür. »Du musst jetzt gehen, Mischa«, sagte er matt. »Ich muss weg und jemanden besuchen.«

»Keine Sorge, John, ich gehe schon«, sagte Mischa. »Macht es dir etwas aus, wenn ich das Gartentor benutze? Unser Gespräch hat mir gefallen. Glaube aber kein Wort von dem, was ich gesagt habe. Ich liebe alle Kreaturen.« Während er sprach, ging er den Pfad hinunter ins Zwielicht. Er hatte das Tor fast erreicht. »Ich liebe sie alle!«, rief er. Dabei lachte er, winkte mit Annettes Halstuch und verschwand durch das Gartentor; einen Moment lang konnte Rainborough von der Straße her sein Lachen hören, dann erstarb es.

Rainborough kehrte ins Wohnzimmer zurück – und es dauerte eine oder zwei Sekunden, bis Annette ihm wieder einfiel. Rasch zog er die Vorhänge zu und sagte vorsichtig: »Die Luft ist rein!« Er konnte sich nicht vorstellen, dass Mischa zurückkäme, aber ganz sicher fühlte er sich noch nicht. An der Schranktür gab es keine Bewegung. Blankes Entsetzen erfasste Rainborough. Wenn das Mädchen nun erstickt war? Wie würde er das je erklären können? Er stürzte vorwärts und riss die Tür auf.

Annette fiel steif vornüber und Rainborough musste sie auffangen, um zu verhindern, dass sie zu Boden stürzte. Mit einer absurden Verblüffung bemerkte er, dass sie immer noch halb nackt war. Er fasste sie an der Schulter und schüttelte sie heftig. Sie lebte bestimmt noch. Sie hatte sogar die Augen geöffnet, schien sich aber in einer Art Trance zu befinden. Rainborough fiel auf, dass sie geweint hatte, ihr Gesicht war tränenverschmiert – und die Vorstellung, dass sie während seiner Unterhaltung mit Mischa in dem Schrank still vor sich hin geweint hatte, berührte ihn auf unangenehme, fast unheimliche Weise. »Annette!«, rief er ihr ins Ohr. »Annette!«

Er legte die Arme um sie und trommelte in dem Versuch, sie wieder zu sich kommen zu lassen, auf sie ein. Ihr Fleisch fühlte sich kalt und ziemlich weich und schlaff an, wie Kitt oder ungebackener Teig. Sie gab einen Seufzer von sich und hielt sich die Hand vors Gesicht.

»Das ist besser!«, sagte Rainborough. Er machte den Geschirrschrank auf, zog von einem unteren Regal eine dicke Samttischdecke heraus und wickelte sie um das Mädchen. Dann schaltete er den elektrischen Kamin ein und führte Annette hinüber. Dort legte er die Arme um das Bündel aus

Annette und der Tischdecke. Eine Weile blieb er stehen und hielt sie so fest und das war ihm eine unerklärliche Beruhigung. Dann goss er einen großen Schluck Sherry in Mischas Glas, trank selbst ein bisschen und gab Annette etwas davon.

Mittlerweile hatte sie sich so weit erholt, dass sie wieder anfing zu weinen. Während sie sich daranmachte, auf dem Boden des Schrankes nach ihrer Bluse zu suchen, tropften ihr ständig Tränen vor die Füße. Rainborough fand die Bluse und half ihr hinein, dann in ihren Mantel. Sie nahm ihre Handtasche und schickte sich an zu gehen. Rainborough war erleichtert, dass sie nicht nach ihrem Halstuch fragte. Sie sagte nichts; erst als Rainborough sie an die Haustür geleitet hatte, sagte sie mit heiserer Stimme: »Es war nicht Ihre Schuld, John.«

»Doch«, erwiderte Rainborough, »aber machen Sie sich nichts daraus.« Er küsste sie auf die kalte Wange. Sie ging hinaus und er schloss sofort die Tür hinter ihr zu.

Er kehrte in das stille Haus zurück. Durch das Wohnzimmer ging er in den Garten hinaus. In den letzten Lichtstrahlen sah er, wie die Blumen sich schlossen; und er sah die Korkmotte, die das Blatt, auf das Mischa sie gesetzt hatte, verlassen hatte und jetzt über den Gartenweg krabbelte. Rainborough beobachtete sie ein Weilchen und dann zerquetschte er sie unter seinem Absatz.

ELF

Nina, die Schneiderin, saß an ihrer Nähmaschine. Es war ein Tretmodell alter Bauart. Sie betätigte die Tretkurbel mit den Füßen, sodass sie beide Hände frei hatte, um den vorbeirasenden Stoff zu führen. Einmal hatte Nina es mit einem elektrischen Modell versucht, es jedoch bald wieder aufgegeben. Es machte sie nervös und schreckhaft. Die alte Maschine bedeutete eine größere Anstrengung, aber es gefiel ihr, wie sie die rhythmische Koordination ihres ganzen Körpers erforderte und sie müde machte, sie mit einer befriedigenden Müdigkeit erfüllte, wie sie sie aus ihrer Kindheit kannte, wenn sie auf dem Feld gearbeitet hatte.

Sie war damit beschäftigt, ein ungewöhnlich langes Stück Baumwollstoff zu nähen. Es war mit irgendeinem unregelmäßigen Muster bedruckt; doch Nina schaute nicht auf das Muster, so sehr war sie damit beschäftigt, die Stahlkiefer der Maschine zu beobachten, wie sie sich mit rasender Geschwindigkeit um den Stoff, der durch sie hindurchfuhr, öffneten und schlossen. Die Maschine sah mehr und mehr wie ein Tier aus, durch dessen gefräßiges Maul Nina den Baumwollstoff führte und dabei einen leichten, aber stetigen Zug ausübte, um ihn durchzubekommen; und während sie ihn zog, bewegten sich ihre Füße auf der Tretkurbel in entsprechender Geschwindigkeit.

Dann fiel Nina allmählich auf, dass die Maschine nicht ordentlich nähte. Vielleicht war der Faden ausgegangen oder die Nadel gebrochen. Der Stoff glitt immer noch wie ein Fluss auf sie zu und rann durch das schnappende Maul der

Maschine und unter ihrer Hand wieder hinaus, aber sie konnte keine Einstichlöcher darauf sehen. Nina wusste, dass etwas schief gegangen war, aber sie konnte sich nicht vorstellen, was. Sie konnte sich jetzt nicht einmal mehr erinnern, was sie mit diesem Stück Stoff vorgehabt hatte oder woher es mit seinem sonderbaren, ungewohnten Muster überhaupt gekommen war. Das Heilmittel gegen diese Zweifel schien darin zu bestehen, die Tretkurbel noch schneller zu betätigen. Ninas Füße begannen wie verrückt vor- und zurückzusausen und die Stahlkiefer öffneten und schlossen sich jetzt so schnell, dass sie schon fast unbeweglich wirkten. Das rhythmische Schlagen der Maschine schwoll zu einem fortwährenden Summen an und der Stoff floss in einem nicht enden wollenden Strom hindurch.

Schließlich wurde Nina klar, dass sie durch einen dunklen Wald rannte. Sie rannte mit so verzweifelter Geschwindigkeit, dass ihre Füße nur alle zehn Schritte den Boden berührten. Neben ihr rannte die Maschine und von Zeit zu Zeit konnte sie ihr stählernes Auge glitzern sehen. Noch während sie rannte, zog Nina den Baumwollstoff durch die Kiefer der Maschine zu sich her. Die Kreatur öffnete und schloss beim Rennen weiter ihr Maul und gab einen hohen, jaulenden Ton von sich und Nina schaffte es soeben, die Baumwolle durchzuziehen; sie hatte jedoch die ganze Zeit Angst, die Kiefer würden sich plötzlich fest schließen. Wenn sie den Stoff nicht mehr zu sich herziehen konnte, würde etwas Schreckliches geschehen. Wenn bloß der Stoff ausginge, dachte sie, dann könnte ich aufhören zu rennen. Er schien jedoch kein Ende zu nehmen und Nina und die Maschine liefen schneller und schneller und der Wald wurde dunkler und dunkler. Die Dunkelheit wurde allmählich dick und voller Hindernisse. Weiche Stoffe, die von den Bäumen hingen, streiften Ninas Gesicht mit seidenen und samtenen Berührungen und krallten sich zart in ihre Arme und Schultern. Der Baumwollstoff, der unaufhörlich durch ihre Hände rann, schien sich, so schnell sie auch lief, zu ihren Füßen anzuhäufen. Er fesselt meine Füße, dachte sie, ich werde fallen, und sie drehte sich nach dem Biest neben ihr um. Dabei fiel sie hin und der Baumwollstoff bauschte sich plötzlich, erhob sich segelartig über sie und senkte sich, um wie ein Leichentuch ihre Glieder zu umwirbeln. Bevor er sie einhüllte, sah sie endlich ganz deutlich sein Muster; es war eine Weltkarte. Im selben Augenblick fing die Kreatur an, den Stoff zu zerreißen, ihn mit ihren Kiefern zu zerfetzen, und dann sprang sie auf Nina drauf. Nina konnte ihre schweren Pranken auf der Brust spüren und ein ohrenbetäubendes, anhaltendes Bellen hören.

Sie schreckte aus dem Schlaf hoch und setzte sich im Bett auf. Ihr Herz raste wie wild. Es war helllichter Tag. Jemand schlug an die Tür. Nina stand rasch auf und zog einen Morgenmantel über. Sie lief zur Tür. Es war ein Telegramm. Obwohl sie bereits wusste, was es enthielt, öffnete sie es mit zitternden Fingern. Darin stand: *Tut mir Leid, kann heute nicht kommen*. Es war nicht unterschrieben, aber sie wusste, dass es von Mischa Fox kam.

Nina zerriss das Telegramm und verbrannte die Fetzen, so wie Mischa Fox es ihr in Bezug auf alle seine Nachrichten, wie anonym sie auch waren, aufgetragen hatte. Dann zog sie sich langsam an, machte ihr Bett und verstaute es im Wandschrank, wo es tagsüber untergebracht war. Sie hatte verschlafen, aber das war nicht schlimm. Nachmittags würde sie zusätzliche Zeit zum Arbeiten haben. Da Mischa Fox ihr gesagt hatte, er würde kommen, hatte sie einen Termin mit einer wichtigen Kundin kurzfristig abgesagt und sie damit vermutlich vergrätzt; und jetzt kam er gar nicht. Aber daran ließ sich nichts ändern und Nina machte sich deswegen überhaupt keine Gedanken. Das passierte so oft.

Sie ging jetzt auf die Fenster zu und schob dabei die Reihen aufgehängter Kleider beiseite, um die Sonne hereinzulassen. Die Fenster waren groß, aber hoch über dem Boden. Nina stand auf einem Stuhl und schob das Schiebefenster so weit es ging hinauf. Dann hockte sie sich, wie sie es oft am frühen Morgen tat, halb auf die Fensterkante, halb auf das äußere Sims. Sie konnte aber weder den Schwindel erregenden Höhenunterschied zur Straße darunter noch das frühlingshafte Grün der Platanen sehen, das die Kanten der Häuser zwischen ihr und dem Fluss verwischte. Die kühle Luft wehte ihr plötzlich ins Gesicht. Doch Nina, die mit glasigem Blick geradeaus starrte, kannte in dem Augenblick nur die Dunkelheit ihres Herzens. Wie sie so steif dasaß, sah sie aus wie eine Blinde.

Heute werde ich zu Miss Keepe gehen, dachte Nina. Ich kann so nicht mehr weitermachen. Nachdem sie das beschlossen hatte, fühlte sie sich ein wenig erleichtert. Nina wusste sehr wohl, wie viel sie Mischa Fox verdankte. Mischa hatte sie entdeckt, als sie noch in einer Textilfabrik angestellt gewesen war und nur in ihrer Freizeit als Schneiderin gearbeitet hatte. Ohne seine Hilfe hätte sie es nie geschafft, sich ein eigenes Geschäft mit eigener Kundschaft aufzubauen. Er hatte ihr diesen Raum besorgt, für den er immer noch die Miete zahlte, und es irgendwie fertig gebracht, dass, ohne dass sein Name je erwähnt wurde, eine Menge Leute von ihr hörten. Eine Kundin zog die nächste nach sich und bald war Nina hinreichend mit Arbeit eingedeckt.

Schon vor einiger Zeit hatte Nina den Versuch aufgegeben, die Art ihrer Beziehung zu Mischa Fox zu definieren. Von dem Moment an, als Mischa in ihrem Leben aufgetaucht war, hatte sie ihm nichts abschlagen können. Er besaß Zeichen großer Autorität und das undefinierbar Fremdländische an ihm verlieh ihm einen gewissen orientalischen Zauber. Von Anfang an war sie bereit, seine Sklavin zu sein, obwohl es ihr nie in den Sinn kam, dass sie vielleicht mehr als nur eine verschwindend kleine Rolle in seinem Leben spielte. Sie war darauf gefasst gewesen, vernachlässigt, ja am Ende sogar verlassen zu werden. Worauf sie dagegen nicht gefasst gewesen war, war die sonderbare Rolle, in die sie nun tatsächlich gedrängt worden war.

Als Mischa sie in dem Zimmer in Chelsea untergebracht hatte, hatte sie sich über seine vermeintlichen Motive keinerlei Illusionen gemacht; und damals liebte sie ihn mit einer Heftigkeit und Demut, die jeden Zweifel an ihm ausschloss. Doch die Zeit verging und Nina fand es immer schwieriger, aus Mischa schlau zu werden. Er besuchte sie in unregelmäßigen Abständen und fragte sie höflich, wie sie zurechtkam. Manchmal sprach er mit ihr über etwas, was ihn beschäftigte, eine geschäftliche Transaktion, einen in Schwierigkeiten geratenen Freund, die Organisation einer Reise – obwohl diese Geschichten immer so allgemein gehalten waren, so wenige erkennbare Details aufwiesen, dass Nina sich fragte, ob sie wahr waren, sich andererseits aber nicht vorstellen konnte, warum Mischa sie ihr sonst erzählen sollte. Dann wieder kam er und saß lange Zeit schweigend in ihrem Zimmer. Bei solchen Gelegenheiten bat er sie normalerweise, mit ihrer Arbeit weiterzumachen, allerdings ohne die Maschine zu benutzen; dann beschäftigte Nina sich damit, Nähte und Knopflöcher zu nähen und hin und wieder einen verstohlenen Blick auf Mischa zu werfen, der mit verträumtem Blick und gelegentlich zuckenden Lippen zurückgelehnt in seinem Sessel saß. Zweimal war es vorgekommen, dass Mischa, mehr in Sorge als normalerweise, Nina gebeten hatte, sich zu ihm zu setzen und nicht zu nähen. Bei einer dieser Gelegenheiten hatte er ihre Hand genommen und zehn Minuten lang ziemlich abwesend gehalten, während er an etwas ganz anderes zu denken schien. Das andere Mal drückte er ihre Hand an seine Stirn, bevor er sie schließlich wieder losließ. Das war vielleicht der glücklichste Moment in Ninas Leben gewesen. Aber sonst passierte nichts.

Jedenfalls nichts von den Dingen, die Nina erwartet oder sich insgeheim erhofft hatte. Doch bald kam sie, aus welchem Grund hätte sie letztlich gar nicht zu sagen vermocht, zu der Überzeugung, dass sie in der sonderbaren Ökonomie von Mischa Fox' Existenz eine genau festgelegte Rolle spielte –

welche das war, würde sie allerdings womöglich nie erfahren. Nach einer Weile fing er an, sie um kleine Gefälligkeiten zu bitten. Verschiedentlich bot sie gewissen Individuen, Männern wie Frauen, die sehr spät mit ein paar Zeilen von Mischa vor ihrer Tür standen, ein Nachtquartier. Mischa schien von ihr zu erwarten, dass sie das klaglos tat, genau wie er erwartete, dass sie zu jedem Zeitpunkt, zu dem er seine Ankunft anzukündigen beliebte, für ihn da war; und sie beklagte sich nicht. Ein andermal bat er sie plötzlich, ihre besten Kleider anzuziehen und ihn in einem offenen Auto zu begleiten, das er sehr schnell bis Richmond und dann sehr langsam in den Park hineinfuhr, bevor er sie auf direktem Weg wieder nach Hause brachte. Nina war sich sicher, dass das für irgendjemand anderen inszeniert worden war; aber sie stellte keine Fragen.

War das alles, so fragte sie sich, was Mischa Fox von ihr verlangte? Endlose Nächte hindurch grübelte sie darüber nach. Zuweilen meinte sie, er warte darauf, dass sie etwas begriff, ein Bedürfnis erkannte, über das er nie sprach und das sie einfach nicht sah. Dieser Gedanke quälte sie. Dann wieder stellte sie sich vor, insbesondere nachdem sie schweigend der einen oder anderen Diskussion über Mischas Charakter beigewohnt hatte, dass er sie vielleicht in der Hinterhand behielt, um sie in irgendeiner Intrige oder Verschwörung einzusetzen, die jetzt und vielleicht sogar in vielen Jahren noch nicht gereift war. Die Zeit verging und sie kam zu keinem Schluss, noch boten sich ihr irgendwelche Gelegenheiten, Mischa näher in Augenschein zu nehmen. Er bat sie nie, ihn bei sich zu Hause in London zu besuchen. Ninas Gedanken drehten sich oft um dieses sagenhafte Haus, über das so viel gesprochen wurde, aber sie hatte nie gewagt, auch nur in seine Nähe zu gehen.

Wieder etwas später schlug Mischa Fox vor, ihr zusätzlich zur Miete für ihr Zimmer eine monatliche Unterstützung zu zahlen. Als sie Einwände erhob, erklärte er, dass das, was er seine »unbequeme Art« nannte, möglicherweise ihrem Geschäft schadete und dass es sein Gewissen erleichtern würde, wenn er sie dafür entschädigen dürfte. Da Nina unfähig war, Mischa ihren eigenen Willen entgegenzusetzen, sollte er ihre Position noch stärker in seinem Sinne definieren wollen, stimmte sie einfach zu; zu diesem Zeitpunkt machte es ihr auch gar nichts aus, noch fester in Mischas Hand zu geraten. Einige Zeit danach verspürte sie zum ersten Mal einen gewissen Ärger über ihre Situation.

Nina war ehrgeizig; sie war auch eine gute Organisatorin und Geschäftsfrau. Die Spanne ihrer Kontakte war mittlerweile ganz beachtlich und ihr wurde klar, dass sie, wenn sie mehr Platz hätte und ein oder zwei Mädchen für sich arbeiten ließe, ihre Gewinne verdoppeln und die Grundlage für ein erfolgreiches Unternehmen schaffen könnte. Das erwähnte sie eines Tages Mischa Fox gegenüber. Es wurde sofort deutlich, dass der Gedanke ihm missfiel – und sobald Nina ihn ausgesprochen hatte, erkannte sie mit nüchterner Klarheit, dass wahrscheinlich sämtliche Pläne dieser Art dem, was auch immer Mischa Fox Geheimnisvolles mit ihr vorhatte, zuwiderlaufen würden. Sie sollte allein sein, sollte zu jeder Zeit ungestört mit ihm reden können, sollte seine anonymen Gäste beherbergen können, das war ihm wichtig. Als Antwort sagte Mischa knapp, aber ohne Verärgerung, dass es ihm lieber wäre, wenn sie diesen Plan nicht weiter verfolgte – dass er aber dafür sorgen würde, dass ihr dadurch kein finanzieller Nachteil entstünde. Nina erwähnte die Angelegenheit nicht mehr; von dem Zeitpunkt an erhielt sie jedoch eine wesentlich höhere monatliche Unterstützung.

Sie sollte allein sein. Nachdem ihre erste überschwängliche Liebe zu Mischa einem eher mit Verwirrung und Neugier gemischten Gefühl gewichen war, wurde dieser Aspekt der ganzen Sache mehr und mehr zu einer Quelle des Kummers. Die sonderbare Art ihrer Beziehung zu Mischa beraubte sie praktisch jeglichen anderen Privatlebens. Obwohl er sie nur selten besuchte, musste sie jederzeit für ihn verfügbar sein und die eiserne Diskretion, die Mischa ihr, ohne sie ausdrücklich anzumahnen, durch seine Persönlichkeit auferlegte, machte es ihr unmöglich, irgendjemandem ihr Herz auszuschütten.

Dann wurde Nina allmählich klar – sie hörte es aus dem heraus, was ihre Kundinnen und Bekannten sagten –, dass sie trotz seiner und ihrer ganzen Heimlichtuerei als eine von Mischa Fox' Kreaturen bekannt wurde. Dieser Ruf wirkte sich auf ihr Geschäft nicht besonders vorteilhaft aus; doch sie war weit davon entfernt, sich darum zu kümmern. Es war die Bezeichnung, die sie zutiefst verletzte. Sie wusste, dass man sich erzählte, Mischa Fox habe Dutzende versklavter Geschöpfe aller Art zu seinen Diensten, die er nach Belieben benutze. Dennoch schockierte es sie, dass man sie als eine von ihnen betrachtete. In ihrem Fall, fühlte sie, war es bestimmt ganz anders. Sie liebte Mischa. Doch bei näherer Betrachtung fragte sie sich, ob es wirklich so anders war. Das Regelwerk, das Mischa ihr auferlegte, verurteilte diese Liebe zum Schweigen und beraubte sie der Möglichkeit, sich auszudrücken – bis sie, das musste Nina sich selbst eingestehen, in ein seltsames Gefühl verwandelt worden war, das mehr Schrecken und Faszination als Zärtlichkeit in sich barg. Ein- oder zweimal hatte Nina versucht, sich seelisch und moralisch auf ein offenes Gespräch mit Mischa vorzubereiten. Doch der Gedanke an all die Unterstützung, die sie von ihm angenommen hatte, meldete sich vorwurfsvoll zu Wort – und, was noch stärker ins Gewicht fiel, sie hatte so schreckliche Angst vor ihm, dass sie es nicht wagte, ihm etwas zu erklären, was so sehr nach reiner Illoyalität klang.

Dann kam Nina eine Idee. Ihr war immer bewusst gewesen, dass der einzige Weg, Mischa Fox zu entkommen, darin bestand, England zu verlassen – diese Vorstellung hatte sie jedoch nie weiterentwickelt, da sie nicht das Gefühl gehabt hatte, es sei möglich, England zu verlassen. Sie war nach England eingereist, um von anderen Orten wegzukommen, und wenn sie England verließe, gäbe es keinen anderen Ort mehr, an den sie gehen könnte. Aber dann kam sie irgendwie darauf, dass dem nicht so war. Sie könnte nach Australien gehen. Je mehr sie darüber nachdachte, umso bezwingender wurde der Gedanke. Die Idee, nach Amerika zu gehen, hatte sie bereits verworfen, nicht so sehr, weil es womöglich schwierig war, dort hineinzukommen, sondern weil es von Mischa Fox häufig hieß, er steige gerade in die Maschine nach New York. Nina kannte sich selbst und sie wusste, dass sie es nicht schaffen würde, in einer offenen Auseinandersetzung ihren Willen dem von Mischa entgegenzusetzen und sich auch nur auf das geringste Scharmützel einzulassen. Ihre einzige Hoffnung lag in der Flucht; und wenn sie schon floh, musste sie sicher sein, dass sie Mischa Fox nie, nie wiedersehen würde. Amerika kam ihr für diesen Zweck zu klein vor. Australien dagegen schien ihr eine gewisse Sicherheit zu versprechen. Sie hatte noch nie gehört, dass Mischa nach Australien geflogen wäre.

Kaum hatte Nina diesen Gedanken zu Ende gedacht, galt ihr ganzes Sinnen und Trachten der Aufgabe, ihn vor Mischa geheim zu halten. Sie konnte fast nicht glauben, dass er nicht in der Lage sein sollte, ihre Gedanken zu lesen. Zum Teil lag es an dieser Angst, entdeckt zu werden, dass Nina über lange Zeit hinweg nichts unternahm, um ihren Plan zu realisieren. Anfangs gönnte sie sich lediglich den Luxus, so oft wie möglich in australische Filme zu gehen, während deren sie ununterbrochen weinte. Sie stellte sich ein Leben in Australien vor, das in jeder Hinsicht das Gegenteil ihres gegenwärtigen Lebens sein würde. Dort lebten raue, großzügige Menschen, die sie ins Herz schließen würden. Mitten unter ihnen würde sie, als Arbeiterin geachtet und als Frau geliebt, ein Leben in Offenheit und Heiterkeit führen.

Schließlich fing sie an, sich näher mit der Materie zu befassen. In der Präsenzbibliothek las sie ein oder zwei Bücher über Australien. In einem besonders kühnen Moment kaufte sie sich eine Landkarte, die sie zusammengerollt in einem Stoffballen in ihrem Zimmer aufbewahrte und nur dann konsultierte, wenn sie sicher war, dass Mischa Fox sich außer Landes befand. Schuldbewusst stand sie eine Weile vor dem Australia House an der Strand herum und schaute sich die Bilder an. Das Einzige, was sie nicht wagte, war hineinzugehen und ein paar richtig geschäftsmäßige Erkundigungen einzuziehen. Sie hatte Angst, dass sie, wenn sie das täte, aufgefordert würde, Name und Adresse zu hinterlassen – und wie alle Flüchtlinge fürchtete sie die Macht und Feindseligkeit aller Behörden und ihre geheimnisvolle Verflechtung untereinander. Ihr schien es undenkbar, dass Mischa Fox, wenn sie ihren Namen im Australia House hinterließ, nicht binnen vierundzwanzig Stunden darüber Bescheid wüsste.

Was Nina brauchte, wenn sie ihren Plan weiter vorantreiben wollte, war eine Vertraute und Komplizin, jemand, bevorzugt eine englische Staatsangehörige, der sie beraten, Erkundigungen für sie einholen und ihr falls nötig ein Zeugnis besorgen konnte; und es war schon lange klar, dass es auf der ganzen Welt nur eine einzige Person gab, der sie diese Fähigkeiten zutraute, und das war Rosa Keepe. Nina hatte Rosa bald, nachdem sie nach Chelsea gekommen war, auf geschäftlichem Weg kennen gelernt. Sie war sich nicht sicher, hielt es aber für wahrscheinlich, dass Rosa die Gerüchte über ihre Abhängigkeit von Mischa gehört hatte. Wie jedermann wusste Nina, allerdings wie jedermann auch auf ziemlich allgemeine Weise, von Rosas früherer Verbindung mit Mischa – und ihre Achtung vor Rosa wuchs um den erstaunten Respekt vor einem Geschöpf, das einst unter Mischas Bann gestanden und sich davon befreit hatte, ohne auf die Antipoden auszuwandern. Rosas Wesen erfüllte sie wegen seiner Härte und Strenge mit einer schüchternen Ehrfurcht und wegen seines Großmuts mit schüchterner Zuneigung – ein Gefühl, das Rosa, die Ninas Existenz allerdings auch nur ganz am Rande wahrgenommen hatte, nicht andeutungsweise erwiderte.

Obwohl Nina zu keinem Zeitpunkt eine besondere Vertrautheit mit Rosa entwickelt hatte, war ihre Vorstellungskraft in Bezug auf die Engländerin nicht träge gewesen; und mittlerweile war Rosa im Kopf der Schneiderin zu einer Art Erzengel, einer wohltätigen Macht und auf jeden Fall ihrer einzigen Hoffnung geworden. Der Gedanke, all ihre Probleme Rosa zu erzählen, war Nina bereits viel früher gekommen, schon bevor sie den Australienplan gefasst hatte; doch Angst sowohl vor Mischa als auch vor Rosa hatte sie davon abgehalten zu handeln. Nun verlieh ihr der in ihrem Kopf langsam Formen annehmende Fluchtplan Kraft; und jetzt, wo der Schrecken ihres Albtraums ihr noch in den Knochen steckte, sagte sie sich: Jetzt halte ich es nicht mehr länger aus!

Sie stieg vom Fenstersims und ging langsam durch das Zimmer zurück. Dabei streiften die Stoffe sie sanft mit ihren unterschiedlichen Eigenarten und sie blieb stehen, um mit dem Gesicht in jeden einzutauchen und seinen vertrauten Geruch einzuatmen, wie jemand, der in seinem Garten von Blume zu Blume geht. Wieder zur Ruhe gekommen, machte sie sich fertig zum Gehen. Sie schaute auf die Uhr. Es war fast elf. Es war nicht zu früh, Miss Keepe aufzusuchen.

Es war elf Uhr. Annette lag noch im Bett. Sie war schon eine Weile wach, hatte unbehaglich dagelegen und versucht sich einzureden, dass sie sich krank fühlte. Leider fühlte sie sich nicht krank, sondern nur schrecklich elend. Während ihr Blick durchs Zimmer wanderte und sich, ohne Trost zu finden, auf dem einen oder anderen vertrauten Gegenstand niederließ, fragte sie sich, was sie tun könnte, was extrem genug wäre, um dem, was sie fühlte, Ausdruck zu verleihen. Immer wieder stieß sie Seufzer aus und versuchte zu weinen. Es war höchst unbefriedigend. Als sie dessen überdrüssig war, setzte sie sich im Bett auf und begann, ihren Morgenmantel anzuziehen.

Sie griff nach dem Bild von Nicholas, das immer auf dem Tisch neben ihrem Bett stand, und fing an, es in Augenschein zu nehmen. Annette war immer gerührt von ihrer außerordentlichen Ähnlichkeit mit ihrem Bruder, aber ebenso von der Tatsache, dass aufgrund ihrer unterschiedlichen Haare niemand sie wahrzunehmen schien. Das schuf so etwas wie ein süßes Geheimnis zwischen ihnen, ein Geheimnis, das auf ihr Fleisch geschrieben, aber von einer Wolke verdeckt war. Manchmal fühlte Annette sich Nicholas so nah, dass sie der Überzeugung war, sie müssten in telepathischer Verbindung stehen. Nicholas hatte das, zu einer Zeit als er sich für psychische Phänomene interessierte, auch einmal gedacht und versucht, es experimentell nachzuweisen. Das hatte jedoch nichts Sensationelles ergeben.

Annette schaute in das Gesicht ihres Bruders. Es war ein neueres Foto, das sie selbst letzten Sommer in der Schweiz gemacht hatte und auf dem Nicholas, die Arme verschränkt und in einem Hemd mit offenem Kragen, sehr ernst in die Kamera blickte. Hinter ihm lag der Genfer See. Nicholas sah aus wie ein Dichter. Annette seufzte. Wenn er doch bloß da wäre, er würde ihr einen Rat geben. Sollte sie sich, da er nun einmal nicht da war, Rosa anvertrauen? Das war die Frage.

Annette starrte immer noch auf das Foto wie in einen Spiegel, als es an der Tür klopfte. Annette dachte, es sei vermutlich Rosa, denn heute war in der Fabrik ein freier Tag; sie zuckte schuldbewusst zusammen und ließ das Foto auf die Tagesdecke sinken. »Herein«, rief sie. Die Tür öffnete sich sehr langsam und eine merkwürdige Erscheinung kam zutage. Ein sehr schlanker, großer junger Mann in einem rotkarierten Hemd und Flanellhosen und einem blauen Tuch um den Hals streckte vorsichtig den Kopf durch den Türrahmen. Seine Haut war sehr fein und blass und seine Augen waren sehr blau. Er hatte braunes Haar und wirkte ziemlich keck. Annette war beeindruckt von dieser Gestalt, die sie noch nie zuvor gesehen hatte, und sagte »Hallo!« zu ihr. Der junge

Mann schlenderte, nachdem er Annette sorgfältig beäugt hatte, durch die Tür herein und antwortete: »Hallo!«

Annette, die sich im Augenblick nicht in der Lage fühlte, eine Konversation zu beginnen, zog ihren Morgenmantel enger um sich und schaute ihren Besucher neugierig an, ohne ein Wort zu sagen. Jan Lusiewicz erwiderte ihren Blick und lächelte dann. Annette fand sein Lächeln bezaubernd.

»Ich komme, Rosa zu sehen«, sagte er, »aber ich glaube, sie ist *weg*, ausgegangen.«

»Ich weiß es nicht«, sagte Annette. »Ich war noch nicht unten.«

»Sind Sie krank?«, fragte Jan. »Oder stehen Sie immer so spät auf?«

»Nein«, sagte Annette. »Wer sind Sie?«, fragte sie, denn sie fand, dass das langsam klargestellt werden musste.

»Ich bin Janislav Lusiewicz«, sagte Jan. Er sprach seinen Namen mit einem Schwung aus, der ihn für Annette unverständlich machte. »Ich arbeite in Fabrik mit Rosa. Ich bin Ingenieur. Wer sind Sie?«

»Ich bin Annette Cockeyne«, sagte Annette und fand, dass sie dem nichts Besonderes hinzuzufügen brauchte.

»Sie sind hübsches Mädchen«, sagte Jan. »Wie alt sind Sie?«

»Neunzehn«, sagte Annette. Sie sprach tonlos, um ihre Missbilligung über seine Dreistigkeit zum Ausdruck zu bringen.

»So!«, sagte Jan. »Da sind wir genau richtiges Alter, oder?«

Annette war sich nicht sicher, was das bedeuten sollte, hatte aber das Gefühl, dass es unverschämt war.

Jan streckte plötzlich die Hand aus und nahm das Foto von Nicholas, das auf dem Bett lag. »Ist das Ihr Freund?«, fragte er.

»Nein«, erwiderte Annette wütend, »das ist mein Bruder! Geben Sie es mir zurück! Ich habe keinen Freund.«

Jan gab das Foto zurück. »So hübsches Mädchen und kein

Freund«, sagte er, »das ist schlecht. Aber Bruder, das ist gut. Ich auch habe Bruder. Sie lieben Ihren Bruder?«

»Ja«, sagte Annette.

»Ich auch, ich liebe meinen Bruder«, sagte Jan. »Ist nicht immer so in England. In Polen alle lieben ihre Brüder, in England nicht.«

»Ich bin keine Engländerin«, sagte Annette unwirsch. »Ich habe kein Land. Sie können unten auf Rosa warten, wenn Sie wollen.« Sie presste Nicholas' Foto an ihre Brust. Plötzlich spürte sie, dass sie anfangen würde zu weinen.

»Ich gehe in einer Minute«, sagte Jan. »Haben Sie keine Angst, ich tue nichts.« Er drehte sich um und ließ seinen Blick durchs Zimmer schweifen. »Schönes Zimmer haben Sie«, sagte er. »Ich möchte immer so schönes Zimmer. Aber ist schwer, wenn Mann kommt arm in fremdes Land, Ausländer immer arm.«

»Nicht immer«, hielt Annette dagegen.

»In Polen ich bin reicher Mann, richtiger Herr«, sagte Jan, »aber jetzt ist alles gestohlen.«

»So was!«, sagte Annette. Geradezu erleichtert merkte sie, dass sie ihre Tränen nicht länger zurückhalten konnte. Wenn Annette weinte, war das wie ein Sommersturm, ein ungeheurer Wolkenbruch ohne Vorankündigung. Auf einmal schossen große Tränen aus ihren Augen und rannen ihr deutlich sichtbar über die Wangen.

Jan war erstaunt. »Ich erschrecke Sie nicht, hoffentlich«, sagte er. »Aber ich tue nichts!«

Annette jammerte nur. Jan kam näher und starrte neugierig auf sie hinab. »Hören Sie auf zu heulen«, sagte er. »Schauen Sie, ich bringe Sie zum Lachen. Ich mache polnischen Tanz, aufpassen!«

Er warf sich kurz in Pose und fing dann an, in wilden Bewegungen durchs Zimmer zu stürzen und auf Slawisch Schreie auszustoßen, während seine Beine und Arme in die unmöglichsten Richtungen flogen. Annette hörte auf zu weinen. Das Zimmer bebte in regelmäßigen Abständen von der Wucht, mit der Jan nach seinen Sprüngen bedenkenlos wieder auf dem Boden aufprallte. Die Möbel begannen aus lauter Sympathie herumzuhüpfen. Die Kommode fing an, schickliche kleine Sätze zu machen. Annette starrte nur. Das ganze Zimmer tanzte. Die wertvollen Steine hopsten auf ihrem blauen Tuch leicht hin und her und sprangen dann einer nach dem anderen auf den Boden. Diamanten, Saphire, Smaragde, Amethyste und Rubine, die Beute aus vielen Kontinenten, prasselten zwischen Jans tanzenden Füßen nieder. »Halt!«, rief Annette.

In einer slawischen Pose blieb Jan unvermittelt stehen. »Heben Sie sie auf!«, rief Annette und zeigte dorthin, wo die Steine immer noch auf den dunklen Dielen herumrollten und verschiedene Lichter widerspiegelten. Mit offenem Mund gehorchte Jan und als er keine mehr sehen konnte, häufte er sie in Annettes aufgehaltene Hände. Sie prüfte sorgfältig, ob auch keiner fehlte, und ließ sie dann in ihre Pyjamatasche gleiten.

Jan betrachtete sie mit einer Mischung aus Zweifel und Respekt. »Die sind doch nur aus Glas«, sagte er, »oder echte Juwelen?«

»Echte Juwelen«, sagte Annette.

»Sie sind also viel Geld wert?«

»Sehr viel Geld.«

»Also sind Sie reiches Mädchen?«, sagte Jan.

Von unten kam ein Geräusch und der Klang von Stimmen. Jan drehte sich abrupt um und öffnete die Tür von Annettes Zimmer. Er ging hinaus, lehnte sich über das Geländer und rief: »Rosa!« Annette hörte von unten einen Aufschrei der Überraschung und dann Rosas Füße auf der Treppe. Doch statt Rosa die Stufen hinunter entgegenzugehen, kehrte Jan ins Zimmer zurück und wartete auf sie.

»Ich bin hier!«, rief er.

Rosa zögerte an der Tür. »Darf ich hereinkommen?«, sagte

sie und kam herein. Sie sah Jan an und sie sah Annette an, die immer noch aufrecht im Bett saß. Eine Emotion, die Annette nicht deuten konnte, zeigte sich für einen Moment auf ihrem Gesicht, bevor es gleich darauf jeden Ausdruck verlor.

»Ich lerne gerade Annette kennen«, sagte Jan. »Vielleicht trinken wir jetzt Kaffee. Keine Arbeit, keine Eile, stimmt's?«

Rosa sagte: »Wunderbar!«, und dann zu Annette: »Nina ist gerade gekommen. Ich habe sie an der Tür getroffen.« Sie verließ das Zimmer.

»Sie gehen und helfen Rosa beim Kaffeemachen«, sagte Annette.

»Rosa sehe ich viel in der Fabrik«, sagte Jan. »Sie sehe ich nie zuvor, vielleicht nie wieder.«

Annette konnte seinem Blick nicht ausweichen und fand darin einen Ausdruck zärtlichen Ernstes, den sie zugleich absurd und rührend fand. Sie lächelte ihn an und beide schwiegen sie. Rosa klopfte und trat ein. Sie brachte ein Tablett mit zwei Tassen darauf.

»Du trinkst nicht Kaffee mit uns?«, fragte Jan.

»Nein, ich muss mich um meinen Gast kümmern«, sagte Rosa. Sie legte ein Buch auf die Frisierkommode. »Das brauchst du vielleicht auch.«

Als die Tür sich schloss, nahm Jan das Buch in die Hand. Es war ein polnisch-englisches Wörterbuch. Er verzog das Gesicht. »Das bedeutet, sie ist verärgert«, sagte er, »aber ich bringe ihr bald zurück.« Er setzte sich ans Fußende von Annettes Bett.

Rosa ging langsam die Treppe hinunter. Sie war sehr schockiert. Es war das erste Mal, dass einer der Lusiewicz-Brüder es gewagt hatte, ungebeten in das Haus am Campden Hill Square zu kommen. In der allerersten Zeit, bevor Hunters unerklärlicher Groll auf die Brüder sich entwickelt hatte, und noch vor Annettes Ankunft im Haus hatte Rosa sie ein- oder zweimal mit hergebracht. Aber seitdem hatte sie sich immer woanders mit ihnen getroffen und es als ungeschriebenes Gesetz betrachtet, dass sie sie nie am Campden Hill Square besuchen durften. Als sie die Treppe hinunterstieg, fragte sie sich, warum ihr das so zwingend erschien. Sie konnte nicht zulassen, dass die Brüder sie zu Hause besuchten; und das nicht nur wegen Hunter. Mit einem Mal fühlte sie sich krank und beklommen. In Jans unangekündigtem Auftauchen zeigte sich eine neue Dreistigkeit. Es war ein Omen.

Dann fand sie sich Auge in Auge mit Nina wieder, die höflich an der Küchentür stehen geblieben war, als Rosa den Kaffee machte, und die jetzt in der Diele herumstand, unschlüssig, ob sie in die Küche oder ins Wohnzimmer gehen sollte. Rosa versuchte einen klaren Kopf zu bekommen. In dem Augenblick hörte man das Klappern des Postboten an der Tür und ein Brief fiel durch den Briefschlitz auf die Fußmatte. Erleichtert, dass es für sie etwas zu tun gab, bückte Nina sich hastig danach und gab ihn Rosa. Als er von einer Hand in die andere überging, fiel beiden Frauen die Aufschrift ins Auge. Der Brief war in Mischa Fox' Handschrift an Rosa adressiert. Sofort hoben beide den Kopf und ihre Blicke trafen sich, um sich sogleich wieder abzuwenden. In dem Moment stellten sie Vermutungen darüber an, wie viel die andere wusste. Nina war weiß und Rosa wurde rot vor Wut. Sie ging voraus in die Küche und steckte dabei den Brief in ihre Tasche.

»Es tut mir so Leid«, sagte Rosa, »dass ich Sie habe warten lassen. Ich bin schrecklich unhöflich. Habe ich Ihnen keinen Kaffee gegeben? Nehmen Sie doch Platz.« Nina setzte sich und Rosa stellte die Milch wieder auf den Herd.

»Was kann ich für Sie tun?«, fragte sie Nina. Die Frage klang brutal. Nina ergründete gerade, warum sie nicht fähig war zu antworten, als es wieder an der Tür klopfte.

»Entschuldigen Sie mich«, sagte Rosa und ging hinaus. Sie öffnete die Haustür. Es war Miss Foy.

»Oh, Miss Rosa«, sagte Miss Foy. »Es tut mir so Leid! Komme ich jetzt ungelegen?« Miss Foy hatte ein großes in

Packpapier eingewickeltes Päckchen dabei und trug einen kleinen Samthut, der wie ein Vogel auf ihrem krausen Haar saß.

»Kommen Sie herein«, antwortete Rosa, »je mehr, desto lustiger!« Sie führte Miss Foy in die Küche. Der Brief von Mischa brannte ihr in den Oberschenkel. »Nehmen Sie Platz«, sagte Rosa. In dem Moment begann die Milch wild überzukochen, Nina sprang auf, zog sie vom Herd und schaute sich vergeblich nach einem Lappen um.

»Machen Sie sich keine Gedanken«, sagte Rosa und wischte sie mit ihrem Taschentuch auf. »Leider ist das die letzte Milch und jetzt ist sie ziemlich angebrannt. Macht es Ihnen etwas aus, ihn schwarz zu trinken?« Weder Nina noch Miss Foy machte es etwas aus. »Ach, kennen Sie sich?«, sagte Rosa und stellte sie einander vor. Die ganze Zeit über lauschte sie, ob sie Jan Lusiewicz die Treppe hinunterkommen hörte.

»Ich kenne eine gewisse Mrs. Carrington-Morris, von der ich glaube, dass sie eine Kundin von Ihnen ist«, sagte Miss Foy höflich.

»Ach«, sagte Nina, »wie nett.«

»Ich finde das Schneidern immer *so* kreativ«, sagte Miss Foy.

Rosa schaute die beiden an und verbarg ihre Verzweiflung. Sie hatte den sehnlichen Wunsch, Mischas Brief zu öffnen, wollte es aber in völliger Ungestörtheit tun. Wie konnte sie sie mit Anstand loswerden? »Sind Sie gerade auf dem Weg zum Einkaufen?«, fragte sie Miss Foy.

»Nein, nein«, sagte Miss Foy, »eigentlich bringe ich ja einen Brief für Sie.« Sie reichte Rosa einen Umschlag. »Er ist von Mrs. Wingfield. Ich habe mir auch die Freiheit genommen«, sagte Miss Foy, »Ihnen einen Pflaumenkuchen mitzubringen.« Sie legte das Packpapier-Päckchen auf den Tisch und machte es auf. Ein riesiger brauner Kuchen kam zum Vorschein.

»Wie überaus reizend von Ihnen!«, sagte Rosa. Sie steckte Mrs. Wingfields Brief in die andere Tasche.

»Er ist aus einem alten Rezept, das meine Mutter mir hinterlassen hat«, sagte Miss Foy. »Sein Geheimnis ist ein Schuss Cider, echter Cider vom Land natürlich, nicht dieses sprudelnde Zeug in Flaschen. Ich bin im West Country geboren, nicht weit von Tiverton. Als ich klein war, backte meine Mutter immer Kuchen und schickte mich damit zu den Nachbarn, um sie ihnen als Geschenk zu überreichen. Und die Nachbarn gaben uns auch Geschenke, und das nicht nur zu Weihnachten. So ein netter Brauch. In den Städten findet man ihn heutzutage überhaupt nicht mehr. Ich habe mir aber sagen lassen, dass die Leute auf dem Kontinent so etwas noch machen. Vielleicht in – äh – Ihrem Land, Miss äh –«

Da kam ein durchdringender Schrei von oben. Nina und Miss Foy saßen wie erstarrt da und beide drehten sich nach Rosa um. Rosa starrte den Kuchen an und schien nichts gehört zu haben. Sie nahm ein scharfes Messer aus der Schublade und legte es auf den Tisch.

»Ich glaube«, sagte Nina, »jemand hat gerufen.«

»Nein, das kam von nebenan«, sagte Rosa. Sie setzte sich und legte die Beine übereinander. Dann kam wieder ein Schrei, noch dringlicher als zuvor. Jemand rief: »Rosa!«

»Wirklich«, sagte Miss Foy, »ich glaube, ich muss weiter. Es tut mir Leid, dass ich Ihnen Umstände gemacht habe. Ich hoffe, der Kuchen schmeckt Ihnen.« Nervös griff sie nach ihrer Handtasche und ging auf die Tür zu.

»Oh, Sie müssen gehen?«, sagte Rosa. »Vielen Dank für Ihren Besuch.« Als Miss Foy sich auf den Weg machte, flog Rosa, immer zwei Stufen auf einmal nehmend, die Treppe hinauf.

Sie stieß die Tür zu Annettes Zimmer auf. Annette und Jan standen eng beieinander mitten im Zimmer, beide zerzaust, und Annette versuchte gerade, ihren durcheinandergebrachten Morgenmantel enger um sich zu ziehen. Rosa ging mit großen Schritten quer durchs Zimmer, packte Jan Lusiewicz am Handgelenk und zerrte ihn von Annette weg. Dabei schlug sie ihm mit der anderen Hand kräftig auf die Wange. Einen Augenblick stand das Trio wie versteinert da. Es wäre schwer gewesen festzustellen, wer von ihnen am erstauntesten war.

Dann machte Jan auf dem Absatz kehrt und ging aus dem Zimmer. Er war weiß wie die Wand. Man konnte hören, dass er im Laufschritt die Treppe hinunterrannte. Ohne einen Blick zu Annette folgte Rosa ihm in gemächlichem Tempo. Als sie am ersten Treppenabsatz ankam, hörte sie, wie die Haustür hinter ihm zuknallte.

Rosa ging ins Wohnzimmer und schloss die Tür. Sie setzte sich. Sie verspürte eine starke Emotion, in der sich Schmerz und Furcht mit einem Gefühl der Hochstimmung vermischten. Schmerz war allerdings vorherrschend. Sie hielt sich die Stirn wie jemand, der unter den Nachwirkungen eines Alkoholrauschs leidet. Der erste Schlag war geführt, die Feindseligkeiten waren eröffnet. Reue rang mit Erleichterung und löste sich in Furcht auf. Ich bin verloren, dachte Rosa, aber ohne noch recht zu wissen, was sie damit meinte.

Mit einer Geste, die aussah, als wolle sie sich selbst schützen, nahm sie die zwei Briefe aus der Tasche. Mischas legte sie auf den Tisch und öffnete den von Mrs. Wingfield. Auf ein abgerissenes Stück Papier hatte Mrs. Wingfield in verwegener Schrift geschrieben: *Glaube, kann Ihnen vielleicht helfen. Rufen Sie Montag an. Kein Wort zu niemandem. C. W.* Rosa legte den Zettel weg und fing an, den Umschlag von Mischas Brief aufzureißen. Ihre Hand zitterte so sehr, dass sie ihn fast fallen gelassen hätte. Sie zog den Inhalt heraus. Es war eine gedruckte formale Einladung zu einer Party am darauf folgenden Donnerstag. Ganz unten hatte Mischa dazugeschrieben: *Rosa, bitte komm.* Es war das erste Mal seit Jahren, dass Mischa von sich aus etwas unternommen hatte, um sie zu sehen. Sie schloss die Augen.

An der Tür klopfte es zaghaft. Rosa machte die Augen auf und rief: »Herein!« Nina trat verlegen ein. »Großer Gott!«, sagte Rosa. »Entschuldigen Sie vielmals! Es tut mir Leid, aber ich habe Sie völlig vergessen. Wie schrecklich von mir. Es war ein ziemlich schwieriger Morgen. Es tut mir wirklich Leid.«

»Machen Sie sich keine Gedanken, Miss Keepe, bitte«, sagte Nina. »Ich komme ein andermal wieder. Es war nichts Wichtiges. Sie brauchen sich wirklich keine Gedanken zu machen.«

Rosa brachte sie zur Tür und kehrte dann ins Wohnzimmer zurück. Sollte sie zu Mischas Party gehen? Wie betäubt fiel sie in einen Sessel. Als sie so dalag, ging wieder die Tür auf. Es war Annette. Rosa sah sie kaum. In dem ganzen Widerstreit der Gefühle, hervorgerufen durch das unheilschwangere Auftauchen von Jan im Haus, war es Rosa gar nicht in den Sinn gekommen, sich über Annette zu ärgern. Die hatte sie genauso vergessen, wie sie Nina vergessen hatte. Annette, die jetzt angezogen war, sah verängstigt aus. Doch bevor sie ein Wort sagen konnte, kam Hunter herein. Er aß irgendetwas.

»Hallo zusammen!«, sagte Hunter mit vollem Mund. »Was ist das für ein himmlischer Kuchen, den ihr da in der Küche habt?«

»Den hat eine Nachbarin gebracht«, sagte Rosa.

»Er schmeckt ausgesprochen köstlich«, sagte Hunter.

»Ja«, sagte Rosa, »das ist der Cider, aus Tiverton. Gib Annette ein Stück.«

Dann fing sie plötzlich an zu lachen.

ZWÖLF

Es war der Tag vor der Aktionärsversammlung und Hunter wusste immer noch nicht, was er mit der *Artemis* machen würde. Er war völlig unentschlossen und sehr gekränkt durch Rosas Weigerung, ihm zu helfen. Sie war ihm in den letzten paar Tagen regelrecht aus dem Weg gegangen. Er hätte zu gern gewusst, was sie wollte, traute sich aber nicht zu fragen. Hilfsbereite Freunde erzählten ihm, man habe Rosa sagen hören, die *Artemis* sei zu nichts anderem nütze, als an den Meistbietenden verhökert zu werden. Doch Hunter konnte sich nicht vorstellen, dass seine Schwester, die nicht dafür bekannt war, öffentlich zu sagen, was sie wirklich dachte, es ausgerechnet in dieser Angelegenheit getan haben sollte. Die Pflichten seiner Position wurden umso belastender, je mehr er ihr ganzes Ausmaß erkannte. Es gab niemanden, der ihm helfen konnte, da er niemandem seine außergewöhnliche Vorstellung von der Situation, wie sie nach und nach in seinem Kopf Gestalt annahm, offenbaren konnte. Er war unfähig zu arbeiten und verbrachte den Tag damit, entweder zusammengesunken in seinem Büro zu hocken oder ziellos in Kensington und Notting Hill herumzulaufen; und jede Nacht fiel er in einen unruhigen Schlaf, in dem er sich ständig gezwungen sah, mit Mitteln, die entweder seine Fähigkeiten oder seinen Verstand überstiegen, seine Schwester vor einer nicht näher bestimmten Katastrophe zu bewahren.

Allerdings lief die Tatsache, dass er keine Entscheidung getroffen hatte, allmählich auf eine Entscheidung hinaus. Hunters Wunsch, die *Artemis* zu verkaufen, war mittlerweile sehr klar und eindeutig. Er hatte sorgfältig die Vorteile eines solchen Schrittes erwogen und wünschte sich sehnlichst, mit der ganzen Angelegenheit fertig und frei zu sein, etwas, wie er es nannte, völlig Neues zu beginnen – wobei, wenn er tiefer in sich hineinhorchte, durchaus nicht klar war, was dieses Neue sein sollte. Hunter spürte, dass es vernünftig wäre, die *Artemis* zu verkaufen; aber er spürte auch, dass es ein Skandal wäre. Dieser Aspekt der Angelegenheit war trotz vielen Nachdenkens noch nicht besonders klar umrissen. Mit dem Verkauf der *Artemis* schien irgendeine Art von Vertrauensbruch verbunden, was für eine, wusste er nicht genau. Was Hunter brauchte, um über dieses unbehagliche Gefühl hinwegzukommen, war ein Wort von Rosa – und gerade das kam nicht. Wenn Rosa ihm gesagt hätte, seine Skrupel seien töricht, hätte er mit Freuden verkauft. Hätte sie dagegen gemeint, die *Artemis* müsse um jeden Preis erhalten werden, hätte Hunter auch das mit Freuden versucht.

Dieser Grad an Komplikation wäre ja schon schlimm genug gewesen. So richtig drehte sich Hunter aber erst der Kopf, als er sich in Spekulationen über die Absichten des möglichen Käufers versuchte. Nachdem er eine Menge Mutmaßungen angestellt und sich dabei über seine eigene Fähigkeit gewundert hatte, sogar absurde und groteske Möglichkeiten zu erwägen, kam er langsam zu dem Schluss, dass er lieber nicht verkaufen sollte. Hunter sagte sich, ohne einen Wink von Rosa kann ich es nicht machen. Ich habe Nein gesagt und dazu stehe ich. Insgeheim fügte er jedoch hinzu: Wenn Mischa Fox natürlich persönlich zu mir kommt, sieht das ganz anders aus.

Es war zu einer unbestimmten Zeit am Nachmittag und Hunter, der nicht zu Mittag gegessen hatte, schlenderte die Kensington High Street entlang. Er bemerkte, dass ihm komisch zumute war und konnte sich nicht entscheiden, ob das Hunger war oder eher der Eindruck, verfolgt zu werden, ein Gefühl, unter dem Hunter seit seinem vierzehnten Lebensjahr phasenweise, in der letzten Zeit jedoch verstärkt gelitten hatte, da er sich im Kino häufig Krimis anschaute, eine Form der Unterhaltung, die bei ihm regelrecht zur Sucht geworden war. Immer wieder warf er rasche Blicke um sich, um zu sehen, ob er vielleicht wirklich verfolgt wurde, aber obwohl rings um ihn jedermann finster dreinblickte, konnte er niemand Verdächtigen ausmachen. Er verschwand rasch bei Barker's und kaufte sich ein Stück Kalbfleisch-Schinken-Pastete, das er, da es ein ziemlich warmer Tag war, irgendwo in Kensington Gardens essen wollte. Als er wieder aus dem Laden kam, drehte er sich zu seinem Spiegelbild in der Glastür um. Verstohlen nahm er einen Kamm aus der Tasche und fuhr sich damit zwei, drei Mal durchs Haar. Als er den Kamm gerade wieder in die Tasche stecken wollte, sah er etwas, was ihn vor Entsetzen erstarren, innehalten und mit offenem Mund sein Spiegelbild anstarren ließ.

Sein Gesicht hatte sich verändert. Ein anderes, ein vertrautes und gefürchtetes, war an seine Stelle getreten. Er schaute direkt in die Augen von Calvin Blick. Nachdem der erste Schreck vorbei war, merkte Hunter, was passiert war: Blick stand im Laden auf der anderen Seite der Glastür und schaute ihn dadurch an. Hunter drehte sich unvermittelt um, stürzte über die Straße und entging nur knapp einem Bus und zwei Taxis. Mit einer Mischung aus Scham und Angst steckte er den Kamm weg und fing an, auf der nördlichen Straßenseite schnell in Richtung Kensington Gardens zu gehen. Also bin ich tatsächlich verfolgt worden!, dachte Hunter. Den habe ich bald abgehängt!

Nachdem er ungefähr fünfzig Meter gegangen war, verlangsamte er seinen Schritt und warf einen raschen Blick nach rechts. Nicht weit hinter sich entdeckte er auf der südlichen Straßenseite eine Gestalt, die ihm wie Calvin Blick vorkam und gemächlichen Schrittes in dieselbe Richtung ging wie er. Was kann er wollen?, fragte sich Hunter und verlangsamte seinen Schritt noch etwas mehr. Als er das erste

Tor von Kensington Gardens erreichte, war Calvin auf der anderen Straßenseite fast auf einer Höhe mit ihm; er machte gleichmäßige Schritte und ließ durch nichts erkennen, dass er sich Hunters Anwesenheit bewusst war. Hunter bog nicht in den Park ein, sondern ging, immer ein Auge auf Calvin, weiter die Straße entlang. Mittlerweile lag Calvin vielleicht ein Stückchen vor ihm. Verdammter Mistkerl, dachte Hunter, was hat er vor? Er war verrückt vor Neugier.

In dem Augenblick verließ Calvin die Hauptstraße, bog nach rechts in die Palace Gate ab und verschwand. Hunters erste Reaktion war Erstaunen, gefolgt von Aufregung. Er blieb abrupt stehen. Einen Augenblick später machte er kehrt und stürzte über die Straße. Auf halber Strecke musste er warten, während die hupenden und rasenden Autos ihn nur um Haaresbreite verpassten – und als er die Ecke Palace Gate erreichte, war Calvin, der, kaum um die Ecke gebogen, sein Tempo stark beschleunigt haben musste, weit vor ihm. Hunter fing an zu rennen. Er holte Calvin ein, als der gerade auf den Canning Place einbiegen wollte.

»Einen Moment, Blick«, sagte Hunter atemlos.

Calvin blieb stehen und drehte sich mit erstaunter Miene um. »Na, so was, mein lieber Mr. Keepe!«, sagte er. »Sie haben mich aber erschreckt.«

»Hören Sie mal ...«, sagte Hunter.

»Sie haben meine ganze Aufmerksamkeit!«, sagte Calvin.

»Sie sind mir gefolgt«, sagte Hunter.

»Ich versichere Ihnen«, sagte Calvin, »dass Sie sich täuschen, Mr. Keepe. Bis zu diesem Augenblick war mir gar nicht bewusst, dass ich die Ehre hatte, Kensington an diesem wunderbar hellen und sonnigen Nachmittag mit Ihnen zu teilen.«

»Ach, hören Sie doch auf!«, sagte Hunter. Er war außer sich vor Scham und Verzweiflung. »Sie wissen genau, dass Sie mir gefolgt sind. Sie wollen etwas. Was ist es?«

Calvin schaute ihn höchst belustigt an. »Es tut mir Leid, aber Sie leiden unter Wahnvorstellungen«, sagte er. »Wenn ich Ihnen gefolgt wäre, könnten Sie wohl kaum völlig außer Atem sein, weil Sie mir gefolgt sind!«

Hunter war hochrot. Er murmelte etwas Unverständliches und machte dann auf dem Absatz kehrt. Calvin ließ ihn fast zehn Meter gehen, bevor er rief: »Warten Sie einen Moment!« Hunter blieb stehen und schaute sich um. Er wartete und kam dann, als Calvin nichts weiter sagte und nicht von der Stelle wich, langsam zurück.

»Was wollen Sie?«, fragte Hunter schroff.

»Seien Sie doch nicht so ungehalten mit mir, Mr. Keepe«, sagte Calvin. »Mir kommt gerade in den Sinn, dass es, wo wir uns an diesem wunderschönen Nachmittag schon begegnet sind, etwas gibt, was wir zu unser beider Nutzen besprechen sollten.«

»Wenn es die *Artemis* ist, lautet die Antwort Nein«, sagte Hunter.

»Es ist nicht direkt die *Artemis*«, sagte Calvin. »Es gibt noch etwas anderes, was ich Ihnen gerne unterbreiten würde. Ich weiß, Sie sind sehr beschäftigt, aber hätten Sie wohl einen Moment Zeit?«

Hunter zögerte. Er wollte Calvin keinen Gefallen tun – aber er war sehr neugierig und hielt es für möglich, dass Calvin als Nächstes womöglich ein Treffen zwischen ihm und Mischa Fox vorschlagen würde.

»Also gut«, sagte er, »aber machen Sie's kurz. Ich habe um fünf einen wichtigen Termin.« Das stimmte nicht.

»Wie nett von Ihnen!«, sagte Calvin. »Würde es Ihnen etwas ausmachen, mit mir zu kommen? Im Freien kann ich nicht über geschäftliche Dinge reden. Genau genommen war ich gerade auf dem Weg in mein Studio. Wenn es Ihnen nichts ausmacht mitzukommen, können wir uns unterhalten, während ich ein paar Fotos abziehe.«

Calvin ging flott weiter und Hunter folgte schweigend. Sie gingen zwei Straßen hinunter und bogen dann in eine ziemlich dunkle Gasse ein, in der es geregnet zu haben schien.

Calvin zog einen Hausschlüssel hervor und schloss eine wackelige Tür auf, von der sofort ausgebleichte blaue Farbe abblätterte. Hinter der Tür befand sich das schwarze Loch eines Korridors. Calvin ging vor und knipste am entgegengesetzten Ende ein Licht an. Hunter stand unentschlossen am Eingang. Das elektrische Licht zeigte ihm einen feuchten Fußboden. »Kommen Sie rein und machen Sie die Tür hinter sich zu«, sagte Calvin. Seine Stimme hallte wider.

Hunter kam herein und schloss die Tür. Das Tageslicht verschwand. Calvin stand unter der Lampe am Ende des Korridors, das Haar erleuchtet, aber das Gesicht im Schatten. Hunter ging auf ihn zu. Der Boden war nass.

»Jetzt ein paar Stufen«, sagte Calvin. Hunter sah ihn auf einer gebogenen Steintreppe nach unten entschwinden. Er folgte ihm und als er die letzte Stufe erreicht hatte, ging über ihm das Licht aus.

»Rühren Sie sich nicht von der Stelle«, sagte Calvins Stimme, »bis ich den Lichtschalter gefunden habe.« Ein anderes Licht ging an und offenbarte einen neuen Korridor. Es war, wie Hunter bemerkte, extrem kalt. Er schlug seinen Mantelkragen hoch.

»Hier lang«, sagte Calvin, »und bleiben Sie dicht hinter mir. Diese Keller erstrecken sich noch kilometerweit. Sie könnten sich leicht verlaufen. Und das Licht geht nach einer Minute automatisch aus.«

Calvin bog um eine Ecke und öffnete eine Tür. »Das ist mein kleines Studio«, sagte er.

Hunter stolperte hinein. In der entgegengesetzten Ecke spendete eine zur Wand gedrehte Lampe bernsteinfarbenes Licht. Es roch nach Chemie. Hunter stand reglos da, begriff nichts und konzentrierte sich darauf, sich seine Angst nicht anmerken zu lassen.

»Was für ein seltsamer Ort!«, sagte er. Er begann sich umzuschauen. Der Raum, nur durch die bernsteinfarbene Lampe schwach erleuchtet, hatte Wände aus groben Ziegeln, die weiß getüncht waren, durch das Licht jedoch jetzt golden wirkten. Er war peinlich sauber und ordentlich. In der Mitte befanden sich zwei Tische. Auf dem ihm am nächsten stehenden türmte sich eine Reihe dicker Bücher und auf dem dahinter stand eine große schwarze Maschine. An der Wand erblickte er etwas, was wie eine elektrische Kochplatte aussah, auf der einige Schalen mit Flüssigkeiten angeordnet waren. Darüber hing an der Wand befestigt eine große Uhr mit Sekundeneinteilung. Am anderen Ende des Raumes war unter dem Regal, auf dem die Lampe stand, eine große Zinkwanne wie ein natürlicher Teich tief in den Boden eingelassen. Der Ort hatte etwas von dem, wie Hunter sich einen Operationssaal vorstellte. Ein ganz oben an der Wand befestigter Elektroofen, der eingeschaltet gewesen war, als sie eintraten, heizte den Raum. Doch Hunter merkte, dass er immer noch zitterte.

»Schon mal gesehen, wie ein Foto abgezogen wird?«, fragte Calvin, der einen weißen Kittel übergezogen hatte und geschäftig Flaschen, Scheren, Zangen und verschiedene Gerätschaften, die Hunter nicht kannte, aus einer Schublade eines der Tische herausholte. »Nein? Das wird Sie interessieren. Sie können mir sogar helfen, wenn Sie möchten.«

»Moment mal«, sagte Hunter, »Sie wollten mir doch etwas erzählen. Was ist es?«

»In einer Minute«, sagte Calvin. »Seien Sie nicht ungeduldig. Diese kleine Arbeit wird nicht lange dauern und dann haben wir Zeit zu reden. Wären Sie so nett, diesen Schalter da neben Ihnen zu drehen?«

Hunter drehte den Schalter und der Zeiger der Uhr begann, sich um das Zifferblatt mit Sechzigereinteilung zu drehen.

»Ich glaube, die Heizplatte ist an, oder?«, sagte Calvin. »Fassen Sie doch bitte mal drauf, sind Sie so gut? Ja. Sie wird thermostatisch gesteuert, sodass die Entwicklerlösung auf gleicher Temperatur bleibt. Chemie und Temperatur gehen zusammen, wissen Sie. Jetzt muss ich mich um die Wanne kümmern.«

Er drehte einen Hahn auf und Wasser fing an, leise zu murmeln. »Es ist gebrauchsfertig«, sagte Calvin. »Der Wasserspiegel wird durch einen Trichter im Abflussrohr kontrolliert, sodass das Wasser ziemlich tief und immer in Bewegung ist. Es dient zum Wässern der Fotos nach dem Entwickeln und Fixieren.«

Hunter stand am Rand der Wanne und sah unter seinen Füßen das Wasser in einer dunklen Fontäne wirbeln. Dann drehte er sich wieder um und starrte auf das gewaltige Zifferblatt und den sich bewegenden Zeiger der Uhr. Er protestierte nicht mehr. Er war fasziniert; aber er hatte auch Angst. Er fing an, Calvin zuzusehen.

Calvin hielt jetzt eine Kamera in der Hand und fummelte daran herum. Er zog einen großen kristallklaren Gegenstand heraus. »Das ist mein Auge«, sagte er zu Hunter. »Das ist das treue Auge, das sieht und sich erinnert. Das Objektiv meiner Kamera. Ein Auge wie dieses könnte man nicht für fünfhundert Pfund kaufen.«

Er ging zu der schwarzen Maschine auf dem Tisch und fing an, das Objektiv einzubauen. »Das ist das Vergrößerungsgerät«, sagte Calvin. Er schwenkte es herum. Das Gerät bestand aus einem großen, schwarzen Kopf aus Metall, der mittels eines Parallelogramms aus verstellbaren Stahlarmen an einem dicken Schaft befestigt war. Calvin drehte einen Schalter, woraufhin in dem Metallkopf Lichter sichtbar wurden. Darunter lag eine Holzplatte, auf der Calvin jetzt ein Blatt weißes Papier befestigte.

»Die Kamera ist wirklich wie ein Auge«, sagte Calvin, »da sie das Bild auf den Kopf stellt. Im menschlichen Auge wird das Bild durch das Gehirn wieder richtig herum gedreht. Im Fall einer Fotografie übernimmt diese Maschine hier den Part des Gehirns. Was ich jetzt tun werde, ist, Abzüge von Negativen zu machen.« Er griff nach einem der dicken Bücher auf dem anderen Tisch und während er die Seiten durchblätterte, sah Hunter, dass auf jeder einzelnen ein halbes Dutzend kleiner Negativstreifen angeklemmt war.

»Von diesem hier will ich Abzüge machen«, sagte Calvin. Er zog einen Negativstreifen heraus und steckte ihn in eine Öffnung am Kopf des Vergrößerers; und als er den schwarzen Streifen rasch durchzog, warf das von oben kommende Licht die Bilder nacheinander auf das weiße Blatt darunter.

»Das ist es«, sagte Calvin und machte sich daran, das Negativ in der richtigen Position zu fixieren. »Ich habe das Ding nicht fokussiert, deshalb können Sie das Bild noch nicht richtig sehen.« Ein verwaschenes Rechteck in verschiedenen Grautönen wurde auf das Papier projiziert.

»Jetzt können Sie mir helfen«, sagte Calvin. »Sehen Sie die drei Schalen mit Flüssigkeit dort auf der Heizplatte? In der ersten ist die Entwicklerlösung, in der mittleren reines Wasser und in der dritten das Fixierbad, das dafür sorgt, dass es dem Abzug nichts mehr ausmacht, dem Licht ausgesetzt zu werden. Gleich werde ich diese Maschine anwerfen und ich hätte gern, dass Sie für mich zwölf Sekunden auf der Uhr abzählen. Dann werde ich Ihnen den Abzug geben und Sie bitten, ihn mit dieser Zange eine Minute lang ins Entwicklerbad zu halten und sachte hin und her zu bewegen. Diese Zeit werde ich für Sie zählen. Das Bild sollte nach etwa dreißig Sekunden langsam erscheinen. Dann ziehen Sie es heraus, halten es ins Wasser und von dort sofort ins Fixierbad. Aus dem Fixierbad geht es dann in die Wässerungswanne. Alles klar?«

»Alles klar«, antwortete Hunter. Er bewegte sich und sprach wie ein Automat. Er konnte das sanfte fortwährende Murmeln des Wassers und das Ticken der Uhr hören. Das einzige andere Geräusch war sein Herzschlag.

»Wir warten, bis der Zeiger wieder bei der Eins ist«, sagte Calvin. Beide standen sie da und beobachteten die Uhr. »*Jetzt*«, sagte er und ein Schalter am Vergrößerungsgerät klickte. Hunter fing laut zu zählen an: »Eins, zwei ...« Aus dem Augenwinkel heraus konnte er sehen, dass Calvin die Hand zwischen den Lichtstrahl und das Papier hielt und über der linken Seite des Papiers die Finger öffnete und schloss. Seine Hand war sehr lang und hell beleuchtet, seine Ringe blitzten auf und ein Lichtstreifen fiel auf seine weiße Manschette. Mühsam hielt Hunter seinen Blick auf die Uhr gerichtet. »Das nennt man ›Abwedeln‹«, sagte Calvins Stimme. »Ich steuere die Lichtmenge, die auf den Abzug fällt. Eine heikle Angelegenheit.«

»Zwölf«, sagte Hunter. Der Schalter sprang zurück und im selben Moment ging das Licht im Kopf des Vergrößerers aus. Der Raum war wieder dunkler.

»Gut!«, sagte Calvin. Er wirkte freudig erregt. »Jetzt geht's ans Entwickeln!« Er nahm eine Chirurgenschere und rundete damit den Rand des Papiers ab, das immer noch ziemlich neutral aussah. In dem bernsteinfarbenen Licht waren seine Hände golden. Er legte das Papier hin und reinigte mit einem streng riechenden Lappen eine Zange.

»Nehmen Sie den Abzug mit dieser Zange«, sagte Calvin, »und bewegen Sie ihn in der Lösung, wie ich es Ihnen gesagt habe. Bald werden Sie sehen, wie das Bild erscheint. Es ist wie Zauberei. Ich kann gar nicht genug davon kriegen zu sehen, wie das Bild langsam kommt.«

Unbeholfen packte Hunter die Zange und nahm das Blatt Papier hoch.

»Warten Sie auf die Uhr«, sagte Calvin. »Jetzt.«

Hunter tauchte den Abzug in die Lösung und Calvin fing an zu zählen. Hunter starrte das weiße Papier an, während er es behutsam hin und her bewegte. Nichts passierte. »Fünfundzwanzig«, sagte Calvin. Dann erschien allmählich etwas Undeutliches, Gräuliches. Hunter konnte die Umrisse menschlicher Gestalten erkennen. »Dreißig«, sagte Calvin. Das Bild kam. »Fünfunddreißig«, sagte Calvin.

Hunter gab einen durchdringenden Schrei von sich und ließ die Zange in die Lösung fallen. Er drehte sich zu Calvin um. »Sie Teufel!«, schrie er. »Deswegen haben Sie mich hierher gebracht! Sie Teufel!«

»Passen Sie doch auf!«, rief Calvin. »Sie machen es kaputt!« Mit einer abrupten Bewegung schob er Hunter beiseite, packte den Abzug und tauchte ihn erst ins Wasser und dann ins Fixierbad; und als Hunter die Hand ausstreckte, um ihm das Papier zu entreißen, schleuderte er es in die Wässerungswanne. Hinter ihm her stolpernd, fiel Hunter am Rand der Wanne auf die Knie. Im tiefen wirbelnden Wasser konnte er sehen, wie das Foto sich einem fallenden Blatt gleich immer und immer wieder überschlug. In dem vergeblichen Versuch, es zu erwischen, während es wie verrückt mit dem sich drehenden Wasser trudelte, tauchte er den Arm mitsamt dem Mantelärmel und allem hinein. Er berührte es, doch es entwischte und wandte seine Bildseite immer abwechselnd ihm zu und dann wieder ab. Hunter kroch auf den schlüpfrigen Rand der Wanne. Schließlich erwischte er den Abzug an einer Ecke und zog ihn heraus. Er stand auf, während ihm das Wasser vom Mantel troff, und nahm das Foto sorgfältig in Augenschein. Was darauf zu sehen war, war Rosa in den Armen der Lusiewicz-Brüder.

Hunter schaute es sich einen Augenblick an und riss es dann in Stücke. Er hob den Blick dahin, wo, ganz nah neben ihm, Calvin stand. Der rührte sich nicht, das Gesicht zur Hälfte golden, und starrte Hunter mit einem Ausdruck höchsten Triumphes an. Beide Männer atmeten schwer. Hunter sagte nichts, machte aber ohne Vorwarnung einen heftigen Satz in Richtung des Vergrößerungsgerätes. Wie ein Blitz und mit der Präzision einer Maschine setzte Calvin den Fuß vor und als Hunter stolperte, packte er seinen Arm in einem vernichtenden Griff und zwang ihn zu Boden. Hunter sah mit großen Augen zu ihm auf und als sein Arm wieder frei war und er sich hochrappelte, stand Calvin zwischen ihm und dem Negativ. Dann drehte Calvin sich langsam um und nahm ohne Eile den Streifen aus dem Vergrößerungsgerät, legte ihn in das

Buch zurück, stellte das Buch in einen Schrank, den er abschloss, und steckte den Schlüssel in die Tasche.

Hunter stand völlig reglos da. Sein Gesicht war heiß und er rang nach Luft. Er war den Tränen sehr nah. Er versuchte etwas zu sagen, und als er sich räusperte, liefen seine Augen über. Er griff nach dem Lappen, der unweit seiner Hand auf der Elektroplatte lag, und fuhr sich damit über das Gesicht.

»Bringen Sie das Zeug nicht in Ihre Augen«, sagte Calvin, »es sei denn, Sie wollen blind werden!«

Hunters Augen begannen höllisch wehzutun. Er erstickte fast vor Wut und Verzweiflung, als er, sich vorwärts tastend, neben der Wanne auf die Knie sank und anfing, seine Augen mit dem sprudelnden Wasser zu spülen. Das Wasser tropfte ihm auf die Weste und in den Kragen. Die heißen Tränen kamen immer noch.

Calvin stand neben ihm und sah neugierig auf ihn hinab. »Warum sind Sie so aufgebracht?«, fragte er. »Das kommt mir vor wie viel Lärm um praktisch gar nichts. Auf diesem Bild ist Ihre Schwester so schön wie eine Prinzessin und genauso anständig. Es ist ein sehr schönes Foto und, wenn ich das bemerken darf, nicht überbelichtet!«

»Sie sind ein Teufel!«, sagte Hunter, immer noch halb erstickt. »Ich wusste nicht, dass es so jemanden wie Sie geben kann!« Jeglichen Gedanken an Würde hatte er aufgegeben und kniete in einem Wassertümpel zu Calvins Füßen. »Woher haben Sie das Foto?«

»Ich habe es gemacht«, sagte Calvin.

»Das glaube ich Ihnen nicht«, entgegnete Hunter.

»Warum nicht?«, sagte Calvin. »Denken Sie etwa, Ihre Schwester hätte selbst dafür gesorgt, dass es gemacht wird? Ich wusste übrigens nicht, dass sie so viele Haare hat.«

Mit dem Schrei eines Tieres streckte Hunter die Hand aus und packte mit aller Kraft Calvins Beine. Einen Augenblick lang schwankten sie, dann ließ Calvin seine Hand wie einen Hammer auf Hunters Nacken niedersausen. Halb betäubt, fiel er hin und merkte als Nächstes, dass Calvin ihn an die Wand gelehnt festhielt und ihm Wasser ins Gesicht spritzte.

»Ganz im Ernst, Hunter«, sagte Calvin und schleuderte noch einen Wasserguss auf ihn, »Sie überraschen mich wirklich! Ich hoffe, es macht Ihnen nichts aus, wenn ich Sie bei Ihrem Vornamen nenne? Ich habe mittlerweile das Gefühl, Sie ganz gut zu kennen. Ich muss sagen, dass ich diesen würdelosen Kampf weder beabsichtigt noch erwartet habe. Aber vielleicht ist es meine Schuld. Dieses kindische Manöver, Sie das Foto selbst abziehen zu lassen, ist mir erst im letzten Moment gekommen, und es tut mir Leid, dass ich mich von meinem Sinn fürs Dramatische habe fortreißen lassen.«

»Hören Sie auf!«, sagte Hunter und schützte sein Gesicht. Er vergrub es in den Händen und schluchzte einen Moment lang. Dann war er still.

»Das ist besser!«, sagte Calvin. »Ich bitte wirklich um Verzeihung. Hier, stehen Sie auf und setzen Sie sich in diesen Sessel. Es ist so nass auf dem Boden, Sie müssen ja bis auf die Haut durchweicht sein.«

Hunter setzte sich in den Sessel. Dann starrte er, das Gesicht und die Haare wasser- und tränennass, mit offenem Mund Calvin an. Seine Augen brannten immer noch stark. Unwillkürlich rieb er sich den Nacken.

»Hören Sie«, sagte Hunter schließlich, »haben Sie das Bild irgendjemandem gezeigt?«

Calvin sah ihn mit einem Blick an, der in seiner Intensität schon fast zärtlich war. »Passen Sie auf, mein Lieber«, sagte er, »lassen Sie uns das ganz nüchtern betrachten. Es gibt eine Person, von der Sie, wie ich annehme, auf keinen Fall möchten, dass sie dieses Foto sieht. Ich habe es dieser Person *nicht* gezeigt, noch weiß sie von seiner Existenz. Ich sage das und es ist wahr. Sie werden fragen, woher weiß ich, dass Sie die Wahrheit sagen? Worauf ich antworte, Sie wissen es nicht – aber aus Ihrer Sicht tue ich es vielleicht und Sie können es sich nicht leisten, es in Frage zu stellen. Deshalb sollten Sie faktisch lieber davon ausgehen, dass dieses Bild bislang immer noch ein Geheimnis zwischen Ihnen, mir und der Kamera ist.«

»Nach allem, was ich über Sie weiß …«, setzte Hunter an.

»Sie wissen nichts über mich«, sagte Calvin, »lassen wir also persönliche Dinge aus dem Spiel.«

»Sie widerlicher mieser Scheißkerl«, sagte Hunter. »Was ist der Preis für das Negativ?«

»Du meine Güte!«, sagte Calvin. »›Sieh, wie hoch die Wellen der Sprache hier gehen‹, um mit Wittgenstein zu sprechen!«

»Was ist Ihr Preis?«, fragte Hunter.

»Ein kleiner«, erwiderte Calvin. »Nur die *Artemis*. Und wenn ich unser Gespräch noch einmal verkürzen dürfte, die Antwort auf Ihre Frage: ›Wie kann ich Ihnen trauen?‹, lautet: Sie haben keine andere Wahl.«

Calvin stand neben dem Tisch, die Hand auf den Lampenkopf des Vergrößerers gelegt. Hunter, der die Fassung wiedergewonnen und sich die tropfenden Haarsträhnen aus den Augen gestrichen hatte, starrte zornig zu ihm auf.

»Wie kommen Sie auf die Idee, dass ich überhaupt Geschäfte mit Ihnen machen will?«, fragte er.

Calvin spreizte eine goldene Hand, deren Schatten an der Wand entlanghuschte. »Es war eine brillante Vermutung«, sagte er. »Ich habe mir vorgestellt, dass Sie betroffen sein würden; und ich habe nichts gesehen, was mich vom Gegenteil überzeugt hätte. Allerdings muss ich zugeben, dass ich von der Heftigkeit Ihrer Reaktion überrascht war.«

Hunter verbarg das Gesicht in den Händen. »Ich brauche Zeit, um darüber nachzudenken!«, sagte er.

»Leider ist die Zeit sehr knapp«, sagte Calvin. »Morgen ist die Jahreshauptversammlung der Aktionäre.«

»Geben Sie mir das Negativ«, sagte Hunter, »und ich werde bei der Versammlung alles tun, was Sie wollen.«

»Tut mir Leid«, sagte Calvin, »es ist das Vorrecht des Stärkeren, derjenige zu sein, dem man vertraut.«

»Was springt dabei für Sie heraus, Blick?«, fragte Hunter.

»Warum ist es für Sie so wichtig, die *Artemis* in die Hände zu bekommen?«

»Wie schon gesagt«, antwortete Calvin, »Sie wissen nichts über mich und jetzt ist nicht der Moment, um Sie aufzuklären. Dürfte ich vorschlagen, dass Sie mir unverzüglich eine Antwort geben? Wir waren ziemlich laut und obwohl Mischa nur höchst selten hier herunterkommt, könnte er sich in den Kopf setzen, es ausgerechnet heute zu tun.«

»*Was?*«, entfuhr es Hunter.

»Ach, war Ihnen das gar nicht klar?«, sagte Calvin. »Wir befinden uns im Keller von Mischas Haus. Ich dachte, Sie würden den Hintereingang vielleicht erkennen – aber ich nehme an, es gibt gar keinen Grund dafür.«

»Lassen Sie mich raus!«, sagte Hunter. Er sprang auf und ging auf die Tür zu.

Calvin vertrat ihm den Weg. »Langsam!«, sagte er. »Sie sind wie ein Hund, der aus dem Serpentine Lake kommt und alles mit Wasser vollspritzt. Kommen Sie, ich werde Sie ein wenig zurechtmachen.«

Hunter stand da wie ein Kind, während Calvin seinen Schlips geradezog, ihm Gesicht und Kopf mit einem Handtuch abrubbelte und zum Schluss sein Haar richtig kämmte.

»Es tut mir Leid, Sie sind wirklich sehr nass, aber daran kann man jetzt nichts ändern«, sagte Calvin, »und wegen mir kommen Sie jetzt zu spät zu Ihrer Verabredung. Sie werden ein Taxi nehmen müssen. Haben Sie genug Geld dabei?«

»Lassen Sie mich raus!«, sagte Hunter.

»Kann ich morgen auf Sie zählen, mein Lieber?«, fragte Calvin und hielt ihn an der Schulter fest.

»Ja«, entgegnete Hunter. »Jetzt lassen Sie mich gehen.«

Nachdem Calvin ihn auf die Gasse hinausgeführt hatte, machte er sich aus dem Staub, ohne sich noch einmal umzublicken. Vom Tageslicht geblendet, stieß er gegen einen Laternenpfahl und mehrere Passanten, bis er schließlich langsamer wurde und in ein normales Schritttempo verfiel.

DREIZEHN

Zur Frühstückszeit am nächsten Morgen hatte Hunter Keepe keinen Appetit. Er warf einen Blick über den Tisch zu seiner Schwester, die beim Frühstück niemals auch nur ein Wort sprach, und war dankbar für die Ausgabe der *Times*, die, zwischen ihm und Rosa hochgeklappt, die verdrießliche Miene vor ihm verbarg, die er auf ihrem Gesicht vermutete, und vor ihr den schockierten und verzweifelten Blick, von dem er sicher war, dass er ihn nicht würde ablegen können. Er hatte nicht geschlafen. Das posierende Trio, das er auf dem Foto gesehen und das ihn unheilvoll an eine Art umgekehrte *Pietà* erinnert hatte, hatte ihn die ganze Nacht hindurch in verschiedener Form verfolgt, manchmal ganz still und manchmal teuflisch lebendig. Der Schmerz, den dieses Bild verursachte, hinterließ eine tiefe Wunde, in die alle kleineren Sorgen hineinflossen: die Demütigung, die er durch Calvin erlitten hatte, der erzwungene Verlust der *Artemis*, Rosas mögliches Missfallen. Während sein Blick auf der ersten Seite der *Times* ruhte, die Rosa ein paar Zentimeter vor seiner Nase hochhielt, fragte sich Hunter, ob sie zu der Versammlung kommen würde oder nicht. Spät in der Nacht hatte er sich gezwungen, eine kurze, schlecht geschriebene Erklärung hinzukritzeln, in der der Verkauf der *Artemis* vorgeschlagen wurde. Was er sich nicht hatte vorstellen können, war, dass er es je wagen würde, dieses beschämende Manifest seiner Schwester vorzulegen. Er hoffte inständig, dass sie nicht käme. Aber darüber hinaus hatte er keinen Plan, ja er war überhaupt unfähig zu irgendeiner geistigen Aktivität außer der, über die Qualen seiner Situation nachzugrübeln. In seinem Herzen wechselten und rangen, allerdings noch nicht sehr differenziert, Hass, Scham und Wut.

Er stand auf. Oben konnte man hören, wie Annette, die seit ihrer Befreiung von Ringenhall nicht mehr am Frühstückstisch erschienen war, sich ein Bad einließ. Hunter hustete und heftete seinen Blick auf den üppigen dunklen Wirbel auf dem Kopf seiner Schwester, der jetzt oberhalb der Zeitung sichtbar war. »Also, ich muss jetzt gehen.«

Die Versammlung sollte um zehn Uhr dreißig anfangen, aber Hunter hatte es eilig, aus dem Haus zu kommen. Eine Unterhaltung mit Rosa hätte er nicht überstanden und schon ihr Anblick bekümmerte ihn zutiefst.

»Dann auf Wiedersehen«, sagte Rosa, ohne aufzublicken. Sie streckte die Hand nach der Kaffeekanne aus. Hunter flüchtete.

Um zehn Uhr fünfzehn betrat Hunter bereits das West End Hotel, in dem die Versammlungen der *Artemis*-Aktionärinnen traditionsgemäß stattfanden. Hunter hätte sich nicht die Mühe gemacht, die Versammlungen, die ja zu einer solchen Farce geworden waren, in diesem ehrwürdigen Rahmen abzuhalten, aber die jährliche Anmietung eines großen Konferenzraumes war der *Artemis* einmal von einer ehrenwerten Lady für einen Zeitraum geschenkt worden, der noch nicht zu Ende war. Also erschien Hunter Jahr für Jahr mit einem schriftlichen Bericht und dem Jahresabschluss vor einem langen Mahagonitisch und einer Reihe leerer Stühle, wo er allein oder in Gesellschaft von Rosa ungefähr eine Dreiviertelstunde wartete, bevor er wieder ging. Auf diese Weise hatte Hunter den Vorschriften entsprechend seine Tyrannei ausgeübt, deren letzter Akt, sinnierte er traurig, die vorsätzliche Zerstörung der noblen Zeitschrift seiner Mutter sein würde.

Hunter betrat den Konferenzraum. Er war verlassen und ungepflegt und die meisten Vorhänge an den hohen Fenstern waren noch zugezogen. Das Hotelmanagement hatte längst aufgehört, die *Artemis*-Versammlungen ernst zu nehmen. Hunter zog die Vorhänge zurück, stellte die Stühle gerade und setzte sich ans Kopfende des Tisches. Vor sich breitete er auf grünem Filztuch die letzten zwölf Ausgaben der Zeitschrift aus. Der Raum war sehr still. Er schloss die Augen, die immer noch vom Eindringen der Chemikalien und von den Tränen brannten, die er die Nacht über vergossen hatte. Ihn überkam ein Gefühl vollkommener körperlicher und geistiger Zerrüttung und er legte den Kopf auf den Tisch. Er war nicht in der Lage, sich darüber Gedanken zu machen, wer er war und was er als Nächstes tun würde; er wusste nur, dass das, was er auf dem Foto gesehen hatte, sich unablässig zwischen ihn und ein geliebtes Wesen drängte, das abwechselnd das Gesicht von Rosa und Mischa hatte. Bevor er nicht alles ihm Mögliche getan hatte, um dieses Bild auszumerzen, würde er nicht zur Ruhe kommen; er wusste aber auch, dass das, was er heute tun würde, erst der erste Schritt zu seiner Ausmerzung war und dass es vielleicht nie ausgemerzt sein würde. Die Frage, ob er Calvin trauen konnte, kam Hunter kaum in den Sinn. Es war, als wäre die Zerstörung der *Artemis* ein symbolischer Akt, den höhere und schrecklichere Mächte zur Kenntnis nehmen und ihm irgendwie als Verdienst anrechnen würden.

Die Tür ging auf und Calvin kam herein. Hunter hob abrupt den Kopf. »Entschuldigen Sie«, sagte Calvin mit der leisen Stimme von jemandem, der in einer Kirche oder einem Museum spricht, »darf ich mir die Freiheit nehmen, dieser Versammlung beizuwohnen? Ich nehme an, Sie haben mein Kommen erwartet.«

»Natürlich«, sagte Hunter. »Selbstverständlich wollen Sie sich davon überzeugen, dass alles seine Richtigkeit hat. Nehmen Sie doch Platz.«

Calvin ließ sich auf einem Stuhl in der Mitte einer Längsseite nieder. Schweigend saßen sie da. Es schlug zehn Uhr dreißig. Das Schweigen ging weiter. Hunter glättete das Blatt Papier vor sich, auf dem seine Schlusserklärung stand. Er kam sich vor wie ein Opfer der Inquisition. Das Geräusch der Tür, die erneut aufging, ließ ihn wie schuldbewusst hochfahren.

Rosa trat ein, sah Calvin und blieb ruckartig stehen. Calvin schaute sie unter seinen Augenbrauen hindurch an, senkte dann den Blick und begann seine Hände zu untersuchen, die vor ihm auf dem Tisch lagen. Er hatte den neckischen Gesichtsausdruck eines Menschen, der seine Belustigung verbirgt. Rosa ging weiter und suchte sich ihren Weg wie ein Tier, das ein unerwartetes Phänomen in Augenschein nimmt. Sie setzte sich, ohne Hunter anzuschauen, genau gegenüber von Calvin hin und senkte dann ebenfalls den Blick auf den Tisch. Alle drei hockten sie schweigend da. Rosa schaute auf die Uhr.

Hunter, der seit Rosas Eintreten zunehmend errötet war, räusperte sich und sagte mit heiserer Stimme: »Soll ich die Erklärung verlesen?«

»Bitte«, sagte Calvin nach kurzem Zögern. Rosa sagte nichts.

Hunter schaute auf die ersten Sätze und fühlte sich unfähig, diese Erklärung in Rosas Gegenwart vorzulesen. Er nahm das Papier in die Hand, als wäre es das Steuerrad irgendeines Fahrzeugs, das er entlang eines Abgrunds fahren sollte. Er machte den Mund auf, um nach Luft zu ringen, und stellte fest, dass er begonnen hatte, mit leiser, monotoner Stimme den ersten Abschnitt vorzulesen.

Er hatte noch nicht sehr viel gelesen, als sonderbare Geräusche den Frieden der Versammlung zu stören begannen. Das Quietschen von Bremsen war zu hören, als mehrere Fahrzeuge gleichzeitig vor dem Hotel vorfuhren. Darauf folgte aus der Hotelhalle so etwas wie ein gedämpfter Tumult. Hunter hielt inne, um zu warten, bis der Krach abebbte; doch statt leiser zu werden, schien das Geräusch jetzt näher zu kommen. Es gab einen Lärm auf der Treppe und dann ein forsches Klopfen an der Tür. Ein bebrilltes Gesicht unter einem ausnehmend breiten Hut schaute herein. »Ist das die *Artemis*-Versammlung?«, fragte eine ältere Dame, zu der das Gesicht und der Hut gehörten.

»Ja«, sagte Hunter und sackte auf seinem Stuhl ein wenig zusammen.

»Ja!«, rief die ältere Dame nach draußen. »Hier entlang, meine Damen!«, und betrat den Raum, unmittelbar gefolgt von drei Gefährtinnen ähnlichen Alters und Aussehens. Eine von ihnen, die meinte, Rosa zu erkennen, machte eine leichte Verbeugung zu ihr hin und lächelte. Dann setzten sich alle vier hin und begannen, Hunter und Calvin mit ebenso misstrauischer wie neugieriger Miene zu mustern.

Calvin wandte sich mit einer scharfen Bewegung Hunter zu, auf dessen Gesicht sich Verwunderung abzuzeichnen begann; als er Calvins Blick auffing, breitete er die Hände aus und klappte den Mund auf. Calvin drehte sich zu Rosa um, die am Rand des Tisches heftig die Stirn runzelte. Der Lärm in der Eingangshalle wurde nicht weniger und man konnte hören, wie immer mehr Fahrzeuge vor dem Hotel anhielten. Im Gang erhoben sich Stimmen und eine weitere Schar älterer Frauen platzte unter lautem Reden herein. Die Neuankömmlinge wurden durch Aufschreie von den bereits anwesenden vier Damen begrüßt. Während Röcke herumwirbelten und Handschuhe abgestreift wurden, gab es eine Menge Händeschütteln und Fragen nach der Gesundheit. Eine elegante Frau, deren weißes Haar blau getönt war, beugte sich über Rosa, die hochsprang und sie respektvoll begrüßte. »Mrs. Carrington-Morris«, sagte Rosa, »ich bin froh, dass Sie es geschafft haben herzukommen!«

Hunter, der seinen Blick in der vergeblichen Hoffnung, irgendein Zeichen von Rosa zu erhalten, auf sie geheftet hatte, erhob sich auch, stand unentschlossen da und setzte sich dann in einer jämmerlichen Verfassung wieder hin. Unter dem allgemeinen Lärm sagte er zu Calvin, der sich über den Tisch zu ihm herüberbeugte: »Ich habe das nicht arrangiert!«

»Das glaube ich Ihnen!«, erwiderte Calvin.

In diesem Moment traf Mrs. Wingfield ein und verschaffte sich, gefolgt von mehreren Anhängerinnen, Zugang zu dem bereits überfüllten Raum. Ihr Erscheinen löste »Camilla!«-Rufe aus und eine Reihe von Damen drängte sich augenblicklich um sie. Mrs. Carrington-Morris, die mit der Hand auf Rosas Schulter dastand, winkte ihr mit einem Handschuh quer durch den Raum zu. Mrs. Wingfield trug keinen Hut, aber ihr graues Haar sah gepflegt aus und sie hatte ein feines Tweedkleid an, das sein Alter nur durch seine ungewöhnliche Länge verriet. Sie trug den Kopf hoch erhoben und überblickte die Szene mit der Miene eines Generals, dessen Adlerauge in einem konfusen Ganzen sofort die wichtigen Einzelheiten ausmacht.

Mittlerweile war klar, dass es für diese unerwartet große Versammlung nicht genügend Stühle gab. Hunter, der sich wieder erhoben hatte, stand hilflos neben seinem. Calvin saß immer noch und beobachtete die Szene mit undurchdringlicher Miene. Nur eine oder zwei der Damen saßen jetzt. Man machte allgemein Anstalten, sich niederzulassen.

Rosa drehte sich zu Calvin um. Ihr Stirnrunzeln hatte sich gelöst und ihr Gesichtsausdruck war ungewöhnlich resolut und klar. »Mr. Blick«, sagte sie, »wären Sie so nett, noch ein paar Stühle zu organisieren? Anscheinend haben wir zu wenig davon.«

Calvin stand auf und Hunter versuchte vergeblich, seine Aufmerksamkeit zu erregen, bevor er den Raum verließ. Er kam zurück und mit ihm Hoteldiener, die Stühle brachten. Immer noch trafen einzelne Damen ein. Inzwischen bestand die Gesellschaft aus über dreißig Personen. Der allgemeine Aufruhr war beachtlich.

Rosas Stimme war jetzt über den Lärm hinweg zu hören. »Könnten bitte alle Platz nehmen?«

Es folgte ein Scharren und Kratzen von Stühlen und alle setzten sich hin. Da am Tisch nicht genug Platz war, füllte die Gesellschaft, in unregelmäßigen Reihen mehr oder weniger halbkreisförmig verteilt, den ganzen Raum aus. Zusammen mit dem Stühleklappern und dem Rascheln langer Röcke, die herabsanken und in die richtige Lage geklopft wurden, ließ das Stimmengewirr langsam nach. Schließlich war es still im Raum.

Als die Stille anhielt, drehten sich eine Reihe von Frauen zu Mrs. Wingfield um. Andere richteten ihren Blick auf Rosa oder sahen nach, wen ihre Nachbarin anschaute. Calvin schaute nacheinander alle an. Rosa schaute Hunter an. Hunter schaute den Tisch an und sah ganz verschwommen das Stück Papier, auf dem der Bericht stand. Dann hob er den Blick und sah vor sich eine erstaunlich große Zahl ehrwürdiger Köpfe, manche davon mit dem glatten grauen Haar und dem entschlossenen Gesichtsausdruck der Reformerin, andere eher konventionell mit schneeweißen Locken und modischen Hüten. Schleier wurden zurückgeschlagen, Brillen mit einem Knacken auf- oder abgesetzt, und eine sehr alte Dame in der ersten Reihe, die ein Hörgerät trug, stellte den Empfänger ostentativ auf den Tisch. Hunter schluckte schwer und schaute wieder auf sein Konzept hinunter. Er fühlte sich völlig leer im Kopf.

Schließlich sagte Rosa mit leicht bebender Stimme: »Normalerweise übernimmt mein Bruder bei diesen Versammlungen den Vorsitz. Ist es Ihr Wunsch, dass er jetzt den Jahresbericht über die *Artemis* verliest?«

Zunächst herrschte Schweigen. Dann sagte eine Dame, die etwas trug, was wie eine Mantille aussah, mit schallender Stimme: »Darf er denn überhaupt Vorsitzender sein *und* den Jahresbericht verlesen?«

Mrs. Carrington-Morris drehte sich mit vornehmer Geste zu Rosa und sagte: »Meiner Meinung nach sollte Miss Keepe selbst den Vorsitz führen.«

»Lieber nicht!«, entfuhr es Rosa.

Mrs. Wingfield, offensichtlich leicht angetrunken, rief: »Kümmern Sie sich nicht um Kleinigkeiten, wir sind doch nicht im House of Commons! Lassen Sie den Jungen einfach mal reden.«

»Entschuldigen Sie«, sagte die Dame mit dem Hörgerät, »ich wäre Ihnen sehr verbunden, und ich glaube, ich spreche für viele andere hier im Raum, wenn ich erfahren dürfte, worum es hier überhaupt geht.«

»Was heißt, worum es hier geht?«, fragte eine kleine angespannte Frau mit grauem Pony, die diese Bemerkung sehr unverschämt zu finden schien. »Wir wissen doch bestimmt alle, warum wir hier versammelt sind?«

»*Ich* weiß sicher nicht, warum *ich* hier versammelt bin«, sagte die Dame mit dem Hörgerät. »Alles, was ich weiß, ist, dass gestern eine Nachricht kam …«

»Vielleicht wäre es am einfachsten«, schaltete die Dame mit der Mantille sich ein, »wenn alle, die eine Erklärung abzugeben haben, das auch tun können. Ich glaube, Miss Keepes Bruder hat eine Erklärung zu verlesen.« Hoffnungsvoll blickte sie Calvin an.

»Das ist mein Bruder«, sagte Rosa und deutete auf Hunter, der wie ein Mann vor seiner Hinrichtung auf dem elektrischen Stuhl dasaß.

»Los jetzt!«, rief Mrs. Wingfield von hinten. »Wir sind schon eine halbe Stunde hier, können Sie nicht mal weitermachen?«

Hunter warf Rosa, die jetzt in die andere Richtung schaute, einen vorwurfsvollen, leidenden Blick zu. Dann fing er noch einmal an, seine Erklärung zu verlesen.

»Ich kann nichts hören«, sagte jemand in der Nähe der Tür. »Würden Sie bitte noch mal anfangen?«

Hunter begann von vorne. Seine Stimme dröhnte ihm in den Ohren, mal laut, dann wieder leise, wie Geräusche, die jemand kurz vor dem Einschlafen hört. Er schaffte es, sich durch zwei Abschnitte hindurchzukämpfen.

»Ich verstehe überhaupt nichts davon«, sagte die Dame mit dem Hörgerät in einer Lautstärke, die sie vermutlich für ein Flüstern hielt, zu ihrer Nachbarin. »Hört sich ziemlich konfus an, oder?«

Hunter begann mit dem nächsten Abschnitt. Der Vorschlag zu verkaufen, verbunden mit dem Namen Mischa Fox, stand im zweiten. Im dritten wurden finanzielle Details und technische Feinheiten in Bezug auf die Aktienanteile näher ausgeführt. Plötzlich hielt er inne. Es hatte keinen Sinn, weiterzulesen. Er hob den Kopf und sah sich vierzig Augenpaaren gegenüber, die ihn konzentriert anstarrten. »Ich glaube, ich breche an dieser Stelle ab«, sagte Hunter mit belegter Stimme. »Vielleicht können wir über die Sache diskutieren. Falls es irgendwelche Fragen gibt, die ich beantworten kann –«

Ein wirres Gemurmel überdeckte seine Stimme. »Könnten Sie mir mal erklären, wer dieser junge Mann ist?«, fragte die Dame mit dem großen Hut, die als Erste gekommen war, und drehte sich zu jemandem hinter ihr um.

»Anscheinend Miss Keepes Bruder.«

»Ja, aber wer ist Miss Keepe?«

»Miss Keepe ist *diese* Dame da.«

»Gut, meine Liebe, aber wer *ist* sie?«

»Sie ist Maggie Richardsons Tochter.«

»Ach, Maggie Richardsons Tochter, natürlich! Der Junge sieht Maggie aber nicht sehr ähnlich, oder?«

»Ruhe bitte!«, rief Mrs. Carrington-Morris.

»Machen Sie doch endlich weiter!«, sagte Mrs. Wingfield.

»Augenblick mal«, sagte die Dame mit der Mantille, »verstehe ich recht, dass vorgeschlagen wurde, die *Artemis zu verkaufen*?«

»So lautet der Vorschlag«, sagte Hunter.

»Ich glaube nicht, dass wir das zulassen können, wissen Sie«, sagte die Frau mit dem grauen Pony, die den Anschein erweckte, sie hielte sich für die Einzige unter den Anwesenden, die wirklich begriff, was vor sich ging.

»Es ist eine Frage der finanziellen Notwendigkeit«, sagte Hunter. »Vielleicht kann ich erklären –«

»Sie brauchen Geld!«, rief Mrs. Wingfield.

»Warum hat man uns das nicht vorher gesagt?«, fragte die Dame mit dem großen Hut.

»Madam«, sagte Hunter, »Sie haben jedes Jahr eine Einladung zu dieser Versammlung bekommen. Es ist nicht meine Schuld, wenn niemand von Ihnen sich je die Mühe gemacht hat zu kommen!« Erleichtert stellte er fest, dass sein banges Gefühl, in die Enge getrieben zu werden, sich in Wut verwandelte.

Eine Dame mit Hutschleier, die bis dahin noch nichts gesagt hatte, beugte sich vor und knackste leise wie eine Uhr, bevor sie zu sprechen begann. »Mmmm – wenn ich Sie richtig verstehe, beabsichtigen Sie den Verkauf der *Artemis* an – einen Mann?«

Hunter machte eine verzweifelte Geste. »Ich habe das Ding jetzt zwei Jahre geführt«, sagte er, »und ich bin ja wohl auch ein Mann!«

Auf diese schamlose Erklärung folgte beklemmendes Schweigen.

»Das ist alles sehr verwirrend«, meinte die Dame mit dem Hörgerät.

»Tut mir Leid«, sagte die Dame mit dem Pony, »aber ich finde es überhaupt nicht verwirrend. Der interessierte Käufer ist, gelinde gesagt, nicht gerade ein glühender Verfechter der Frauenemanzipation. Diesem Verkauf zuzustimmen, würde heißen, einer grundlegenden Veränderung der Zeitschrift zuzustimmen.«

»Wenn man es genau nimmt«, sagte Hunter, »hat die Zeitschrift sich bereits grundlegend verändert. Da die Gleichberechtigung der Frau erreicht ist …«

»*Was?*«, machte die Dame mit der Mantille.

»Dieser junge Mann hat den Eindruck, dass Frauen heutzutage gleichberechtigt sind!«, sagte jemand im hinteren Teil des Raumes. Das Stimmengewirr schwoll an.

»Also, das finde ich wirklich schockierend!«, sagte die Frau mit dem Pony. »Allein die Tatsache, dass der Begriff ›Gleichberechtigung der Frau‹ für uns noch Bedeutung hat, zeigt doch, dass sie noch nicht erreicht ist.«

Calvin, der sich mit dem ganzen Körper umgedreht hatte, um die Sprechenden nacheinander in Augenschein zu nehmen, sagte plötzlich: »Wären Sie dann auch der Meinung, Madam, dass aus der Tatsache, dass der Begriff ›Gleichberechtigung der Leibeigenen‹ bedeutungsvoll ist, unmittelbar folgt, dass die Leibeigenen noch nicht gleichberechtigt sind?«

Es herrschte betretenes Schweigen.

»Wer ist das?«, fragte die Frau mit dem Hörgerät. »Ist das Mr. Fox?«

»Oh nein!«, rief Hunter empört.

Calvin starrte unverwandt die Frau mit dem Pony an, deren errötetem Gesicht man ihr Unbehagen ansah.

»Es *klingt* anders«, sagte sie hartnäckig.

»Was klingt anders?«, fragte Calvin.

»Der ist so scharf, der schneidet sich noch selbst!«, sagte Mrs. Wingfield.

»Hier kommt man sich ja vor wie im Tollhaus«, sagte die Dame mit dem Hörgerät.

»Ich finde, wir sollten einen Antrag haben, über den wir dann abstimmen können«, sagte die Dame mit dem großen Hut.

»Mmmm – ich schlage vor, wir machen eine Erfrischungspause«, sagte die Dame mit dem Hutschleier.

»Das ist eine famose Idee!«, rief Mrs. Wingfield. »Jemand soll den Klingelknopf suchen und drücken.«

»Um ehrlich zu sein, ich habe mir bereits die Freiheit genommen«, sagte Mrs. Carrington-Morris, »Tee und Kekse zu bestellen, als ich hereinkam.«

»Hier ist der Klingelknopf. Soll ich ihn drücken?«, fragte die Dame mit der Mantille, die am Kamin saß.

»Ja, meine Liebe, drücken Sie ihn«, antwortete die Dame mit dem Hörgerät. »Eine Tasse Tee könnten wir alle gebrauchen.«

Es klopfte an der Tür und ein Kellner steckte den Kopf herein. Er fragte: »Ist hier die Dame, die acht Flaschen Champagner bestellt hat?«

»Jawohl, bringen Sie sie rein!«, rief Mrs. Wingfield.

»Also wirklich!«, entfuhr es Mrs. Carrington-Morris.

Allgemeine Unruhe kam auf. Hunter versuchte, Calvins Aufmerksamkeit auf sich zu ziehen, aber der hatte das Gesicht in den Händen verborgen. Rosa lehnte sich, etwas leicht Wildes im Blick, zurück. Ein Kellner brachte den Champagner herein, gefolgt von einem anderen, der ein großes Tablett mit Teetassen trug.

»Wo sind die Gläser, Sie Tölpel?«, fragte Mrs. Wingfield. »Oder sollen wir vielleicht aus Tassen trinken?«

»Ich muss schon sagen«, meinte die Frau mit dem Pony, die im allgemeinen Durcheinander ihr Selbstvertrauen wiedergefunden hatte, »ich finde das nicht gerade taktvoll von Ihnen, Camilla. Sie werden doch nicht vergessen haben, dass einige von uns Mitglied des Temperenzvereins sind.«

»Warum sollte ich das nicht vergessen haben?«, rief Mrs. Wingfield. »Ich habe fast alles vergessen, sogar wichtige Dinge. Warum hätte ich mir die Mühe machen sollen, mir *Ihre* Vorurteile einzuprägen? Machen Sie die Flaschen auf, Kellner!«

»Also, ich würde zu einem Gläschen Champagner nicht Nein sagen!«, äußerte die Dame mit der Mantille.

Die Gläser kamen, und in ihrem Schlepptau zwei große Teekannen und Teller mit Keksen. Es entstand ein Gedränge, in dessen Verlauf Mrs. Wingfield sich zu dem Tisch durchkämpfte und sich dort mit den Flaschen und Gläsern niederließ. Die Teekannen wurden über die Köpfe zu Mrs. Carrington-Morris weitergegeben und ein oder zwei Hüte bekamen unterwegs Spritzer von siedend heißem Tee ab.

»Ich finde nach wie vor«, sagte die Dame mit dem großen Hut, »dass wir einen Antrag haben und darüber abstimmen sollten.« Ein Sektkorken knallte.

»Ich glaube wirklich, ich muss nach Hause«, sagte die Dame mit dem Hörgerät zu ihrer Nachbarin. »Hier wird es demnächst bestimmt hoch hergehen. Ich kann diese Versammlung überhaupt nicht verstehen.« In dem Augenblick riss eine unkontrollierte Bewegung von Mrs. Wingfield den Draht aus ihrem Empfänger und schnitt sie endgültig von der Veranstaltung ab.

»Ich glaube, das ganze Ding ist ziemlich schlecht verwaltet worden«, sagte Mrs. Carrington-Morris. »Miss Keepe kann ich nicht die Schuld dafür geben. Ich meine –«

»Mmmm – schenken Sie doch mal Tee ein, Ada, Liebste«, sagte die Dame mit dem Hutschleier.

»Also gut, wenn Sie eine Abstimmung haben wollen, werden wir abstimmen!«, rief Mrs. Wingfield. Die Frauen erhoben sich von ihren Plätzen und drängten sich um die Teekannen oder um die Champagnerflaschen. Gläser und Tassen wurden von Hand zu Hand durchgereicht.

»Ich habe das Zeug bestellt«, fuhr Mrs. Wingfield fort, »um die Bewahrung unserer geliebten Zeitschrift vor drohendem Unheil zu feiern. Bevor wir hier weitermachen, möchte ich einen Toast ausbringen. Auf die *Artemis*!«

Wie eine Frau stand die Gesellschaft auf und hielt ihre Tassen und Gläser hoch. »Auf die *Artemis*!« Nur Calvin blieb sitzen. Hunter, der weder das eine noch das andere Getränk hatte ergattern können, stand nur hilflos da.

»Das ist ja alles schön und gut«, sagte die Dame mit der Mantille, nachdem sie ihr Glas geleert hatte, »aber was sollen wir eigentlich entscheiden?«

»Verkaufen wir unsere geliebte Zeitschrift an diesen Pressezar – ja oder nein?« Mrs. Wingfield stand schwankend auf den Füßen. Rosa versuchte, sie dazu zu bringen, sich wieder hinzusetzen.

»Nein!«, rief die versammelte Gesellschaft mit unterschiedlichem Nachdruck.

Mrs. Wingfield setzte sich. »Gut«, schrie sie, »ihr wisst also, was ihr zu tun habt! Miss Keepe, eröffnen Sie die Spendenliste. Mich können Sie jetzt mit fünfhundert Pfund eintragen. Den Rest bekommen Sie später. Wie sieht's bei Ihnen aus, Ada?« Mrs. Wingfield warf Mrs. Carrington-Morris quer durch den Raum ein anzügliches Grinsen zu.

»Gewiss«, erwiderte Letztere würdevoll. »Ich kann nicht zulassen, dass Camilla mich überbietet. Schreiben Sie mich auch mit fünfhundert Pfund auf, Miss Keepe.«

Rosa hatte Papier und Bleistift gezückt und sich an den Tisch gesetzt. Mit begeistertem Geschrei scharten sich die anderen bald um sie. Die Liste wurde immer länger.

Hunter packte seinen Bericht zusammen und schickte sich an zu gehen. Er winkte Calvin, sich ihm anzuschließen. Nie hatte er sich ihm so nah gefühlt. Doch als er sich umwandte, entdeckte er mit Erstaunen einen Ausdruck größter Belustigung auf dessen Gesicht; Calvin rollte mit den Augen und hob die Hände zum Himmel.

»Lassen Sie uns gehen«, sagte Hunter, »bevor wir in Stücke gerissen werden!« Calvin stand auf. Er schüttelte sich vor Lachen.

»Bevor der Vorsitzende und sein mysteriöser Freund sich davonschleichen«, sagte die Frau mit dem Pony, »möchte ich vorschlagen, über einen Tadelsantrag gegen diejenigen, die bei einer solchen Versammlung Alkohol bestellen, abzustimmen.« Das löste einen weiteren Tumult aus. Hunter und Calvin strebten der Tür zu.

»Waren die Amazonen vielleicht Abstinenzlerinnen?«, schrie Mrs. Wingfield. »Oder Mme. de Staël? Oder Sappho?«

Das Letzte, was Hunter sah, war eine Pyramide aus aufgeregten Gesichtern mit schief sitzenden Hüten und offenen

Mündern, in deren Mitte Rosa immer noch Namen und Adressen aufschrieb. Ihre Wangen waren gerötet und ihre Frisur begann sich aufzulösen.

VIERZEHN

John Rainborough war sehr schlechter Laune. Er fühlte sich als Opfer einer schreienden Ungerechtigkeit, ja sogar einer Reihe von Ungerechtigkeiten, die dazu bestimmt waren, ihn bis in jede Facette seiner Persönlichkeit hinein zu kränken. Der Ärger hatte drei Tage zuvor begonnen, als Sir Edward Guest Rainborough auf dessen Weg zur Kantine hatte vorbeigehen sehen, ihn in sein Büro gerufen, ihm auf die Schulter geklopft und angefangen hatte, ihm zu gratulieren. Auf Rainboroughs erschreckten Blick hin hatte Sir Edward zur Erklärung gesagt: »Ich meine natürlich diesen ausgezeichneten Bericht Ihrer jungen Mitarbeiterin. Sie müssen sie gut darauf vorbereitet haben. Es ist eine sehr brauchbare Arbeit. Sie werden noch davon hören, Rainborough.«

Unter starker Selbstbeherrschung hatte Rainborough gelächelt und dieses Lob mit bescheidenem Respekt entgegengenommen. Er hatte sogar die teuflische Geistesgegenwart besessen, in einem Ton, der das Gegenteil nahe legte, hinzuzufügen, dass er Miss Casement natürlich gar nicht viel Hilfe hatte angedeihen lassen und dass ihr die Ehre gebührte. Als er aus dem Zimmer kam, machte er sich augenblicklich auf die Suche nach seiner treulosen Untergebenen. Er wollte das Eisen schmieden, solange es heiß war, denn jetzt war er genau in der richtigen Stimmung dafür; weiteres Nachdenken würde ihn vielleicht zu der Überzeugung bringen, dass es noch eine Menge anderer Möglichkeiten gab, diese Situation zu meistern.

Er traf Miss Casement nicht in ihrem eigenen, sondern in

seinem Büro an, wo sie nachdenklich auf einem Stuhl saß und eine Akte studierte. Rainborough ging direkt zum Angriff über.

»Wie ist dieser Bericht von Ihnen zu Sir Edward gelangt?«, fragte er.

Miss Casement sah verwirrt, ja sogar bekümmert aus. Sie machte ihm das Zugeständnis, aufzustehen und vom Gebrauch seines Vornamens abzusehen.

»Tut mir außerordentlich Leid«, sagte sie. »Das war ein Versehen. Sie erinnern sich, dass ich oben auf den Entwurf *Zu Händen des Herrn Direktors* geschrieben hatte. Tja, und da unsere kleine Tippse weg ist, habe ich ihn mit ein oder zwei Korrekturen in die Schreibzentrale gegeben, wo eine der neuen Schreibkräfte ihn, statt ihn an mich zurückzuschicken, in die allgemeine Ablage für Ausgänge gelegt hat, von wo er zum Direktor geschickt wurde.«

»Das ist nicht wahr«, sagte Rainborough. Er verspürte den starken Wunsch, Miss Casement bei ihrem kunstvoll gelockten Haar zu packen und zu schütteln, bis ihr die Zähne klapperten. Er machte die Tür auf und verwies sie seines Büros. Sie ging, mit der Miene von jemandem, der einen Tritt von hinten erwartet.

Am darauf folgenden Tag hatten sie beide geschmollt und ihr Gespräch auf so kurze Bemerkungen beschränkt, wie die tägliche Arbeit sie nun einmal unumgänglich machte. Stogdons Versuch, die Atmosphäre mit der Bemerkung: »Na, heute sind wir aber nicht sehr lustig!«, zu entspannen, wurde von Miss Casement mit einer scharfen Erwiderung quittiert, die ihn beleidigt abziehen ließ. Am späten Nachmittag musste Rainborough die Ablage für die Ausgänge selbst leeren. Bei der Gelegenheit erhaschte er, als er am Sekretariat vorbeikam, einen unheilschwangeren Blick auf Miss Casement, die, an einen Aktenschrank gelehnt, ins Gespräch mit Evans vertieft war. Er sagte sich sofort, dass überhaupt nichts dabei sei. Dennoch verfolgte ihn die kleine Szene. Irgendetwas an

Miss Casements konzentrierter und entschlossener Haltung bereitete ihm Unbehagen. Schließlich war das Mädchen, wie er immer vermutet und erst vor kurzem bestätigt gefunden hatte, zu allem fähig.

Der durch diese Katastrophen hervorgerufene Eindruck wurde allerdings schon bald durch die darauf folgenden ausgelöscht. Der zweite Tag nach der Entdeckung von Miss Casements Verrat war der Tag vor Mischa Fox' Party. Rainborough hatte seine Einladung am Ende der vorherigen Woche erhalten und war bei ihrem Anblick erfreut und erleichtert gewesen. Er wertete sie als Zeichen, dass Mischa an den seltsamen Umständen ihrer letzten Begegnung keinen Anstoß genommen hatte. Falls Rainborough sich überhaupt die Mühe gemacht hätte, darüber nachzudenken, hätte er jetzt in seinem Innersten nur sehr wenig echte Zuneigung zu Mischa gefunden, aber eine ausgesprochen große Besorgnis darüber, was Mischa von ihm hielt und ob ihre Beziehung fortdauerte. Für ihn war es außerordentlich wichtig, dass er sich weiterhin Mischas Freund nennen konnte; obwohl das Interesse an Mischa selbst oder gar der Wunsch, mehr Zeit mit ihm zu verbringen, als nötig war, um – vor allem in seinen eigenen Augen – den Schein zu wahren, nicht zu den wesentlichen Bestandteilen dieser seltsamen Freundschaft gehörte. Deshalb war Rainborough froh über die Party, wenngleich er sich nicht gerade darauf freute, dort zu sein. Er wünschte sich sehnlichst, eingeladen worden und dort gewesen zu sein; die Stunden auf der Party selbst waren für ihn so etwas wie eine Zeit der Reinigung, die notwendig war, um das letztere der beiden Ziele zu erreichen. Mischas Partys waren, wie Rainborough aus Erfahrung wusste, meistens sorgfältig konstruierte Rahmenbedingungen für die Inszenierung verschiedener Plots und Dramen; und dieses Wissen machte ihn nervös, obwohl er nicht davon ausging, dass in diesem Fall er selbst irgendeine zentrale Rolle bekommen würde.

Dabei hatte der Tag im Büro durchaus verheißungsvoll angefangen, mit einer Miss Casement, die offensichtlich um Versöhnung bemüht war: mit Blumen auf dem Schreibtisch, einem unterwürfigen Lächeln, immer wieder neuen Ansätzen zum Smalltalk. Rainborough, der zu träge war, um den Anschein des Grolls aufrechtzuerhalten, kapitulierte vor diesem Sperrfeuer guten Willens und begegnete Miss Casement, nachdem er die dunklen Tiefen seines Herzens verschlossen hatte, mit seiner gewohnten Höflichkeit. Das war genau der Moment, wo sie ihm ihre nächste Überraschung auftischte.

Rainborough saß mit entspannt ausgestreckten Beinen da, den Blick gelangweilt auf die Korrespondenz des Tages gerichtet, als Miss Casement näher kam, sich über ihn beugte und sagte: »Darf ich Sie um einen Gefallen bitten, John?«

»Mmh?«, machte Rainborough.

»Würde es Ihnen etwas ausmachen, mich morgen mit zu Mischa Fox' Party zu nehmen?«

Rainborough starrte sie an. »Das kann ich nicht«, erwiderte er. »Es ist eine private Party. Woher wissen Sie überhaupt davon? Ich kann nicht jemanden mitbringen, der nicht eingeladen ist.«

»Aber ich *bin* eingeladen!«, sagte Miss Casement. Sie zog eine Einladungskarte aus der Tasche und fuchtelte Rainborough damit vor der Nase herum.

Der setzte sich mit einem Ruck aufrecht hin. Miss Casements Gesicht war zur Maske eines Menschen verzogen, der sich nach Kräften bemüht, ein Strahlen des Triumphes zu verbergen. »Aber Sie kennen Mischa Fox doch gar nicht!«, sagte Rainborough.

»Ich bin ihm nie begegnet«, gab Miss Casement zu, »aber er muss von mir wissen. Jedenfalls hat er mir eine Einladung geschickt.«

Rainborough wurde leicht übel bei der Vorstellung, was ›von Miss Casement wissen‹ möglicherweise bedeutete. Er warf ihr einen feindseligen Blick zu, bevor er sich wieder in die Gewalt bekam.

»Da ich noch nie in Mischas Haus gewesen bin«, sagte Miss Casement, »habe ich mich gefragt, ob Sie mich vielleicht auf dem Weg mit dem Taxi abholen, ja, und einfach mit mir hineingehen könnten. Wenn ich allein dort ankäme, hätte ich ziemliche Hemmungen.«

Rainborough zuckte, als sie Mischas Vornamen benutzte, und verzog das Gesicht bei dem Gedanken, Miss Casement könnte je Hemmungen verspürt haben; ihm fiel jedoch kein plausibler Grund ein, ihr die Bitte abzuschlagen. Sie hatte ihn in die Enge getrieben.

Am nächsten Tag nahm Miss Casement den Nachmittag frei und verschwand mittags aus dem Büro, vermutlich um frühzeitig damit anzufangen, sich für ihren Auftritt am Abend herzurichten. Sie war offensichtlich sehr aufgeregt. Rainborough blieben nur Spekulationen. Er kam nicht weiter als bis zu dem recht einfachen Gedanken, dass Mischa sich nur in den Kopf gesetzt hatte, Miss Casement einzuladen, damit er, Rainborough, beschäftigt war und nicht mit ihm um die Aufmerksamkeit von Rosa buhlen konnte, falls diese Dame zu der erlauchten Gesellschaft gehören sollte. Die andere mögliche Erklärung, dass das Ganze Calvin Blicks Idee und der bloße Versuch gewesen war, ein bisschen Unruhe zu stiften, verwarf er nach reiflicher Überlegung. So war es schon schlimm genug. Dass Mischa von Miss Casements Existenz wusste, wunderte Rainborough nicht; er hatte längst aufgehört, sich über das zu wundern, was Mischa wusste. Er konnte sich nicht vorstellen, dass Miss Casement womöglich dachte, er selbst hätte Mischa dazu angestiftet, sie einzuladen. Was ihn erzittern ließ, war die Aussicht, gezwungen zu sein, sich mit dieser äußerst entschlossenen jungen Dame am Arm in ein paar Stunden »Tausendundeine Nacht« hineinzubegeben. Nur der Himmel wusste, was da passieren würde.

Als der Nachmittag schon halb vorbei war und Rainborough mit seinem Kreuzworträtsel nicht weiterkam, begann er sich zu überlegen, wie er sich aus der ganzen Partyangelegenheit herausziehen könnte. Er dachte daran, Krankheit vorzutäuschen, dringende Geschäfte in Devonshire zu erfinden, ja sogar außer Landes zu gehen. Doch schon während er sich diese Fluchtpläne ausmalte, war ihm klar, dass sie sinnlos waren. Er wurde von einer schrecklichen Neugier getrieben. Was allerdings nach Genugtuung verlangte, war seine Animosität gegenüber Miss Casement, die jetzt wie ein aus vielen Quellen gespeister Fluss immer heftiger und zerstörerischer wurde.

Nach einer Weile stieß Rainborough auf einen einfachen Kunstgriff. Die Party sollte um acht beginnen. Zwischen ihnen war ziemlich vage vereinbart worden, dass Rainborough kurz nach dieser Uhrzeit mit dem Taxi eintreffen sollte. In der Hoffnung, seine Leiden zu verkürzen, hatte Rainborough zunächst vorgeschlagen, gegen halb neun zu kommen, aber das mochte Miss Casement, die nicht gewillt war, auch nur eine Minute der Veranstaltung zu verpassen, nicht hören. Rainboroughs letzte Idee war, sie dadurch zu ärgern, dass er zu früh kam. Vor allem wollte er sie sehen können, bevor sie geschminkt war. Vielleicht würde er sie sogar halb angezogen erwischen. Was Rainborough sich dadurch erhoffte, war keineswegs ein Blick auf Miss Casements besondere Reize; er wollte sie nur einmal aus ihrer gewohnten Selbstbeherrschung aufschrecken. Das hätte noch einen weiteren Vorteil. Rainborough, dessen Fantasie nicht faul gewesen war, hatte auch die Möglichkeit erwogen, dass Miss Casement im Taxi zärtlich zu ihm werden könnte. Bei dem Gedanken, dass sie sogar seine Hand nehmen könnte, überkam ihn ein Schauder. Er hatte bereits Pläne geschmiedet, wie er es anstellen konnte, dass sie im Auto von jemand anderem nach Hause fuhren; und Miss Casement, die vielleicht auch vorausahnte, dass sie später nicht mehr allein sein würden, hatte womöglich geplant, sofort anzugreifen. Wenn er dafür sorgen konnte, dass sie bereits frühzeitig die Fassung verlor und sich gekränkt fühlte, würde er sicherstellen, dass im Taxi eine alles andere als intime Atmosphäre herrschte.

So kam es, dass Rainborough gegen Viertel nach sieben mit einem machiavellistischen Lächeln vor dem Haus in Hammersmith ankam, das Miss Casement ihm genannt hatte. Er bat den Taxifahrer, der ihn hergebracht hatte, ungefähr eine Stunde später wieder da zu sein, und stieg die Treppe hinauf. Miss Casement hatte ihm gesagt, er solle direkt in den zweiten Stock kommen. Es war ein großes viktorianisches Haus, das in kleine Wohnungen für junge berufstätige Frauen aufgeteilt worden war. Rainborough fand Miss Casements Namen an einer Tür und klopfte an. Es folgte ein langer Moment der Nervosität. Dann machte eine Gestalt in einem puderbefleckten Morgenmantel und mit einem Kopf, den Rainborough kaum wieder erkannte, die Tür auf. Miss Casement starrte Rainborough an. Er sah auf den ersten Blick, dass er nicht enttäuscht sein würde.

»Sie sind aber verflucht früh!«, sagte Miss Casement.

»Wirklich?«, sagte Rainborough. »Das tut mir aber Leid. Ich habe die Einladung verlegt. Die Party ist doch um halb acht, oder?«

»Nein«, entgegnete Miss Casement knapp, »um acht. Kommen Sie trotzdem rein.«

»Ich kann ohne weiteres draußen warten oder noch mal für eine Weile fortgehen«, sagte Rainborough, während er bereitwillig hereinkam und sich auf ein Sofa setzte.

»Sie sitzen auf meinem Kleid!«, rief Miss Casement. Sie zog einen Arm voll flammenfarbener Seide unter ihm hervor.

Rainborough schaute sich um – und merkte sofort, dass Miss Casements Wohnung aus einem einzigen Zimmer bestand. Es war ein kleines Zimmer, dessen ausgebleichte Samtvorhänge und wuchtige, schäbige Plüschmöbel einen Geruch von Staub ausströmten, der sich mit dem von Gas und Gesichtspuder mischte. Der Raum war stickig und überheizt. In einem schmalen, von hellgrünen Kacheln begrenzten Kamin brannte mit einem leisen schrillen Geräusch ein Gasfeuer auf höchster Stufe. Davor stand ein Gaskocher mit verschiedenen Töpfen, von denen manche sauber waren. Der Fußboden und der größte Teil des Mobiliars waren mit Unterwäsche und Seidenkleidern bedeckt, wobei Letztere höchstwahrscheinlich Zeugnis von Miss Casements vorheriger Unentschlossenheit gaben. Auf dem Toilettentisch drängten sich Cremes, Puder, Rouges, Lippenstifte, Lotionen, Gesichtswässer, Nagellacke, Entferner, Gesichtsreiniger und andere Kosmetikartikel. Über der Liege, die mit kleinen spitzenbesetzten Teilen bedeckt war, hing ein Regal mit einem Dutzend Taschenbüchern. Nichts davon überraschte Rainborough. Es war ihm nur nicht in den Sinn gekommen, obwohl er von bedauernswerten Menschen wusste, die dazu gezwungen waren, dass Miss Casement in einem einzigen Zimmer wohnte. Er wandte sich zu ihr um und schämte sich augenblicklich für seinen kleinen Plan, der sogar besser funktionierte als erwartet.

Miss Casement stand unschlüssig da, drückte das Kleid an sich und hielt den Kragen ihres Morgenmantels umklammert. Ihre Haare waren fest auf Lockenwickler gedreht und mit einem Netz bedeckt. Auf ihrem Gesicht, das seiner gewohnten zinnenartigen Umrahmung beraubt war, lag kein Make-up. Miss Casement sah älter und blasser aus. Ihre Nase glänzte und um die Augen war die Haut straff gespannt. Rainborough verspürte Mitleid mit ihr und wandte seinen Blick ab. Zwischen Parfümflaschen auf der Kamineinfassung entdeckte er ein paar Tiere aus Glas und Holz. Nicht mehr lange und er würde Miss Casements Zimmer geradezu anrührend finden.

»Sie sollten lieber einen Drink nehmen«, sagte Miss Casement grimmig. Hinter dem Toilettentisch zog sie eine Sherryflasche hervor. Eine Puderdose fiel dabei zu Boden und ihr Inhalt verteilte sich auf dem Teppich.

»So ein Mist!«, sagte Miss Casement und trat sie in eine Ecke, wo sie umgedreht in einem Stapel pinkfarbener Seidensachen landete. Sie schenkte ein Glas Sherry ein.

»Soll ich gehen, während Sie sich anziehen?«, fragte Rainborough, jetzt aufrichtig besorgt.

»Nein«, erwiderte Miss Casement, »bleiben Sie, wo Sie sind.«

Sie ging mit dem Kleid hinaus und schlug die Tür heftig hinter sich zu. In einem angrenzenden Badezimmer hörte man Wasser laufen. Einen Augenblick später kam sie in dem Kleid, aber immer noch ohne Strümpfe und Make-up zurück. Rainborough wusste, dass er eine eingespielte Routine durcheinander brachte. Er nippte an seinem Sherry und schaute ihr zu. Miss Casement band sich unbeholfen ein Handtuch um den Hals und fing an, Creme auf ihr Gesicht zu streichen. Eine andere Frau, sinnierte Rainborough, hätte den Spieß vielleicht umgedreht und irgendeine Möglichkeit gefunden, die Situation zu ihren Gunsten umzukehren. Nicht so Miss Casement, deren Charakter er in dieser Beziehung richtig eingeschätzt hatte. Hätte sie auch nur ein kleines bisschen Charme besessen, hätte sie vielleicht eine gewisse Intimität, eine gewisse Komplizenschaft aus dieser Szene ziehen können; sie dagegen war immer noch starr vor Ärger. Wie dumm sie ist!, dachte er bei sich und fühlte sich allmählich wieder besser.

»Sie könnten sich nützlich machen«, sagte Miss Casement, deren Stimme immer noch etwas schrill und sonderbar klang, »und diese Strümpfe für mich trocknen.« Sie zeigte auf ein Paar Seidenstrümpfe, das über dem Kamingitter hing. »Halten Sie sie etwas näher ans Feuer. Ja, genau so.«

Rainborough zog seinen Stuhl näher zum Gasfeuer und ließ die feuchten Seidenstrümpfe in der Hitze hin und her baumeln. Währenddessen schaute er zu Miss Casement hoch.

Sie puderte sich gerade mit einer riesigen Quaste das Gesicht. Allmählich tauchte die vertraute Oberfläche wieder auf. Sie warf den Kopf zurück. Dann zog sie das Haarnetz ab und fing an, die Lockenwickler herauszunehmen. Rainborough beobachtete die Verwandlung fasziniert. Eine Puderwolke schwebte durch den Raum. Sie erreichte ihn und hüllte ihn ein, erstickend, widerlich, synthetisch. Durch Mund und Nasenlöcher atmete Rainborough den Puder ein. Miss Casement schüttelte ihr Haar aus. Die dunklen Locken sprangen in ihre Positionen. Innerhalb eines Augenblicks war die ganze Haarmasse losgelassen worden, aber nicht, um frei über Miss Casements Rücken herunterzuwallen, sondern um in vorherbestimmten Windungen steif abzustehen. Miss Casement, der es jetzt auch besser ging, drehte sich ein bisschen zu Rainborough hin. Sie nahm einen Handspiegel und zog mit einem dünnen roten Strich die Konturen ihrer leicht geöffneten Lippen nach, um sie anschließend auszufüllen. Ihr Mund, der klein war, aber auch in der Breite nicht das besaß, was ihm in der Länge fehlte, öffnete sich schließlich, um eine Reihe von Zähnen freizulegen. In die Einzelheiten von Miss Casements Gesicht vertieft, brauchte Rainborough einen Moment, bis er merkte, dass Miss Casement ihn anlächelte. Er fuhr zusammen und erwiderte das Lächeln rasch.

Als er sich bewegte, ballte sich in seiner rechten Hand ein stechender Schmerz zusammen und schoss wie eine Gewehrkugel seinen Arm hinauf. Mit einem lauten Schmerzensschrei kam Rainborough auf die Füße. Einer der Strümpfe war zu nah ans Feuer gekommen und das leicht entflammbare Nylon war ihm in einer großen züngelnden Flamme in die Handfläche gesprungen. Er schleuderte die brennenden Überreste in den Kamin, ließ den anderen Strumpf fallen und hüpfte, die Hand in der linken Achselhöhle verborgen, im Zimmer umher.

»Sie Idiot!«, schrie Miss Casement. »Das waren meine besten Nylonstrümpfe!«

»Ich pfeife auf Ihre Nylonstrümpfe!«, sagte Rainborough, hielt in seinem Gehüpfe inne und versuchte, den Schaden in Augenschein zu nehmen. Beim Öffnen der Hand verspürte er einen beträchtlichen Schmerz. Er schloss sie wieder und steckte sie in die Tasche. Dann starrte er Miss Casement wütend an. »Ich habe mich schlimm verbrannt!«, sagte er.

Miss Casement sah ihn verzweifelt an. Dann schien es für einen Augenblick so, als würde sie anfangen zu lachen. Doch schließlich sagte sie nur: »Wie behandelt man Verbrennungen heutzutage?«

»Ach, lassen Sie nur!«, sagte Rainborough. »Bei einer Verbrennung kann man gar nichts machen. Lassen Sie uns bloß hier verschwinden.« Er ließ sich schwer auf die Liege fallen und hielt seine Hand.

Miss Casement verließ das Zimmer. Ein paar Minuten später kam sie zurück, fertig angezogen und eingehüllt in ein teures Pelzcape, von dem Rainborough sofort annahm, dass sie es für diese Gelegenheit ausgeliehen hatte. Sie schauten einander an. In Miss Casements Blick lagen Feindseligkeit, Entschlossenheit und Erwartung, in Rainboroughs Feindseligkeit, Verärgerung und Ablehnung. Gemeinsam gingen sie die Treppe hinunter. Draußen stand wartend das Taxi.

»Ach du je«, sagte Miss Casement, »das Taxi hat die ganze Zeit gewartet!«

Rainborough sagte nichts. Sie stiegen ein.

Der Taxifahrer drehte sich um. »Sie haben doch gesagt, ich sollte um Viertel nach acht wieder hier sein, Chef, oder?«, sagte er. »Ich wusste nicht mehr, ob ich's richtig verstanden hatte.«

»Das ist genau richtig«, erwiderte Rainborough.

Der Motor sprang an. Miss Casement bedachte ihren Begleiter mit einem kalten, unbarmherzigen Blick. Rainborough bemühte sich nicht, einen passenden Blick dagegenzuhalten. Seine Hand tat ihm ganz schön weh.

FÜNFZEHN

Mischa Fox' Haus war hell erleuchtet. Alle Fenster glitzerten. Ein Teppich war auf die Stufen gelegt worden und zu beiden Seiten des Eingangs standen Blumen, im kristallinen Licht der Tür von metallischem Blau und Rot und leicht im Abendwind schwankend. Eine Reihe von Zuschauern hatte sich angesammelt. Die äußere Tür war geöffnet und durch das Glas der inneren Tür konnte man zwei Lakaien in der Diele stehen sehen. Es war halb neun. Die Zaungäste waren bereits durch die Ankunft zweier berühmter Persönlichkeiten mit einem Gefolge von auffällig gekleideten Frauen belohnt worden.

Mischa Fox' Behausung wies, was allgemein bekannt war, gewisse Besonderheiten auf. Mischa hatte die kuriose Idee gehabt, vier Häuser in Kensington zu kaufen, zwei nebeneinander liegende in einer Straße und, nach hinten an diese angrenzend, zwei weitere nebeneinander liegende in der nächsten Straße. Diesen Block aus vier Häusern hatte er mit Hilfe einer quadratischen Konstruktion zur Überbrückung des Zwischenraumes zu einem Haus zusammengefügt. Innerhalb dieses seltsamen *Palazzo*, hieß es, seien die Wände, Decken und Treppen so stark verändert, verschönert oder auch entfernt worden, dass von der ursprünglichen inneren Architektur der Häuser nicht mehr viel übrig geblieben sei. Mittlerweile gab es Berichten zufolge keine Flure und keine fortlaufenden Treppen mehr. Die Zimmer, die mit dicken Teppichen ausgelegt waren, auf denen der Herr des Hauses normalerweise barfuß lief, gingen wie ein Schachtel-Set unmittelbar ineinander über; und die Fußböden waren in unregelmäßigen Abständen durch Treppen miteinander verbunden, die, oft antike Stücke, aus anderen Gebäuden herausgerissen worden waren. Die Konstruktion in der Mitte hatte, wie allgemein beobachtet, wenig Fenster und löste noch wildere Spekulationen aus. Manche Leute meinten, sie beherberge ein Laboratorium, andere, sie enthalte einen überdachten Hof mit einem Springbrunnen, und wieder andere glaubten, es sei ein Lagerraum für Kunstschätze, die Mischa sich unrechtmäßig beschafft habe und die so bekannt seien, dass ihr Besitz geheim gehalten werden müsse. Von den zugänglicheren Teilen des Hauses wusste man, dass sie mit vielerlei *Objets d'art* vollgestopft waren, die angeblich eine viertel Million wert waren. Dieses Labyrinth aus Pracht und Prunk wurde von Mischas Feinden und Freunden je nach Geschmack als »verrückt«, »finster«, »ordinär« oder »kindisch« bezeichnet.

Das Taxi mit Rainborough und Miss Casement fuhr am Eingang vor. Ein Lakai half ihnen heraus. Rainborough zahlte die Fahrt. Die Menge schaute zu. »Was für'n Trinkgeld hat er dir denn gegeben, Kumpel?«, fragte jemand den Fahrer.

Miss Casement stand unsicher daneben und wusste nicht, wohin sie ihren Blick richten sollte. Sie wandten sich dem Eingang zu. Miss Casement stolperte über ihr Kleid und packte Rainborough am Arm. »Schon betrunken!«, meinte die Menge.

Sie kamen in die Diele. Rainborough wurde zu einer und Miss Casement zu einer anderen Garderobe gebracht, wo sie ihre Mäntel abgeben konnten. Dann geleitete man sie über lautlose Teppiche durch eine Reihe von Zimmern und eine Treppe hinauf, die unmittelbar aus einem Raum hinaus- und in einen anderen hineinführte. Sie sagten nichts und es war, als berührten ihre Füße gar nicht den Boden. Rainborough warf einen kurzen Blick auf Miss Casement. Ihre Lippen waren geöffnet und ihre Augen hatte er noch nie so weit offen gesehen. Ohne sich darüber zu wundern, bemerkte er, dass er ihre Hand hielt. Sein Herz schlug heftig. Eine letzte Tür ging auf und sie fanden sich in einem langen Raum wieder, der voller niedriger, stark abgedunkelter Lichter war. Plötzlich hörte man das gedämpfte Murmeln von Gesprächen. Rainborough ließ Miss Casement los.

Eine Gestalt kam auf sie zu, um sie zu begrüßen. Es war Calvin Blick. Im Abendanzug sah er aus wie eine Mischung aus Baudelaire und de Tocqueville. Er beugte sich zu Rainborough, dessen Augen sich gerade an das gedämpfte Licht gewöhnten, und streckte einen Arm aus, der Miss Casement zu umfassen und näher an die Seite ihrer Begleitung zu ziehen schien.

»Ah, da sind Sie ja beide!«, sagte Calvin.

Rainborough, der es für sinnlos hielt zu widersprechen und sich besorgt nach Mischa umsah, antwortete nicht. Mischa war nicht im Raum. Jemand reichte ihm einen Drink, Calvins Hand lag auf seinem Arm und er bewegte sich auf zwei Männer ganz in der Nähe zu, die aussahen, als kämen sie aus Österreich-Ungarn, und deren nahezu gesichtslose Begleiterinnen nur aus Schmuck zu bestehen schienen. Calvin stellte ihn und Miss Casement der Gruppe vor. Wenn Rainborough sich nicht verhört hatte, hießen die Männer Rosenkranz und Güldenstern. Einer von ihnen richtete eine höfliche Bemerkung an Miss Casement. Rainborough fing an, sich genauer umzuschauen.

Der Raum war noch leer bis auf die kleine Gruppe, zu der er jetzt gehörte, und ein oder zwei nicht zu erkennende Personen, die er am anderen Ende ausmachen konnte. Es war ein außerordentlich langer und bereits ziemlich stickiger Raum. Der Grund dafür war unschwer zu erkennen. Drei der Wände waren mit Gobelins behängt, die sämtliche Fenster vollkommen verdeckten. Nur die Tür, durch die sie gekommen waren, war frei, denn die Gobelins zu beiden Seiten waren an der unteren Kante weit auseinandergezogen und über der Tür wieder zusammengeführt worden. Rainborough schaute sich diese Wandbehänge an. Er hielt sie für französische Stücke aus dem fünfzehnten Jahrhundert. Sie waren üppig mit Blättern und Blumen bedeckt, zwischen denen sich laufend, fliegend, kriechend, flüchtend, verfolgend oder faulenzend eine außergewöhnliche Vielfalt an Vögeln, Insekten und anderen Tieren tummelte. Menschen gab es nicht. Rainborough entdeckte einen Jagdhund, der freundlich hüpfend einen Hasen verfolgte, eine erstaunliche Begegnung zwischen einem Habicht und einer Taube und ein Einhorn ins Gespräch mit einem Löwen vertieft. Dann lenkte er seinen Blick auf die vierte Wand, an der ein großer vergoldeter Spiegel über einem Kamin emporragte, in dem ein Holzfeuer brannte. Ein weißer Kaminsims war mit französischen Briefbeschwerern und kleinen Elfenbeinfiguren bedeckt. Auf zierlichen Tischen entlang den Wänden brannten in regelmäßigen Abständen die Lampen, in deren Lichtkegeln die goldene Blässe des Aubussonteppichs sichtbar wurde. Auf halber Höhe des lang gestreckten Raumes schwammen in einem großen, runden Becken aus grünem Glas, über dem eine Lichterkrone hing, tropische Fische träge hin und her.

Rainborough drehte sich um und stand Annette gegenüber, die gerade durch die Tür gekommen war. Annettes Augen und Mund waren offen, so wie zuvor Miss Casements. Das Erste, was sie beim Hereinkommen sah, war Rainborough, und sie hielt, immer noch mit offenem Mund, den Blick auf ihn gerichtet, während Calvin eine Begrüßung murmelte und ihr einen Drink reichte. Sie ging auf Rainborough zu, der sich diskret von Rosenkranz löste. Güldenstern redete immer noch auf Miss Casement ein, die nervöse Blicke zu Rainborough und Annette hinüberwarf und kaum in der Lage war, ihm höflich zu antworten. Rainborough drehte sich um und ging energischen Schrittes quer durch den Raum auf das Fischglas zu, und Annette folgte ihm mit der Sanftmut eines Entenkükens, das dem erstbesten Ding hinterherläuft, das es sieht.

Rainborough hatte Annette seit dem Tag, an dem sie zu ihm nach Hause gekommen war, nicht mehr gesehen. Jetzt schaute er sie an. Sie trug eine meergrüne dreiviertellange Abendrobe, äußerst *decolletée*. Er schielte auf ihre Brüste und Knöchel; und verspürte plötzlich die zärtliche Anwandlung, sie beschützen zu müssen. Sie lehnten sich an das Glas.

»Nun, Annette«, sagte Rainborough im Ton eines viktorianischen Vaters, der zufällig eines seiner elf Kinder bei seinem unschuldigen Spiel antrifft.

Annette warf ihm einen finsteren Blick zu. »Wo ist Mischa?«, fragte sie.

»Ich weiß es nicht«, antwortete Rainborough. »Er ist noch nicht aufgetaucht.«

Annette betrachtete die Fische und Rainborough betrachtete Annette.

»Kennen Sie sich mit Fischen aus?«, fragte Annette nach einer Weile.

»Nein«, sagte Rainborough. »Sie?«

»Nein«, antwortete Annette. Sie schwiegen.

Rainborough kippte rasch seinen Drink hinunter und jemand füllte sein Glas wieder auf. Es waren noch ein paar weitere Gäste eingetroffen, unter denen Rainborough einen berühmten Komponisten und zwei Pressepotentaten erkannte.

»Wer ist das Mädchen, das uns da anstarrt?«, fragte Annette.

»Eine gewisse Miss Casement«, erwiderte Rainborough. »Sie arbeitet in meinem Büro.«

»Aha«, sagte Annette. »Ist sie mit Mischa befreundet?«

»Nein«, sagte Rainborough. Er fühlte sich nicht imstande, das näher auszuführen, und so schwiegen sie wieder. Rainborough verspürte ein tiefes, ängstliches Bedürfnis, mit Annette zu kommunizieren. Er wollte gerne etwas sagen, was weise und versöhnend wäre, was Balsam auf die Wunden streichen und das Kind für ihn einnehmen würde. Er fing an nach Worten zu suchen.

»Annette«, sagte er, »wenn man älter wird, merkt man, dass das Leben eine ganze Menge Zufallselemente enthält. Eine Folge davon ist, dass wir auf viele verschiedene Weisen andere Menschen, denen wir nur Gutes wünschen, verletzen und erschrecken können. Für Wesen wie uns sind Geduld und Toleranz keine Tugenden, sondern Notwendigkeiten.«

»Wenn ich geduldig wäre«, sagte Annette, »könnte ich genauso gut tot sein.«

Diese prompte Reaktion überraschte und erfreute Rainborough, der gerade versuchte, sich eine passende Erwiderung auszudenken, als es an der Tür laut wurde. Sie drehten sich beide um. Mischa Fox kam herein, begleitet von Peter Saward. Rainborough sah, dass Mischa Peter Saward am Arm hielt, und ihn durchfuhr ein stechendes Gefühl von Eifersucht. Eine Welle der Aufmerksamkeit wogte durch den Raum und alle wandten den Blick zur Tür. Die Gespräche verebbten und wurden dann wieder aufgenommen. Aus dem Augenwinkel konnte Rainborough sehen, dass Annette steif dastand und sich an einer Falte im Wandteppich festhielt. Miss Casement, die Mischa ohne Zweifel von seinen Fotos in der Zeitung erkannte, wurde knallrot, zum großen Erstaunen von Rainborough, der sie noch nie hatte erröten sehen.

Rosenkranz und Güldenstern gingen unter Freudenschreien auf Mischa zu und sprachen ihn auf Deutsch an. Mischa antwortete auf Englisch und stellte ihnen Peter Saward vor, von dem Rainborough bemerkte, dass Mischa ihn wie eine Berühmtheit behandelte. Das sahen auch Rosenkranz und Güldenstern, die Peter in ehrfurchtsvoller Haltung begrüßten. Rainborough war ausgesprochen verärgert. Er wusste, dass er jetzt eigentlich vortreten und Miss Casement vorstellen müsste, dachte aber: Er hat sie eingeladen, soll er sich auch um sie kümmern; darauf wandte Rainborough sich von Annette ab und setzte sich in einen Sessel, der neben ihm stand. Als er sich umdrehte, bemerkte er Calvin Blick, der am anderen Ende des Raumes am Kaminsims lehnte und wie ein Zuschauer in Wimbledon immer zwischen Mischa und Rainborough hin und her schaute.

Dann sah Rainborough, dass Mischa, nachdem er Peter Saward in der Obhut von Österreich-Ungarn gelassen hatte, sich nach Miss Casement umdrehte. Er schüttelte ihr die Hand und zog sie, während er das tat, mit den Worten: »Sie müssen Agnes Casement sein. Ich bin so froh, dass Sie kommen konnten!«, geschickt beiseite.

Verflixt noch mal, dachte Rainborough, er kennt sogar ihren Vornamen!

Mischa machte Miss Casement mit Peter Saward bekannt. Dann wandte er sich um und ließ seinen Blick durch den Raum schweifen. Rainborough bewegte sich nicht. Nach ein oder zwei Minuten begann Mischa, gemächlich zum Kamin hinüberzuschlendern und unterwegs immer wieder mit Gästen zu sprechen. Er trug eine samtene Hausjacke und wirkte sehr ungezwungen. Rainborough wollte sehen, wie Calvin Blick seinen Meister begrüßte, doch der war verschwunden. Er musste eine Tür benutzt haben, die sich hinter dem Wandteppich in der anderen Ecke des Raumes verbarg.

Mischa kam zu Rainborough. »John!«, sagte er. »Hallo!« Seine Augen funkelten vor Vergnügen.

Rainborough widerstand dem Impuls aufzustehen. »Mischa«, sagte er, »alter Gauner!«

Mischa setzte sich auf den Boden. Rainborough fiel die entspannte Anmut seiner Haltung und die außergewöhnliche Biegsamkeit seiner Füße und Knöchel auf. Der menschliche Fuß, im Gegensatz zu den sich geschmeidig biegenden Gliedmaßen eines Tieres normalerweise ein starres, mit Gelenken versehenes Ding, schien bei Mischa seine Steifheit verloren zu haben. Rainborough, ein beweglicher Mann, der allerdings schon in seiner Jugend eher kräftig als geschmeidig gewesen war, blickte neidvoll auf Mischa hinab, der, die

Beine unter sich gezogen und die Schuhsohlen nach oben gerichtet, wie ein orientalischer Weiser dasaß.

Annette stand immer noch in Rainboroughs Nähe, hielt sich an dem Wandteppich fest und starrte Mischa an. Mischa wandte den Kopf. »Komm her, Annette«, sagte er, als spräche er mit einem Kind. Er streckte die Hand aus.

Annette bewegte sich vorsichtig auf ihn zu, wobei sie ihre Füße aufsetzte, als würde der Boden unter ihr nachgeben. Sie ergriff die Hand, die Mischa ihr immer noch entgegenstreckte, und er zog sie herunter, sodass sie sich zu Rainboroughs Füßen niederließ.

»Ihr beide kennt euch, nehme ich an?«, sagte Mischa. Seine Augen waren weit offen und heiter, wie die eines glücklichen Tieres.

»Wie du weißt«, erwiderte Rainborough.

»Ich habe es gern, wenn meine Freunde einander kennen«, sagte Mischa. »Sag mal, Annette, wann, meintest du, kommt deine liebe Mutter nach England?«

»Im Sommer«, murmelte Annette. Sie hielt den Blick gesenkt und weigerte sich, Mischa anzusehen. Er legte ihr die Hand unters Kinn und hob ihren Kopf; und sie blickte ihn so unverhohlen sehnsuchtsvoll an, dass Rainborough sich ebenso verlegen wie überrascht abwandte.

»Findest du, dass Annette Ähnlichkeit mit Marcia hat, John?«, fragte Mischa.

»Ich bin Marcia nie begegnet«, sagte Rainborough beleidigt.

Annette entspannte sich. Sie trank gerade ihr zweites Glas leer. »Was ist das für ein fantastischer Stoff?«, fragte sie.

»Ihr müsst mich einen Augenblick entschuldigen«, sagte Mischa. Er starrte zur Tür. Hunter und Rosa waren gerade gekommen. Mischa erhob sich langsam.

Hunter trat in den Raum. Er fühlte sich sehr unbehaglich und offensichtlich irritiert durch das im Vergleich mit dem hell erleuchteten Raum davor gedämpfte Licht und den Dunst aus Zigarettenrauch, der jetzt die Luft verdüsterte. Er erblickte Peter Saward und ergriff in Mitleid erregender Verzweiflung seinen Arm. Peter begrüßte ihn herzlich und stellte ihn den umstehenden Leuten vor. Unterdessen stand Rosa stocksteif an der Tür und schaute sich suchend nach Mischa um. Bald hatte sie ihn entdeckt, stand nahezu reglos da und schaute ihn durchdringend an. Mischa ging auf sie zu, und den beiden, die sie beobachteten, kam es sehr lang vor, bis er sie erreichte. Er nahm ihre Hand und küsste sie. Rosa sagte nichts, sondern wandte sich ab und ging an das andere Ende des Raumes, wo noch etwas mehr Platz war. Mischa folgte ihr und einen Augenblick später konnte man sie ins Gespräch vertieft sehen. Es war offenkundig, dass sie beide sehr bewegt waren. Rainborough schaute zu ihnen hinüber. Sie erschienen unglaublich weit fort und unerreichbar. Er schaute Annette an und musste sich ein weiteres Mal abwenden.

Es trafen noch weitere Gäste ein. Der Raum war jetzt ziemlich voll. Rosenkranz und eine recht träge Frau, anscheinend seine Gattin, steuerten auf Annette zu und fragten nach dem Befinden ihrer Mutter. Rainborough nahm noch einen Drink. Allmählich fühlte er sich ruhiger und distanzierter. Auch der Schmerz in seiner Hand, die ihm ordentlich wehgetan hatte, ließ langsam nach. Das Geschnatter um ihn herum war ohrenbetäubend. Durch das Gedränge hindurch konnte er erkennen, dass der Behang an der gegenüberliegenden Wand zur Seite geschlagen worden war und die Sicht auf ein offenes Fenster freigab. In der so entstandenen Nische sah er, Personen auf einer Bühne gleich, neben einem hellen Licht Mischa und Rosa mit Peter Saward. Peter saß ans Fenster gelehnt in einem Sessel. Mischa und Rosa schauten auf ihn hinunter. Mischa sagte gerade gestikulierend irgendetwas.

Mehrere Drinks später merkte Rainborough plötzlich, dass er auf dem Fußboden saß. Wie eine Menge anderer Leute auch. Einige der Berühmtheiten schienen gegangen zu sein und der Raum wirkte etwas leerer, obwohl der

Geräuschpegel noch genauso hoch zu sein schien. In der Nähe auf dem Fußboden entdeckte er Mrs. Rosenkranz, die, wie sich herausstellte, ganz und gar nicht langweilig, sondern erfreulich geistreich und attraktiv war. Während sie sich unterhielten, strich ein vertrauter grüner Rock vorbei, und als Rainborough aufblickte, sah er Annette, die auf den Kaminsims zusteuerte wie ein Schiffbrüchiger, der auf ein Floß zuhält. Als sie ihn erreichte, lehnte sie sich schwer dagegen. Sie sah ziemlich angeknackst aus. Ihr Gesicht war gerötet und ihr normalerweise schon nicht zu bändigendes Haar stand ihr fast zu Berge. Sie hatte einen wilden Ausdruck in den Augen. Während sie schwer atmend am Kaminsims lehnte, bemerkte Rainborough Mischa, der ein Stückchen von ihr entfernt allein dastand und Annette beobachtete. In dem Augenblick kam es Rainborough so vor, als hätte Mischa den ganzen Abend nichts getrunken. Das wollte er der Dame an seiner Seite erklären, doch es erwies sich als erstaunlich schwierig.

Annette starrte den Kaminsims an. In seiner Mitte sah sie eine Gruppe von Menschen- und Tierfiguren aus Elfenbein. Vorsichtig berührte sie eine oder zwei davon mit den Fingern. Dann bemerkte sie Mischa. Als er auf sie zukam, richtete sie sich auf und drückte mit den Händen ihre Haare ein wenig an. Im Hintergrund erklang leise Musik und am anderen Ende des Raumes rollte jemand den Teppich auf. Ein Paar begann sich langsam zu drehen.

»Was ist das?«, fragte Annette und zeigte auf die Figuren. Sie schien ihre Stimme nicht ganz unter Kontrolle zu haben.

»Man nennt sie *Netsuke*«, antwortete Mischa. »Sie wurden im achtzehnten Jahrhundert in Japan gemacht. Damals haben die Leute sie auf ihrer Kleidung getragen.«

»War es Magie?«, fragte Annette.

»Nein«, erwiderte Mischa, »oder jedenfalls nur in dem Maße wie Magie Teil des täglichen Lebens sein kann.«

Annette nahm eine von ihnen in die Hand. Es war ein alter

Mann, der an einen schlafenden Büffel gelehnt dasaß. Sie drehte die Figur um. Sie war auch von unten geschnitzt: der untergeschlagene nackte Fuß, sein gemustertes Gewand, das Fell des Tieres. Sie stellte sie wieder hin. Daneben saß ein Mädchen auf einer Venusmuschel, dann ein Junge, der seinen Arm um eine Ziege geschlungen hatte, ein alter Mann mit einer Ratte auf der Schulter, eine Frau mit einem Fisch in der Hand. Jede, die sie anschaute, stellte einen Menschen mit einem Tier dar.

»Sie haben ja auch richtige Fische hier«, sagte Annette. »Schauen wir uns doch die an.« Abrupt drehte sie sich um und ging auf das Fischglas zu. Mischa folgte ihr. Annette sah ihn von der anderen Seite des Glases aus an. Sie hielt dessen Rand fest wie jemand, der im nächsten Moment einen Handstand machen will. Ihre Augen funkelten. Dann blickte sie auf die Fische hinab. Sich selbst genug, schwammen die Fische hin und her. Die schwarzen Schmollenden mit dem Schnurrbart und die zebraartig Gestreiften mit den großen Flossen schwammen langsam und träge, die kleinen glänzend Blauen und die Blassen mit den Hundegesichtern dagegen schnell und aufgeregt.

»Was ist *das* für einer?«, fragte Annette und fuhr darauf deutend mit der Hand ins Wasser.

»Tu das nicht«, sagte Mischa, »du erschreckst sie und verunreinigst außerdem das Wasser.«

Annette zog ihre Hand heraus. Einen Augenblick starrte sie ihn an. Dann steckte sie den ganzen Arm bis zum Ellbogen in das Glas. Die Fische stoben in Panik auseinander.

Mischa bewegte sich nicht. »Tu das nicht, Annette«, sagte er.

Annette zog langsam den Arm heraus. Das Wasser rann an ihrem Kleid hinunter und hinterließ einen dunklen Fleck. Sie sah benommen aus.

»Komm tanzen«, sagte Mischa. Er zog sie hinüber zur Musik.

Dieser kleine Teufel, dachte Rainborough, der die Szene beobachtet hatte, sie wollte ihn zwingen, sie zu berühren! Er schaute sich nach Rosa um und sah sie im Gespräch mit Saward am Fenster sitzen. Hunter war auf der Tanzfläche. Rainborough wandte sich gerade wieder Mrs. Rosenkranz zu, die, so wurde ihm allmählich bewusst, wunderbar große Augen hatte, als gleichsam unmittelbar über seinem Kopf eine Erscheinung sichtbar wurde. Diese Erscheinung erwies sich, als sie in sein Gesichtsfeld trat, als Miss Casement.

Rainborough, der Miss Casement vorübergehend ganz vergessen hatte, musterte sie interessiert. Es war deutlich, dass Miss Casement, was das Trinken betraf, keine Zeit verloren hatte.

»Setzen Sie sich, Schätzchen«, sagte Rainborough, »dann stelle ich Sie Mrs. Rosenkranz vor.«

»Nein«, erwiderte Miss Casement mit erstaunlich klarer Stimme. »Sie stehen auf!«

Rainborough fand sich auf den Füßen wieder. Mrs. Rosenkranz schien sich plötzlich in Luft aufgelöst zu haben.

»Ich brauche Luft!«, sagte Miss Casement. »Ich glaube, hier hinter dem Wandteppich ist ein Fenster.« Sie fummelte an einem Spalt im Stoff herum.

»Ja, so ist es«, sagte Rainborough. »Kommen Sie, lassen Sie mich mal.« Er zog den schweren Stoff auseinander und sie traten hindurch. Der Wandbehang fiel hinter ihnen wieder zu und sie stellten fest, dass sie an einem Erkerfenster standen. Es war außerordentlich dunkel. Rainborough schob das Fenster hoch und lehnte sich hinaus. Er schaute in eine Art Garten. Er fragte sich, wo in Mischas Anwesen dieser Garten wohl liegen mochte und versuchte, sich an den Sternen zu orientieren; es war jedoch eine bewölkte Nacht und die paar Sterne, die überhaupt zu sehen waren, ergaben keine Konstellation, die ihm bekannt vorkam. Er sog die kalte Nachtluft ein. Sie war ernüchternd.

»Setzen wir uns doch«, sagte Miss Casement, »da ist ein Sofa.«

In der Falle!, dachte Rainborough. »Nein, lassen Sie uns lieber …«, hob er an, aber Miss Casement gab ihm einen sanften Schubs und er sank auf das Sofa. Sie setzte sich neben ihn. Sie schauten einander an. Rainborough konnte von Miss Casement nichts anderes als das sich auf ihrem Augapfel widerspiegelnde Licht sehen. Dennoch wusste er irgendwie genau, wie sie jetzt aussah und was sie als Nächstes machen würde. Sie beugte sich vor und küsste ihn auf die Wange. Gezielt hatte sie auf den Mund, ihn aber in der Dunkelheit verpasst. Sie versuchte es noch einmal und traf ihr Ziel. Rainborough verharrte ganz still. In seinem Kopf tobte eine heftige Verwirrung. Diese Hündin, sagte eine Stimme, diese Hündin. Er beugte sich zu ihr und begann, sie wahllos und brutal auf Gesicht und Hals zu küssen. Er hatte nie zuvor die Empfindung gehabt, dass Küsse so viel von Schlägen haben konnten. Miss Casement wurde schlaff und er spürte, wie sie ihm beim Stöhnen ihren Atem ins Gesicht blies. Rainborough hörte auf und lehnte sich verwundert zurück. »John!«, hauchte Miss Casement zärtlich. Sie nahm seine rechte Hand und drückte sie fest.

Plötzlich wurde Rainborough sich seiner Hand wieder bewusst, aus der ihm ein stechender Schmerz direkt in den Kopf fuhr. Er stieß einen lauten Schrei aus und zog sie von ihr weg. Seine versengte Handfläche brannte, als wäre sie gehäutet worden. Er zuckte heftig zurück und fiel krachend vom Sofa. Dann strahlte hereinströmendes Licht ihn an, jemand hatte den Wandbehang zurückgezogen und Gesichter spähten herein.

»Du meine Güte!«, sagte Calvin Blick. »Was ist denn hier los? Haben Sie ein Gespenst gesehen? Na, so was, Sie haben ja Agnes Casement bei sich! Kleines Kämpfchen gehabt, wie?«

Rainborough kam hervor, gefolgt von Miss Casement, die ebenso benommen wie wütend dreinschaute und ihr Kleid nach unten glatt zog. Sie entfernte sich mit zackigem Schritt von Rainborough, der mit einer Geste der Hilflosigkeit dastand.

»Machen Sie sich nichts draus!«, sagte Calvin. »Davon gibt's noch mehr. Kommen Sie, ich zeige Ihnen ein Bild von meiner Schwester, von der, die mit einem Ingenieur in Britisch-Honduras verheiratet ist.« Er zog seine Brieftasche hervor.

»Ich will Ihre scheußlichen Bilder nicht sehen«, sagte Rainborough. Sein Blick wanderte zur Tanzfläche. Annette tanzte immer noch mit Mischa. Rainborough bemerkte, dass Rosa am Kaminsims lehnte und die beiden, während sie an einem der französischen Briefbeschwerer herumfingerte, ganz genau beobachtete. Er fand, dass sie sehr betrunken aussah. Peter Saward war offensichtlich nach Hause gegangen.

Da warf Annette, die sich immer schwerfälliger bewegt hatte, plötzlich die Arme um Mischas Hals und hängte sich in dem Versuch, ihn zu Boden zu ziehen, mit ihrem ganzen Gewicht an ihn. Mit einer geschmeidigen Bewegung befreite Mischa seinen Kopf aus der ringartigen Umklammerung von Annettes Armen und sie plumpste schwer auf den Boden. Einige Leute lachten und fingen an, ihr aufzuhelfen.

Calvin hatte ein paar Fotos hervorgeholt und versuchte, Rainboroughs Aufmerksamkeit zu gewinnen. Doch der starrte jetzt auf Hunter. Der junge Mann hatte die Tanzfläche verlassen und schaute voller Wehmut und Angst auf Calvin.

»Hier, sehen Sie sich die mal an!«, sagte Calvin zu Rainborough. Er schien Hunters Angst bemerkt zu haben und zu genießen.

»Was ist denn mit Hunter los?«, fragte Rainborough.

Er bekam keine Antwort mehr, denn jetzt ging alles sehr schnell. Annette hatte sich wieder hochgerappelt und hielt sich an Mischa fest. Rosa starrte zu ihnen herüber. Hunters Angst steigerte sich jetzt zur Raserei. Er konnte sehen, wie Calvin ein Foto hochhob und damit wedelte. Er rannte zu seiner Schwester. »Rosa«, sagte Hunter mit Verzweiflung in der Stimme. »Tu irgendwas! Lenk sie ab! Fall in Ohnmacht, schrei, nur tu etwas!«

Einen Moment lang schaute Rosa in die angsterfüllten Augen ihres Bruders. Dann drehte sie sich wild entschlossen um und schleuderte den Briefbeschwerer, den sie in der Hand hielt, mit unglaublicher Wucht durch den Raum. Er traf mitten auf die gewölbte Oberfläche des Fischbehälters und mit einem ohrenbetäubenden Lärm zerbrach das Glas. Es folgte ein Schweigen, in dem man für kurze Zeit den trägen Rhythmus der Musik hören konnte. Dann fingen alle an zu schreien und sich auf die Überreste des Glases zu stürzen. Das Wasser spritzte in einem großen Kreis auf den Boden und dazwischen lagen wie unzählige Kuchenstückchen die Scherben des Briefbeschwerers. Mit einem Mal schienen überall Fische zu sein: Sie japsten auf dem Teppich, klebten an den Lampenschirmen, rutschten über polierte Tische und wanden sich auf Sesseln und Sofas. Hilflos fingen die Gäste an, sie aufzuheben und auf der Suche nach etwas, in das man sie hätte hineintun können, durch den Raum zu irren. Blumen wurden weggeworfen und von Kissen gegrapschte oder unter davonstürmenden Füßen hervorgerissene Fische hineingeschleudert. Einer landete aus Versehen in einer Gin-Karaffe. Hände wurden ausgestreckt und jede Hand packte ihren bunten Fisch. Unter den Tischen und Stühlen krabbelten sie herum, um sie aufzusammeln, und der Raum war von Geschrei erfüllt.

»Halt!«, sagte Mischa. Er stand immer noch mitten auf der Tanzfläche. Er war weiß wie die Wand, als wäre alles Blut aus seinem Körper gewichen.

»Das hat keinen Sinn«, sagte er. »Sie werden es nicht überleben.« Er drehte sich um und nahm eine große Porzellanschüssel, in der vorher Kekse gewesen waren. »Legen Sie sie hier hinein«, sagte er.

Wieder trat Stille ein. Die Musik hatte aufgehört. Alle

kamen zu Mischa, brachten ihren Fisch und legten ihn in die Schüssel. Er stand da wie ein Priester. Der letzte war ihm gebracht worden. Doch Mischa stand immer noch da, starr und weiß. Für einen Augenblick schien es, als würde er in Ohnmacht fallen. Dann trat Calvin Blick zu ihm und nahm ihm die Schüssel aus der Hand. Mischa machte auf dem Absatz kehrt und verließ den Raum.

Alle waren wie gelähmt. Dann begannen sie, einander schuldbewusste Blicke zuzuwerfen. Annette, die mit der Hand am Mund vollkommen reglos dastand, wo Mischa sie verlassen hatte, wurde plötzlich aktiv. Wie eine Wahnsinnige fuhr sie zu Rosa herum. »Das hast du mit Absicht gemacht!«, schrie sie.

Rosa, die mit völlig verwirrtem Blick an der Wand lehnte, drehte sich zu ihr um – und während sie sich umdrehte, stürzte Annette sich wie ein junger Tiger auf sie. Unter den empörten Rufen der Umstehenden taumelten die beiden Frauen und stürzten miteinander ringend zu Boden. Rainborough und Hunter liefen hin, um sie zu trennen. Calvin beobachtete sie mit leuchtenden Augen.

Rosa war die stärkere der beiden. Sobald Annette sie berührte, spürte sie, dass ihren Gliedmaßen eine enorme Kraft innewohnte. In dem Moment hätte sie Annette töten, sie wie eine Gipsfigur zerschmettern können. Nie hatte sie eine so tiefe Befriedigung ihrer Wut und ihres Hasses verspürt. Im Nu hatte sie Annette an der Kehle und drückte ihr den Kopf zurück, während sie mit der anderen Hand am Oberteil ihres Kleides zerrte. Mit einem schrecklichen reißenden Geräusch gab der Stoff nach. Dann war Hunter zwischen ihnen und schubste Annette blindlings weg, während Rainborough das Mädchen auf die Füße zog. Hunter half Rosa hoch, die langsamer aufstand.

Annette befreite sich von Rainborough, der versuchte, sie am Arm festzuhalten und ihr Vorhaltungen zu machen. Einen Moment lang stand sie mit geschlossenen Augen da, beide

Hände an die Brust gehoben, um das Vorderteil ihres Kleides zuzuhalten, das bis zur Taille aufgerissen war. Dann öffnete sie die Augen, sah sich um und lief plötzlich aus dem Raum.

Rosa schüttelte sich wie ein Hund. Ihr Haar, das sich bei dem Kampf gelöst hatte, fiel wallend über ihren Rücken herab. Sie hatte sich an einer der Glasscherben auf dem Boden den Arm aufgeschnitten. Gäste sammelten sich um sie herum. Als sie dastand und das Blut an ihrem Arm betrachtete, füllten ihre Augen sich langsam mit Tränen.

SECHZEHN

Als Mischa den Raum verlassen hatte, war Annette unschlüssig gewesen, ob sie hinter ihm herlaufen oder auf Rosa losgehen sollte. Nachdem sie das eine getan hatte, dachte sie nur noch daran, jetzt auch das andere zu tun. Sie lief durch die Tür und fand sich in einem leeren Zimmer wieder. Sie lief geradewegs durch eine Tür an der gegenüberliegenden Seite in einen weiteren Raum, aus dem eine Treppe nach unten führte. Sie lief die Treppe hinunter und blieb dann stehen, um zu lauschen. Sämtliche Räume waren hell erleuchtet, aber im Haus schien völlige Stille zu herrschen. Dann hörte sie irgendwo rechts von ihr eine Tür zugehen. Das Zimmer, in dem sie sich befand, hatte keinen Zugang in diese Richtung. Sie lief geradeaus in den nächsten Raum und fand dort eine Tür auf der rechten Seite. Atemlos rannte sie durch eine weitere Folge von Zimmern, wobei ihre Füße kaum die Oberfläche der weichen Teppiche berührten; und dann führte eine letzte Tür sie plötzlich und unerwartet auf die Straße hinaus.

Nach den Lichtern drinnen war es sehr dunkel, eine tiefschwarze, lautlose Nacht, vor deren Intensität sie einen Moment ehrfürchtig innehielt. Sie befand sich in einer ihr unbekannten Straße. Es war eine feuchte Nacht, mit nur wenigen Sternen. Jetzt regnete es nicht mehr, aber es hatte geregnet und in einiger Entfernung malte eine Straßenlaterne ein Streifenmuster aus Spiegelungen auf die Straße. Annette begann langsam auf die Lampe zuzugehen. Ihre Schuhe mit den dünnen Sohlen blieben bei jedem Schritt am Pflaster haften.

Als sie sich der Lampe näherte, sah sie eine Gestalt sich langsam vorwärts bewegen. Mit einer Mischung aus Angst und Triumph verlangsamte sie ihren Schritt. Eine Zeit lang ging Mischa weiter und Annette folgte zwanzig Schritte dahinter. Er trug seine Hausjacke über dem Arm, hatte die Ärmel seines Hemdes hochgerollt und ging mit weit zurückgelegtem Kopf. Sie wagte nicht, ja hatte nicht einmal den Wunsch, ihn einzuholen. Auf diese Weise hinter ihm herzulaufen, kam Annette bereits wie ein kleines Wunder vor. Sie ging wie ein Jäger, leise, energisch, liebevoll hinter ihm her; und nach einer Minute wusste sie, dass er ihre Schritte gehört hatte. Beide Hände an den Busen gedrückt, um das zerrissene Kleid an seinem Platz zu halten, ging sie weiter wie in einem Traum.

Nach wieder einer Minute hielt er inne und machte, ohne sich umzusehen, eine kuriose Bewegung mit einer Hand, die Annette sofort verstand. Begierig stürmte sie vorwärts und als sie auf seiner Höhe war, zog er sie an sich und sie gingen, Mischas Arm um ihre Schulter, eine Zeit lang so weiter. Annette war benommen vor Glückseligkeit. Niemand war auf den Straßen, die still dalagen, abgesehen von dem leisen, schlüpfrigen Geräusch ihrer Schritte und dem unregelmäßigen Klopf-Klopf des Wassers, das von den Bäumen troff. Nasse Blätter neigten sich über ihren Köpfen. Ein Wassertropfen fiel auf Annettes Schulter und rann zwischen ihren Brüsten hinab. Sie gingen über einen Platz. Das tröpfelnde Geräusch, das Annette zu einer anderen Zeit traurig gemacht hätte, erschien ihr jetzt wie die Stimme des Frühlings. Die Luft war weich und warm und der Frühling fiel von den Bäumen und rollte in kühlen Tropfen über ihre Haut. Dann war plötzlich in der Ferne ganz deutlich ein Geräusch zu hören, und dann noch eines – und dann wieder Stille.

»Ein Vogel!«, sagte Annette.

»Ja«, sagte Mischa.

»Mensch, es ist ja Morgen!«, sagte Annette.

Sie blickte auf und der Himmel verwandelte sich in ein dunkles, bedecktes Grau. Sie wandte sich Mischa zu und stellte fest, dass sie jetzt sein Gesicht sehen konnte. Er sah so melancholisch aus, dass Annette ihn am liebsten auf der Stelle in die Arme genommen hätte. Neben tiefer Freude verspürte sie das Verlangen und die Macht, ihn einzuhüllen, ihn zu trösten, ihn zu retten. Sie blieb stehen und drehte sich zu ihm um. Mischa nahm den Arm von ihrer Schulter und schaute sie mit einem geduldigen, leeren Blick an oder blickte an ihr vorbei. Jetzt wo der körperliche Kontakt zwischen ihnen abgebrochen war, wagte Annette nicht, ihn zu berühren; mit einer Geste resignierender Hilflosigkeit ließ sie die Hände von der Brust herabsinken und das zerrissene Oberteil des Kleides fiel bis zur Taille herunter und offenbarte zwei ungewöhnlich runde, weiße Brüste. Einen Moment lang stand Mischa da und betrachtete sie, wie sie, einer Meerjungfrau gleich, aus der seegrünen Hülle ihres Kleides ragte. Dann seufzte er, streckte sehr behutsam eine Hand aus und fuhr mit einem Finger an der äußeren Kontur einer Brust hinunter.

Danach wandte er sich ab und ging weiter. Annette zitterte, raffte ihr Kleid hoch und folgte ihm, immer in ein oder zwei Schritten Abstand. Mischa blieb stehen und fing an, in der Tasche nach Schlüsseln zu suchen. Annette sah, dass sie vor einer Garage standen.

»Haben Sie hier Ihr Auto stehen?«, fragte Annette.

»Ja«, sagte Mischa. Er drückte den Schlüssel ins Schloss.

»Die ist aber weit vom Haus entfernt«, sagte Annette.

»Nein«, erwiderte Mischa, »das Haus ist hier.« Er deutete über ihre Köpfe und Annette sah eine Reihe erleuchteter Fenster. Sie waren im Kreis gegangen. Sie schauderte.

»Gehen wir schnell«, sagte sie. Mischa öffnete die Tür eines niedrigen grauen Autos und sie stieg ein. Das Licht am Armaturenbrett ging an, der Motor gab ein leises Surren von sich, das zu einem Aufheulen anschwoll, und dann waren sie weg.

Die kraftvollen Scheinwerfer von Mischas Auto zeigten Annette zunächst eine lange Folge bekannter Straßen, dann eine Reihe unbekannter, dann eine große Hauptstraße und zum Schluss grüne Hecken und Alleen und grasbewachsene, mit Primeln übersäte Randstreifen, die mit weißem Kalk durchsetzt waren. Das Auto fuhr bergauf.

»Wickel dich in diese Wolldecke«, sagte Mischa.

Annette rollte sich, die Decke um ihre Knie geschlungen, auf dem Vordersitz zusammen. In dem gedämpften, geheimnisvollen Licht, das vom Armaturenbrett kam, konnte sie sein Profil erkennen. Er sah sie nie an. Sie versuchte, allerdings vergeblich, sich zu erinnern, ob sein blaues oder sein braunes Auge ihr am nächsten war. Zum Nachsehen war es zu dunkel. Kaum hatten sie freies Gelände erreicht, raste das Auto wie wild dahin. Eine unbestimmte Zeit verstrich. Ein graues dunstiges Licht zeigte Wälder und Dörfer, die das Auto für einen Augenblick berührten und dann vorbeihuschten. Doch innen herrschte tiefe Stille. Annette bewegte sich und ihr Knie berührte Mischa an der Seite. Sie sagte nichts, aber als die Tachonadel siebzig erreicht hatte, kam sie sich vor wie im Paradies. Noch nie in ihrem Leben war sie so glücklich gewesen.

Das Auto fuhr bergab. Die Räder knirschten scharf auf Kies und quietschten dann auf Steinen. Dann fing Mischa plötzlich an, heftig zu bremsen, und das Auto kam stotternd zum Stehen. Er schaltete den Motor aus. Nach dem abrupten Ende seines Heulens war Annette sich zunächst nicht im Klaren, ob das, was folgte, Stille war oder nicht. Dicker Nebel umgab sie. Mischa stieg aus dem Auto. Annette streckte die Beine. Sie fühlte sich sehr steif. Sie machte die Tür auf und ein kalter Wind blies ihr mitten ins Gesicht. Sie wünschte, die Fahrt wäre nicht zu Ende gewesen. Sie stellte fest, dass sie auf feuchten Steinen stand und stolperte und fast hinfiel. Mischa war vorausgegangen, hatte ein paar Schritte gemacht und war dann stehen geblieben. Ein sonderbares Dröhnen drang an Annettes Ohren. Es war sehr nah, ohrenbetäubend. Sie machte einen Schritt nach vorn. Dann erkannte sie, wo sie war. Mischa hatte das Auto fast ins Meer gefahren. Er stand jetzt da und die Wellen brachen an seinen Füßen.

Annette war völlig benommen. Sie ging hinunter, um sich neben Mischa zu stellen, und bahnte sich vorsichtig einen Weg über einen Streifen aus knackenden Muscheln und nachgebendem Seetang. Es war ein Strand aus großen flachen Steinen, die unter den Füßen merkwürdig knirschten. Annette hatte plötzlich das Gefühl, in Gefahr zu sein. Der Nebel umschloss sie. Sie schaute zurück zum Auto. Hinter ihr war nur die Spitze des Kühlers zu erkennen. Der Rest war im Nebel versunken. Ihr Blick wanderte aufs Meer. Sie konnte gerade bis zu dem Punkt sehen, wo die Wellen aus der grauen Wand hervortraten und schon anfingen, umzukippen und herabzustürzen. Mit großer Wucht schlugen sie auf die Steine, glitten in einer breiten Wasserfläche schäumend vorwärts und zogen sich dann, den Strand mit einem rasselnden, knirschenden Geräusch hinter sich herschleifend, wieder zurück. Der endlose rhythmische Lärm legte sich über Annette und ließ sie eine Zeit lang reglos und entsetzt verharren. Die Hand an ihrer Brust wurde eins mit ihrem rasenden Herzschlag. Dann drehte sie sich zu Mischa um.

Das Erstaunen, das sie gepackt hatte, fand sie auch in seinem Gesicht wieder. Seine Lippen waren leicht geöffnet und seine Augen schienen sich von seinem Kopf zu entfernen. Er starrte auf die Wellen wie ein Mann, der von einem unbekannten Tier in die Enge getrieben wird. Schrecken und Faszination standen ihm auf der Stirn geschrieben. Als Annette ihn sah, bekam sie noch mehr Angst. Er atmete schwer und immer wieder bewegte sich sein Mund, als sagte er etwas, dessen Ton sich im Tosen des Meeres verlor. Das Wasser bedeckte bereits seine Schuhe. Dann bückte er sich, tauchte neben seinen Füßen die Hand in den Schaum und führte die Finger an den Mund. Er leckte sich die Lippen und schmeckte das Salzwasser.

»Mischa!«, sagte Annette. Sie konnte ihre Stimme kaum hören, so ohrenbetäubend war das ununterbrochene Schlagen der Wellen auf den Steinen. Er beachtete sie nicht. Vielleicht hatte er sie nicht gehört oder vergessen, dass sie bei ihm war. Mit einem Mal spürte Annette, dass sie allein am Strand war. Der Nebel hob sich ein wenig und es wurde langsam heller. Jetzt konnte sie über den Brechungspunkt der Wellen hinaussehen, dorthin, von wo die großen Brecher heranrollten, deren Kuppen im silbernen Licht von Nebel und Tagesanbruch glitzerten. Alles um sie herum fing an, durch die noch unsichtbare Sonne zu glänzen und zu strahlen. Sie drehte sich um und fühlte, konnte aber nicht hören, wie die Steine unter ihren Füßen sich ächzend verschoben. Bis zu den Knöcheln war sie nass. In einem qualvollen Aufflackern der Erinnerung fielen ihr die Ereignisse der Nacht wieder ein. Sie sah die Fische, die sich windend auf den trockenen Kissen und auf dem Teppich lagen. Sie wollte weinen, schreien; vor allem wollte sie Mischas Aufmerksamkeit.

»Mischa!«, rief Annette und packte ihn am Arm. Er riss sich los und trat ohne den Kopf zu drehen, die Lippen immer noch in Bewegung, von ihr weg.

Annette schaute ihn einen Augenblick mit schmerzverzerrtem Gesicht an. Dann raffte sie ihren langen Rock zusammen, wandte sich von ihm ab und lief mit einem lauten Schrei los ins Meer. Nach drei Stolperschritten durch die sich zurückziehende Schaumfläche schlug ihr die nächste Welle ans Knie. Annette hielt das Gleichgewicht und schaffte es, einen weiteren Schritt zu machen. In eiskaltem Schwall wirbelte ihr das Wasser um die Taille. Die heftige Kälte ließ sie mit schriller Stimme aufschreien. Sie sah, wie der nächste Brecher sich über ihr auftürmte. Sie verlor den Boden unter den Füßen. Dann spürte sie einen scharfen Ruck am Arm und Mischa zog sie zurück. Annette wand sich und einen Moment lang schwankten sie auf den Steinen hin und her und die große Welle durchnässte sie. Als Mischa sie dann weiterzog, glitt sie aus, schrammte sich an den Kieseln das Bein, und kurz darauf hatte er sie, halb laufend, halb auf den Knien rutschend, weit über die Wasserlinie hinausgezogen.

Mischa wies sie zurecht. »Du kleine Idiotin!«, rief er und schüttelte sie heftig.

Annette ließ sich auf den Steinen nieder. Sie konnte fast nichts mehr denken und fühlen. Das Bein tat ihr weh. Jetzt wollte sie nur noch allein sein. »Gehen Sie weg«, sagte sie zu Mischa.

Mischa beugte sich mit teuflischer Miene über sie. Er zog sie auf die Füße und schleppte sie zum Auto. »Setz dich auf den Rücksitz«, rief er, »und zieh dir deine Sachen aus. Dann zieh diese Jacke an und wickle dich in die Decke.«

Irgendwie streifte Annette, vor Kälte zitternd, die Überreste ihres grünen Kleides ab und war für kurze Zeit nackt, ein langes feuchtes Bein hinter sich über den Steinen hängend und das andere in der sanften Wärme des Autos. Dann schlüpfte sie in Mischas samtene Hausjacke, die zurückgeblieben und ganz trocken war. Sie zog die Decke um sich fest und ließ sich auf den Rücksitz sinken. Dann sah sie Mischa. Er hatte sein Hemd ausgezogen und war gerade dabei, es auszuwringen. Seine Brust und seine Schultern waren vollständig mit langen schwarzen Haaren bedeckt, die ihm jetzt in feuchten Streifen dicht am Körper klebten. Sein Haupthaar, vom Wasser dunkel geworden, fiel zu beiden Seiten seines Gesichts herab und Wassertropfen standen ihm wie Tränen auf den Wangen. Als Annette das sah, fing sie an zu weinen.

Mit einem gewaltigen Ruck fuhr das Auto los. Annette schloss die Augen und fühlte, wie die nassen Reifen auf dem Kieselstrand rutschten und knirschten. Der Nebel hatte sich von Grau zu Silber und jetzt zu Gold verwandelt. Durch Wolken aus Gold fuhren sie zur Hauptstraße hinauf und damit begann die lange Heimfahrt. Das Heulen des Motors schwoll zu einem Crescendo an und Annettes Tränen flossen ohne Unterlass. Noch nie in ihrem Leben hatte sie sich so elend gefühlt. Bis sie in der Lage war, sich wieder einigermaßen zu fassen und einen Blick auf Mischas Hinterkopf zu werfen, von dem immer noch das Meerwasser herabtropfte, durchfuhren sie bereits die Vorstadt von London. Mischa sagte nichts, bis er sie, als sie sich der Themse näherten, aufforderte: »Zieh lieber deine eigenen Kleider an, bevor du hineingehst.«

Annette konnte den Sinn seiner Worte kaum erfassen, schaffte es aber immerhin, zum letzten Mal die Fetzen ihres grünen Kleides an sich kleben zu lassen. Dann zog sie die Samtjacke wieder an. Als sie damit fertig war, stellte sie mit Erstaunen fest, dass sie vor dem Haus am Campden Hill Square standen. Der Motor verstummte und hinterließ eine schreckliche Stille. Mischa stieg aus und machte die Autotür auf.

»Ich kann nicht da reingehen«, sagte Annette mit klarer Stimme.

»Komm mit«, sagte Mischa. Wieder hatte sie das Gefühl, dass er sie nicht anschaute, sondern an ihr vorbei oder durch sie hindurchsah. Annette hievte sich selbst unbeholfen hinaus und humpelte auf den Gehsteig. Mischa ging zur Tür und klingelte. Dann ließ er Annette auf dem Gehsteig stehen, stieg ins Auto und fuhr davon.

Einen Augenblick stand sie da, von ihrem Jammer völlig benommen, und zog Mischas Jacke fest um sich. Dann stieg sie die Stufen hinauf und öffnete die Tür, die nicht verriegelt war. Sie begann sich die Treppe hochzuschleppen. Als sie an Hunters Zimmer vorbeiging, kam er heraus und betrachtete sie. Er sagte nichts. Annette erreichte den Treppenabsatz unterhalb ihres eigenen Zimmers und sah Rosa oben an der Treppe stehen. Die Tür zu Annettes Zimmer stand offen. Wenn ich nur so weit käme, dachte Annette. Sie war nicht imstande, den Blick auf Rosa zu richten. Ihr wurde bewusst, dass sie ganz fürchterliche Kopfschmerzen hatte. Sie lehnte sich ans Geländer, um sich auszuruhen. Wie ein Schicksalsengel stand Rosa neben der Tür ihres Zimmers.

»Wo bist du bloß gewesen, Annette?«, fragte Rosa.

Annette fiel keine passende Antwort ein. Sie war einfach zu müde, viel zu müde. Sie zog sich noch eine Stufe hinauf. Dann sah Rosa Mischas Jacke.

»Annette –«, sagte Rosa und verstummte. Ganz kurz erzitterte das Haus. Hunter begann, auf dem Treppenabsatz darunter irgendetwas Unhörbares zu murmeln.

Plötzlich ging Rosa in Annettes Zimmer und fing an, die Schubladen ihrer Frisierkommode aufzuziehen. Sie packte einen Arm voll Kleider und schleuderte sie Annette ins Gesicht. Nachdem sie eine der Schubladen ganz herausgezogen hatte, drehte sie sie oben an der Treppe um. Seide und Nylon regneten in Strömen herab.

»Bitte nicht!«, rief Annette. Sie trat einen Schritt zurück und versuchte dann, die übrigen Stufen hinaufzuspringen. Doch von Kälte und Erschöpfung geschwächt, wie sie war, rutschten ihre Hände am Geländer ab und ihre Füße schlitterten auf dem weichen Kleidersturzbach. Sie verlor das Gleichgewicht, fiel schwer nach hinten und schlug heftig auf dem Treppenabsatz zu Hunters Füßen auf.

Rosa, die einen Warnschrei ausgestoßen hatte, als sie Annette fallen sah, fing an, sich einen Weg nach unten zu bahnen und die Kleider dabei mit dem Fuß zur Seite zu schieben. Annette saß auf dem Treppenabsatz und schaukelte vor und zurück. Sie begann, ein schrilles Jammern von sich zu geben.

»O Gott!«, sagte Hunter. »O mein Gott!«

Er versuchte, Annette hochzuhelfen, aber sie riss sich los und fiel unter noch lauterem Gejammer wieder hin. »Ich glaube«, stieß sie schluchzend hervor, »ich glaube, mein Bein ist gebrochen« – und gab sich ihrem Kummer hin. Rosa kam und setzte sich neben sie auf den Fußboden. Hunter konnte sehen, dass auch sie jeden Moment anfangen würde zu heulen.

»O Gott!«, sagte Hunter. Und ging Richtung Telefon.

SIEBZEHN

In Peter Sawards Zimmer hatte eine ganze Weile völlige Stille geherrscht. Es war später Nachmittag und die Schreibtischlampe brannte schon über eine halbe Stunde. Draußen vor dem Fenster hing immer noch ein trauriges grünes Licht unter der Platane. Peter hatte es nie eilig, die Vorhänge zuzuziehen. Er hatte keine Angst vor den Geistern, die kommen, um sich an erleuchtete Fenster zu drücken. Er hatte seinen Stift beiseite gelegt und blickte düster auf die Blätter mit den Hieroglyphen. Sie waren undurchdringlich wie immer. Schließlich legte er sie ordentlich zu einem Stapel zusammen. Dann griff er nach seinem Brieföffner und zog zwei dicke Bücher zu sich, die soeben aus Paris eingetroffen waren. Er schaute auf die Uhr. Dann fing er an, die Seiten aufzuschneiden. So verging ein bisschen Zeit.

Es klopfte an der Tür und Mischa Fox kam herein. »Ich komme zu spät«, sagte er. »Es tut mir Leid.«

»Das macht nichts«, sagte Saward. »Ich habe die Zeit sinnvoll genutzt!« Er fuhr mit dem Stuhl herum und Mischa setzte sich zu seinen Füßen auf den Boden. Für kurze Zeit saßen sie schweigend da, Mischa den Blick übellaunig in eine Ecke gerichtet und Peter Saward forschend ihn betrachtend.

»Du siehst müde aus«, sagte Peter Saward.

Mischa schüttelte den Kopf. »Alle sind mal wieder wie üblich verrückt geworden!«, sagte er.

»Du machst sie verrückt«, sagte Peter.

Mischa dachte darüber nach. »*Dich* mache ich nicht verrückt«, sagte er. Er blickte zu Peter auf. »Hast du gehört, was auf der Party passiert ist, nachdem du schon fort warst?«

»Ja«, antwortete Peter Saward. »Rainborough war hier und hat es mir erzählt.« Er runzelte die Stirn und schüttelte den Kopf.

»Ach so, gut«, sagte Mischa. Beim Sprechen hatte er das Gehabe von jemandem, der eine unangenehme Pflicht hinter sich gebracht hat und sich jetzt angenehmeren Dingen zuwenden kann. »Hast du die Fotos bekommen?«

»Ja«, sagte Peter. Aus einer Schreibtischschublade zog er ein großes schäbiges Buch mit grünem Einband. Das Buch plumpste auf den Boden und Peter folgte ihm, um sich neben Mischa zu setzen. Mischa blätterte bereits die Seiten um, die er in seiner Begierde fast zerriss.

»Wie wunderbar«, rief er, »das sind die besten, die ich je gesehen habe! So detailreich, und nicht nur die üblichen Sachen. Wie klug von dir, Peter!« In seinem Entzücken war er wie ein Kind, klatschte fast in die Hände und sein Gesicht war durch eine Mischung aus Freude und Schmerz verwandelt, ein völliger Gegensatz zu dem angespannten, von Ärger und Kummer geprägten Ausdruck, den es kurz zuvor noch gehabt hatte.

»Ach Peter, wenn du wüsstest«, sagte Mischa, »wie sehr mich das bewegt. Wie erstaunlich Fotos doch sind! Da ist etwas in meinem Herzen, an das diese Fotos rühren und das mir bald zurückgegeben sein wird. Ich fühle, es wandelt sich schon. Was für ein Wunder es ist zu spüren, dass letztlich doch nichts stirbt.«

Peter Saward saß, einen Arm auf die Sitzfläche des Stuhls gelegt, in unbequemer Haltung auf dem Fußboden. Er war ganz in Mischas Anblick vertieft. Ein Meer von Büchern umgab sie.

Mischa hatte bei einem Foto innegehalten. »Siehst du diese kleine Straße?«, sagte er. »Da gab es einen Laden, man kann die Hausecke fast noch sehen, in dem ich immer Süßigkeiten gekauft habe. Unser Haus lag in *dieser* Richtung. Erst kam da eine Straße und ein Platz und dann die Straße, in der wir wohnten.« Er blätterte weiter.

»Und *hier*«, fuhr Mischa fort, »*du* müsstest mir eigentlich sagen können, wo das ist! Weißt du, was hier gleich um die Ecke ist?« Er zeigte Peter Saward eines der Bilder.

Peter dachte einen Moment nach. »Deine Schule?«, fragte er.

»Genau!«, rief Mischa. Darüber freute er sich so sehr, dass er Peter fast um den Hals fiel. »Weißt du«, sagte er, »nachdem wir uns das letzte Mal gesehen hatten, ist mir der Name des deutschen Schulmeisters, an den ich mich nicht erinnern konnte, wieder eingefallen. Er hieß Kuneberg.«

»Kuneberg«, sagte Peter Saward. Er schaute Mischa an und spürte wieder die Verwirrung und Zärtlichkeit, die ihn bei diesen sonderbaren Begegnungen immer erfüllte. Mischa war ein Problem, von dem er spürte, dass er es nie lösen würde – und das obwohl er vielleicht mehr Anhaltspunkte für dessen Lösung hatte als irgendjemand sonst auf der Welt. Dennoch schien Mischa umso rätselhafter zu werden, je mehr er dem Impuls nachgab, sich Peter auf so unerwartete Weise zu offenbaren. Schon vor langer Zeit hatte Mischa es sich in den Kopf gesetzt, Peter von seiner Kindheit zu erzählen; und seit er damit angefangen hatte, hatte er ein erstaunlich detailreiches Bild entworfen. Anfangs war Peter sich keineswegs sicher gewesen, ob alles, was Mischa ihm erzählte, der Wahrheit entsprach; jetzt war er sicher, dass es wahrer gar nicht sein konnte und dass die Beachtung von Genauigkeit und Vollständigkeit hier für Mischa eine schreckliche Notwendigkeit darstellte.

Manchmal wenn sie zusammen waren, saß Mischa minutenlang da und versuchte, sich an irgendetwas zu erinnern, wie zum Beispiel den Namen dieses Schulmeisters – und in solchen Momenten verzog und spannte sich sein Gesicht für kurze Zeit wie das eines Kindes. Mischa selbst hatte auch die

Idee gehabt, dass ein paar wirklich gute Fotos seiner Erinnerung vielleicht auf die Sprünge helfen würden – und Peter Saward war es gelungen, von einem Freund am Warburg Institute welche zu bekommen.

»Und hier«, sagte Mischa, ein Bild von einem Brunnen vor sich, »war ein Bronzefisch. Wie seltsam, das hatte ich völlig vergessen! Du kannst ihn hier nicht sehen, er ist auf der anderen Seite. Und das Wasser kam nicht aus seinem Maul, sondern aus seinen Augen raus. Ich erinnere mich, wie ich meine Mutter fragte, warum er weinte. Und auf *dem* Platz«, fuhr er fort, während er umblätterte, »gab es im Herbst immer einen großen Jahrmarkt. Das war ein schreckliches Ding, dieser Jahrmarkt.« Er verstummte plötzlich und biss sich auf die Lippe.

»Warum?«, fragte Peter Saward.

»Es gab – Wettbewerbe, Nebenvorstellungen«, antwortete Mischa, »die Kinder machten alle mit. Und weißt du, was sie uns als Preis gaben? Kleine Küken, einen Tag alt.«

»Wie?«, fragte Peter Saward.

»Ja, genau das«, sagte Mischa. »Wir spielten mit ihnen, bis sie nach ein oder zwei Tagen starben. Sie konnten nicht überleben. Jeder wusste das. Die Leute vom Jahrmarkt wussten es, meine Eltern wussten es –« Seine Stimme erstarb. Peter Saward blickte ihn unwillkürlich einen Moment lang an. Mischas Augen hatten sich mit Tränen gefüllt. Peter Saward war nicht übermäßig bestürzt. Im Laufe dieser sonderbaren Gespräche weinte Mischa oft.

»Ich erinnere mich so genau daran«, sagte Mischa, »an das erste Mal. Ich war noch sehr klein. Ich konnte nicht verstehen, was mit meinem Küken passiert war. Jemand erklärte es mir, als wäre es das Normalste der Welt.«

Peter Saward schwieg. Wie so oft, wenn Mischa sich zurückbesann, war er auf unbegreifliche Weise aufgewühlt.

»Danach«, sagte Mischa, »beobachtete ich andere Tiere, um zu sehen, ob sie starben. Aber nein – man sieht Tiere nicht sterben. So privilegiert ist keiner. Nicht einmal tote Tiere sieht man. Denk an all die Kreaturen, die es gibt, die ihr Leben unter uns verbringen, Vögel, Säugetiere und alle möglichen Insekten. Hilflose Wesen, die nicht lange leben. Dennoch sieht man fast nie ein totes. Wohin gehen sie zum Sterben? Die Erde müsste eigentlich mit toten Tieren übersät sein. Ich habe darüber nachgedacht und manchmal –«

»Manchmal was?«, fragte Peter Saward nach einer Weile.

»Habe ich Tiere getötet«, sagte Mischa. Völlig reglos saß er da, ein Knie hochgestellt und das andere Bein unter sich gezogen. Er starrte durch die Wand hindurch, als sähe er die Vergangenheit.

»Warum hast du das gemacht?«, fragte Peter mit sehr leiser Stimme, an Mischas Gedanken gewandt.

»Sie taten mir so Leid«, sagte Mischa. »Sie waren so schutzlos. Alles konnte sie verletzen. Ich konnte – es nicht ertragen.« Mischas Stimme wurde fast tonlos. »Einmal schenkte mir jemand ein Küken«, sagte er, »und ich habe es getötet. Ich erinnere mich.«

Peter Saward schaute ihn wieder an und wandte dann den Blick ab. Er lenkte ihn um auf Mischas Hand, die nicht weit von seiner eigenen auf dem Teppich lag. Sie zitterte leicht und Sawards gestörter Fantasie erschien sie wie eine kleine, hilflose Kreatur. Er schüttelte den Kopf. Es war nicht das erste Mal, dass ihm solche Dinge erzählt wurden. Er fragte sich, welcher Dämon Mischa ständig dazu trieb, diesen ungewohnten Bereich menschlicher Empfindsamkeit aufzudecken und solchen Qualen auszusetzen – und gleichzeitig dachte er wieder, wie seltsam eng beieinander die Ursprünge von Grausamkeit und Mitleid bei diesem Mann lagen.

»So arm und schutzlos«, murmelte Mischa. »Das war die einzige Möglichkeit, ihm zu helfen, es zu retten. So ist das. Wenn die Götter uns töten, dann nicht, weil es ihnen Spaß macht, sondern weil wir sie mit einem so unerträglichen Mitleid, einer Art Abscheu erfüllen. Hast du je das Gefühl«, wandte er sich zu Saward, »als bräuchte alles in der Welt deinen – Schutz? Das ist ein schreckliches Gefühl. Alles – sogar diese Streichholzschachtel.« Er nahm sie aus der Tasche und hielt sie vor sie hin.

»Nein!«, sagte Saward.

Mischa starrte ihn noch eine Weile an, ausdruckslos, den Blick in die Vergangenheit gerichtet. Saward, dessen Aufmerksamkeit von dem blauen Auge zum braunen und wieder zurück wanderte, bemerkte nicht gleich, dass Mischa ihn jetzt mit belustigtem Blick ansah.

»Ach, Peter«, rief Mischa, »was für eine Geduld du hast! Wie gut du zu mir bist!« Er lachte. Er sprang auf. Er ließ die Streichholzschachtel fallen und kickte sie, bevor sie auftraf, fachmännisch in die Luft. Sie segelte hoch und landete ganz oben auf dem höchsten Bücherregal.

»Lass sie da liegen!«, rief Mischa. »Lass sie umkommen! Lass sie verrotten! Was macht uns das aus?« Er packte Saward am Handgelenk und zog ihn vom Boden hoch.

»Und jetzt zu diesen Hieroglyphen, Peter«, sagte Mischa. Er streckte die Hand aus, nahm eines der Blätter und stand, die Hand auf Sawards Schulter, eine Weile da, während er das Blatt anschaute. In diesem Augenblick erschien es Saward, als würde Mischa ihm gleich vorlesen, was darauf geschrieben war. Nur mit Mühe rang er sich zu der Überzeugung durch, dass Mischa es nicht verstehen konnte. Als er, das braune Auge auf der ihm zugewandten Seite seines fahlen, raubvogelartigen Gesichts, auf die Schrift hinabblickte, schien er Saward plötzlich der wahre Geist des Orients zu sein, jenes Orients, der jenseits der Griechen lag, barbarisch und wild, Ägypten, Assyrien, Babylon.

»Du solltest jetzt hiermit aufhören«, sagte Mischa. Er sprach mit einiger Autorität. »Du wirst sie nie entschlüsseln. Es wird einen zweisprachigen Stein geben.« Er warf das Blatt wieder auf den Schreibtisch und wandte seinem Freund das Gesicht zu. »Ich muss jetzt gehen«, sagte er.

Peter Saward war traurig. Er hatte auf einen längeren Besuch gehofft. »Nimmst du die Fotos mit?«, fragte er.

»Nein, du behältst sie«, sagte Mischa. Er hob das grüne Buch auf und legte es auf den Schreibtisch. »Ich werde sie mir nur hier anschauen. Ich lasse meine Kindheit bei dir.«

»Danke«, sagte Peter Saward. Er wollte nicht, dass Mischa schon ging. Er überlegte sich, wie er ihn noch festhalten könnte.

»Peter –«

»Ja?«, sagte Peter Saward hoffnungsvoll.

»Hat Rainborough dir von den – Fischen erzählt?«

»Ja«, antwortete Peter Saward.

»Gut …«, sagte Mischa. Er hielt einen Augenblick inne, ohne Saward anzuschauen. »Dann auf Wiedersehen.«

Die Tür schloss sich hinter ihm. Peter Saward legte den Brieföffner beiseite und holte sein Notizbuch hervor; es dauerte jedoch noch lange, bis er etwas zu Papier bringen konnte. Er wünschte, er hätte es geschafft, mit Mischa über Rosa zu sprechen. Aber was hätte er sagen sollen?

ACHTZEHN

Rainborough stand am Ende seines Gartens und betrachtete die Glyzinie. Von der Glyzinie wanderte sein Blick weiter zu den Narzissen, von dort zu den Primeln, dann zu den Rosen, bei denen schon kleine, schüchterne Knospen zu sehen waren, und von dort wieder zurück zu der Glyzinie. Am nächsten Tag sollte der Abriss der Mauer beginnen. Dennoch war es nicht das, was Rainborough vornehmlich beschäftigte. Seit den Vorkommnissen auf Mischas Party vor zwei Tagen hatte Rainborough keinen Fuß in sein Büro gesetzt. Er hatte angerufen, um zu sagen, dass er einen Teil seines Jahresurlaubs nahm. Danach hatte er keine Anrufe mehr beantwortet und die meiste Zeit des vorangegangenen Nachmittags damit verbracht, am Wohnzimmerfenster zu sitzen und in den Garten zu schauen.

Mit der Morgenpost hatte er dann einen Brief von Sir Edward Guest bekommen, in dem stand, dass Sir Edward, wie er sicherlich wisse, unter großem Bedauern in Kürze in den Ruhestand treten würde und dass G. D. F. Evans zu seinem Nachfolger ernannt worden sei. Sir Edward führte Rainborough vor Augen, wie wichtig es sei, dass er, Rainborough, Evans in der vor ihnen liegenden entscheidenden Phase der Entwicklung von SELIB mit seinen einzigartigen Begabungen und seiner Erfahrung unterstütze. Daraufhin empfand Rainborough die zweifelhafte Befriedigung zu wissen, dass er hätte voraussehen können, was passieren würde, und dass er, wenn er jetzt in Schwierigkeiten steckte, sie sich selbst zuzuschreiben hatte. Das war ein bitterer Vormittag gewesen.

Jetzt war es Nachmittag. Rainborough hatte inzwischen seine Karriere, beginnend im Kindergarten, in ihren Einzelheiten Revue passieren lassen und eine Reihe unangenehmer, aber nicht besonders neuer oder origineller Verallgemeinerungen über sich selbst formuliert. Da diese Beschäftigung bloß unerfreulich und, so argwöhnte er selbst, nicht einmal dazu gedacht war, konstruktiv zu sein, verlagerte er seine Energie bald auf die erfrischendere Aufgabe, anderen die Schuld zuzuschieben. Die Schurkin in diesem Stück war natürlich Miss Casement; denn obwohl Rainborough sich, wenn er ehrlich war, nicht vorstellen konnte, dass alles, was passiert war, von ihr im Detail geplant und ausgeführt worden sein sollte, war ihr merkwürdiger Verrat doch das Symbol der ganzen Katastrophe. Rainborough stellte die müßige Spekulation an, ob Evans' Beförderung wohl durch einen Sieg über Miss Perkins oder durch eine Allianz mit ihr zustande gekommen war. Was auf der Hand lag, war, dass Miss Casement sogar ohne übertriebene Eile beschlossen hatte, dass ihr eigener Vorgesetzter kein würdiges Vehikel für ihre Ambitionen war. Rainborough kostete die Unmöglichkeit seiner Position gründlich aus – und kam zu dem Schluss, dass er kündigen musste. Dass er, wie er es für sich formulierte, von Miss Casement überlistet worden war, machte ihm schwer zu schaffen; doch auf sein Bedauern über den Zusammenbruch eines weiteren Abschnitts seiner Karriere legte sich der Nebel einer dumpfen, fatalistischen Melancholie. Seine einzige weitere Reaktion, stellte er mit Erstaunen fest, war eine Art Trauer und enttäuschte Neugier, wenn er daran dachte, dass er nach seinem Ausscheiden aus SELIB Miss Casement nicht mehr sehen würde.

Als Rainborough seinen Blick wieder auf die Glyzinie lenkte, kam ihm einmal mehr das Schicksal seines Gartens zu Bewusstsein. Fast verspürte er eine düstere Befriedigung bei dem Gedanken, dass diese Katastrophen alle gleichzeitig hereinbrachen. Am nächsten Morgen würden grobe Männer die

Blumen zertrampeln und die Glyzinie ausreißen. Rainborough hatte bereits beschlossen, für ein paar Tage aufs Land zu gehen. Er hatte keine Lust zu sehen, wie die Mauer einstürzte. Eigentlich hatte er sogar schon weg sein wollen; aber nun war er immer noch da. Ich sollte die Blumen alle pflücken, bevor sie zerstampft werden. Er bückte sich und pflückte eine Narzisse. Doch dann erschien es ihm plötzlich sinnlos und er warf sie wieder hin. Vielleicht hätte er seine Zeit darauf verwenden sollen, all diese Dinge umzupflanzen; aber es gab keinen Platz für sie und im Übrigen war es auch nicht die richtige Jahreszeit dafür. Er ließ den Blick schweifen. Dann streckte er ohne Bedacht die Hand aus und packte ein Büschel Narzissen, wobei er die langen kräftigen Blätter in der Hand zusammendrückte. Er riss sie aus und warf sie auf den Rasen. Er ging weiter auf das Blumenbeet und fing an, wild herumzutrampeln und gegen Pflanzen und Büsche zu treten, bis das eine Ende des Beetes völlig verwüstet war. Zum Schluss hielt er inne und schaute die Glyzinie an. Sie war extrem kräftig und alt. Er legte die Hände um den Stamm und zog daran, ohne sie auch nur erzittern zu lassen. Seine rechte Hand war immer noch sehr empfindlich und konnte keinen großen Druck ertragen. Er nahm einen Spaten und begann, an der Wurzel zu graben. Die Wurzeln waren genauso ausladend und knorrig wie die Äste. Rainborough zog seinen Mantel aus. Er schwitzte und keuchte.

Er schaute immer noch mit einem Ausdruck tragischer Entschlossenheit die Glyzinie an, als das Gartentor zu seiner Linken aufschlug. Rainborough war in der richtigen Stimmung für unheilschwangere Ereignisse. Hoffnungsvoll drehte er sich um. Die Besucherin war Miss Casement. Sie trug einen Mantel mit einem feinen Karomuster und ihr Make-up, das einen Ton dunkler geworden war, sprach dafür, dass man die Jahreszeit als Frühsommer betrachten konnte. Sie hielt das Gartentor mit dem Fuß auf und stand mit dem Gehabe einer Frau, die für die *Vogue* posiert, im Eingang. Hinter ihr auf der

Straße erblickte Rainborough ein extrem langes rotes Etwas, das er als Sportwagen identifizierte. Seit der Episode hinter dem Wandteppich hatte Rainborough Miss Casement nicht mehr gesehen. Wann und wie sie von Mischas Party nach Hause gekommen war, entzog sich seiner Kenntnis.

»Das ist aber ein unerwartetes Vergnügen, meine liebe Agnes!«, sagte Rainborough.

Miss Casement stand einen Augenblick zögernd da, unschlüssig, ob sie über diese unvorhergesehene Vertraulichkeit erfreut sein sollte oder nicht. Sie verdächtigte Rainborough des Sarkasmus, eines Kunstgriffs, den sie weder anwenden noch adäquat abwehren konnte. Sie trat in den Garten und das Tor fiel hinter ihr zu. Dann sah sie das Gemetzel auf dem Blumenbeet.

»Kommen Sie her«, sagte Rainborough. Miss Casement, die bereit war dahinzuschmelzen, aber noch nicht geschmolzen war, kam.

»Helfen Sie mir, diese verdammte Glyzinie auszureißen«, sagte Rainborough.

»Aber warum –«, sagte Miss Casement.

»Die Mauer wird abgerissen«, sagte Rainborough knapp. »Was wir brauchen, ist eine Axt.« Im Handumdrehen hatte er eine aus dem Schuppen geholt. Er drückte sie Miss Casement in die Hand. Sie stand da und starrte ihn an, während sie mit der einen Hand an ihrem Seidenhalstuch fingerte und in der anderen die Axt hielt.

»Ich kann nicht damit arbeiten«, sagte Rainborough, »wegen der Verbrennung. Hier – mit ein paar guten kräftigen Hieben in diese Wurzel müsste es eigentlich getan sein.« Mit dem Fuß schob er ein wenig Erde beiseite und zeigte auf die Stelle.

Miss Casement stürzte vorwärts. Die beiseite geschobene Erde bedeckte ihre schicken hellbraunen Schuhe und ihr Karomantel schleifte über den Boden. Mit ausgesprochen grimmiger Miene hob sie die Axt und ließ sie dreimal auf die dicke Wurzel niedersausen. Aufgeschlitzt bis zu ihrem goldenen Inneren, gab sie fast nach.

Rainborough musste an Klytämnestra denken. »Das dürfte reichen«, sagte er. »Jetzt ziehen wir zusammen am Stamm.«

Er stand mit Miss Casement da, die Füße tief in der Erde, und Seite an Seite fingen sie an zu ziehen. Rainborough sog den kräftigen Duft von Erde und Bond-Street-Parfüm ein. Sein nackter linker Arm stützte sich an dem tweedartigen Ärmel ihres Mantels ab und ihrer beider Schultern klebten zusammen. Rainborough stöhnte. Die Glyzinie war sehr kräftig. Dann gab der Stamm plötzlich mit einem reißenden Geräusch nach und der große Fächer aus Ästen neigte sich von der Mauer weg. Rainborough und Miss Casement fielen mit voller Wucht rückwärts in einen Haufen aufgewühlter Erde und ausgerissener Blumen und ein weit gespanntes Netz winziger Blätter und verdrehter Äste senkte sich über sie.

Rainborough setzte sich auf und steckte den Kopf durch das Laubwerk. Vor sich sah er die verwüstete Oberfläche der Mauer, an der es plötzlich von Insekten nur so wimmelte. Er spürte, dass ihm etwas über den Nacken lief. Er schüttelte sich heftig. Neben ihm stützte Miss Casement sich auf einen Ellbogen und versuchte, ein Stück Draht loszumachen, das irgendwie an ihrer Jacke feststeckte. Ihr Gesicht war dreckverschmiert. Rainborough fand, dass sie so eher besser aussah.

»Geht es Ihnen gut?«, fragte er.

»Ja!«, antwortete Miss Casement nicht sonderlich überzeugt.

Rainborough griff nach ihrer Hand, die vorübergehend frei war.

Genau diesen Augenblick wählte Annette, um durch ein diskretes Hüsteln ihre Anwesenheit kundzutun. Rainborough und Miss Casement, deren Köpfe aus dem Gewirr von Blättern und Ästen herausragten, drehten sich um. Dann begannen sie, sich aufzurappeln. Das war nicht einfach. Annette, die außen an der Wohnzimmertür stand, machte keinen Versuch, ihnen zu Hilfe zu kommen. Sie stützte sich auf ein paar Krücken und hatte ein Bein in Gips. Interessiert beobachtete sie die Bemühungen der beiden.

Schließlich stand Rainborough und zog Miss Casement ohne übermäßige Förmlichkeiten hoch.

»Ach, *lassen* Sie mich«, sagte Miss Casement, während sie sich aus seinem Griff befreite. Ohne sich um Rainborough und Annette zu kümmern, machte sie sich daran, den Zustand ihrer Strümpfe und eines in viele Falten gelegten Nylonpetticoats, von dem Rainborough jetzt aus dem Augenwinkel einen großen Teil sehen konnte, zu überprüfen.

»Was um alles in der Welt machen Sie da?«, fragte Annette.

»Das geht Sie überhaupt nichts an!«, erwiderte Rainborough verärgert. »Was haben *Sie* denn gemacht?«

»Ich bin die Treppe runtergefallen«, sagte Annette.

Rainborough fuhr sich mit der Hand über die Stirn. Er spürte, wie die Erde sich mit seinem Schweiß vermischte und in schmutzigen Streifen seitlich an seinem Gesicht hinunterlief. Ihn überkam das starke Bedürfnis, ins Haus zu gehen und sich hinzulegen. »Hoffentlich nichts Ernstes?«, fragte er Annette.

»Nein«, antwortete sie, »es ist nicht einmal gebrochen. Heute stecken sie alles in Gips.«

»Ach, kennt ihr euch überhaupt?«, fragte Rainborough. »Miss Cockeyne, Miss Casement.«

»Ich glaube, ich habe Miss Cockeyne bei der Party wahrgenommen«, sagte Miss Casement. Sie holte einen Taschenspiegel hervor und versuchte, durch Betupfen mit einem feuchten Finger etwas von dem Dreck aus ihrem Gesicht zu entfernen.

Annette lächelte flüchtig und wandte sich wieder Rainborough zu. »Ich habe mich gefragt, ob Sie mich wohl für ein paar Tage unterbringen könnten, John«, sagte sie.

Rainborough starrte Annette an. Miss Casement hielt in ihrer Beschäftigung inne und starrte Rainborough an.

»Warum? Wie sollte ich?«, fragte Rainborough.

»Mir will niemand helfen«, sagte Annette mit weinerlicher Stimme. »Zum Campden Hill Square kann ich nicht zurück. Rosa wird mich nicht haben wollen.«

»Das kann ich kaum glauben«, sagte Rainborough. »Wo waren Sie denn letzte Nacht?«

»In einem Hotel«, erklärte Annette, »aber es war so bedrückend und alle haben mich so angestarrt.«

»Ich fahre gleich aufs Land«, sagte Rainborough. »Ich habe schon meine Unterkunft gebucht.«

»Ist es weit?«, fragte Miss Casement. »Ich fahre Sie in meinem Auto hin.«

»Ihrem Auto?«, wiederholte Rainborough.

»Ja, es ist neu«, sagte Miss Casement. Sie machte das Gartentor auf und hielt es mit einem Stein offen. Der lange rote Gegenstand war jetzt wieder sichtbar. »Ein MG«, sagte Miss Casement bescheiden.

»Sie dürfen nicht gehen und mich allein lassen, John«, sagte Annette und klang allmählich, als wäre sie den Tränen nah.

Rainborough schaute sich das Auto an und bekam plötzlich weiche Knie. Er selbst konnte nicht Auto fahren, bewunderte aber Frauen, die es konnten.

»Mit diesem Bein kann ich nichts machen«, sagte Annette.

»Wenn der Gips hart ist«, sagte Miss Casement forsch, »können Sie mühelos an einem Stock gehen. Eine Freundin von mir hatte einen Skiunfall und konnte mit ihrem Gipsbein hervorragend laufen.« Elegant schüttelte sie ihre Puderquaste und wischte sich dann die Puderpartikelchen vom Mantel. »Kommen Sie, John?«, sagte sie. Ihr Gesicht war wieder so hell wie zuvor.

»Jetzt seien Sie doch nicht albern«, sagte Rainborough verzweifelt zu Annette, »wir bringen Sie mit dem Auto zum Campden Hill Square zurück.«

»Das ist ein Zweisitzer!«, warf Miss Casement ein.

»Ich gehe überhaupt nirgendwohin«, sagte Annette grimmig. »Und wenn Sie weggehen, werde ich allein hier bleiben!«

»Entschuldigt mich«, sagte Rainborough. »Ich muss mal ins Haus gehen.« Er rannte durch die Wohnzimmertür. Einen verrückten Augenblick lang dachte er daran, zur Vordertür hinauszustürzen und ein Taxi zu rufen. Doch seine Füße trugen ihn die Treppe hinauf. Mit kalter Miene packte er seinen Koffer.

Als er wieder ins Wohnzimmer kam, ruhte Annette drinnen auf einem der Sofas. Aus großen Augen schaute sie ihn unverfroren an. Ihr Blick fiel auf den Koffer. »Auf Wiedersehen, John«, sagte Annette. »Schöne Tage auf dem Land. Soll ich Ihnen die Post nachsenden?«

»Nein«, sagte Rainborough. »Kann ich etwas für Sie tun, bevor ich gehe?«

»Geben Sie mir eine Zigarette«, sagte Annette.

Rainborough legte die Zigarettenschachtel neben sie.

»Ich nehme an«, sagte Annette, »das hier ist eines dieser zufälligen Elemente, die Sie auf der Party erwähnt haben?«

»Verdammt zufällig«, sagte Rainborough. Er ging in den Garten. Draußen konnte er Miss Casement am Steuer des MG sehen. Er trat den Stein vom Gartentor weg und stieg hastig ins Auto. Die beiden Türen schlugen gleichzeitig zu.

NEUNZEHN

Die Mauer war eingestürzt und dem Blick aus den Wohnzimmerfenstern von John Rainboroughs Haus boten sich jetzt im Vordergrund Haufen aus Mauerwerk und weißem Staub, im Mittelgrund Stapel von Ziegelsteinen, Betonmischmaschinen und Sandhaufen und im Hintergrund Nissenhütten, eine ausgesprochen viktorianische Fassade des Krankenhauses und eine Reihe von Reklametafeln, die zusammen mit dem roten Aufblitzen vorbeifahrender Busse in der Ferne auf der Upper Belgrave Street zu sehen waren. Ein hämmerndes Geräusch wurde durch ein periodisch auftretendes Krachen unterbrochen und im Hintergrund liefen knirschend verschiedene Maschinen. Kräftige, vom Staub erblasste Männer gingen vor den Fenstern auf und ab und unterhielten sich laut in einem Dialekt, den Annette nahezu unverständlich fand. Seit zwei Tagen war sie jetzt allein in Rainboroughs Haus. Der Anblick draußen vor dem Fenster regte sie mittlerweile so auf, dass sie schließlich die Vorhänge zugezogen hatte und ausschließlich bei künstlichem Licht lebte. Sie verbrachte ihre Zeit im Wohnzimmer, hauptsächlich damit beschäftigt, zu weinen und über die jüngsten Ereignisse nachzudenken.

Im Moment hatte Annette allerdings einen neuen Grund zur Kümmernis. »So ein Möchtegern!«, sagte Annette, die im Schutz des Lärms ein lautes Selbstgespräch führte, verdrießlich. »Ausgerechnet wenn ich ihn brauche! Selbstsüchtiger Kerl!«

Wieder hob sie den Brief von Nicholas, den Hunter ihr morgens gebracht hatte, vom Boden auf und fing an, ihn noch einmal zu lesen. Als Rosa kurze Zeit nach Rainboroughs Abreise mit dem Taxi gekommen war, hatte Annette ihre Drohung wahr gemacht und sich geweigert mitzugehen. Seitdem hatte Hunter täglich auf sie gewartet. In dem Brief von Nicholas, den sie mit so großer Freude in Empfang genommen und mit einer solchen Enttäuschung gelesen hatte, stand:

Hotel Vincent
Cannes

Écoute, ma sœur. Ich habe soeben eine schwerwiegende Entscheidung getroffen und du wirst wie immer die Erste aus der Familie sein, die es erfährt. (Und bis auf weiteres auch die Letzte, Kleine. Kein Wort zu den Olympiern!) Ich habe beschlossen, in die Kommunistische Partei einzutreten. Das ist keine übereilte oder zufällige Entscheidung, sondern die unausweichliche Folge meines ganzen Lebens. Ich nehme an, es wird dich nicht überraschen. Keine Zeit jetzt, die genauen Gründe zu erläutern. Ich werd's dir erzählen, wenn wir uns sehen. Einstweilen lege ich dir eine Literaturliste bei. Übrigens, dass du Ringenhall geschmissen hast, *j'en suis ravi*. Ich wette, seit du weg bist, hast du mehr gelernt als in der ganzen Zeit dort. *Je te félicite.* Ich wollte nie, dass du eine englische Lady wirst (erinnerst du dich, wie wir uns geschworen haben, *niemals Engländer* zu werden?) oder Zeit damit verschwendest, dir die *mœurs* einer untergegangenen Klasse anzueignen. Was die Literaturliste angeht, die Bücher sind nicht alle unumschränkt zu empfehlen – aber zu einer modernen Bildung gehört auch das Verständnis des Liberalismus. Es ist notwendig, liebstes Schwesterherz, ein Liberaler *gewesen zu sein*! Die Bücher, die wirklich empfehlenswert sind, habe ich mit Sternchen markiert.

Ich habe vor, in den Ferien nach Griechenland zu fahren. *Si tu es sages, tu viens avec.* Zusammenkunft *alla casa Francolini.* Dann fahren wir *en bagnole* weiter. Zieh dich bloß anständig an, wenn du kommst. Ich möchte, dass du einen guten Eindruck machst. (Vor allem keine Hosen. *D'ailleurs, puisque tu manques complètement de derrière, c'est pas intéressant que tu portes des pantalons!*) Näheres zu alledem später.

Noch mal, kein Wort über die KP zu den Olympiern. Sie werden einen *Anfall* kriegen. Ich muss es ihnen schonend beibringen. Wenn du schreibst, sag einfach, ich entwickelte ein »Interesse an sozialen Fragen«, ha, ha!! Mach's gut, Schwesterherz. *Je t'embrasse.*

Nicky

PS: Ich bin im Moment ganz verrückt auf Schach. Versuch es zu lernen, bis wir uns sehen. Besorg dir ein gutes Lehrbuch.

»*Nom de Dieu*«, sagte Annette, »*ça, c'est marrant!*« Sie warf den Brief auf den Boden. »Schach! Kommunistische Partei! Ausgerechnet jetzt, wo ich seinen Rat brauche! Offensichtlich hat er nicht einmal meinen Brief richtig gelesen.«

Sie überlegte, ob sie wieder weinen sollte, entschied sich aber dagegen. Sie wurde es leid zu weinen. Nicholas' Brief überraschte sie nicht sonderlich. Die Warnung davor, den Olympiern etwas zu erzählen, war üblich, nur bezog sie sich normalerweise auf Autorennen.

Annette trug immer noch Mischa Fox' Samtjacke. Sie hatte alle erdenklichen Tröstungen aus der Anwesenheit dieses Gegenstands gewonnen, den sie eng um sich zog, während sie die Hände in seinen Ärmeln und das Gesicht in seinem hochgeschlagenen Kragen verbarg. In den Taschen war, wie sich herausgestellt hatte, nichts anderes gewesen als ein Päckchen türkische Zigaretten, die Annette andächtig geraucht hatte. Sie hatte auf Visionen gehofft, es waren ihr jedoch keine gekommen. Ihre Zukunftspläne, sofern es überhaupt welche gab, kreisten ausschließlich um den Moment, wo sie Mischa dieses Kleidungsstück zurückgeben würde. Sie konnte sich nicht vorstellen, dass er ihr aus Gleichgültigkeit oder reinem Zufall gestattet hatte, es mitzunehmen. Ihr war eine wertvolle Geisel an die Hand gegeben worden und sicher wurde von ihr erwartet, dass sie sie nutzte.

Die Tatsache, dass Nicholas' Brief die Situation in keiner Weise erhellt hatte, machte Annette erst unruhig und dann verzweifelt. Sie spürte, dass sie etwas tun musste. Sie stand auf und machte sich auf den Weg in die Küche, indem sie ihr versteinertes Bein bei jedem Schritt anhob. Es war, als verwandelte sie sich nach der Berührung durch irgendeinen Gott in einen Baumstamm. Das Bein war hart und schwer und der Rest des Körpers, der seiner gewohnten Bewegungsfreiheit beraubt war, fühlte sich unförmig und weich an. Annette fragte sich, wie es wohl wäre, wieder normal laufen und einen Fuß leicht vor den anderen setzen zu können. Was für ein Wunder! Und doch taten Menschen es jeden Tag, ohne darüber nachzudenken! Ich werde einen dicken Knöchel haben, dachte Annette. Jetzt bin ich fürs Leben gezeichnet, wie Rosa. Es ist alles vorbei. Was alles vorbei war, machte sie sich im Einzelnen nicht klar, aber der Ausdruck war angemessen.

Sie kochte Kaffee. In der Küche waren die Geräusche der Zerstörung nicht so ohrenbetäubend. Ich muss Mischa sehen!, dachte Annette. Aber sie wollte Mischa nicht mit einem Bein aus Stein sehen. Sie fühlte sich wie unter einem bösen Zauber. Es waren noch drei Tage bis zu dem Zeitpunkt, zu dem die Ärzte im Krankenhaus, die unfähig gewesen waren, einen Bruch zu finden und eine schwere Verstauchung diagnostiziert hatten, sie wieder sehen wollten, um den Gips abzunehmen. Plötzlich kam Annette auf den Gedanken, dass nichts sie davon abhalten konnte, sich den Gips selbst zu entfernen. Schließlich waren die Ärzte auch nicht Gott. Sie ließ alles liegen und fing an, in Schubladen und Schränken nach einem Werkzeug zu suchen. Sie fand einen breiten Meißel und nahm ihn mit ins Wohnzimmer. Dort setzte sie sich unter eine der Lampen auf den Boden, krempelte die Ärmel von Mischa Fox' Jacke hoch und fing an, heftig auf den Gips einzuschlagen. Er war äußerst hart; alles was sie nach ungefähr zehn Minuten zuwege gebracht hatte, war, dass der Teppich mit weißem Puder bedeckt war und ihr Bein erst recht hässlich aussah.

»Verflucht noch mal!«, sagte Annette. Sie warf den Meißel weg und nahm den Kopf in die Hände.

In dem Moment hörte man Schritte durch die Diele kommen und die Wohnzimmertür wurde vorsichtig aufgemacht. Calvin Blick steckte den Kopf um die Ecke. Annette, der zu dem Zeitpunkt der Teufel persönlich hätte erscheinen können, sah wütend auf. »Und?«, sagte sie zu Blick.

»Du liebes bisschen!«, sagte Calvin. »Was machen Sie denn da, Annette? Kann ich helfen?« Er kam und hockte sich neben sie auf den Boden.

»Ich will dieses verdammte Ding abkriegen«, sagte Annette, »aber ich schaffe es nicht.«

»So macht man das auch nicht, wissen Sie«, sagte Calvin. »Lassen Sie mich mal. Was wir brauchen, ist ein scharfes Messer.« Er verschwand in der Küche und kam mit einem großen Tranchiermesser zurück.

»Damit müsste es eigentlich klappen«, sagte er. »Aber warten Sie, lassen Sie uns ein paar Zeitungen auf den Boden legen, ja? So ist's gut. Und jetzt halten Sie einfach ganz still. Hier, halten Sie sich an dem Stuhl fest.«

Annette saß steif da und Calvin, der neben ihr kniete, nahm das versteinerte Glied in eine Hand. Er begann, das Messer an einem Ende tief in den Gips zu treiben.

»Schneiden Sie mir nicht ins Fleisch!«, sagte Annette.

»Keine Sorge«, sagte Calvin. Er fuhr mit dem Messer fest an ihrem Bein hinunter. Dann steckte er die Finger in den Schlitz und zog. Der Gips fing an, auseinander zu brechen. Annette zog auch. Kurz darauf lag ihr Bein, sehr weiß und wachsartig, offen da.

»Prima! Vielen Dank!«, rief Annette. Sie sprang auf, stieß aber sofort einen Schmerzensschrei aus und setzte sich wieder auf den Boden.

»Machen Sie lieber langsam«, sagte Calvin. »Die nächsten

zwei oder drei Tage werden Sie einen Stock brauchen. Kommen Sie, ich massiere Sie ein bisschen. Das bringt den Kreislauf wieder in Schwung.«

Er setzte sich hin und massierte sie, indem er ihr Fleisch mit kräftigen, festen Bewegungen knetete. Sie spürte, wie zwischen seinen Händen ihr Bein vom Oberschenkel bis zum Knöchel langsam wieder zum Leben erwachte.

»Jetzt bewegen Sie es ein bisschen«, sagte Calvin. »Gut, jetzt versuchen Sie noch einmal aufzustehen.«

Annette stand auf und machte ein oder zwei Schritte. Calvin war hinüber ans Fenster gegangen und zog gerade die Vorhänge zurück. Das Tageslicht strömte herein. Es war ein fahler Tag ohne Sonne mit einem sehr weißen Licht. Annette schreckte vor dem Licht zurück und humpelte dann zum Fenster hinüber. Gemeinsam sahen sie hinaus. Der Garten war voller Arbeiter, die dort zusammengekommen waren, um Tee zu trinken. Neugierig schauten sie Annette und Calvin an.

»Wie außergewöhnlich!«, sagte Calvin. »Ich habe mich schon gefragt, was das wohl für ein Lärm ist!« Mit einem gewissen Vergnügen betrachtete er die chaotische Szenerie.

»Mr. Blick«, sagte Annette, »sind Sie hergekommen, um mir eine Nachricht von Mr. Fox zu bringen?«

»Eine Nachricht?«, sagte Calvin. »Nein. Dieser Mensch ist im Übrigen außer Landes, er ist nach Amerika geflogen.«

»Was?«, fragte Annette. An diese Möglichkeit hatte sie gar nicht gedacht. »Wann kommt er zurück?«

»Ich habe keine Ahnung«, sagte Calvin. »In ein paar Monaten vielleicht. Das weiß man nie.«

Annettes Gesicht versteinerte vor Schmerz und vor lauter Anstrengung bei dem Versuch, ihn zu verbergen. Wenn das so war, gab es keine Zukunft. »Wozu sind Sie dann gekommen?«, fragte sie.

»Ich bin gekommen, um die Jacke zu holen«, sagte Calvin vergnügt. Er zeigte auf Mischas Samtjacke. Annette zog sie enger um sich. »Ich werde sie Ihnen nicht geben«, sagte sie.

»Das werden Sie doch«, sagte Calvin, »oder möchten Sie, dass ich sie mir mit Gewalt hole?« Er sprach in einem heiteren Plauderton.

»Ich werde sie Ihnen nicht geben«, wiederholte Annette.

Calvin drehte sich ein kleines bisschen zu ihr um. Er nahm einen Ärmel der Jacke leicht zwischen Finger und Daumen.

»Kommen Sie jetzt, Annette«, sagte er. Die Männer im Garten beobachteten sie immer noch interessiert.

Langsam zog Annette die Jacke aus. Sie warf sie auf den Boden und trat danach. Dann ging sie vom Fenster weg. Calvin hob die Jacke auf und klopfte den weißen Gipsstaub ab, der daran hing. Er schickte sich an zu gehen.

»Regen Sie sich nicht auf«, sagte er zu Annette. »Die Vorstellung, dass man eine andere Seele aus der Gefangenschaft befreien kann, ist eine Illusion der ganz Jungen.«

»Scheren Sie sich zum Teufel!«, sagte Annette.

Es war ein paar Stunden später. Annette trat aus dem Haus am Campden Hill Square und zog behutsam die Tür hinter sich zu. In der Hand hielt sie ein kleines Päckchen. Sie war froh, dass sie es geschafft hatte, sich hineinzuschleichen, ohne Rosa über den Weg zu laufen. Sie hatte keine Lust, noch einmal so eine unangenehme Befragung über sich ergehen zu lassen wie ein paar Tage zuvor. Auf Zehenspitzen war sie zu ihrem Zimmer hinaufgestiegen. Dort war alles wieder hübsch ordentlich aufgeräumt worden. Auf der Frisierkommode standen sogar Blumen. Die zuletzt ausgestellten Edelsteine waren, sorgfältig in ihr Samttuch gefaltet, zum Rest der Sammlung in die oberste Schublade gelegt worden. Annette hatte sie alle in den Lederbeutel gekippt, in dem sie sie auf Reisen immer verstaute; den hatte sie in ein großes Taschentuch gewickelt und sich damit aus dem Haus gestohlen.

Unter heftigem Humpeln ging sie zu dem Taxi zurück, dessen Fahrer sie angewiesen hatte, auf der anderen Seite des Platzes auf sie zu warten.

»Wohin jetzt, Miss?«, fragte der Taxifahrer.

»Lambeth Bridge«, antwortete Annette. Es war ein warmer, windiger Nachmittag und das Taxi ratterte durch Böen wehender Äste und weißer Wolken davon. Knospende Bäume grüßten es von beiden Seiten, als es auf den Fluss zuraste. Normalerweise fuhr Annette gern Taxi. Dabei kam sie sich immer vor, als wäre sie an einer Verschwörung beteiligt. Heute jedoch hatte sich sowohl ihre Fantasie als auch die Realität durch ihre düstere Laune verfinstert. Sie lehnte sich zurück und fing an, ihr Bein, das sie auf den Sitz neben sich gelegt hatte, kräftig zu reiben, indem sie Calvins Bewegungen nachahmte. Davon wurde der Schmerz in ihrem Bein wenn überhaupt nur schlimmer, aber es tat ihrer Seele gut.

Sie kamen an den Fluss. Annette bezahlte den Taxifahrer und humpelte auf die Brücke. Sie hatte die Lambeth Bridge gewählt, weil sie dachte, es wäre die am wenigsten belebte Brücke in der Stadtmitte von London; und tatsächlich waren nur sehr wenige Leute unterwegs. Es war Flut und die Themse rauschte unter ihr dahin, verziert mit kleinen Wellen und weißen Häubchen. Annette ging bis zur Mitte der Brücke und holte den Lederbeutel aus der Tasche. Ihr Blick senkte sich nach unten. Bis zum Wasser war es ein weiter Weg. Mit einem Mal fühlte sie sich ziemlich schwach und musste sich an der Brüstung festhalten, wo sie sich die Handgelenke am Stein aufschürfte. Sie fragte sich, ob der Beutel, wenn sie ihn komplett hineinwarf, nicht vielleicht oben schwimmen würde. So beschloss sie, die Edelsteine lieber nacheinander und weit verstreut hineinzuwerfen.

Die Sonne kam hinter einer Wolke hervor und ganz unten in der Ferne glitzerten die kleinen Wellen, als wäre die Wasseroberfläche bereits mit Juwelen bedeckt. Annette öffnete den Beutel und zog aufs Geratewohl einen Stein heraus. Es war der große Rubin. Zum letzten Mal befingerte sie ihn voller Liebe und Schmerz. Er war so leicht und schwerelos, als könne der Wind ihn davonwehen. Mit einer raschen Bewegung schleuderte sie ihn von sich weg. Er trudelte und verschwand in der Luft. Sie sah nicht, wie er auf dem Wasser aufschlug. Sie nahm einen anderen heraus. Es war ein kleiner, aber sehr vollkommener Diamant, den ein Bekannter ihres Vaters aus dem diplomatischen Dienst ihr in der Schweiz geschenkt hatte. Der Stein bestand nur noch aus Licht. Sie warf ihn weit hinaus in den glitzernden Raum über dem Fluss, derselbe Luftgeist nahm ihn und er verschwand. Aufgeregt beugte Annette sich über die Brüstung. Ihre Lippen waren feucht von Spucke und ihre Augen geblendet. Sie wühlte nach einem weiteren Stein. Jan Lusiewicz sah sie erst, als er schon dicht neben ihr stand.

»Was machen Sie da, Annette?«, sagte Jan.

Annette fuhr zusammen und zitterte. Jan sah aus wie ein Mensch in einem Traum. »Ich bin dabei, meine Edelsteine in den Fluss zu werfen«, sagte sie.

Einen Moment lang schien Jan nicht zu verstehen. Dann trat ein Ausdruck von Verwunderung und Schrecken auf sein Gesicht. In dem empörten Gestotter, das dann folgte, ließ ihn sein Englisch fast im Stich.

»Das machen Sie nicht!«, sagte Jan. Er streckte die Hand aus und umklammerte ihr rechtes Handgelenk.

»Warum nicht?«, sagte Annette, die keinen Widerstand leistete. In den letzten paar Tagen hatte sie sich einfach zu oft wehren müssen. »Sie gehören mir! Sie können einen oder zwei hineinwerfen, wenn Sie möchten.«

»Warum werfen Sie sie?«, fragte Jan und hielt sie weiter fest.

»Weil …«, sagte Annette. Damit kam sie nicht zurecht. »Lassen Sie los!«, sagte sie.

»Nicht!«, sagte Jan. »Warum werfen Sie Juwelen, wenn ich und mein Bruder hungern?«

»Sie hungern nicht«, sagte Annette. »Ich bin sicher, Sie haben sehr gute Jobs. Lassen Sie mich los oder ich rufe nach einem Polizisten.«

Jan sah sie an. Annette war aufgeregt, aber verglichen mit Jan immer noch ruhig. Auf seinem Gesicht zeichneten sich abwechselnd und zugleich Verzweiflung, Gerissenheit, Habgier und schieres Erstaunen ab.

»Sie geben mir ein paar zum Werfen«, sagte Jan.

»Nein!«, entgegnete Annette. »Sie würden sie nicht hineinwerfen, das weiß ich!« Sie verspürte das verzweifelte Bedürfnis, die Edelsteine irgendwie in den Fluss zu bekommen. Wenn sie nicht darin versanken, würde etwas Schreckliches geschehen.

Wie ein Liebespaar standen sie, gleichsam Hand in Hand, in der Mitte der Brücke beieinander. Annette fing an, sich heimlich zu wehren, indem sie versuchte, ihre Hand aus Jans Griff zu winden. Als sie sich bewegte, sah sie, dass auf dem gegenüberliegenden Gehsteig ein Polizist in ihre Richtung schlenderte. Seine Ruhe ausstrahlende Gestalt kam immer näher. Annette entspannte sich. Jan sah den Polizisten.

»Wenn Sie jetzt mit dem Polizisten sprechen, oder auch später«, sagte Jan, »ich töte Ihren Bruder!«

Diese Drohung war so unerwartet, so schrecklich und in so schrecklichem Ton hervorgestoßen, dass sie Annette vollkommen erstarren ließ, und erst hinterher kam ihr der Gedanke, dass sie aufs Geratewohl dahingesagt und absurd war. Miteinander verhakt, standen sie reglos da und blickten sich in die Augen. Der Polizist ging gemächlichen Schrittes vorbei. Für einen Augenblick waren sie allein auf der Brücke.

»Oh, Sie Schwein!«, rief Annette in der ganzen Not ihrer Hilflosigkeit.

»Sie geben mir das jetzt«, sagte Jan. »Ich hebe es für Sie auf, bis Sie klüger sind.« Er fing an, ihr Handgelenk zu verdrehen. Mit einem Keuchen ließ Annette den Beutel los und eh sie sich's versah, war Jan davongerannt.

Annette schaute ihm hinterher, bis er auf der Uferstraße verschwand. Als sie sich dann umdrehte, um die Brücke zu verlassen, bemerkte sie, dass sie in der linken Hand immer noch einen Edelstein hatte. Sie öffnete die Hand, um zu sehen, was für einer es war. Es war der weiße Saphir.

ZWANZIG

Rosa saß im Wohnzimmer und dachte abwechselnd über Annette, Mischa und die *Artemis* nach. Es war jetzt zwei Tage her, dass Annette vollkommen verschwunden war, und Rosa verspürte größte Reue. Annette war so widerspenstig gewesen, als sie sie in John Rainboroughs Haus abholen wollte, dass sie beschlossen hatte, sie dort zu lassen. Rosa hatte sich vorgestellt, vierundzwanzig Stunden Einsamkeit würden ausreichen, um Annette von ihrer Weigerung abzubringen, zum Campden Hill Square zurückzukehren. Doch Annette hatte sich eingegraben und Rosa hatte Hunter schicken müssen, um auf sie zu warten. Am dritten Morgen war Hunter angekommen und hatte statt Annette selbst nur ihr unberührtes Bett und die Überreste des Gipsverbands als weißen Staubbelag auf dem Wohnzimmerteppich vorgefunden. Seitdem hatte niemand etwas von dem Mädchen gehört oder gesehen. Rosa beschloss, noch einen Tag zu warten und dann, wenn sie nichts herausfände, Marcia anzurufen. Auf diesen Anruf freute Rosa sich ganz und gar nicht.

Die Situation der *Artemis* schien sich verbessert, im Grunde jedoch nicht geklärt zu haben. Als Ergebnis von Mrs. Wingfields Eingreifen existierten auf dem Papier ein Reihe von Geldversprechen, die sich auf annähernd eintausendsechshundert Pfund beliefen. Von den großzügigen Spendern hatten bisher nur zwei, Mrs. Carrington-Morris und eine Mrs. Jolovitz, die Rosa als die Dame mit der Mantille identifiziert hatte, bezahlt. Mit diesen Geldern hatte Rosa die Rechnung des Papierlieferanten und ein oder zwei weitere beglichen; was dagegen noch ausstand, war die höhere Rechnung des Druckers, ganz zu schweigen von den Ehrenschulden bei verschiedenen freien Mitarbeitern, denen Hunter unklugerweise Honorare versprochen hatte. Und selbst wenn die garantierten Summen am Ende wirklich eintrafen, würden sie die Zeitschrift nur aus ihren unmittelbaren Schwierigkeiten retten. Was Rosa gewollt und sich von Mrs. Wingfield erhofft hatte, war ein regelmäßiger Zuschuss.

Seit der Aktionärsversammlung war Rosa zweimal bei Mrs. Wingfield gewesen, doch jedes Mal hatte Miss Foy ihr die Tür aufgemacht und mit lauter Stimme verkündet: »Mrs. Wingfield ist leider indisponiert«, dann in durchdringendem Flüsterton hinzugefügt: »Ist sie in Wirklichkeit gar nicht, wissen Sie!«, und schließlich mit vielen Gesten ihres frustrierten guten Willens Rosa gegenüber die Tür wieder zugemacht.

Zwischen Rosa und ihrem Bruder hatte es in Bezug auf die neueste Wendung im Schicksal der *Artemis* einen stillschweigenden Verzicht auf gegenseitige Anschuldigungen gegeben. Jeder hatte versucht, den anderen zu überraschen, und jeder war dankbar, dafür keine Vorwürfe zu hören. Was die Zukunft des Blattes anging, hatte Rosa sich bisher noch nicht dazu durchringen können, Hunter zu piesacken. Sie fand, dass der Junge erst einmal genug durchgemacht hatte.

Als Rosa schlecht gelaunt dasaß und über diese Dinge nachsann, hörte sie plötzlich Geräusche von oben. Hunter, das wusste sie, war gerade weggegangen, wer konnte es also sein? Das Geräusch schien, als sie näher hinhörte, aus Annettes Zimmer zu kommen. Rosa spürte einen Schauer der Erleichterung. Annette musste zurückgekommen sein! Sie sprang auf, ging an den Fuß der Treppe und rief. Es kam keine Antwort. Sie fing an, die Treppe hochzusteigen und sagte im Gehen noch einmal ihre guten Vorsätze auf. Rosa war sich sehr wohl bewusst, dass sie sich nie die Mühe gemacht hatte, Annette kennen zu lernen. Jetzt waren ihr einige Fakten vor Augen geführt worden. Den Rest würde sie von nun an mit der Geduld studieren, die sie von Anfang an hätte an den Tag legen müssen. Sie klopfte an und öffnete die Tür.

Auf dem Bett ausgestreckt lag Stefan Lusiewicz. Rosa blieb vor Überraschung wie angewurzelt stehen. Dann kam sie langsam ins Zimmer und schloss die Tür. Stefan lag da wie ein lebender Toter und folgte mit den Augen ihren Bewegungen.

»Was willst du, Stefan?«, fragte Rosa. Vor mehr als zwei Tagen hatte sie die Brüder zum letzten Mal gesehen. Nach dem Zwischenfall mit Jan hatte Rosa eine gewisse Kälte in ihrem Empfang wahrgenommen; dieser Eindruck hatte sich jedoch fast sofort verflüchtigt und alles war scheinbar wie immer gewesen. Stefans plötzliches Auftauchen konnte sie sich nicht erklären – aber es ließ ihr das Blut in den Adern gefrieren.

»Was ist los?«, fragte sie.

»Nichts«, antwortete Stefan. »Komm her, Rosa.«

Rosa hielt immer noch den Türgriff in der Hand, als wäre er eine wertvolle Verbindung zur Außenwelt. »Geht es dir gut?«, fragte sie.

»Bestens«, sagte Stefan. »Ich ruhe mich aus, das ist alles.« Er streckte sich, gähnte und veränderte seine Lage. Dann lachte er kurz auf. »Ich weiß, du bist glücklich mich zu sehen, Rosa«, sagte er, »aber du siehst nicht so aus. Warum lächelst du nicht?«

Rosa ertappte sich bei dem Versuch zu lächeln. Es war fast unmöglich. »Du hast mich erschreckt«, sagte sie. Das war fürchterlich wahr.

»Ich habe meinen Koffer gebracht, hier«, sagte Stefan. Er zeigte auf einen großen Koffer in der Zimmerecke.

Rosa schaute hinüber und zitterte. »Was ist da drin, Stefan?«, fragte sie.

»Was steckt Mann in Koffer?«, sagte Stefan. »Pyjama, Zahnbürste, Handtuch, Unterhemd – alles wie im Englischbuch!« Wieder lachte er.

»Hör jetzt auf, mich zu foppen, Stefan«, sagte Rosa. »Was willst du?«

»Ich will nichts, sage ich«, antwortete Stefan. »Du fragst nicht dauernd Hunter, was er will. Ich lebe jetzt hier, ich bleibe hier, dieses Zimmer ist mein Zimmer. Dieses Mädchen Annette geht fort. Ich komme. Das ist alles.«

Rosa hatte das Gefühl, als sänke ihre Körpertemperatur rapide ab. Sie hielt sich noch fester an dem Türgriff fest. »Das kannst du nicht machen, Stefan«, sagte sie. »Annette kommt in dieses Zimmer zurück. Und im Übrigen gehört dieses Haus Hunter und mir.« Es war eine eigenartige, fast entschuldigende Art der Formulierung.

Stefan lächelte nicht. »Es ist großes Haus«, sagte er. »Es ist Platz für alle.«

»Nicht für dich«, sagte Rosa. »Du weißt, Hunter würde es nicht ertragen. Überhaupt geht es aus allen möglichen Gründen nicht.«

»Wenn jemand geht«, sagte Stefan, »ist es Hunter, nicht ich.«

»Jetzt hör aber auf mit diesem Blödsinn!«, rief Rosa. »Du musst verrückt geworden sein. Was ist mit Jan? Was ist mit deiner Mutter?«

»Ist jetzt nichts«, sagte Stefan. Seine Stimme erschien ihr plötzlich mehrere Tonlagen tiefer.

»Was meinst du mit ›ist nichts‹?«, fragte Rosa. »Versuch richtig zu reden!«

»Sie ist tot«, sagte Stefan. »Ich räume sie weg wie alten Sack. Ich vergrabe sie im Garten.«

»Du bist verrückt«, sagte Rosa.

»Sie ist tot«, wiederholte Stefan, »*gaudeamus igitur.*«

»Das glaube ich dir nicht«, sagte Rosa. »Wo ist Jan?«

»Jan ist weg«, erwiderte Stefan. »Jan ist schlechter Mann. Er geht weg. Wird nie wiederkommen, nie.« Plötzlich setzte er sich auf. »Jetzt nur noch du«, sagte er.

Rosa sank auf einen Stuhl. Sie wusste nicht, was sie

denken oder glauben sollte. »Sag mir die Wahrheit, Stefan«, sagte sie.

»Das ist alles Wahrheit«, sagte Stefan. »Wenn du nicht glaubst, was kann ich machen? Geh und schau in unserem Zimmer. Alles ist anders, alles weg. Jan siehst du nie wieder, diese alte Frau auch nicht. Alles weg, sage ich dir, Rosa.« Seine Stimme hatte jetzt die monotone Melodie eines Klageliedes.

»Was wirst du machen?«, fragte Rosa.

»Ich dir hundertmal gesagt«, antwortete Stefan. »Ich bleibe hier. Du bist jetzt Mutter, Bruder, alles. Ich bleibe bei dir.«

Rosa warf die Arme hoch. »Es ist unmöglich«, sagte sie. »Und überhaupt verstehe ich es nicht. Ich verstehe es einfach nicht.«

Stefan, der auf der Bettkante gesessen hatte, kam auf sie zu und lächelte zum ersten Mal.

»Bald du verstehst alles«, sagte er. Er beugte sich zu ihr hinunter und seine Augen versperrten ihr den Blick auf das Zimmer. Ohne sie zu berühren, sprach er ganz nah an ihrem Gesicht. »Bald ich gebe auch Fabrik auf.«

»Und wovon willst du leben?«, fragte Rosa.

»Ich lebe mit dir«, sagte Stefan. Seine Stimme war sanft und liebevoll. »Du gibst Fabrik auf und wir leben mit deinem Geld. Du bist englische Lady, du hast Geld, du hast selbst gesagt.«

»Da irrst du dich, Stefan«, sagte Rosa und blickte in die kalten Augen.

»Das wir werden bald sehen«, sagte Stefan. Dann lachte er. »Vielleicht ich mache Witz darüber. Wir bald sehen.«

Unten ging eine Tür zu. »Das ist Hunter«, sagte Rosa.

Stefan machte einen Schritt zurück. Er wälzte sich träge auf das Bett, bis er wieder ausgestreckt dalag. »Dann geh«, sagte er, »und erzähl Hunter, dass ich jetzt hier bin.«

Rosa ging aus dem Zimmer und stieg langsam die Treppe hinunter.

EINUNDZWANZIG

Hunter wachte auf und schaute auf die Uhr. Es war erst drei. Er hatte eine Stunde geschlafen. Jetzt wusste er, dass er nicht mehr einschlafen würde. In qualvollem Unbehagen wälzte er sich herum. Es war, als würde das Zimmer um ihn herum auseinander fallen. Er erwartete geradezu, dass ihm Gegenstände ins Gesicht fielen. Dann lief ihm tatsächlich etwas über die Wange. Er setzte sich auf und wischte es entsetzt weg. Es musste eine Spinne gewesen sein. Die Arme um die Knie gelegt, saß er eine Weile da. Dieses Erwachen um drei Uhr, wenn man aufschreckt und sich vorstellt, man habe eine tödliche Krankheit; und das stimmt auch noch. Das Leben ist diese Krankheit, und in dieser kalten Stunde kann man das wahrnehmen.

Für Hunter war es die dritte Nacht der Schlaflosigkeit. Hundertmal hörte er jede Nacht die Schritte, die von oben an die Tür seiner Schwester kamen. Er wusste, dass es reine Einbildung und Rosas Tür zugeschlossen war. Dennoch musste er jetzt wieder aufstehen und sich ans Treppengeländer stellen. Er hatte große Lust, zu Rosa zu gehen und sie zu wecken, aber er wusste, dass sie ihn nur verärgert wegschicken würde. Es gab nichts zu sagen, nichts zu tun. Rosa hatte keine Erklärung für Stefans Anwesenheit im Haus gegeben. Sie hatte nur zu Hunter gesagt: »Finde dich mit ihm ab. Er wird bald wieder gehen.« Aber Hunter hatte den starken Verdacht, dass Stefan keineswegs beabsichtigte, wieder zu gehen. Er merkte, dass Rosa Angst hatte; und wie ein Kind, das seine Mutter die Fassung verlieren sieht, fühlte er, wie die Welt in ihren Grundfesten erschüttert wurde. Vor allem hatte er das Gefühl, die Situation irgendwie in die Hand nehmen zu müssen. Die Vorstellung, dass Rosa etwas von ihm erwartete, war immer stärker geworden, seit sie ihn am Nachmittag zuvor plötzlich gebeten hatte, mit ihm zu dem Haus in Pimlico zu gehen. Dort war außer einem leeren Raum nichts zu sehen gewesen; genau was sie erwartet hatten. Aber Hunter war gerührt, dass Rosa von ihm abhängig gewesen war, und zugleich packte ihn panische Angst bei dem Gedanken an die Verantwortung, die diese Abhängigkeit allmählich hervorrief.

Nach Stefans Ankunft hatte Rosa in der Fabrik gekündigt und sofort aufgehört zu arbeiten. Es war, als träfe sie Vorbereitungen für einen schrecklichen Kampf. Nur, dachte Hunter, der Protagonist könnte am Ende womöglich er selbst und nicht sie sein. Er hatte das Gefühl, vom Bösen umgeben zu sein. Dieses Gefühl wurde jetzt, wo er in der Dunkelheit des Flures stand und auf Geräusche horchte, überwältigend. Er ging in sein Zimmer zurück und machte das Licht an. Er zündete sich eine Zigarette an. Er fragte sich, ob Rosa schlief. Was sie jetzt mit ihrer Zeit anfing, wusste er nicht. Sie ging früh aus dem Haus und kam spät zurück. Er wusste, dass sie vergebens bei Mrs. Wingfield vorgesprochen und einen ebenso vergeblichen Versuch gemacht hatte, Annette zu treffen, von der man herausgefunden hatte, dass sie in einem Hotel in Maidenhead wohnte. Annette hatte das Hotel gerade verlassen, als Rosa ankam. Diese Fakten hatte Rosa ihm erzählt, ohne ihm jedoch ihren Geisteszustand zu offenbaren.

Wenn ich nur schlafen könnte, dachte Hunter. Dann wüsste ich morgens, was ich tun muss. Sein verkrumpeltes und ungemachtes Bett war das Sinnbild der Schlaflosigkeit. Allmählich kannte Hunter deren eigentliche Folter – die schreckliche ununterbrochene Aufeinanderfolge der Tage. Das wird mich krank machen, sagte er sich erleichtert. Doch dann ging das Sichdrehen und -winden der Unentschlossenheit wieder los. Krank oder nicht, ich muss handeln. Im Zentrum von Hunters Qual stand das Wissen, dass er und nur er im Besitz der Waffe war, die den Peiniger seiner Schwester vernichten konnte. Mit ängstlicher Sorgfalt, aber ohne viel darüber nachzudenken, hatte Hunter die Information gehegt, die er am Tag seines Besuches in John Rainboroughs Büro bekommen hatte. Die Lusiewicz-Brüder waren östlich der Linie geboren. Sie waren illegal in England. Rainborough hatte gesagt, wenn das offiziell bekannt würde, würden sie abgeschoben. Also, sagte sich Hunter, hatte er die Oberhand. Aber was sollte er damit anfangen? Eine Waffe zu besitzen, ist eines, sie zu benutzen etwas anderes.

Hunter war nicht besonders darauf aus, seinen Mitmenschen zu schaden. In der Regel hatte er auf der Suche nach leichten und unauffälligen Möglichkeiten, selbst vorwärts zu kommen, in seinem bisherigen Leben eher zufällig Schaden angerichtet. Er war ein Tier, dessen Schutz nicht die Zähne, sondern Flucht und Tarnung waren. Wie gerecht die Sache auch sein mochte, er schreckte davor zurück, Gewalt anzuwenden. Und in diesem Fall ganz besonders, da die Situation ausgesprochen undurchsichtig war: Wie gewöhnlich hatte er keine Ahnung, was Rosa eigentlich genau wollte und ob sie wirklich Recht hatte mit ihrer Vermutung, dass Stefan bald wieder gehen würde. Hunter missfiel auch der Gedanke, jemandem, und sei er noch so verabscheuungswürdig, auf diese besondere Weise zu schaden. Er wäre eher bereit gewesen zu handeln, dachte er, wenn es ein bestimmtes Verbrechen gegeben hätte, das er Stefan hätte vorwerfen können und das automatisch eine Strafe nach sich gezogen hätte. Doch einerseits war überhaupt nicht klar, worin Stefans Verbrechen bestand – die Frage, inwieweit Rosa ihre ganzen Schwierigkeiten nicht sogar selbst verschuldet hatte, mochte Hunter sich nicht stellen –, und andererseits würde Stefan, wenn Hunter aktiv würde, für die Tatsache bestraft, dass er östlich einer gewissen willkürlich gezogenen Linie geboren wurde. Da Hunter eine Welt, in der Menschen für zufällige Umstände ihrer Geburt bestraft wurden, aufs Äußerste missbilligte, hasste er die Vorstellung, eine solche Waffe zu benutzen, und sei es gegen seinen ärgsten Feind, ganz besonders. Eine weitere praktische Schwierigkeit bestand im Übrigen auch darin, diese grausame Macht gegen Stefan ins Feld zu führen, ohne eine Menge unschuldiger Menschen mit hineinzuziehen. All dessen war Hunter sich bewusst. Ein empfindsames Gewissen gehörte zu seinen Aktivposten, ein starkes Nervenkostüm leider nicht.

Ebenso wenig hatte Hunter den Trumpf, den Calvin Blick in der Hand hielt, vergessen. Nach dem Debakel bei der Aktionärsversammlung hatte Hunter Calvin einen Brief geschrieben, in dem stand, er hoffe, dass Calvin nicht glaube, er habe das beabsichtigt, und er würde sich gerne jederzeit mit Calvin treffen, um zu besprechen, was jetzt zu tun sei, da er den Fall *Artemis* nicht als abgeschlossen betrachte. Hunter erinnerte sich nicht gern an diesen Brief, den er in einem Augenblick der Panik geschrieben hatte und der nach Unterwürfigkeit ebenso wie nach Illoyalität Rosa gegenüber roch. Dennoch hatte Calvin nicht geantwortet, sodass Hunter auch hier im Dunkeln tappte. Diese Besorgnis verband sich in seinem Kopf auf sonderbare Weise mit der Verzweiflung, die Stefans Anwesenheit im Haus bei ihm hervorrief. Es war, als wären diese zwei Bedrohungen Echos voneinander – und obwohl Hunter wusste, dass er durch die Beseitigung der einen keineswegs auch die andere loswerden konnte, wirkten die beiden doch so zusammen, dass er die unmittelbare Gefahr spürte, in der seine Schwester sich befand; und die Gestalt im Hintergrund von alledem war Mischa Fox. Nichts ist mehr im richtigen Verhältnis, sagte sich Hunter. Die Formen, die ihn umgaben, sagte er sich immer wieder, waren groteske Schatten von Realitäten; und er hätte sich vielleicht sogar davon überzeugen können, wäre da nicht der Anblick von Rosas Angst gewesen.

Hunter saß jetzt schon fast eine Stunde lang bei brennendem Licht auf seiner Bettkante. Tränen des Kummers und der Enttäuschung rannen ihm langsam die Wangen hinunter und fielen auf seinen Schlafanzug. Schließlich stand er auf, trank ein bisschen Wasser und tauchte sein Gesicht ins Waschbecken. Dann sagte er sich, das halte ich nicht mehr aus. Er ging wieder hinaus in den Flur. Aus Rosas Zimmer drang kein Laut. Er begann die Treppe hinaufzusteigen. Das Licht aus seinem Zimmer zeigte ihm die Stufen und seinen eigenen riesigen Schatten, der vor ihm her glitt, bis er an Stefans Tür kam. Leise und barfuß folgte Hunter ihm. Bei der Tür hielt er an. Seine panische Angst setzte ihn außerstande, ruhig zu atmen. Er gab so etwas wie einen Erstickungslaut von sich, der, so meinte er, durchs ganze Haus hallen musste. Dann versuchte er sich am Türgriff. Die Tür war nicht verschlossen. Sogleich öffnete sich vor ihm die dunkle Leere des Zimmers. Er stand auf der Schwelle und wusste, dass er von innen als Silhouette deutlich zu sehen sein musste, und wie er so zitternd dastand, fühlte er sich mehr als Opfer denn als Handelnder. Er fragte sich, ob der Pole wach war. Er war gekommen, um ihn zu wecken – und dennoch machte er, vor Angst schweißnass, lautlose Bewegungen für den Fall, dass er ihn unabsichtlich wecken oder bereits wach antreffen sollte. Die Dunkelheit und Stille des Raumes blieben ungebrochen. Hunter kam der Gedanke, dass Stefan fortgegangen war. Er wühlte in der Tasche seines Schlafanzugs nach einer Streichholzschachtel. Zwei Streichhölzer warf er auf den Boden, bevor er es schaffte, eines anzuzünden. Er hielt die flackernde Flamme von seinen geblendeten Augen weg und richtete seinen Blick auf das Bett. Bevor das kleine Licht ausging, sah er, dass Stefan sich aufsetzte und ihn anschaute.

Hätte Hunter eine Leiche sich bewegen sehen, wäre er nicht erschrockener gewesen. Fast hätte er sich umgedreht und die Flucht ergriffen. Ein sehr gedämpftes Licht aus seinem offen stehenden Zimmer im Stockwerk darunter reichte gerade bis an die Tür. In Stefans Zimmer dagegen lag die Dunkelheit wie Samt. Hunter trat einen Schritt zurück und zündete noch ein Streichholz an. Die Art, wie sein Blick sofort den von Stefan traf, überzeugte ihn davon, dass der Pole im Dunkeln sehen konnte. Das Streichholz ging aus. Er sank auf ein Knie.

»Hören Sie zu«, sagte Hunter. Seine Stimme, die aus Stunden der Stille und Dunkelheit kam, erschien ihm wie eine Stimme, die aus der Tiefe eines Brunnens heraufdringt. Während er sprach, war ihm klar, dass er sich zum Handeln entschlossen hatte, und die ihn umschwirrende Angst konzentrierte sich in seinem Inneren.

»Hören Sie zu, Stefan«, sagte er, »ich möchte mit Ihnen reden.« Er sprach sehr leise, fast flüsternd. Er musste unbedingt Stefans Stimme hören, um sicher zu sein, dass es nicht ein Dämon, sondern ein Mensch war, der da vor ihm lag; und als er überraschend den Vornamen des Polen aussprach, betrachtete er das als einen Appell an die Verbundenheit der Menschen miteinander.

»Was willst du, kommst mitten in der Nacht her?«, sagte Stefan. Auch er sprach leise – und als Hunter den Hass in seiner Stimme hörte, dachte er: Er glaubt, ich bin gekommen, ihn zu töten. Bei diesem Gedanken hätte Hunter fast laut gestöhnt; und was er unmittelbar verspürte, war die Gefahr für ihn selbst.

»Ich meine es nicht böse mit Ihnen«, sagte Hunter. Das war eine Lüge, aber da er sich mit einem Mal in der Rolle eines Mörders wiederfand, musste er das plötzlich sagen.

»Sie müssen aber dieses Haus verlassen«, sagte er. Dabei zündete er wieder ein Streichholz an. Er musste Stefans Gesicht sehen.

Der Pole saß jetzt kerzengerade und hatte die Bettlaken zur Seite geschlagen wie jemand, der sich zu seiner Verteidigung bereitmacht. Sein langer Hals und seine weiße Brust waren nackt und in seiner Miene lag keine Furcht, nur extreme Bosheit.

»Warum?«, fragte Stefan.

»Weil meine Schwester es will«, sagte Hunter. Das Streichholz ging aus.

»Wenn deine Schwester es will, sie sagt es«, sagte Stefan. »Ist zwischen mir und ihr. Du kleiner Junge hältst dich raus oder es wird dir wehtun.«

Hunter spürte ein starkes Gefühl des Zerfalls in sich aufsteigen – und was er in dem Moment am meisten fürchtete, war nicht Stefans Gewalttätigkeit, sondern die Nähe der Tränen. Er ging auf das Bett zu und zwickte sich heftig in den Oberschenkel, um die Tränen zurückzuhalten.

»Sie will es sehr wohl und sie hat es gesagt«, erklärte Hunter. Seine Stimme fing an zu beben. »Sie verschwinden aus diesem Haus oder Sie sind derjenige, dem es wehtun wird.« In der Dunkelheit war sein Gesicht in qualvoller Selbstbeherrschung verzerrt.

Dann gab es einen scharfen, zischenden Laut und plötzlich ein Licht. Stefan hatte ein Streichholz angezündet. Einen Augenblick lang flackerte es zwischen ihnen und brachte Hunters brennende Wangen und Augen und das entschlossene weiße Gesicht des Polen zum Vorschein.

»Ich bin Herr in diesem Haus«, sagte Stefan. Er sagte es auf eine so langsame, geradezu herablassende Weise, dass Hunter vor Wut die Luft wegblieb.

»Wir – wir – wir werden sehen«, sagte Hunter, der vor Zorn und Verwirrung ins Stottern geriet. »Ich habe Ihnen eine Chance gegeben. Sie treiben mich selbst dazu. Ich kann Sie hinauswerfen, wenn ich will sogar aus England ausweisen lassen. Ich weiß, wo Sie geboren sind. Es war östlich dieser Linie. Sie wissen, was das bedeutet, nicht wahr? Es ist nicht legal, dass Sie hier sind. Wenn ich ein Wort sage, sind Sie morgen abgeschoben. Ich warne Sie. Wenn Sie dieses Haus nicht verlassen, werde ich Sie aus England ausweisen lassen.« Endlich hatten Hass und Wut ihn mutig gemacht. Er beugte sich über den Polen und zischte ihm die Worte ins Ohr.

Es herrschte Stille. Während er auf die Reaktion wartete, verließ Hunter langsam der Mut. Dann zündete Stefan ein Streichholz an und hob es mit einer fast gemächlichen Geste wie eine Fackel zwischen sie. Sein Blick durchbohrte Hunter, als versuchte er, ihn mit einem Brandzeichen zu versehen, bevor das Licht wieder aus war.

»Hör du jetzt zu«, sagte Stefan und dann fuhr seine Stimme im Dunkeln fort: »Ich sage dir etwas Wahres. Wenn du mir so Ärger machst, ich bringe dich um.« Er sprach langsam und sein Ton hatte etwas Kaltes, Nüchternes, was ihn beeindruckend machte. »Ich sage das nicht zur Warnung. Ich sage dir das als Tatsache. Wenn du das machst, ich hasse dich so, ich bringe dich um. Ich will vielleicht nicht, aber ich kann mich nicht zurückhalten. So wird es sein. Ich schwöre bei der heiligen Muttergottes.«

Hunter wankte im Dunkeln hin und her. Er stand jetzt ganz nah bei Stefan. Als er spürte, wie die Realität der Drohung seinen Körper erfasste, bebte er in äußerster Hilflosigkeit und Verzweiflung. »Nein«, sagte er, »nein! Sie müssen dieses Haus verlassen! Sie müssen dieses Haus verlassen!« Er schwankte und sein Atem kam in einem leisen, surrenden Stöhnen.

Stefan zündete ein weiteres Streichholz an. In dem goldenen Licht starrten sie sich an, ihre Gesichter, Stefans vor Hass angespannt und Hunters vor Jammer verzerrt, dicht beieinander.

»Ich sage, ich bin hier der Herr!«, wiederholte Stefan. Er flüsterte die Worte, doch in Hunters Kopf hallten sie wie Donnerschläge wider. Dann schoss Stefans Hand, bevor das Streichholz ausging, vor und packte eine Locke von Hunters blondem Haar. Er zog Hunters Kopf zurück, bis dessen Augen kurz davor waren, aus ihren Höhlen zu treten. Einen Moment lang hielt er ihn so fest. Dann führte er mit einer raschen Bewegung das brennende Streichholz dicht an Hunters Gesicht und zündete die Haarlocke an.

Das Haar brutzelte und loderte auf. Mit einem Schrei sprang Hunter hoch. Er schlug sich mit den Händen an den Kopf. Ein stechender Schmerz durchzuckte seine Stirn. Ein schrecklicher Geruch stieg ihm in die Nase. Es war jetzt dunkel und Stefan lachte. Hunter tappte zur Tür. Er fiel fast aus dem Zimmer und die Treppe hinunter auf das Licht zu, während er sich den Kopf hielt.

Am unteren Treppenabsatz erschien Rosa im Nachthemd. »Um Gottes willen, Hunter!«, rief sie. »Was ist los?«

Hunter hielt sich die Stirn bedeckt und schob sich an ihr vorbei. »Gar nichts«, sagte er. »Ich habe mir nur den Kopf angestoßen. Sonst nichts.« Er lief weiter nach unten und in die Küche. Rosa folgte ihm und machte die Tür hinter sich zu.

Hunter wühlte unbeholfen in einer Schublade. Nach ein oder zwei Minuten ließ er alles fallen, drehte sich um und vergrub sein Gesicht an Rosas Schulter.

ZWEIUNDZWANZIG

Obwohl Rosa nichts von Hunters Geheimwaffe wusste, konnte sie die Ereignisse der vergangenen Nacht mühelos in groben Zügen rekonstruieren. Es war jetzt neun Uhr und sie trank Kaffee und beobachtete ihren Bruder, der mit einem weißen Verband schräg über dem Auge dasaß wie ein betrunkener Maharadscha und einen erbärmlicheren Eindruck machte, als Rosa es je bei ihm gesehen hatte.

»Iss etwas, Hunter«, sagte Rosa. Aber Hunter schüttelte nur unglücklich den Kopf.

Stefan, der die Drohung, seine Stelle zu kündigen, noch nicht wahr gemacht hatte, war schon früh in die Fabrik verschwunden. Wenn Rosa ihren Bruder so anschaute, war sie versucht, nach oben zu rennen, Stefans Sachen auf die Straße zu werfen und die Tür zu verbarrikadieren. Doch sie wusste, dass sie dazu im Moment einfach nicht in der Lage war. Hunter nahm ihr mit seiner Schlaffheit jeden Elan. Er erfüllte sie mit Gefühlen der Schwäche und Verzweiflung. Sie brauchte einen stärkeren Verbündeten, um sich zu vollkommener Rücksichtslosigkeit durchringen zu können.

Sie hatte daran gedacht, Peter Saward um Hilfe zu bitten. Doch was konnte Peter tun? Auch er weckte in ihr etwas von diesem zärtlichen, beschützenden und zugleich hilflosen Gefühl, das sie ihrem Bruder gegenüber empfand. Saward besaß für sie die gütige Autorität eines Vaters, aber auch etwas von dessen Unnahbarkeit. In Rosas Vorstellung verkörperte er das Beglückende von Ausgeglichenheit und Arbeit, die Sanftheit derer, die unschuldige Absichten haben, und die Verletzlichkeit jener, die zu keiner Verachtung fähig sind. Einen Menschen wie Stefan Lusiewicz könnte er sich gar nicht vorstellen; wichtiger noch, er würde nicht nachvollziehen können, warum ein Teil von Rosa auf Stefan ansprach; und Rosa hatte ganz und gar keine Lust, ihn davon in Kenntnis zu setzen. Sie beschloss, dass nur Dunkelheit die Dunkelheit vertreiben konnte.

Ihr Argument, wenn es überhaupt eines war, hatte nur den Zweck, sie zu einer Schlussfolgerung zu bringen, zu der sie bereits aus anderen Gründen gekommen war. Stefan stammte von einem Ort weit außerhalb der Welt aus Regeln und aus Interesse für und Rücksichtnahme auf den anderen, in der Rosa zumeist lebte. Stefan war nicht Teil der menschlichen Gesellschaft. Deshalb war Hunter auch machtlos gegen ihn. Die Kinder der Gesellschaft konnten sich an solch einem Kontakt nur verbrennen. Ebenso wenig konnte Rosa selbst die Kraft aufbringen, die nötig war, um es mit einem derartigen Wesen aufzunehmen. Nur ein Geist, der aus derselben Gegend jenseits der Gezähmtheit gesellschaftlichen Zusammenlebens kam, konnte diese Aufgabe für sie erledigen. Rosa wusste, dass sie losgehen und Mischa Fox aufsuchen musste.

Die Unausweichlichkeit dieser Schlussfolgerung überraschte Rosa nicht. Wie alle Gefühlsrationalisten hatte sie in ihrem Wesen einen gewissen Zug von abergläubischem Fatalismus. In bestimmten Augenblicken war sie bereit, ihre Kontrolle aufzugeben und sich von einer höheren Macht tragen zu lassen; und wenn sie später von sich selbst Rechenschaft über diese Momente der Kapitulation verlangte, gab es in der Regel eine Auswahl an vorgefertigten Etiketten, mit deren Hilfe die Gewalt dieses Geistes unter eine klinische, handhabbare Überschrift gebracht wurde. In diesem Fall kam der Dämon der Unvernunft allerdings nicht in einem psychologischen Gewand, sondern unter dem Namen eines Freundes daher. Wenn es um Mischa ging, war Rosa bereit, alles zu glauben. Als sie fühlte, dass sie zu Mischa gehen musste, gab

Rosa vor sich selbst unumwunden zu, dass sie unter einem Zauber stand. Es war, als wäre der Höhepunkt von vielleicht Jahren der Vorbereitung gekommen. Und plötzlich war die ganze Kraft dieser Jahre in dem Sog zu spüren, der sie unwillkürlich zu ihm zog. Sie wusste, dass Mischa sie, selbst wenn er sich ihrer Existenz jetzt gerade nicht bewusst war, in diesem Augenblick anzog. Das erinnerte sie an Geschichten von Liebestränken, die die Geliebte über Berge und Meere hinweg anzogen. Sie erhob sich vom Frühstückstisch.

»Guck doch nicht so unglücklich, Hunter!«, sagte Rosa verärgert. »Soll ich dir einen Brandy geben?«

»Ich will keinen Brandy«, erwiderte Hunter ohne aufzublicken.

Rosa schüttelte ihn sanft an der Schulter und ging dann ihren Mantel anziehen. Sie machte die Haustür auf. Der Morgen wehte ihr entgegen, ziemlich warm und mit dem Duft von Erde und Bäumen. Plötzlich begann Rosa sich stark zu fühlen. Langsam zog sie die Tür hinter sich zu und machte sich, den Gehsteig entlang, auf den Weg. Sie bog um die Ecke in die Sonne. Im Gehen sah sie aus den Augenwinkeln heraus etwas, was ihr im ersten Moment wie ihr eigener Schatten vorkam. Bei näherem Hinsehen erkannte sie, dass es Nina war, die Schneiderin, die, noch unschlüssig, wie sie ihre Aufmerksamkeit auf sich ziehen sollte, ein oder zwei Schritte weiter hinten zwischen ihr und dem Zaun lief. Rosa schaute sie erstaunt an. Normalerweise traf sie Nina im Haus und war jetzt verblüfft über ihre Farben, das Gold ihrer gefärbten Haare und die tiefe Dunkelheit ihrer Augen. Dunkle Rosen lagen auf ihren Wangen, doch über ihren Schädel zog sich eine schwarze Linie, dort wo am Grund des goldenen Wirbels das neue Haar wuchs. Nina vernachlässigt ihr Aussehen, dachte Rosa. Und lächelte.

»Miss Keepe«, sagte Nina und drängte sich immer noch am Zaun entlang, »könnte ich Sie vielleicht sprechen? Haben Sie einen Moment Zeit?«

»Ich bin gerade unterwegs«, sagte Rosa, »aber kommen Sie doch ein Stück mit, wenn Sie möchten.« An einem Randstein blieben sie stehen und überquerten dann die Straße.

»Übrigens«, sagte Rosa, »haben Sie Miss Cockeyne in der letzten Zeit gesehen?«

»Ich habe sie schon lange nicht mehr gesehen«, sagte Nina. »Ich hoffe, ihr geht es gut?«

»Das hoffe ich auch!«, sagte Rosa und drehte sich mit einer leichten Verbeugung zu Mrs. Carrington-Morris um, die in Schrittgeschwindigkeit in einem Rolls-Royce vorbeifuhr. Rosa fühlte sich langsam erstaunlich heiter. Ich werde dazu getrieben!, sagte sie sich immer wieder. Ich werde dazu getrieben! Und das war nicht etwa ein Verzweiflungsschrei, sondern erwies sich als Gesang der Hoffnung und Freude. Am liebsten hätte sie laut gelacht. Sie gingen hinunter zur Kensington High Street.

»Sie ist immer noch bei Ihnen in London?«, fragte Nina.

»Wer? Ach, Miss Cockeyne, ja«, sagte Rosa. Da entdeckte sie auf der anderen Straßenseite Miss Foy mit einem Einkaufskorb. »Entschuldigen Sie mich einen Moment«, sagte Rosa und stürzte hinüber.

Miss Foy standen die Haare noch mehr zu Berge als sonst und ein Lächeln betonte die Falten ihres Gesichts.

»Wie geht es Mrs. Wingfield?«, fragte Rosa.

»Bestens, Miss Rosa, bestens«, sagte Miss Foy, »aber sie ist pervers, wissen Sie, schwierig und pervers. Kommen Sie nur weiter vorbei. Sie mag es, wenn Sie kommen. Gestern sind Sie nicht gekommen, da war sie richtig enttäuscht. Immer wieder hat sie gefragt, ist denn das Mädchen noch nicht da?«

»Hätte sie mich gestern empfangen?«, fragte Rosa.

»Sie empfangen? Aber nein, wo denken Sie hin!«, antwortete Miss Foy. »Sie wollte aber, dass Sie kommen. Sie *wird* Sie empfangen, Miss Rosa, haben Sie nur Geduld. Sie ist eine alte Frau.«

Nina war Rosa über die Straße gefolgt. »Darf ich Sie vorstellen«, sagte Rosa, »Miss – äh – Nina, Miss Foy.« Ninas Nachname fiel Rosa nicht immer gleich ein.

»Wir sind uns bei Ihnen einmal begegnet. Ich erinnere mich an diese junge Dame«, sagte Miss Foy freundlich.

»Ach wirklich?«, sagte Rosa. »Gut! Also ich muss jetzt weiter.«

Mit großen Schritten lief sie, Nina im Schlepptau, weiter den Berg hinunter. Jetzt waren sie fast an der High Street. Alles wird gut, dachte Rosa, alles wird gut. Sie hatte eine Vision von sich selbst, Hunter und der *Artemis*, umgeben von einer wohltätigen Macht. Ohne darüber nachzudenken, was sie tat, fing sie an zu rennen. Und Nina rannte hinterher.

»Es tut mir wirklich Leid!«, sagte Rosa. »Einen Moment lang habe ich es glatt vergessen.« Sie waren in der High Street angelangt. Es dauerte noch eine Weile, bis sie die Straße überquert hatten.

»Wie kommen Sie zurecht, Nina?«, fragte Rosa, als sie auf der anderen Seite waren. Sie schlug eine Seitenstraße in die Richtung von Mischa Fox' Haus ein. Mit ihrer Kraft und Ungeduld fühlte sie sich fast imstande, durch die Luft zu fliegen.

»Ich habe ein paar Probleme«, sagte Nina. Rosa ging jetzt so schnell, dass Nina von dem Versuch, mit ihr Schritt zu halten, ganz atemlos geworden war.

»Das Leben ist eine Aneinanderreihung von Problemen!«, sagte Rosa vergnügt. Auf dem Gehsteig sah sie die Dame mit dem Hörgerät, die von den Ereignissen der Aktionärsversammlung so wenig mitbekommen hatte, langsam auf sie zu trotten. Rosa grüßte sie mit einer ausgefeilten Choreographie wedelnder Handbewegungen, mit der sie ungefähr zehn Meter von ihr entfernt begann und weitermachte, bis sie aneinander vorbeigingen. Die Dame mit dem Hörgerät, die Rosa nicht wieder erkannt hatte, drehte sich verwundert um und setzte dann kopfschüttelnd ihren Weg fort.

Rosa lachte. »Sie weiß nicht, wer ich bin!«, sagte sie zu Nina. Sie bogen in eine andere belebte Straße ein.

»Der Verkehr in London scheint immer schlimmer zu werden, nicht wahr?«, sagte Rosa.

»Ja«, sagte Nina.

Jetzt waren sie fast bei Mischa Fox' Haus.

»Wie kommen Sie zurecht, Nina?«, fragte Rosa. »Ach, das habe ich Sie ja schon gefragt! Ich hoffe wirklich, dass es keine richtig ernsten Probleme sind. Falls ich Ihnen in irgendeiner Weise behilflich sein kann …«

»Oh ja!«, brachte Nina atemlos hinter Rosas Ellbogen hervor. »Ich würde Sie gerne um Rat fragen!«

»Scheuen Sie sich nie, um Rat zu fragen«, sagte Rosa. »Die Leute sind viel zu sehr darauf aus, nicht voneinander abhängig zu sein. Ich zum Beispiel gehe jetzt Mr. Fox um Rat fragen.« Sie blieben auf dem Gehsteig stehen.

»Mr. Fox –?«, sagte Nina. Seit zehn Minuten hatte sie nichts anderes als den Ärmel von Rosas Mantel gesehen. Jetzt hob sie den Kopf und sah Mischa Fox' Haus, das Fenster für Fenster über ihr aufragte.

»Ein andermal …«, sagte Nina. »Ich komme wieder bei Ihnen vorbei.« Sie machte auf dem Absatz kehrt und schoss die Straße hinunter.

Rosa blickte ihr erstaunt nach. Dann drehte sie sich zur Haustür um. Nina vergaß sie völlig. Sie stieg die Stufen hoch.

Jetzt wo Rosa leibhaftig vor der Tür von Mischas Haus stand, spürte sie, wie ihr Enthusiasmus dahinschwand. Was blieb, war eine eiserne Entschlossenheit und ein so starkes Verlangen, Mischa zu sehen, dass sie das Gefühl hatte, sie hätte durch eine Mauer gehen können. Sie klingelte. Kurz darauf erschien ein Dienstbote. Er riss die Tür weit auf und Rosa trat in die Diele. Der Dienstbote fragte sie nach ihrem Namen und ihrem Anliegen. Rosa hatte den Eindruck, dass man sie erkannte und erwartete. Ja, es stellte sich heraus, dass Mr. Fox zu Hause war und sie sofort empfangen würde. Erst da fiel Rosa auf, wie unwahrscheinlich es war, dass diese Dinge gleichzeitig zutrafen.

Während sie dem Dienstboten folgte, musste sie sich beide Hände vor die Brust halten, um zu verhindern, dass ihr das Herz heraussprang. Sie gingen von Zimmer zu Zimmer. In einem der ersten, einer Art kleinem Wohnzimmer, lag Calvin Blick auf einem Sofa und las ein Buch. Liebenswürdig nickte er Rosa zu, als sie vorbeiging, so als wäre ihr Auftauchen das Normalste auf der Welt. Endlich erreichten sie eine Tür, an die der Dienstbote behutsam klopfte. Dann öffnete er sie und hielt sie für Rosa auf. Sie trat ein. Hinter ihr schloss sich die Tür wieder.

Sie war in einem großen Raum mit Fenstern an zwei Seiten. Verwirrt schaute sie sich um, leicht geblendet von dem vielen Licht. Dann sah sie, dass Mischa, an einen Bücherschrank gelehnt, ganz nah bei ihr stand. Rosa lehnte sich zurück an die Tür. Jetzt, da sie sich in Mischas Gegenwart befand, spürte sie, wie die Spannung langsam, aber stetig nachließ. Sie hatte nicht das Bedürfnis, etwas zu sagen, ja nicht einmal, ihn anzuschauen. Sie sah sich im Zimmer um und ging dann zu einem der Fenster hinüber. Als sie sich umwandte, hörte sie ein sonderbares Geräusch. Es war Mischa, der lachte. Dann fing auch Rosa an zu lachen, ein volles Lachen der Erleichterung und Freude. Plötzlich war sie nicht mehr in der Lage, ihre Gesichtsmuskeln zu kontrollieren; sie bedeckte einen Moment lang ihr Gesicht für den Fall, dass es zu viel von ihrem Glück verriet. Sie gingen aufeinander zu und als sie ein paar Schritte voneinander entfernt waren, blieben sie stehen.

Rosa hörte auf zu lachen – aber der große Spalt, den ihr Lachen aufgerissen hatte, blieb offen und durch ihn schauten sie einander an. Was habe ich bloß all die Jahre getan?, fragte sich Rosa. Sie machte noch einen Schritt und hatte das Gefühl, ihre Knie gäben nach. Sie sah Mischas Gesicht, als wäre es plötzlich entblößt; und sie war sicher, dass niemand dieses schutzlose Antlitz von Mischa gesehen hatte, seit sie selbst es vor vielen Jahren zum letzten Mal erblickt hatte. Sie machte einen letzten Schritt und er fasste sie am Arm. In enger Umarmung drehten sie sich um, fielen auf die Knie und sanken langsam seitwärts auf den Boden. Für kurze Zeit flatterte ihr Lid unter seinem Mund wie ein Vogel. Dann küssten sie sich, wie Menschen, die nach außergewöhnlich langem Dürsten endlich trinken.

Mischa zog sie hoch und setzte sich mit gekreuzten Beinen neben sie. Er sah klein und lustig aus, wie ein Schneider aus dem Märchen. »Na, Rosa?«, rief er.

Rosa fuhr sich mit der Hand über die Stirn. »Ich habe mich verirrt«, sagte sie, »im Wald verirrt.«

»Geh einfach ein Stückchen weiter«, sagte Mischa, »und schon bald wirst du das Klopf-Klopf der Axt hören. Und wenn du dann noch ein Stückchen weitergehst, kommst du zur Hütte des Holzfällers.«

»Nein«, erwiderte sie, »zum Haus des Zauberers.«

Rosa schaute ihn an. Es war, als sähe sie in einen Spiegel. Es war, als hätte sich ihr eigener Geist, während sie sich umarmten, ihm eingeprägt und blickte ihr nun aus großen Augen entgegen.

»Wie seltsam«, sagte Rosa, »mir ist nie aufgefallen, dass wir einander ähneln.«

»Das ist eine Illusion von Liebenden«, sagte Mischa. Er stand auf und half ihr hoch.

»Mischa«, sagte Rosa, »ich brauche deine Hilfe.« Sie setzten sich in Sessel, die dicht nebeneinander standen. Da stellte Rosa voller Überraschung fest, dass sie sich in dem Raum befanden, in dem die Party stattgefunden hatte. Die Möbel waren dieselben, nur die Wandteppiche waren abgehängt worden. Sie warf einen Blick auf die Stelle, wo das Fischglas gestanden hatte, und im selben Moment wurde in ihr eine Schicht von Erinnerungen aufgedeckt, von tief vergrabenen Erinnerungen an den Schmerz, den sie Mischa vor vielen Jahren zugefügt, und den Schmerz, den er ihr bereitet hatte.

»Das ist jetzt unwichtig, Rosa«, sagte Mischa. Er las in ihrem Gesicht.

»Hör mir zu«, sagte Rosa, »lass uns kühl und nüchtern sein.«

Wieder lachte Mischa. »Das klingt ganz nach dir!« Er nahm ihre Hand.

»Es ist sehr unangenehm«, sagte Rosa. Sie hatte sich Gedanken darüber gemacht, wie viel von der Lusiewicz-Geschichte sie Mischa in diesem Stadium anvertrauen sollte, und im Vorhinein beschlossen, ihm nur das Allernötigste zu erzählen. Jetzt, wo sie durch seine Anwesenheit gerührt und von ihrer Freude selbst überrascht war, fragte sie sich, ob sie ihm nicht alles berichten sollte. Doch wie der erneute Druck einer kalten Hand stellte sich die Vorsicht wieder ein und sie änderte ihren Plan nicht. Eine nicht geplante Änderung fügte sie allerdings in ihre Geschichte ein: Sie sprach nur von Stefan. Die Existenz von Jan erwähnte sie gar nicht. In ihrer Version der Geschichte gab es nur einen Lusiewicz. Sie war schnell erzählt. Mischa beobachtete sie genau, während sie sprach, und Rosa fragte sich, wie viel von den vielen Dingen, die sie unerwähnt ließ, er wohl erraten konnte. Er stellte keine Fragen und als sie fertig war, sagte er nur: »Hmmm. Kann ich jede mir genehme Methode anwenden?«

Rosa neigte den Kopf. Sie hatte das Gefühl, sich selbst in die Gefangenschaft zu verkaufen. Ihm auf Gedeih und Verderb ausgeliefert zu sein, war jedoch im Augenblick das, was sie sich am sehnlichsten wünschte. Hätte zwischen ihnen ein Feuer gebrannt, wäre sie hineingesprungen.

»Danke«, sagte Rosa. Es klang wie das Ende einer sehr langen Diskussion.

»Es gibt etwas, worüber ich gerne mit dir sprechen würde, wo du schon einmal hier bist«, sagte Mischa. »Ich sehe dich so selten.«

Rosa bemerkte eine atmosphärische Veränderung, einen völligen Umschwung der Situation. Auch das erinnerte sie auf sonderbare Weise an die Vergangenheit und an Zeiten, in denen sie Woche um Woche und Monat um Monat den Eindruck gehabt hatte, Mischa zerre sie am Handgelenk durch die Hölle. In Mischa steckte ein Dämon, den sie nie hatte kennen lernen können und der es ihnen nie erlaubt hatte, in Frieden miteinander zu leben. Immer kam im letzten Augenblick und ohne erkennbaren Grund die Wende, die Demonstration der Macht, die Andeutung einer Komplexität, die sie nicht verstand, das Gefühl, nach allem, was zwischen ihnen passiert war, nur eine Schachfigur in Mischas Spiel zu sein – und mit dieser Wende erschien ihr das wenn auch nur ganz leicht veränderte Gefüge von Zärtlichkeit und Freude plötzlich als etwas völlig anderes. Es war dieser Dämon, der sie in der Vergangenheit besiegt und dem zu entfliehen sie letztlich die Kraft gehabt hatte. Mit einem Schauder hörte sie jetzt in Mischas anscheinend harmloser Bemerkung wieder seine Stimme. Sie spürte trotz allem, dass sie wusste, was nun kam. Doch seine nächsten Worte überraschten sie.

»Es geht um Peter Saward.«

DREIUNDZWANZIG

In den vergangenen sieben Tagen hatte Annette in fünf verschiedenen Hotels gewohnt und ihr Durchhaltevermögen war langsam erschöpft. Während der ersten zwei oder drei Tage hatte sie alle paar Stunden bei Mischa Fox zu Hause angerufen, denn nach einiger Überlegung hatte sie beschlossen, nicht zu glauben, was Calvin ihr über Mischas Abwesenheit erzählt hatte. Doch jedes Mal war ihr höflich erklärt worden, Mr. Fox sei nicht daheim. Sie hatte ihm auch drei Briefe geschickt und ein Telegramm mit bezahlter Rückantwort, alles ohne Ergebnis. Dann überkam sie eine totale Apathie und sie saß den ganzen Tag teilnahmslos in ihrem Hotelzimmer. Sie zog nur deshalb von Hotel zu Hotel, weil sie Angst hatte, die Leitung könne zu dem Schluss kommen, sie sei krank oder verrückt, und sie entweder einer Art Verhör unterziehen oder versuchen, mit ihren Eltern Kontakt aufzunehmen. Tief im Inneren wusste sie, dass Mischa sie nicht sehen wollte; und sie hatte sich gesagt, wenn das so sei, wolle sie nicht mehr leben.

Mit ihrem Koffer trat sie auf den Bahnsteig einer großen Londoner Endhaltestelle. Langsam bewegte sie sich auf den Ausgang zu. Sie hatte keine Ahnung, wohin sie ging. Tatsächlich konnte sie nirgends unterkommen. Annette hatte das Gefühl, dass der Kreis um sie herum sich immer mehr geschlossen hatte und ihr jetzt überhaupt keine Bewegungsmöglichkeit mehr blieb. Sie ging an einer Telefonzelle vorbei. Annette glaubte an das Telefon. Sie hielt an, um sich die Telefonzelle anzuschauen. Sie war warm und rot und hell erleuchtet. Plötzlich kam sie ihr wie eine kleine Kapelle vor. Ähnlich einem Wanderer, der sich voller Verzweiflung vor einem Bildstock am Wegesrand niederwirft, trat Annette ein. Sie hob den Hörer, als erwartete sie, sofort irgendeine Hoffnungsbotschaft aus ihm zu vernehmen. Dann wusste sie, was sie tun musste. Sie wunderte sich, dass sie nicht früher darauf gekommen war. Sie wusste auch, dass das ihr letzter Trumpf war.

Sie öffnete ihre Tasche und durchwühlte sie nach Nicholas' Brief. Darauf fand sie die Anschrift des Hotels in Cannes und eine Telefonnummer. Erneut griff sie zum Hörer und verlangte eine Verbindung zum Festland.

»Ich möchte nach Cannes telefonieren«, sagte Annette – »Cannes in Frankreich.« Als sie das sagte, hörte es sich so aussichtslos an, als hätte sie gebeten, nach Walhalla verbunden zu werden. Doch die Vermittlung nahm es gelassen. Ja, es erschien durchaus möglich, dass sie nach Cannes telefonierte; es würde sie für drei Minuten neun Schilling kosten.

Annette fing an, aus ihrer Handtasche Silbergeld auf den Boden der Zelle zu schütteln. Unterdessen öffnete sich an ihrem Ohr, Abschnitt für Abschnitt, teleskopartig ein langer Geräuschkorridor, dessen letztes Stück Nicholas' Stimme enthalten sollte. In einem Geräuschraum sprachen englische Stimmen miteinander – und jetzt beteiligte sich plötzlich klar und knapp eine französische Stimme am Gespräch. Annette stellte sich vor, sie könne die Wellen des Kanals über der Leitung brechen hören. Eine Stimme in Paris sprach mit einer Stimme in der Provence. Annette wartete. Ihr Wunsch, mit Nicholas zu sprechen, war so stark, dass er ihr fast den Atem nahm. Endlich war in weiter Ferne das Klingeln eines Telefons zu hören, eines französischen Telefons, eines Telefons in einem Hotel in Cannes. Eine Stimme verkündete den Namen des Hotels. Die Stimmen dazwischen drehten sich um und sprachen in Annettes Richtung. »*Vous avez la communication, Londres*«, sagte eine entfernte Stimme.

»Sprechen Sie, Sie sind jetzt durch«, sagte eine andere dicht neben ihrem Ohr.

»*Je voudrais parler avec Monsieur Cockeyne*«, sagte Annette. Sie fand, dass sie heiser war und sich räuspern musste.

»*Avec Monsieur qui?*«, fragte die französische Stimme ziemlich ungeduldig.

»*Cockeyne*«, antwortete Annette und buchstabierte den Namen.

»*Ah, Cockeyne*«, sagte die französische Stimme. »*Attendez un moment. Qui est à l'appareil?*«

»*Sa sœur*«, sagte Annette. Der Druck auf ihrem Herzen ließ nach. Sie küsste Nicholas' Brief.

Kurz darauf sprach die Stimme wieder: »*Monsieur Cockeyne est parti, il est parti ce matin. Non, il n'a pas laissé d'adresse.*«

Langsam ließ Annette den Hörer sinken. Sie schleppte sich aus der Telefonzelle. Sie schleppte sich, die Hand immer an einer Mauer oder einem Zaun, die Straße entlang. Jetzt wusste sie wenigstens, was sie tun würde. Dass ihr Versuch, ihre Juwelen zu opfern, fehlgeschlagen war, hatte Annette tief beeindruckt. Es war ihr nicht in den Sinn gekommen, Jan Lusiewicz zu verfolgen oder zu versuchen, ihr Eigentum von ihm zurückzuholen, da sie ihn als einen Boten des Schicksals betrachtete. Ihre symbolische Geste war abgewiesen worden. Annette ließ ihren Koffer in einem Waschraum stehen und nahm dann ein Taxi zum Campden Hill Square. Ihre Pläne erschienen plötzlich klein und klar und unausweichlich. Das Leben war wieder einfach geworden. Sie würde sich umbringen.

Die Absicht schien sich bereits mit der Methode verbunden zu haben. In einem der Schränke am Campden Hill Square bewahrte Rosa zwei Fläschchen mit Schlaftabletten auf, von denen sie Annette erzählt hatte, sie würden, nähme man sie alle auf einmal, ausreichen, um tödlich zu wirken. Annette merkte, wie ihr Aufmerksamkeitsfokus immer enger wurde. Mit der Verzweiflung einer Liebenden verlangte es sie nach diesen beiden Flaschen. Auf den Gedanken, dass jemand sie davon abhalten könnte, kam sie gar nicht; und niemand tat es. Die Haustür war verschlossen, aber sie verschaffte sich mit ihrem Schlüssel Einlass und ging direkt zu dem Schrank. Die zwei Flaschen waren da und sie steckte sie in die Tasche. Sie warf einen Blick in ihr eigenes Zimmer. Es sah aus, als wohnte jemand anderes darin. Sie ging wieder die Treppe hinunter, leise, aber nicht auf Zehenspitzen. Aus Hunters Zimmer kamen Geräusche, aus Rosas jedoch nicht. Die Tür hinter sich zuschlagend, verließ sie das Haus. Das Taxi wartete noch. Sie nannte den Namen eines verschwiegenen und teuren Hotels in der Nähe des Hyde Park, in dem ihre Eltern manchmal wohnten.

Das Taxi raste durch Kensington davon. Annette betrachtete die Flaschen genauer. Rosa hatte vor einiger Zeit aufgehört, die Tabletten zu nehmen, und beide Flaschen schienen noch ziemlich voll zu sein. Annette drückte sie an sich. Sie wollte mit ihnen allein sein. Sie rang nach Luft und zwang sich, aus dem Fenster zu schauen. Ungeduldig wartete sie auf das Ende der Fahrt. Noch war sie in der Welt.

Schließlich tauchte, sehr groß und weiß, die Tür des Hotels auf. Annette ging hindurch. »Ich hätte gerne ein Zimmer zum Park«, sagte sie.

Ihre Stimme kam nur mit Mühe heraus. Wie durch einen Schleier blickte sie in die Augen des Empfangschefs. Er antwortete sehr ruhig, fast flüsternd, als wüsste er, was er da vor sich hatte. Äußerst langsam ging Annette die Treppe hinauf. Das Zimmer war geräumig mit zwei großen Fenstern, die auf einen Balkon hinausgingen. Draußen auf der anderen Seite der Straße lag der Park. Frauen mit Kinderwagen spazierten die grünen Wege entlang und Kinder trieben, während Hunde bellend hinter ihnen herliefen, Reifen durch lange Baumfluchten. Jemand ließ einen Drachen steigen. Annette schaute hinaus. Alle erschienen ihr bereits so weit entfernt wie Figuren aus einem Stundenbuch.

»Mach dieser Farce ein Ende«, sagte Annette laut. Jetzt war sie allein. »Mach dieser Farce ein Ende.« Diese Worte schienen die Essenz ihres Entschlusses zum Ausdruck zu bringen.

»Wozu unter Qualen weitermachen?«, sagte sie. Sie schaute sich die im Park auf und ab flanierenden Menschen an. Durch Löcher in den Wolken fiel in Strahlen blasses Sonnenlicht auf sie herab.

»Mach dieser Farce ein Ende«, sagte sie. Mit glasigem Blick setzte sie sich auf die Bettkante. Sie war das Zentrum einer außergewöhnlichen Einsamkeit. Ihr Kopf wuchs und wuchs, bis er die ganze Welt umschloss. Annette war nicht mehr da. Sie war zur Begrenzung des Universums geworden, innerhalb derer alle Dinge lebten und sich bewegten und ihr Dasein hatten. Der Tod konnte sie jetzt nicht mehr stärker verändern, als sie ohnehin schon verändert war. »Mach dieser Farce ein Ende«, sagten die sich bewegenden Lippen von Annette.

Das Telefon klingelte. Annette fuhr heftig zusammen und nahm den Hörer ab. Es war die Hotelleitung, die fragte, ob sie irgendetwas wolle. Nein, sie wolle nichts. Sie legte den Hörer wieder auf. Während sie bruchstückhaft und unzusammenhängend darüber nachdachte, was sie jetzt tun würde, war der Gedanke an Mischa ihr kaum präsent. Was ihr jetzt wieder zu Bewusstsein kam, waren die Wahrnehmungen ihrer Kindheit: die Einsamkeit und die Langeweile und die Angst vor merkwürdigen Orten, die Hast und der Lärm einer Welt, die nie ihre eigene war, der fremde Geruch des teuren Hotels und der Fernverkehrszug. Das waren die Dinge, die den gegenwärtigen Augenblick angekündigt hatten.

Sie nahm die beiden Flaschen aus ihrer Handtasche. Ist es genug?, fragte sie sich. Dann hatte sie noch eine Idee. Sie nahm wieder den Telefonhörer ab. Ja, eigentlich hätte sie doch gerne etwas. Ob sie wohl drei Flaschen Gin hochschicken könnten? Annette hatte in der Zeitung gelesen, dass

Schlaftabletten nach dem Genuss von Alkohol zweimal so tödlich wirkten.

Der Kellner kam herein. Annette schaute ihn nicht an, konnte aber aus dem Augenwinkel sehen, dass seine Haltung Neugier und Impertinenz ausdrückte. Er stellte die Flaschen auf den Tisch.

»Entschuldigen Sie, Miss«, sagte der Kellner, »wie viele Gläser soll ich bringen?«

»Eins«, sagte Annette. »Äh, ich meine sechs, bitte.« Sie wollte keinen Argwohn erregen.

»Hätten Sie gerne noch irgendetwas anderes für Ihre kleine Party?«, fragte der Kellner. »Oliven sind was Nettes, kleine Käsestangen, Chips, wir können Ihnen sogar …«

»Sonst nichts«, sagte Annette. Der Kellner ging. Er kam mit den Gläsern zurück und entfernte sich dann wieder.

Annette stand auf und wanderte im Zimmer umher. Sie öffnete eine Ginflasche und goss sich ein Glas ein. Schnell trank sie es aus. Sofort fing sie an, sich ein wenig anders zu fühlen. Sie trank noch etwas Gin. Keine halben Sachen, dachte Annette. Sie lauschte auf die Stille im Zimmer. In Stille sterben. Mit einer heftigen Bewegung drehte sie sich um. Könnte sie doch bloß das Hotel über ihrem Kopf zusammenstürzen lassen, in ein loderndes Feuer springen, sich mit einer Bombe in die Luft jagen! Alles, nur nicht dieses stille Ende. Neben ihrem Verlangen nach Auslöschung erwachte ein Drang zur Zerstörung.

»Schluss jetzt!«, rief Annette aus. Sie schleuderte ihr Glas in den Kamin. Sie warf einen Blick auf die Ginflaschen und auf die Reihe von Gläsern, und da kam ihr eine makabre Idee. Eine Party. Warum nicht? Langsam nahm sie den Hörer ab und wählte John Rainboroughs Nummer. Sie würde ihrer eigenen Totenwache beiwohnen.

Rainborough saß in seinem Wohnzimmer und versuchte sich dazu durchzuringen, Agnes Casement anzurufen. Er hatte versprochen, sie nachmittags anzurufen, es jedoch immer wieder aufgeschoben. Jetzt wurde es gleichermaßen notwendig wie unmöglich, dass er es sofort tat; und während er darüber nachdachte und ein Problem metaphysischen Ausmaßes daraus machte, bekam er ein Bild seines ganzen Lebens vorgehalten. Rainborough war nämlich jetzt mit Agnes Casement verlobt. Wie das passiert war, konnte er nicht so recht sagen. Es war aber passiert, dachte er entschlossen, ziemlich unausweichlich. So viel war sicher. Muss mich meinen Verpflichtungen stellen, sagte sich Rainborough vage, während sein Blick auf dem Telefon lag. Brauche Ballast. All dieses Umherziehen zu nichts nütze. Muss mich im Leben verwurzeln. Kinder und so weiter. Ehe genau was ich brauche. Muss Mut haben, mich festzulegen. Ist natürlich schmerzvoll. Aber wirklich das Allerbeste. Das ist mein Weg, ich hab's die ganze Zeit gewusst.

Diese Gedanken trieben als Bruchstücke an der Oberfläche seines Bewusstseins; doch darunter lagen Angst, Schrecken und reines Erstaunen. Wie war das bloß passiert? Zum hundertsten Mal vergegenwärtigte er sich die Szene auf der Landstraße. Das offene Auto stand mit abgeschaltetem Motor unter den sich öffnenden Fächern einer jungen Buche. Die taufrische Cremefarbe der Schlehe durchdrang alle Hecken. Hinter einem Weidengatter lag ein von Butterblumen überwuchertes Rieselfeld. Miss Casements Parfüm mischte sich mit den Gerüchen von Blütenstaub und Dung. Ganz in der Ferne das Geräusch eines Traktors. In der Buche fing ein Vogel an zu singen. Rainborough hatte sie gebeten, ihn zu heiraten. Er fragte sich warum; und ihm kam der Gedanke, dass er sich in dem Augenblick in Wirklichkeit mit Miss Casements rotem MG verlobt hatte.

Das Telefon klingelte. Rainborough fuhr schuldbewusst zusammen und nahm mit kränklicher Miene den Hörer ab. Doch es war nicht seine Zukünftige. Voller Freude erkannte er Annettes Stimme. Er begrüßte sie überschwänglich. Eine Party! Wie wunderbar! Und jetzt sofort. Genau das, wonach ihm der Sinn stand. Ja, er würde sofort kommen. So froh, dass es ihr besser ging. Reizend, sie zu sehen. Er sprang auf. Beim Verlassen des Hauses fiel ihm wieder ein, dass er Miss Casement nicht angerufen hatte. Während er düsteren Blickes zurückging, sagte er wie ein Bühnenschauspieler seinen Text auf. Es war nicht schwer, sich eine passende Unwahrheit einfallen zu lassen. Er dachte, dass das wohl nicht die letzte sein würde. Ihm war, als hätte seine Ehe bereits begonnen.

Annette rief im Haus am Campden Hill Square an. Sie glaubte, dass Rosa zu dieser Zeit bestimmt bei der Arbeit sein und sie Hunter vielleicht allein antreffen würde. Hunter nahm den Anruf entgegen und schrie vor Freude und Erleichterung auf, als er Annettes Stimme hörte. Ja, er würde auf der Stelle kommen. Wie schade, dass Rosa nicht da sei. Ja, auf der Stelle. Danach saß Annette so lange mit dem Hörer in der Hand da, dass das Management jemanden schickte um sie zu bitten, sie möge entweder auflegen oder ihren Anruf tätigen. Sie wählte Mischa Fox' Nummer. Die gewohnte Stimme teilte ihr höflich mit, Mr. Fox sei immer noch verreist. Sie fragte nach Calvin Blick. Kurz darauf war Calvins Stimme zu hören.

»Mr. Blick«, sagte Annette, »es tut mir Leid, dass ich bei unserer letzten Begegnung ziemlich unhöflich und zerstreut war. Ich würde mich sehr freuen, wenn Sie kommen und jetzt in ruhigerer Atmosphäre ein Gläschen mit mir trinken könnten.« Auch Calvin freue sich, sei entzückt, komme gerne, ja, jetzt sofort.

Annette sank in den Sessel zurück und trank noch einen Schluck Gin. Sie freute sich, dass Vertreter sowohl von Mischa als auch von Rosa anwesend sein würden. Das Ganze würde ihnen noch Leid tun, den beiden! – Und einen Moment lang kam es ihr so vor, als wären sie es, die demnächst das Zeitliche segnen würden. Annette fing an, die Szene vorzubereiten. An das Zimmer grenzte ein Bad und hier versteckte Annette die beiden Fläschchen. Sie bestellte noch mehr Gin, außerdem Wermut und Champagner. Ihr kam die

Frage in den Sinn, ob sie die Rechnung bezahlen sollte. Doch mit einem inneren, ziemlich erschütternden Ruck machte sie sich klar, dass sie die Region, in der man Rechnungen bezahlte, bereits verlassen hatte. In dem Land, das sie jetzt betreten hatte, waren Gin und trockener Wermut gratis.

Calvin Blick traf als Erster ein. Calvin, der sich nie ein X für ein U vormachen ließ, schaute Annette neugierig an. Er konnte sehen, dass sie getrunken hatte. »Nein, danke«, sagte er. »Das Zeug rühre ich nie an.«

Während Annette Orangensaft bestellte, kam John Rainborough herein.

Calvin, der bester Laune zu sein schien, begrüßte ihn lautstark. »Sie sehen aber fiebrig aus, mein lieber Rainborough!«, rief er. »Zu viel Arbeit im Büro, wie? Ihr Verwaltungsleute seid aber auch nie fertig!«

»Ich habe gekündigt«, sagte Rainborough verdrießlich.

Calvin, der das schon seit mehreren Tagen gewusst hatte, erging sich in Ausrufen des Erstaunens und peinlichen Fragen, auf die er bereits die Antworten kannte.

Hunter trat ein. Man merkte ihm seine Bestürzung an, als er Calvin erblickte, von dem er seit der Nacht von Mischa Fox' Party nichts mehr gehört oder gesehen hatte. Annette hatte sich in eine Ecke zurückgezogen und machte sich gerade an ihr fünftes Glas Gin pur.

»Darf ich den Gastgeber spielen«, sagte Calvin, »falls Miss Cockeyne es mir erlaubt? Was bekommen Sie, mein lieber Rainborough?«

»Ich nehme Champagner«, sagte Rainborough. Und fügte hinzu, schließlich habe er ja etwas zu feiern! Das sagte er allerdings nur zu sich selbst. Was ihre Absichten betraf, hatte er Miss Casement zu absoluter Geheimhaltung verpflichtet. Das war ein Kunstgriff, mit dem er verhindern wollte, dass die Verwirklichung seines Schicksals sich zu unsanft und schnell in seinem Bewusstsein ausbreitete.

Hunter nahm ein kleines Glas Gin und ging dann zu

Annette, die dastand und sie alle mit einem seltsamen Lächeln anstarrte.

»Annette«, sagte er, »bitte komm nach Hause zum Campden Hill Square. Rosa tut alles, was passiert ist, sehr Leid und sie möchte, dass du zurückkommst.« Rosas Kummer war eine Vermutung von Hunter; er selbst schaute Annette jedoch mit echter Sorge an.

»Nach Hause!«, sagte Annette und hängte sich an diesem Wort auf. »Cam' Hill Square ist nicht mein Zuhause. Ich habe kein Zuhause. Ich bin ein Flüchtling!« Trotzig blickte sie sie alle an. Sie blickten zurück.

»Ich werde dieser Farce ein Ende machen«, sagte Annette. Und goss sich den restlichen Gin die Kehle hinunter.

»Nur nichts überstürzen!«, sagte Hunter.

»Wie steht es jetzt mit der Schule des Lebens, Annette?«, sagte Calvin.

»Das Schuljahr ist zu Ende«, sagte Annette. Sie wandte ihnen den Rücken zu und schaute aus dem Fenster. Der Park verdüsterte sich langsam. Ein dunkles Wolkenband lag quer über dem Himmel und darunter der letzte blasse Glanz des Abends. Die Bäume waren deutlich umrissen, jedes Blatt war sichtbar. Die Kinder und die Hunde waren nach Hause gegangen. Liebespaare schlenderten hier und da die Alleen hinunter. Vor ihren Augen schwand die Szene langsam. Ein Blau, das der Nacht, legte sich über die Dunkelheit der Wolken.

»Macht das Licht an!«, sagte Annette. Sie begann, die Vorhänge zuzuziehen.

»Komm doch nach Hause!«, sagte Hunter mit leiser Stimme.

»Lassen Sie sie in Ruhe!«, sagte Calvin.

Annette ging ins Bad. Sie öffnete die erste Flasche und schüttete eine Reihe von Tabletten in ihre Handfläche. Sie füllte ein Becherglas mit Wasser. Während sie das tat, sah sie ihr Gesicht in dem Glas. Ihre Augen waren sehr groß und schwarz geworden und starrten sie an wie ein wildes Traumgesicht. Sie beobachtete im Spiegel, wie sie eine der Tabletten in den Mund steckte. So war es einfacher. Sie schluckte die Tablette hinunter, und dann noch ein paar. Es ging langsam voran. Ihre Kehle schien sich vor ihnen zu verschließen. Aus dem Zimmer hinter ihr schallte lautes Gelächter. Annette schüttete ein paar von den Tabletten ins Wasser, aber sie lösten sich nicht auf. Sie schaute sich nach etwas um, womit sie sie zerdrücken könnte. Auf dem Boden hinter dem Fuß des Waschbeckens fand sie eine Zahnbürste, sicher vom vorherigen Gast liegen geblieben. Sie hob sie auf, verwarf sie aber als unhygienisch; dann ging ihr auf, dass das jetzt gar keine Rolle mehr spielte. Das war ein Schock. Sie begann, die Tabletten zu zerquetschen, trank währenddessen von der pulvrigen Flüssigkeit und fügte wieder Wasser hinzu. Auf diese Weise leerte sie die ganze erste Tablettenflasche. Sie machte sich an die zweite. Sie stellte fest, dass sie nicht stehen konnte, und setzte sich auf einen Stuhl. Es wirkt schon, dachte Annette.

Jemand klopfte an die Tür. Hunters Stimme sagte: »Ist alles in Ordnung, Annette?«

»Alles in Ordnung«, sagte Annette, beziehungsweise etwas in ihrem Kopf sagte es und aus ihrem Mund kamen irgendwelche Laute. Wie interessant das ist, dachte Annette. Es wird lustig, das alles Nicholas zu erzählen. Dann folgte der Gedanke, ich werde das Nicholas nie erzählen. In der zweiten Flasche waren nur noch ein paar Tabletten. Annette stellte sie ab. Das war bestimmt genug. Allmählich fühlte sie sich auch schon ganz komisch. Ihre Gedanken bewegten sich extrem langsam.

»So fühlt es sich also an«, sagte Annette halblaut. Die Gedanken werden so langsam wie eine Uhr, die abläuft. Und es Nicholas nie zu erzählen.

Annette machte die Badezimmertür auf und ging wieder ins Schlafzimmer. Da waren ein paar Leute und ihre Münder waren rund vor Lachen. Annette nahm die Ginflasche und fing an, mit zitternder Hand Gin einzugießen.

»Annette!«, sagte Hunter dicht neben ihr. »Du hast genug zu trinken gehabt.« Der Gin spritzte über Annettes Hand.

»Dieser Farce ein Ende machen«, sagte Annette. Sie leckte den Gin von ihrer Hand. Dann begann sie ihre Hand zu studieren. Sie wand sich vor ihr wie ein sterbendes Tier. Sie war ein sterbendes Tier. Ihre arme Hand, sie wollte nicht sterben. Annette hatte sie nicht um Erlaubnis gebeten.

»Meine arme Hand!«, sagte Annette. Dann stellte sie fest, dass die Tränen ihr still aus den Augen rannen. Vielleicht rannen sie schon lange. Fasziniert starrte sie auf ihre Hand.

Rainborough und Calvin schauten sie neugierig an.

»Was ist mit Ihrer Hand?«, fragte Rainborough. »Haben Sie sich geschnitten?« Er nahm ihre Hand und untersuchte sie.

»Oh, Annette, wein doch nicht!«, sagte Hunter. Er klang, als würde er auch gleich weinen. »Hier, trink noch ein bisschen Gin.« Er füllte erst ihr Glas und dann sein eigenes. Annette fing an, hysterisch zu schluchzen.

»Das Mädchen hat schon viel zu viel getrunken«, sagte Rainborough.

»Ich weiß nicht«, meinte Calvin. »Ich glaube, da ist noch etwas anderes. Annette! Annette!«, rief er ihr laut zu, so wie man jemandem zuruft, der schon weit weg ist.

Annette fuhr herum und sank in einen Sessel. Hunter kniete sich neben sie. Ein schwarzer Ring schloss sich immer enger um ihr Gesichtsfeld. Irgendwo in der Mitte flackerte noch ein Licht und über sie gebeugt sah sie die Gesichter von Rainborough, Calvin und Hunter. Vor lauter Schluchzen kaum zu verstehen, klammerte sie sich an Hunters Schulter. Der legte den Arm um sie. »Hör auf, Annette!«, rief Hunter voller Verzweiflung.

Annette versuchte, etwas zu sagen, doch aus ihrem Mund drang nur Schluchzen und Schreien. Es war fürchterlich anzuhören. »Ich habe – Gift – genommen«, keuchte sie schließlich, kaum hörbar unter dem fortwährenden schrillen Geschrei, das jetzt von ihren Lippen kam.

»Was hat sie gesagt?«, fragte Rainborough.

»Sie sagt, sie hat Gift genommen!«, sagte Hunter.

»Sie ist betrunken!«, sagte Rainborough.

»Nein, ich glaube, es ist wahr!«, sagte Calvin und seine Augen glänzten.

In dem Augenblick sprang die Zimmertür abrupt auf und zwei hoch gewachsene Gestalten kamen mit großen Schritten herein.

»Andrew! Marcia!«, rief Annette und sank in ihren Sessel zurück.

Das um sie herum gruppierte Trio, Hunter, der ihre Schultern stützte, Calvin, der ihr Gesicht eingehend studierte, und Rainborough, der sich bückte und ihre Hand hielt, erstarrte einen Augenblick lang vor Erstaunen. Dann stoben sie schuldbewusst auseinander. Annettes Eltern beugten sich über sie. Von beiden Seiten hoben sie sie hoch. Sie hing schlaff von ihren langen Armen herunter.

»Sie hat sich vergiftet!«, rief Hunter schrill. »Wir brauchen einen Arzt!«

Danach war das Zimmer voller Geschrei und Geschäftigkeit. Annettes Mutter sagte mit hoher Stimme etwas sehr Schnelles auf Französisch. Annettes Vater bat die Hotelleitung, ihn mit einem Krankenhaus zu verbinden. Annette stöhnte mit halb geschlossenen Augen. Ihr Vater klatschte ihr mit der flachen Hand auf die Wangen und fragte sie, was sie genommen habe. Hunter gab ein unzusammenhängendes Gejammer von sich. Rainborough erklärte niemand Speziellem, er habe bis vor zwei Minuten nicht die geringste Ahnung gehabt, dass Annette – das Ganze war undenkbar –, er habe wirklich keine Ahnung gehabt. Calvin schaute zu und goss sich noch etwas Orangensaft ein. Männer in schwarzen Kitteln kamen herein, gefolgt von Männern in weißen Kitteln. Der Arzt sagte gerade etwas zu dem Hotelmanager. Annette lag jetzt ganz schlaff und ruhig da. Ihr Vater durchsuchte das Zimmer.

Rainborough kam aus dem Bad. »Das hier hat sie genommen«, sagte er. »Es sieht nach Schlaftabletten aus. Vermutlich Luminal.« Er hielt die beiden Flaschen hoch.

Hunter betupfte sich die Augen. »Lassen Sie mal sehen«, sagte er. Er schaute sich die Fläschchen an. Dann setzte er sich aufs Bett und fing an, hemmungslos zu lachen.

»Der Junge ist hysterisch«, sagte Rainborough.

Einen Augenblick lang konnte Hunter vor Lachen nicht sprechen. Als er schließlich imstande war, ein paar Worte zu stammeln, sagte er: »Annette leidet unter – zu viel Gin und einer Überdosis Magnesiamilch!« Er ließ sich zwischen die Kissen zurücksinken.

VIERUNDZWANZIG

Es war ungefähr eine Stunde später. In dem Hotelzimmer waren nur John Rainborough und Marcia Cockeyne übrig geblieben. Hunter hatte Annette und ihren Vater zum Krankenhaus begleitet. Calvin war verschwunden; und es war ungefähr zehn Minuten her, dass Andrew angerufen hatte, um zu sagen, dass Hunter tatsächlich Recht gehabt habe und dass Annette inzwischen fast über den Berg sei. Nachdem sie sich aufs Heftigste übergeben habe, sei ihr der Fehler erklärt worden. Es habe lange gedauert, bis sie überzeugt gewesen sei. Im Augenblick weine sie Tränen der Wut.

»Woher haben Sie gewusst, wo Sie sie finden?«, fragte Rainborough.

»Natürlich sind wir zuerst zum Campden Hill Square gefahren«, sagte Marcia, »und dort lag ganz offen auf dem Tisch eine Nachricht von Hunter für Rosa, um ihr zu sagen, wo Annette war. Deshalb waren wir so schnell hier.«

»Möchten Sie jetzt nicht etwas trinken?«, sagte Rainborough.

»*Mais oui*«, sagte Marcia, »vielleicht ein Gläschen Champagner? Wir haben ja etwas zu feiern, oder?«

Dieser Satz ließ Rainborough tief seufzen, während er den Champagner einschenkte. Dann bedachte er sich selbst großzügig. »Darf ich Ihnen ein Taxi bestellen?«, fragte er.

»Aber nein«, sagte Marcia, »ich habe mein eigenes Auto draußen stehen. Ich kann Sie gerne nach Hause bringen.«

Rainborough dankte ihr und sie machten sich fertig zum Gehen. Er half ihr in den Mantel. Sie war wirklich schön. Sie hatte dieselbe blasse Haut und denselben kleinen Kopf wie Annette, aber eine geradere Nase und üppigeres kastanienbraunes Haar, das ihr in Wellen über den Nacken fiel. Als er sich dieser glänzenden Masse näherte, atmete Rainborough ein Parfüm ein, das ihn vor Erstaunen innehalten ließ. Im Gegensatz zu der aufdringlichen Süße, die von Miss Casement und Miss Perkins ausging, war Marcias Duft von himmlischer Zartheit. Es war eigentlich kein Blumenduft. Er glich eher dem von Holz. Sandelholz vielleicht, dachte Rainborough. Er hatte noch nie Sandelholz gerochen, war sich aber plötzlich sicher, dass es so riechen musste. Schlagartig wurde ihm bewusst, dass Marcia das ganze außergewöhnliche Zusammenspiel von Puder, Parfüm und Farbe, das Miss Casement ein so künstliches Aussehen verlieh, als natürliche Ausstrahlung besaß. Sie war eine exotische Blume, wie Blumen, die Rainborough in südlichen Ländern gesehen hatte und die fast gar nicht wie Blumen aussahen, aber doch unzweifelhaft Produkte der Natur waren. Rainboroughs Norm war immer noch die Wildrose, obwohl es ihn nach diesen einfachen Blüten überhaupt nicht mehr verlangte.

Mit Mühe konnte er sich beherrschen, nicht die Nase in die glänzende Fülle von Marcias Haar zu stecken und sich an dessen Duft zu berauschen. Jetzt hatte sie den Mantel an und Rainborough ging höflich um sie herum nach vorne. Hier betrachtete er ihre Augen, die von einem ziemlich dunklen, gesprenkelten Blau waren und weit auseinander standen. Welch exquisites Privileg wäre es doch, dachte Rainborough, einen Kuss zwischen sie drücken zu dürfen!

Marcia sagte etwas schon zum zweiten Mal.

»Ja, natürlich!«, sagte Rainborough und erklärte ihr, wo er wohnte. Zusammen gingen sie die Treppe hinunter.

Draußen war es dunkel. An der Tür stand, im hellen Licht des Portikus sichtbar, ein schwarzer Mercedes. Rainborough stolperte unterwürfig auf ihn zu und duckte sich in sein weiches rotes Inneres. Hilflos lehnte er sich in die Polster zurück.

Mit unverhohlener Bewunderung sah er zu, wie Marcia den Motor anließ. Es war dunkel in dem Auto. Ein Bein unter sich gezogen, saß Rainborough da und sah das wunderschöne Profil seiner Begleiterin im rasch vorbeiziehenden Licht der Straßenlaternen und Neonreklametafeln auftauchen und verschwinden. Als sie an seiner Haustür anhielten, kam er nicht einmal auf den Gedanken, sie hereinzubitten, so unvorstellbar erschien es ihm, dass sie sich so bald schon trennen sollten.

Marcia kam ins Haus. Rainborough schaltete die Lampen und Öfen an. Er zog die Vorhänge zu, um den zerstörten, durch heruntergefallene Steine und Bauholz verblassten Garten zu verbergen. Dann goss er sich und Marcia etwas zu trinken ein. Das Sandelholzparfüm erfüllte den Raum. Er bot ihr eine Zigarette an und entzündete ein Streichholz. Als er die Flamme, die die Blässe ihres Gesichts erleuchtete, hochhielt, zitterte seine Hand heftig.

Marcia nahm sein Handgelenk zwischen zwei kühle weiße Finger, hielt seine Hand fest, während sie die Zigarette anzündete, und schaute ihm dabei die ganze Zeit in die Augen. »*Mais qu'est-ce que vous avez?*«, sagte sie. »Sie haben Sorgen, Mr. Rainborough. Mein kleines Mädchen wird wieder ganz gesund. Aber Sie sind immer noch bekümmert, stimmt's?«

»Ja«, sagte Rainborough. Zum Teufel mit deinem kleinen Mädchen, dachte er. Ihm wurde bewusst, dass er betrunken war. Er hatte das Gefühl, weit unten unter seinen Füßen gäbe der Boden nach. »Ja«, sagte er, »ich habe verschiedene Sorgen.«

Marcia zog an der Zigarette. Dann gab sie sie plötzlich Rainborough zurück. Er führte sie an seine Lippen. Es war wie ein heilender Zug.

»Sie sind besorgt, ja«, murmelte Marcia. Sie setzte sich aufs Sofa und bedeutete Rainborough, sich neben sie zu setzen. Er sank nieder.

»Vielleicht könnte ich Ihnen helfen«, sagte Marcia. »Aber zuerst müssen Sie mir alles erzählen.«

Zu Rainboroughs Erstaunen war es genau das, was er daraufhin tat. Die ganze Geschichte von Miss Casement kam heraus. Sie klang grotesk; es verschaffte ihm jedoch eine außerordentliche Erleichterung, die Angelegenheit als Geschichte zu erzählen. Miss Casement als Teil einer Erzählung zu betrachten, schuf eine willkommene Distanz zwischen ihnen.

Marcia hörte mit freundlichem, leicht klinischem Interesse zu und schüttelte den Kopf. »*Que tu es drôle, mon cher!*«, sagte sie am Ende. »Aber Sie lieben diese Frau überhaupt nicht, stimmt's?«

»Nein«, sagte Rainborough. »Doch, ich weiß es nicht. Sie fasziniert mich.« Er sah Marcias Hand neben ihm auf den Kissen liegen. Sie ähnelte Annettes Hand. Rainborough drehte sich der Kopf. Er stand auf. »Ich bin völlig durcheinander!«, sagte er.

»Sie wollen fliehen, stimmt's?«, sagte Marcia.

»Ja, genau«, sagte Rainborough, »fliehen, ja, ja! Aber wie?«

»Sie lieben sie nicht«, sagte Marcia bestimmt. »Das muss erst einmal klar sein, nicht nur im Denken, sondern auch im Fühlen. Fragen Sie sich, was der unangenehmste Zug an ihr ist, der Ihnen in den Sinn kommt.«

Rainborough dachte nach. Einen Moment lang fiel ihm nichts Schlimmeres ein als die Tatsache, dass sie so missmutig gewesen war, als sie ihr Abendessen bei Henley verpasst hatten, weil er für seinen Heiratsantrag so lang gebraucht hatte. Dann dachte er an ihr Verhalten der kleinen Tippse gegenüber.

»Das erzählen Sie mir jetzt mal in allen Einzelheiten«, sagte Marcia.

Das tat Rainborough. Er fühlte, dass er dabei war, sich des übelsten Verrats schuldig zu machen. Ein köstliches Gefühl.

»Jetzt müssen Sie fort«, sagte Marcia, »auf der Stelle.«

Hilflos und verwirrt stand Rainborough vor ihr. Er war von blindem Hass auf Miss Casement erfüllt, während Marcia, sonderbar in Haar, Hände und Lippen zerfallen, vor seinen Augen verschwamm. »Wie könnte ich«, sagte er, »zu dieser Stunde, und wohin?«

»Sie gehen in unsere Villa bei Saint-Tropez«, sagte Marcia. »Da unten im Süden ist schon Sommer. Hier ist die Adresse. Ich schicke dem Dienstboten und ein paar Freunden, die in der Nähe wohnen, ein Telegramm. Sie haben nichts, was Sie beruflich hier zurückhält?«

»Nichts!«, sagte Rainborough.

»Worauf warten Sie dann noch!«, sagte Marcia. »Entspannen Sie sich, *mon cher ami*!«

»Ich habe weder ein Flugticket noch französisches Geld«, stammelte Rainborough hektisch.

»Ich gebe Ihnen Geld«, sagte Marcia, »und den Flug buchen wir Ihnen telefonisch. Wofür haben Sie ein Telefon?« Im nächsten Augenblick sprach sie mit dem Flughafen.

Rainborough ging oder besser stolperte einmal rund ums Zimmer. Er fühlte Schmerz und ein Frohlocken zugleich. Es geschahen unwiderrufliche Dinge. »Ich kann nicht gehen, ohne es ihr zu sagen«, erklärte er.

»Dann sagen Sie es ihr!«, gab Marcia zurück. »Oder soll ich? Sie überlassen es mir, ja? Wie ist ihre Telefonnummer?«

Rainborough stieß die Nummer hervor.

»Und entschuldigen Sie bitte«, sagte Marcia, »wie ist Ihr Vorname? Den brauche ich auch.«

»John«, sagte Rainborough. »John, John, John!« Voller Leidenschaft wiederholte er seinen Namen, als werfe er ihr seine ganze Persönlichkeit zu Füßen.

Erneut sprach Marcia am Telefon. Sehr weit entfernt, bereits in einer anderen Welt, konnte Rainborough Miss Casements Stimme hören.

»John hat mich gebeten, Ihnen zu sagen, dass er fortfährt …«, sagte Marcia gerade. Die ausländische Färbung in ihrer Stimme war wie grüner Honig.

Rainborough setzte sich. Er wischte sich über die Stirn.

Einen Augenblick lang kam ihm der Schmerz in seinem Inneren ein bisschen wie Mitleid vor. Dann durchwehte ihn ein starker Wind. Ohne auf ein Hindernis zu stoßen, blies er direkt durch ihn hindurch. Er war leer. Er verließ das Zimmer, um seinen Koffer zu packen.

»Ihr Flug geht in einer Stunde«, sagte Marcias Stimme. »Ich bringe Sie zum Flughafen. Vergessen Sie Ihren Pass nicht.«

Kurze Zeit später ging Rainborough zusammen mit Marcia zur Haustür hinaus. Er schlug die Tür hinter sich zu. Er stieg in den Mercedes.

FÜNFUNDZWANZIG

Ein paar Tage später kam im Parlament die Anfrage eines obskuren Abgeordneten der Konservativen über den Status bestimmter europäischer Arbeitnehmer, die unbegrenzte Aufenthaltsgenehmigungen für Großbritannien hatten. Der Abgeordnete wollte vom Innenminister wissen, ob ihm bekannt sei, dass eine Reihe von Individuen, die nach dem so genannten SELIB-Modell zur Arbeit in diesem Land ausgebildet worden seien, nach dem Buchstaben dieser Vereinbarung dazu überhaupt nicht berechtigt seien. Die Anfrage folgte zufälligerweise auf eine Anklage, die wegen verantwortungslosen Umgangs mit von amerikanischen Organisationen gespendeten Mitteln gegen die derzeitige Regierung erhoben worden war. Dieses Land, so wurde von einer Oppositionsgruppe argumentiert, vergesse, worin sein Vorteil liege. Die Wendung »immerhin, wir Europäer …«, die ein sozialistischer Sprecher in der darauf folgenden Debatte äußerte, wurde mit Rufen wie »Schau an, schau an!« und »Jetzt übertreiben Sie aber!« quittiert. Die ganze Angelegenheit erlangte eine beachtliche Publizität. Der unbekannte Abgeordnete versank, nachdem er seine Aufgabe erfüllt hatte, wieder in der Ungestörtheit der hinteren Reihen. Man war sich allgemein einig, dass jemand ihn »dazu angestiftet« haben musste, aber niemand konnte ausfindig machen, wer und warum er es getan hatte, obwohl ein oder zwei wohl bekannte Namen fielen.

Einige Tage lang beherrschte die Diskussion die Schlagzeilen der Abendzeitungen. INNENMINISTERIUM SOLL

SELIB-ARBEITNEHMER ÜBERPRÜFEN. *Abgeordneter fordert Ausweisung illegaler Einwanderer.* Am zweiten dieser beiden Tage kam Rosa zum Campden Hill Square zurück und stellte fest, dass Stefan Lusiewicz verschwunden war. Er hatte sich so vollkommen in Luft aufgelöst, als wäre er nie da gewesen. Er hinterließ keine Spuren im Haus. Rosa nahm sein Verschwinden mit einer dumpfen Befriedigung zur Kenntnis. Seit ihrem Besuch bei Mischa Fox hatte sie seine Existenz kaum noch bemerkt. Es war, als wäre Stefan in dem Moment, als sie Mischa gesehen hatte, bereits aus ihrem Leben gelöscht worden. Jetzt nahmen andere Probleme Rosa gefangen. Es kam ihr vor, als wären die Jahre verstrichen, und sie wäre von neuem in die alte Spirale geraten: Was hatte Mischa vor, was dachte Mischa wirklich, was erwartete Mischa von ihr, wie sollte sie sich Mischa gegenüber verhalten? Was sie bei ihrem Besuch bei Mischa am meisten verblüfft hatte, war seine Entschlossenheit, über Peter Saward, ja sogar über Peters Zuneigung zu ihr zu sprechen.

Rosa war, so meinte sie, auf alles gefasst gewesen, als sie zu Mischa ging. Sie war darauf gefasst gewesen, vor den Kopf gestoßen und gedemütigt zu werden. Auch auf einen liebevollen Empfang, gefolgt von einer Art Wiederaufnahme seiner Werbung, war sie vorbereitet gewesen. Rosa hatte keine eindeutige Meinung darüber gehabt, ob sie das wollte oder nicht. Jedenfalls war es nicht passiert. Es hatte eher so ausgesehen, als verleihe Mischa Peter Sawards Werbung Nachdruck, obwohl nichts gesagt worden war, was eindeutig in diesem Sinne hätte verstanden werden können. Was will er?, fragte sich Rosa. Will er Peter und mich zusammen in einem Käfig halten? Sie hatte, wie ihr jetzt klar wurde, keinerlei Informationen über die Beziehung zwischen Mischa und Peter. Oder war dieser Schritt vielleicht eher dazu gedacht, sie von Peter zu trennen und mit Abscheu und Ungeduld ihm gegenüber zu erfüllen, ja möglicherweise in ihr das Gefühl zu wecken, dass sie ihr Schicksal ganz bestimmt nie mit Peter verbinden würde, und sie so über ihre wahren Gefühle aufzuklären?

Aber was waren ihre wahren Gefühle? Das Einzige, was Rosa als Ergebnis von Mischas liebevoller Sorge um ihn fühlte, war eine extreme Verärgerung über Peter Saward. Sie wusste, dass das irrational und unfair war – doch die Unausweichlichkeit dieses Gefühls veranlasste sie zu der Überlegung, dass es vielleicht genau das war, was Mischa wollte. Daraufhin bemühte sie sich nach Kräften, das Gegenteil zu fühlen. Später sagte sie sich, dass sie der ganzen Angelegenheit eine viel zu große Bedeutung beimaß und dass Mischa gar nichts Spezielles hatte sagen wollen; diese Ansicht wiederum verwarf sie aus dem allgemeinen Prinzip heraus, dass Mischa grundsätzlich immer etwas Spezielles sagen wollte. Er durchtrennt meine Verbindungen zu anderen Leuten, dachte sie plötzlich, er blockiert meine Fluchtwege. Sie bemühte sich jetzt nicht mehr, ihre an Mischa gerichtete Bitte um Hilfe zu bedauern. Es änderte nichts. Ob sie zu ihm hin oder vor ihm davonlief, war völlig einerlei.

Während Rosa diese Gedanken in ihrem Kopf bewegte, saß sie an Hunters Bett. Er lag vor ihr wie damals, als sie Kinder waren. Hunter litt an einer mysteriösen Krankheit. Er hatte hohes Fieber und war periodisch delirant. Im Augenblick lag er in einem komatösen Schlummer. Der Arzt hatte seine Verblüffung zum Ausdruck gebracht, erklärt, der Junge befinde sich in keiner unmittelbaren Gefahr und man könne nichts anderes tun, als ihn ruhig zu halten und alles Weitere abzuwarten. Über die Ursache für Hunters Krankheit hatte Rosa so ihre eigenen Theorien, aber da diese zu fantastisch waren, um sie dem Arzt zu unterbreiten, behielt sie sie für sich.

Als auf die Anfrage im Parlament hin der Skandal um SELIB ans Licht gekommen war, hatte Hunter sich gewundert. Wie sonderbar, dass es ausgerechnet jetzt passiert war, sagte er sich immer wieder. Doch seine Genugtuung über Lusiewicz' Unbehagen und seine anschließende Abreise war getrübt durch den Gedanken, dass der Pole ihn sicher für diese zeitlich genau passende Entwicklung verantwortlich machte. Hunter fürchtete um sein Leben; er nahm nämlich die Drohungen, die Stefan beim Entzünden der Streichhölzer ausgestoßen hatte, für bare Münze. Er fing an, unter starken Albträumen zu leiden, in denen er hörte, wie der Pole von seinem Zimmer oben herunterschlich und sich an seiner Tür zu schaffen machte. Im Wechsel damit hatte er kaum weniger unangenehme Träume, in denen Calvin Blick damit beschäftigt war, unzählige Fotos von Rosa in schwarzen Strümpfen herumzuzeigen. Von diesen nächtlichen Darbietungen erwachte Hunter durch den Schmerz seiner verbrannten Stirn, die sich scheinbar weigerte zu heilen. Ein Gefühl, als würde seine gesamte Gesichtshaut zu einem Loch in seiner Stirn gezogen, hielt den ganzen Tag über und den Teil der Nacht an, der nicht mit einer Folge von Albträumen gefüllt war. In seiner Verzweiflung hatte Hunter sein blondes Haar radikal abgeschnitten und jetzt traute er sich nicht mehr auf die Straße. Er wurde ein kranker Mann.

Langsam erwachte er. Der Raum schien voller Licht und Dunkelheit zu sein, beide in kräftigen Flecken verstreut. Das Licht war blendend und die Dunkelheit bedrückend, als wäre das Zimmer mit dunklen Gegenständen vollgestopft. Einer davon schien auf Hunters Brust zu sitzen. Nach einer Weile merkte er, dass das Licht deswegen so blendete, weil es Tageslicht und nicht elektrisches war. Er fing an sich zu fragen, wie viel Uhr es wohl war. Die Dunkelheit schien sich jetzt in einem Teil des Zimmers zusammenzuziehen und hatte etwas vom Aussehen einer riesigen schwarzen Spinne, die in der Ecke hockte. Eines ihrer Beine berührte Hunters Bett und ließ ihn ununterbrochen erschauern. Irgendwo im erleuchteten Teil des Zimmers konnte er seine Mutter sitzen sehen. Ihr Kopf war zurückgeworfen und sie schaute von ihm weg aus dem Fenster. Ihr schwarzes Haar fiel ihr auf genau die Weise in den Nacken, wie er es so oft gesehen hatte. Sie runzelte die Stirn.

Und jetzt war noch jemand im Zimmer und Stimmen begannen über seinen Kopf hinweg zu fliegen. Sie dröhnten unhörbar, als kämen sie aus kaputten Lautsprecherboxen. Mal waren sie laut, mal leise. Hunter lag ganz still und lauschte.

Rosa war erstaunt, Mrs. Wingfield ins Zimmer kommen zu sehen. Sie sprang auf.

»Das ist ja ein Ding!«, sagte Mrs. Wingfield. »Jetzt muss *ich* kommen und nach *Ihnen* schauen!« Sie trug ihre Cordhose unter einem Tweed-Cape und eine altmodische Hornbrille.

»Es tut mir so Leid«, sagte Rosa, »die letzten zwei oder drei Tage …«

»Entschuldigen Sie sich nicht!«, sagte Mrs. Wingfield. »Foy hat mich im Auto rübergefahren. Sie wartet jetzt draußen.«

»Ach, ich könnte sie doch hereinbitten –«, sagte Rosa.

»Auf gar keinen Fall!«, entgegnete Mrs. Wingfield. »Wenn sie das treue Faktotum spielen möchte, bitte sehr, soll sie. Sie würden es übrigens nicht für möglich halten, was für eine Geschwindigkeitsfanatikerin diese Frau ist. Sie ist mit fast acht Sachen über den Platz gerast. Was ist mit dem Knaben los?«

»Wir wissen es nicht«, sagte Rosa. »Oh, meine Liebe, hallo!« Dieser Ausruf galt Marcia, die gerade den Kopf zur Tür hereingesteckt hatte.

»Darf ich hereinkommen?«, fragte Marcia. »Wie geht es dem armen Hunter?«

»Leider unverändert«, sagte Rosa. »Mrs. Wingfield, darf ich Ihnen Lady Cockeyne vorstellen?«

»Aha, du hast Zeitung gelesen!«, sagte Marcia.

»Allerdings habe ich das«, sagte Rosa, »und darf ich dir gratulieren? Marcias Mann ist soeben geehrt worden«, erklärte sie Mrs. Wingfield.

»Wenn Sie *das* eine Ehre nennen«, sagte Mrs. Wingfield, »muss Ihre arme Mutter sich wie ein Drehwürfel im Grab herumdrehen!«

»Schläft Hunter?«, fragte Marcia.

»Ja«, sagte Rosa, »er ist ganz apathisch. Nichts weckt ihn auf.«

»Das ist sonderbar, nicht wahr?«, sagte Marcia. »Es kommt einem vor, als hätte jemand einen bösen Zauber über ihn verhängt. Glauben Sie an Liebestränke und Zaubersprüche, die Krankheit und Tod über Menschen bringen?«, fragte sie Mrs. Wingfield höflich.

»Nein, natürlich nicht!«, bellte Mrs. Wingfield. »Aber ich glaube an das Unbewusste, und das ist schon blödsinnig genug. Der Junge muss über irgendetwas gebrütet haben. Vermutlich leidet er unter Schuldgefühlen. Hat er in der letzten Zeit irgendein Verbrechen begangen?«

»Nein«, sagte Rosa, »*er* hat kein Verbrechen begangen.«

»Ich weiß nicht, was Sie damit meinen«, sagte Mrs. Wingfield, »und habe es auch zu eilig, um zu fragen. Ich bin hergekommen, um Ihnen zu sagen, dass ich nicht möchte, dass Ihr Bruder in Zukunft noch irgendetwas mit der *Artemis* zu tun hat.«

»Sind Sie diejenige, die das entscheidet?«, fragte Rosa.

»Sie schlagen einen sarkastischen Ton an«, sagte Mrs. Wingfield, »aber das wird Ihnen gleich vergehen, wenn ich Ihnen sage, dass ich *tatsächlich* diejenige bin, die entscheidet. Ich bin jetzt die Inhaberin der *Artemis*. Hauptanteilseignerin war Mrs. Carrington-Morris und die habe ich vor drei Tagen ausbezahlt. Sie hat vielleicht moralisch bedingte Einwände gegen Alkohol, aber dagegen, die angemessen große Summe, die ich ihr geboten habe, anzunehmen, hatte sie keine. Ich habe auch alle anderen Aktionäre außer Ihnen ausbezahlt. Nein, schauen Sie nicht so hoffnungsvoll, ich habe nicht vor, Ihnen irgendetwas für Ihre Anteile zu bieten. Das Blatt gehört also jetzt mir und ich schlage vor, den Jungen zu entlassen.« Mit einem Ausdruck interessierter Abscheu, als wäre Hunter eine von der Katze hereingeschleppte tote Maus, starrte Mrs. Wingfield auf ihn hinab.

Hunter drehte sich im Bett um. Immer noch dröhnten und schwirrten die Stimmen irgendwo über ihm. In weiter Ferne sprach jemand seinen Namen aus. Ein sonderbares Parfüm schwebte in der Luft wie der Duft von Wäldern, in denen er als Kind gewesen war. Er hievte seine Brust hoch und sog es durch Mund und Nase ein. Im erleuchteten Teil des Zimmers, ziemlich still und weit entfernt, konnte er eine wunderschöne Dame sehen. Sie sah vertraut aus, und dennoch war sie nicht jemand, den er kannte.

»Ein Filmstar«, sagte Hunter laut, »muss ein Filmstar sein.« Filmstars sahen immer aus wie jemand, den man kannte. Sie trug einen Leopardenfellmantel und beugte sich mit einem so süßen, besorgten Blick zu ihm. Doch als sie sich bewegte, kam auch die Spinne näher und ihr Facettenauge war plötzlich direkt über ihm. In seiner glasigen Fläche konnte er sich einmal, zweimal, hundertmal gespiegelt sehen. Entsetzt wandte er sich ab und vergrub seinen Kopf im Kissen.

»Er wacht auf!«, sagte Marcia. »Er hat etwas gesagt. Aber was?«

»Was soll ich mit der *Artemis* machen?«, fragte Rosa. Sie war sehr müde.

»Sie machen mich noch krank!«, sagte Mrs. Wingfield mit schriller Stimme. »Warum setzen Sie sich nicht zur Wehr? Ich würde Ihnen morgen das ganze Ding geben, wenn Sie nur Mumm hätten und nicht so blutleer wären. Und Ihr Bruder, der stirbt offensichtlich an Anämie!«

»Schreien Sie nicht, Mrs. Wingfield«, sagte Rosa, »Sie stören ihn.«

»Und eines will ich Ihnen noch sagen«, rief Mrs. Wingfield im Aufstehen, »ich hätte Ihnen mein ganzes Geld hinterlassen, wenn Sie auch nur ein bisschen Mumm hätten! Ihnen ist eine Viertelmillion entgangen, Miss Keepe, denken Sie darüber nach! Kein Mumm, Miss Keepe, das ist das Problem mit Ihnen, kein Mumm!«

Mrs. Wingfield hatte das Zimmer verlassen und ging jetzt geräuschvoll die Treppe hinunter.

»*Tiens!*«, sagte Marcia.

Rosa zuckte die Schultern.

»War das nicht zu viel Lärm«, sagte Marcia, »neben dem Bett von jemandem, der vielleicht wirklich schwer krank ist?«

»Hunter geht es gut!«, sagte Rosa und stieß mit dem Knie gereizt an die Seite des Bettes. Hunter murmelte unhörbar etwas vor sich hin.

»Ich bin gekommen, um mich zu verabschieden«, sagte Marcia. »Am Freitag fahren wir nach Dalmatien auf Urlaub.« Sie sah strahlend aus.

»Ich bin so froh«, sagte Rosa.

Hunter sah zu, wie die Spinne immer größer wurde. Jetzt war nur noch ein kleiner Lichtfleck übrig, in dem er das Gesicht seiner Mutter sehen konnte. Am Ende verschwand auch der.

»Wie geht es Annette?«, fragte Rosa.

»Bestens, meine Liebe«, sagte Marcia. »Bestens, dem jungen Ding. Um Annette brauchst du dir gar keine Gedanken zu machen.« Sie berührte Rosas Arm. »Du brauchst dir über gar nichts Gedanken zu machen.«

»Ich bin so froh«, sagte Rosa. »Ich bin so froh. Ich bin so froh.«

SECHSUNDZWANZIG

Nina, die Schneiderin, packte ihren Koffer. Sie nahm nur ein paar Kleider mit und das, was sie ihren ursprünglichen Raum nannte, die Dinge, die sie überallhin begleitet hatten. Davon gab es nicht viele. Ein paar Fotos, eine bestickte Tischdecke, eine Bibel, die ihrer Mutter gehört hatte, und drei hölzerne Pferde, die ein Bauer in der Nähe ihres Geburtsortes geschnitzt hatte. Während sie packte, rannen die Tränen unaufhörlich über ihre Hände und in den Koffer. Sie machte sich nicht mehr die Mühe, sie wegzuwischen. Durch einen Tränenschleier hindurch drehte sie sich um und stolperte in dem Wald aus halbfertigen Kleidern umher. Aus einer weiter entfernten Schublade holte sie einen warmen Pullover und legte ihn in ihren Koffer. Dort, wo sie hinging, würde sie ihn brauchen. Aber wohin ging sie?

Drei Tage zuvor hatte Nina eine Aufforderung vom Innenministerium bekommen, sich in einer bestimmten Abteilung in Westminster zu melden; bei Nichtbefolgung würden strafrechtliche Maßnahmen gegen sie eingeleitet. Nina war nämlich auch östlich der Linie geboren worden. Sie hatte der Aufforderung nicht Folge geleistet. Während sie jetzt in fieberhafter Eile ihre Sachen packte, um zu verschwinden, rechnete sie damit, jeden Moment draußen auf der Treppe die Schritte der Polizei zu hören, die kam, um sie abzuholen. In den Zeitungen hatte sie alles gelesen, was dort über ihre Situation geschrieben stand; und sie war sich ganz sicher, dass sie, wenn sie jetzt dem Staat in die Hände fiele, unverzüglich in ihr Herkunftsland abgeschoben würde. Und lieber würde ich sterben, dachte Nina, lieber würde ich sterben.

Sie hatte ihren Koffer fertig gepackt. Alles war bereit. Sie warf einen Blick in ihre Handtasche. Darin befand sich eine große Summe Geld und ihr Pass. Sie starrte ihren Pass an und plötzlich kam er ihr wie ein Todesurteil vor. Er erfüllte sie mit Scham und Entsetzen. Sie nahm ihn in die Hand und er fiel bei ihrem Foto auf. Es war ein altes Foto, aufgenommen in den schlimmsten Tagen ihrer Angst. Sorgenvoll, verhärmt und ängstlich blickte der Nina mit dem goldenen Haar eine jüngere, schwarzhaarige Nina entgegen. Hier war ihre wahre Seele dokumentiert, abgestempelt und aktenkundig gemacht; eine Seele ohne Nationalität, eine Seele ohne Heimat. Sie blätterte die verblassten Seiten um. Die vorderen trugen die Namen der Grenzen ihrer Kindheit, Grenzen, die nicht mehr existierten. Die hinteren Seiten waren mit den immer wieder verlängerten Genehmigungen des Arbeitsministeriums bedeckt. Das Außenministerium, das dieses Dokument ausgestellt hatte, gab es nicht mehr. Nichts konnte es jetzt mehr erneuern. Es blieb bestehen wie das Buch der Richter, das Verzeichnis ihrer Sünden, der letzte und unwiderrufliche Urteilsspruch der Gesellschaft über sie. Sie war ohne Identität in einer Welt, in der ohne Identität zu sein das erste und allgemeinste aller Verbrechen ist, das Verbrechen, das jeder Staat, was immer er auch sonst durchgehen lässt, bestraft. Sie besaß offiziell keine Existenz.

Nina zog ihren Mantel an. Sie durfte keine Zeit mehr verlieren. Sie hatte bereits zwei Tage mit Verzweiflung und Unentschlossenheit vergeudet. Sie hatte einen Versuch gemacht, Rosa zu treffen, aber Rosa hatte ihr in barschem Ton erklärt, ihr Bruder sei sehr krank und ob sie vielleicht ein andermal wiederkommen könne. Ein andermal wird zu spät sein, sagte Nina sich mit der Langsamkeit des Kummers, dazu ist keine Zeit mehr. Schlurfenden Schrittes war sie nach Hause gegangen. Schließlich war ihr klar geworden, dass sie fortlaufen musste. Daraufhin hatte sie in verzweifelter Hast gehandelt. Sie hatte warten müssen, bis die Banken öffneten und sie ihr ganzes Geld abheben konnte. Dann hatte sie ihre Sachen gepackt und jetzt war sie bereit zu gehen. Aber wohin sie gehen sollte, hatte sie sich nicht richtig überlegt. Unmittelbar nach ihrer Entscheidung, das Flugzeug zu nehmen, hatte sie beschlossen, nach Irland zu fliegen. Sie war sich nicht sicher, ob man, um nach Irland einzureisen, einen Pass brauchte. Sie war sich nicht sicher und es gab niemanden, niemanden den sie hätte fragen können.

Da stand sie nun im Mantel und mit gepacktem Koffer und sah sich in dem Zimmer um, das sie schon verlassen hatte. Plötzlich kam es ihr unmöglich vor, dass man ihr erlauben sollte auszureisen. Jeder Hafen würde beobachtet werden. Einmal mehr stellte sie sich die Art von Szene vor, an der sie so oft beteiligt gewesen war, die Szene an der Grenze, wo sie zusah und wartete, während uniformierte Männer ihre Papiere untersuchten; die lange Zeit des Wartens, bis der Mann, der den Pass mitgenommen hatte, mit säuerlicher Miene, als hätte sie ihm die Zeit gestohlen, zurückkam und ihr sagte, ihre Papiere seien nicht in Ordnung und sie könne nicht weiterreisen. Noch einmal könnte ich es nicht ertragen, sagte sich Nina, nicht noch einmal. Sie setzte sich auf einen Stuhl.

Ein lauter Schluchzer entsprang ihr wie etwas Lebendiges, das aus ihrer Brust herausplatzte. Mittlerweile erschien es ihr ziemlich sinnlos, sich auf die Flucht zu begeben. Man würde sie bloß verhaften, kaum dass sie einen Fuß an Bord des Schiffes setzen würde. Es gab kein Entrinnen. Die Uniformierten hatten sie nur ein kleines Stück vorauslaufen lassen. Jetzt waren sie wieder dichter hinter ihr. Sie hatten sie nicht wirklich gehen lassen, sie würden sie nie gehen lassen. Zu fliehen war sinnlos, zu bleiben unmöglich. Blieb nur noch eine Grenze, die Grenze, an der keine Papiere verlangt werden und über die man ohne Identität in das Land gelangen kann, das den Verfolgten immer offen steht.

Sie stand auf und fing an, im Zimmer auf und ab zu gehen. Langsam zog sie ihren Mantel aus. Tränen rannen ihr jetzt aus Augen, Nase und Mund, als hätte sich ihr ganzes Sein in Wasser aufgelöst. Ihr Mantel fiel auf den Boden und sie trampelte darüber. Dann machte sie sich daran, aus ihrem Versteck in dem Stoffballen die Australienkarte herauszuziehen, die sie dort so lange sorgfältig aufbewahrt hatte. Sie entfaltete sie, legte sie flach hin und betrachtete sie eine Zeit lang. Dann ließ sie sie einfach liegen und ging weiter umher, trat darauf herum und schlug mit den Händen an die Wände. Langsam versiegten ihre Tränen. Sie konnte sich nicht erinnern, je so viel geweint zu haben.

Das Weinen hörte auf und wurde abgelöst von einem leisen, regelmäßigen Klagelaut, der ihr unbeabsichtigt in rhythmischen Kadenzen über die Lippen kam. Er ging auf und ab wie ein Lied. Solche Klagegesänge hatte sie in ihrer Kindheit gehört, aber nie verstanden. Jetzt wusste sie, warum es möglich war, im Antlitz des Todes zu singen. Menschen, die sie vor langer Zeit gekannt hatte, kamen jetzt zu ihr, nicht deutlich zu erkennen, aber in einer Vielzahl, einer großen Gemeinschaft gegenwärtig. Über die jüngere Vergangenheit hinweg streckte sie ihnen die Hände entgegen. Sie stolperte durchs Zimmer und riss das Fenster ganz weit auf. Der Nachmittag zeigte sich dunstig vor Sonnenschein und knospenden Bäumen. Sie stieg auf einen Stuhl.

Als sie auf dem Fenstersims saß, schwankte sie mit dem steten Rhythmus ihres Liedes vor und zurück. Der Ton wurde höher und der Rhythmus schneller. Der Laut schien jetzt nicht mehr zwischen ihren Lippen hervorzukommen, sondern aus ihrem Kopf zu dringen. Während sie wie jemand, der ein Kind oder einen physischen Schmerz besänftigt, schaukelte und schwankte, warf sie einen Blick zurück durch den Raum über dem Säulengang aus Kleidern, die jetzt in der warmen Brise vom Fenster her murmelten. Sie sah das Kreuz an der Wand. Ich hatte es vergessen, dachte Nina. Wie dumm.

Aber jetzt macht es nichts mehr aus. Sie betrachtete es und dabei sah sie zum ersten Mal in ihrem Leben einen Mann, der unter größten Schmerzen an den Händen aufgehängt war. Wie seltsam, dachte sie, dass ich es bisher nie so gesehen habe. Wie hätte er gelitten, wenn er sterblich gewesen wäre. Aber er hatte die ganze Zeit das Paradies vor Augen, sprach darüber mit dem reuigen Dieb. Es war nicht die sinnlose Schwärze des Todes, so wie für sie. Dann spulten ihre Gedanken zurück: wenn nicht für ihn, dann auch nicht für sie. Wenn für sie, dann auch für ihn. Eine dunkle Verwirrung stieg auf, um sie einzuhüllen. Einen Moment lang spürte sie das schreckliche Gewicht eines Gottes, der von ihrem Willen abhängig war. Das wog zu schwer. Ihr Lied kam zum Ende. Sie zog die Füße unter sich und stürzte kopfüber aus dem Fenster.

SIEBENUNDZWANZIG

Mit den Rädern im Wasser fuhr der Zug dahin. Jedenfalls erschien es Rosa so, die am Fenster saß und wünschte, sie könnte fühlen, wie das kühle Wasser ihre Knie umspielte. Nach schwarzen Tunneln war jetzt zwischen dunklen Säulen immer wieder das Mittelmeer zu sehen, tiefblau und mit blendend weißen Lichtflecken gesprenkelt. Es war später Nachmittag und unerträglich heiß. Rosa war todmüde, ermattet von der langen Reise und der Last ihrer Entscheidung. Der Geruch des Zuges und die Nachmittagshitze umfingen sie wie ein Leichentuch. Es kostete sie Mühe, ihre Gliedmaßen zu bewegen. Sie warf einen raschen Blick auf ihre Armbanduhr. Noch eine halbe Stunde zu fahren. Der Zug donnerte in einen weiteren Tunnel. Rosa schloss die Augen. Wenn das Dasein in der Hölle irgendeine Erheiterung bereithielt, musste sie wohl so aussehen.

Unmittelbar nach Mrs. Wingfields Besuch hatte Rosa plötzlich beschlossen, dass sie handeln musste. Langes Hin- und Hergrübeln über Mischa hatte sie an einen Punkt gebracht, an dem Ruhe nicht mehr möglich war. Sie war sich jetzt völlig sicher, dass Mischas seltsames Verhalten bei ihrer letzten Begegnung dazu gedacht gewesen war, genau diesen verrückten Gemütszustand zu erzeugen. Die Diagnose brachte jedoch noch keine Heilung der Beschwerden. Als sie aus dem Haus ging, hatte sie vorgehabt, Peter Saward zu besuchen. Doch der Weg zu seinem Haus schien von Telefonzellen gesäumt. Nie in ihrem Leben waren Rosa so viele Telefonzellen aufgefallen. Wie Monolithen, die den Weg zu einem Tempel markierten, erstreckten sie sich vor ihr; und in jeder hing ein Bild von Mischa Fox. Im Vorbeigehen warf Rosa einen Blick auf die schwarzen Telefone. In jedem von ihnen schlummerte die Stimme von Mischa Fox. Als sie bei der letzten vor Peter Sawards Haus ankam, ging sie hinein und wählte Mischas Nummer.

Mischa anzurufen, war immer eine entmutigende Angelegenheit. Es konnte passieren, dass man am anderen Ende der Leitung ein halbes Dutzend verschiedener Stimmen hörte, bis man endlich bei Mischas Stimme angelangt war; und es war unmöglich, sich von der Vorstellung freizumachen, dass all die namenlosen Sprecher nicht noch irgendwo in der Leitung hingen, jedes Wort mithörten und dass es genau das war, was Mischa wollte. Ebenso wenig war es möglich, die Stimmen realen Menschen in Mischas Umgebung zuzuordnen. Es waren anonyme Stimmen, von denen der Anrufer befragt, ausgezogen und am Ende oft abgewiesen wurde. Diesmal hatte Rosa ohne große Hoffnung, tatsächlich mit ihm in Kontakt zu kommen, den Hörer abgenommen. Sie musste nur einfach etwas tun, in der realen Welt irgendeine Handlung vollziehen und sich selbst für einen Moment aus der Welt der Gedanken und Geister hinauszaubern. Sie nahm den Hörer ab wie jemand, der, nicht aus dem Glauben, sondern aus dem Bedürfnis nach einem Ritual heraus, in einer Kirche eine Kerze anzündet.

Eine Frauenstimme meldete sich und bat sie, am Apparat zu bleiben. Dann sprach ein Mann, der sie nach Name und Anliegen fragte. Rosa sagte ihren Namen und fragte nach Mischa. Es folgte ein langes Schweigen. Dann hörte sie die Stimme von Calvin Blick. Calvin war freundlich, bedauernd. Leider sei Mischa aus London abgereist und würde einige Zeit in seiner Villa in Italien verbringen. Ob Rosa die Adresse wisse? Hier sei sie für alle Fälle, vielleicht wolle sie sie notieren. Mischa werde es bedauern, wirklich sehr bedauern, sie in London verpasst zu haben. Ob sie einen Stift habe, um die

Adresse aufzuschreiben. Gut, gut. Während er noch sprach, legte Rosa auf. Das war also erledigt.

Sie ging weiter bis zu Peter Sawards Haus. Dann wurde ihr klar, dass es ganz und gar nicht erledigt war. Völlig reglos stand sie fünf Minuten lang vor Peters Tür. Dann machte sie kehrt und lief den Weg zurück, den sie gekommen war. Durch das reine Ritual bei weitem nicht befriedigt, war das Bedürfnis, etwas zu tun, in ihr zu einer wilden Obsession geworden. Sie besuchte Miss Foy und bat sie, so nett zu sein und nach Hunter zu sehen. Dann nahm sie ein Taxi zur Victoria Station.

Rosa überlegte, als der Zug aus Neapel hinausfuhr, dass sie Hunter vielleicht nicht hätte allein lassen dürfen. Doch dann sagte sie sich wieder, dass sie jetzt im Grunde genau das tat, was Hunter am meisten helfen würde; und noch tiefer in ihrem Inneren sagte sie sich, dass das, was sie jetzt, halb blind, vorwärts trieb, nicht nur ihr eigener, sondern Hunters Wille war. Über das, was ihr bevorstand, dachte sie überhaupt nicht nach. Sie war noch nie in Mischas Villa in Italien gewesen, kannte auch niemanden, der dort gewesen wäre, hatte aber die verschiedensten Geschichten darüber gehört. Sie kannte seine Adresse, die ihr aus irgendeinem Grund immer präsent war, ohne dass Calvin sie daran hätte erinnern müssen. Und jetzt schien es ihr, als hätte sie immer gewusst, dass es ein Ort war, an den sie einmal gehen würde.

Der Rhythmus des Zuges veränderte sich und als er langsamer wurde, beschleunigte sich Rosas Herzschlag. Sie hatte Mischa nicht gesagt, dass sie kommen würde. Wie sie zu der Villa gelangen und was sie bei ihrer Ankunft dort vorfinden würde, daran hatte sie nicht einmal zu denken gewagt. Vielleicht, dachte sie, würde sie einfach den nächsten Zug zurück nehmen. Vielleicht würde sie das machen. Selbst jetzt konnte sie noch alles tun, was sie wollte. Noch war nichts Unwiderrufliches geschehen. Sie nahm ihren Koffer und trat auf den Gang. Der Zug fuhr jetzt durch freies Gelände. Landeinwärts waren mit Olivenbäumen gesprenkelte Hügel zu sehen, an deren bewaldeten Flanken scharfe Risse wie Tränenspuren hinabliefen. Dahinter lagen Berge, braun und purpurrot im Spätnachmittagslicht und mit sehr weichen Umrissen, so als wäre eine große Steppdecke über zerklüftetere Formen geworfen worden. Langsam kam der Zug zum Stehen.

Rosa stieg an der kleinen Bahnstation aus. Sie war die einzige Passagierin, die den Zug verließ. Es war ein einsamer, entlegener Bahnhof ohne Häuser in der Nähe und mit einem einzigen ockerfarbenen quadratischen Gebäude, das die Bahnhofsdienststuben beherbergte. Rosa stand auf einem Pfad aus scharfkantigen Steinen neben einem staubigen Oleanderhain und wartete, dass der Zug abfuhr, damit sie die Gleise überqueren konnte. Er fuhr davon, beschrieb einen Bogen landeinwärts auf die Hügel zu und ließ sie in einer plötzlichen Stille zurück. Ihre Schuhe knirschten auf den Steinen. Sie überquerte die Gleise und gab ihre Fahrkarte ab. Sie trat aus dem Bahnhof und fand sich an einer kleinen Kreuzung wieder, die unter einer dicken weißen Staubschicht lag. Sie schaute sich um.

Dann sah sie zu ihrer Linken, schlicht wie ein kleines Bild in der Hitze und Stille des Nachmittags, etwas, was sie völlig reglos verharren ließ. Seitlich des Bahnhofs, etwas zurückgesetzt von der Straße, stand eine schicke *Carozzella* mit großen roten Rädern, einem Pferd in der Gabeldeichsel und einem weißen fransenbewehrten Verdeck, das in einem schiefen Winkel über dem Kutschbock hing. Auf dem Kutschbock saß mit zur Seite gesunkenem Kopf, sodass er fast auf die Straße kippte, Calvin Blick. Er war fest eingeschlafen. Das Pferd, dessen Kopf so weit herunterhing, dass seine Nase fast den Boden berührte, schien auch zu schlafen. Wenn es in langen, regelmäßigen Zügen ausatmete, wirbelte es auf dem Boden unter seinen Nüstern eine kleine Staubwolke auf. Rosa legte die Hand auf ihr Herz und fing an zu lachen.

Ihr Lachen weckte Calvin, der sich mit einem heftigen Ruck aufrichtete und die Augen aufschlug. Seine Bewegungen weckten das Pferd, das den Kopf hob und die fünf Glöckchen, die an einem kleinen Baum auf dem Halsriemen des Geschirrs hingen, laut zum Klingeln brachte. Rosa lachte immer noch. Noch nie war sie so erfreut gewesen, Calvin Blick zu sehen.

»Du liebe Zeit!«, sagte Calvin. »Da sind Sie ja endlich! Das ist heute der dritte Zug, auf den ich gewartet habe. Steigen Sie schnell ein, bevor das Tier sich hinlegt.«

»Aber was machen Sie hier?«, fragte Rosa. »Sie waren doch in London.« Sie verspürte eine enorme Erleichterung.

»Schon mal von Flugzeugen gehört?«, erwiderte Calvin. »Schneller als, in diesem Fall, die Gedanken der Liebe bin ich mit der British European Airways geflogen.«

Rosa stieg in die Kutsche, die sich gefährlich auf ihre Seite neigte, als sie den Fuß auf den Tritt setzte. Calvin verstellte das weiße Verdeck, sodass es über ihrem Kopf war. Dann setzte er einen breitkrempigen Strohhut auf, schüttelte energisch die Zügel und rief: »*Avanti!*«

Das schläfrige Pferd trottete los und die ruckartigen Bewegungen seines Körpers übertrugen sich auf die *Carozzella*, die auf unregelmäßige Weise dahinzuckelte. Die Glöckchen am Geschirr begannen zu klingeln, das polierte Metall am Kummet funkelte in der Sonne. Eine Staubwolke erhob sich über den hohen Rädern und durch sie hindurch sah Rosa die sich entfaltende Landschaft. Es war eine karge Gegend, blass von Felsgestein und Staub, wo die Oliven und Weinreben, die auf Felsvorsprüngen über ihr wuchsen, eher grau als grün und sogar jetzt im Frühsommer schon von der Hitze matt waren. Zwischen hellbraunen geschwungenen Hügeln sah sie durch den bläulichen Dunst hindurch weiße Bauernhöfe, gleichsam abgezehrt bis auf die Knochen, und dahinter dann und wann die dunkle Linie des Meeres. Ein intensives Abendlicht sprenkelte die Berge in der Ferne mit Farbtupfern und zog den Himmel wie ein seidenes Tuch nach unten. Rosa atmete in der warmen Luft. Lang, lang war es her, dass sie im Süden gewesen war.

Sie wünschte, die Fahrt würde ewig weitergehen. Nie hatte sie sich Mischa näher und in dieser Nähe nie wohler gefühlt. In der Armut und Schönheit dieser kargen Landschaft umarmte sie ihn. Jetzt erschien es ihr seltsam, dass sie sich Mischas Italien so anders, fast als tropisches Paradies vorgestellt hatte. Sie sah jetzt, dass es nur so sein konnte. Die *Carozzella* ratterte durch ein kleines Dorf und eine Schar von Kindern rief hinter ihr her. Hinter einer Straßenbiegung erschien die weiße Tür einer Kirche und war schon wieder weg. Dann stießen sie auf einen Zug aus schweren Karren, gezogen von gerade dem Mutterleib entschlüpften kleinen Eseln. Dann wieder offene Landschaft. Sie fuhren jetzt schneller. Rosa setzte sich aufrecht und beugte sich vor. Die Luft roch nach Staub und Meer und unbekannten Blumen und dem Süden.

Plötzlich verließ die Kutsche die Straße und begann einen kleinen Pfad hinaufzufahren. Das Pferd, das so recht und schlecht getrabt war, verfiel in Schritt. Calvin sprang ab und führte das Tier den Hang hinauf. Rosa konnte oben auf dem Hügel weiße Mauern auftauchen sehen und ein flaches Dach, das ehemals rot gewesen war, jetzt aber, den Farben der Landschaft angepasst, zu einem rötlichen Grau verblichen war. Das Licht der untergehenden Sonne traf auf die Seite der Mauer und blendete Rosa mit einem goldenen Dreieck. Sie bedeckte ihre Augen. Sie war immer noch geblendet, als die Kutsche in einen kleinen Hof einbog, und beim Aussteigen landete sie fast in Mischas Armen.

»Komm herein«, sagte Mischa, »du musst sehr müde sein.« Er war vollkommen ruhig. Ein einheimischer Jugendlicher spannte das Pferd aus. Calvin war verschwunden.

Rosa folgte ihm über den Hof und während sie ging, stoben zu beiden Seiten schwarze Hennen mit Kämmen wie scharlachrote Blumen auseinander. Sie kamen in einen dunklen Raum. Einen Moment lang konnte Rosa nichts sehen. Dann erkannte sie undeutlich Mischas Profil neben sich und seine sanfte Stimme sagte: »Dein Zimmer ist gleich hier, auf dieser Seite des Hauses. Maria bringt dir kaltes Wasser von der Quelle. Komm wieder her, wenn du fertig bist. Dann essen wir zusammen.«

Maria, die aus einer großen weißen Schürze, einer noch größeren weißen Kappe und zwei schwarzen, lächelnden Augen zu bestehen schien, zeigte Rosa ihr Zimmer und brachte ihr dann zwei Krüge, einen mit heißem und den anderen mit sehr kaltem Wasser. Der Raum war dunkel, nur wenig Licht sickerte durch die dicht geschlossenen Fensterläden. Als Rosas Augen sich an die Dunkelheit gewöhnt hatten, sah sie einen Steinfußboden, ein eisernes Bett mit einer bunten Tagesdecke, ein Waschgestell mit hellen italienischen Krügen und einem Becken, ein goldfarbenes Sofa und einen dazu passenden Sessel. Das war das ganze Mobiliar. Dann ging sie ans Fenster. Mit Mühe löste sie die Fensterläden und drückte sie nach außen.

Das jäh erschienene Landschaftsviereck vibrierte vor Helligkeit. Die intensivere Beleuchtung des Spätnachmittags zog aus dem fahlen Land die Farben hervor, die das frühere Sonnenlicht verborgen hatte, warme Braun- und Goldtöne, während vereinzelte Olivenbäume sich in dunkler werdendem, fast schon schwarzem Grün zeigten. Vor ihr lag, von den Hügeln eingerahmt, das Meer, dessen Blau, jetzt mit goldenen Streifen, in Amethyst überging und dessen blendende Oberfläche sich in ein inneres Leuchten auflöste. Es glühte wie ein Buntglasfenster. Rosa blickte in seine Tiefe hinab. Es lag sehr nah am Haus, aber weit unterhalb, und an einer Biegung des Hangs vorbei sah sie einen Teil der Steintreppe, die von Mischas Haustür hinunter zum Strand führen musste, den sie von hier aus nur als kleines gelbliches Dreieck wahrnehmen konnte. Unmittelbar vor ihrem Fenster lag eine große Terrasse mit einer steinernen Brüstung, die sich um das Gebäude herum zu der Hausseite zog, die sie für die Front hielt und die dem Meer zugewandt war. Ihr eigenes Zimmer war in einem Flügel, der in einem Winkel zum Hauptgebäude hin vorstand. Die Terrasse war leer. In der Luft lagen ein Duft von Minze und das Geräusch einer sprudelnden Quelle oder eines Springbrunnens. Rosa stand lange da. Dann ging sie zurück und fing an, das kalte Wasser auszugießen. Der warme Abend folgte ihr in den kleinen Raum.

Ein Weilchen später traf Rosa Mischa in dem Zimmer wieder, wo sie ihn verlassen hatte. Jetzt wurde ihr klar, dass dies der zentrale Raum des Hauptgebäudes war, der zugleich als Wohn- und Esszimmer diente. Er war in nichts sagendem Stil schlicht möbliert. Ein Tisch war zum Essen gedeckt. Die geschlossenen Fensterläden verfinsterten den Raum noch immer. Wieder sprach Mischas Gesicht im Dunkeln mit ihr. »Maria ist noch nicht ganz fertig. Lass uns auf die Terrasse gehen.«

Er schob zwei Türen am Ende des Raumes auf und Rosa folgte ihm hinaus. Dann bekam sie die ganze Pracht des Ausblicks mit, den sie von ihrem Zimmer aus nur zum Teil hatte genießen können. Das Meer lag zwischen zwei nackten, goldenen Hügeln vor ihnen und man konnte hier und da die Treppe ausmachen, die in Drehungen und Windungen abwärts auf eine lange Sandlinie zulief, an der das Meer, still wie ein See, ohne Brandung endete. Das Meer schloss den Horizont ein und umfing ein Becken mit warmer Luft; auf der entgegengesetzten Hügelseite kroch der Schatten der Berge langsam hoch und ließ das Gold in ein düsteres Braun übergehen. Sie überquerten die Terrasse. Eine Reihe schlanker Zypressen führte ins Tal hinunter, über dem bereits die nächtliche Dunkelheit lag. Weit unten bellte ein Hund. Das Geräusch zog wie ein Vogel in Kreisen herauf, um im weiten Rund der Abendsonne zu verhallen.

Rosa schaute Mischa an. Er blickte hinab ins Tal und sie hatte ihn noch nie so gedrückt erlebt. Als er ihren Blick bemerkte, ließ er den Kopf noch mehr sinken. Ihr wurde klar, dass sie nicht vor dem nächsten Morgen wissen würde, was ihn beschäftigte. Er ging von ihr weg ans andere Ende der Terrasse und dort sah Rosa den Springbrunnen, dessen Stimme sie verfolgt hatte. Aus dem Maul eines grob gehauenen Löwen floss Wasser in einen langen grauen Trog. Beim Näherkommen sah Rosa, dass der Trog ein Steinsarkophag war, auf dessen Rand in einer unregelmäßigen Reihe in Stein gemeißelte Figuren saßen. Eine Vertiefung am anderen Ende des Troges entließ das Wasser in einem zweiten Strahl auf den Kies in der Ecke der Terrasse, wo es versickerte.

Rosa setzte sich auf den Rand des Sarkophags und tauchte die Hand ins kalte Wasser. Als sie sie herauszog, spürte sie, wie das Wasser sofort in die warme Luft und die letzten Sonnenstrahlen hinein verdunstete. Ein paar Tropfen blieben hängen und für einen Augenblick empfand sie sie auf der angesammelten Wärme ihres Fleisches noch als kalt, dann war ihr Arm trocken. Sie tauchte ihn wieder ein. Mischa stand mit einem Glas Wein neben ihr. Sie nahm es in eine tropfende Hand und er setzte sich ihr gegenüber auf den Rand des Sarkophags.

Mischa schwieg. Er schüttelte mehrmals den Kopf, als wollte er sagen, dass er sprechen würde, wenn er könnte. Rosa kostete den Wein. Er war herb, aber erfrischend.

Schließlich sagte sie: »Das ist eine sehr schöne Landschaft.«

»Es ist eine sehr arme Landschaft«, sagte Mischa. In seiner Stimme lag kein Vorwurf.

Sein Blick war nicht auf sie, sondern auf den Boden gerichtet. Auch Rosa schaute zu Boden und sah, dass die Kiesoberfläche der Terrasse mit Lebewesen bedeckt war. Ameisen krabbelten schwer beladen vorbei. Arme halb vertrocknete

Käfer liefen oder stolperten ihres Weges. Große grüne Grashüpfer verharrten reglos und nahezu unsichtbar, um dann plötzlich aus dem Blickfeld zu springen; vereinzelte rote Farbtupfer entpuppten sich als Marienkäfer, riesig und ohne Punkte. Während Rosa sich das anschaute, kam es ihr so vor, als wäre die ganze Szene von Mischa nur für sie heraufbeschworen worden. Wenn sie fortginge, würde das alles ebenfalls verschwinden und Mischa, abgehärmt und mit starrem Blick, an einem unvorstellbar nackten und kargen Ort zurückbleiben. Und beim letzten Glockenschlag würde all dies zu seiner normalen Form zurückkehren.

Rosa schüttelte sich. Sie zeigte auf ein Grashüpferpärchen. »Sind das Zikaden?«

»Nein«, erwiderte Mischa, »Zikaden sieht man nie, sie sind nur Stimmen.« Er klang traurig, doch in ihrer beiderseitigen Verlegenheit empfand Rosa eine tiefe Übereinstimmung.

Eine Eidechse kam plötzlich dicht bei Mischa auf die Brüstung. In angespannter Haltung blieb sie stehen und in dem horizontalen Sonnenlicht warf ihr kleiner Körper einen großen Schatten. Mit einer schwungvollen Handbewegung fing Mischa sie ein, zog sie auf sein Knie und hielt sie einen Moment in beiden hohlen Händen. Sein Gesicht strahlte vor Begeisterung und Freude, als er auf den pochenden Bauch der Eidechse hinabblickte. Sie lag still in seinen Händen.

»Gib sie mir!«, sagte Rosa. Sie streckte ihre freie Hand aus.

»Pass auf, wie du sie hältst«, sagte Mischa und setzte die Eidechse auf ihre Handfläche.

Rosas Finger schlossen sich ungeschickt um sie. Im Handumdrehen war die Eidechse mit einer raschen Drehung auf den Boden gesprungen und hatte ihren zuckenden Schwanz in ihrem Griff zurückgelassen. Mit einem Aufschrei ließ Rosa den Schwanz auf die Kiesel fallen. Dort lag er, noch immer zuckend und sich windend. Mischa hob ihn schnell auf und warf ihn über die Brüstung. Mit großen Augen schauten sie einander an, plötzlich von Angst und Trauer erfüllt.

»Ihr wird bald ein neuer wachsen«, sagte Mischa und seine Stimme bebte. Dann packte er sie am Handgelenk und zog sie an sich. Der Wein kippte in den Brunnen.

ACHTUNDZWANZIG

Am Morgen des nächsten Tages wurde Rosa schon früh wach. Sie besann sich sofort, wo sie war, und erinnerte sich, wie Mischa sie früh am Abend zu ihrem Zimmer gebracht hatte und dann verschwunden war. Wenig später hatte sie gehört, wie seine Füße die Treppe hinuntergingen. Sie hatte am Fenster gestanden und in die warme Dunkelheit hinausgeschaut, jedoch abgesehen von einem Moment, als die Scheinwerfer eines Autos ihr plötzlich in scharfen Umrissen eine Baumreihe auf der anderen Seite des Tals gezeigt hatten, nichts erkennen können. Danach schlief sie ein, dankbar, allein gelassen worden zu sein.

Jetzt sprang sie aus dem Bett und stieß die Fensterläden weit auf. Die Szenerie von gestern war völlig verwandelt. Das Meer war blass und fast farblos, aber zugleich glänzend, ein Meer flüssigen Lichts. Ohne Übergang verschmolz es mit dem Himmel, der am Horizont von einer gleichmäßigen Blässe war, am Zenit jedoch ein sehr fahles vibrierendes Blau annahm. In weiter Ferne gab es, gleichsam reglos zwischen Meer und Himmel aufgehängt, hier und da kleine Boote mit dreieckigen Segeln. Rosa starrte eine Weile in die große Lichtfläche. Dann schaute sie zu den Hügeln auf beiden Seiten und sah auf ihnen je nach einfallendem Sonnenlicht große Felsbrocken und Vertiefungen und verdrehte Bäume. Unter sich entdeckte sie den sich windenden Lauf eines kleinen Baches, vielleicht desselben Baches, der durch den Steinsarkophag floss. An einem Punkt weit unten kreuzte er in einer glänzenden Wasserfläche die Treppe.

An diesem Tag, sagte sich Rosa, würde ihr Schicksal sich entscheiden. Dabei war sie bewegt, aber ohne Angst oder Verzweiflung, denn sie hatte nicht das Gefühl, als müsste sie an diesem Tag um ihr Schicksal kämpfen. Ihr Schicksal war bereits entschieden. Der Tag würde nichts anderes tun, als es ihr verkünden. Die Verkündigung würde sie in Ruhe und offenen Auges erwarten.

Sie wandte sich ab und ließ das Fenster weit offen stehen. Wie Wasser fielen die Schatten der Morgensonne auf den Steinfußboden. Rasch zog sie sich an und war schon fertig, als Maria kam, um sie zu rufen. Rosas Italienisch war dürftig, aber sie verstand, dass der Herr zum Meer hinuntergegangen war und sich freuen würde, wenn die *Signorina* sich nach dem Frühstück am Fuß der Treppe zu ihm gesellen würde. Das, so schien es Rosa, war typisch. Im Wohnzimmer setzte sie sich, gleich neben der Tür, zu ihrem Brot mit Kaffee und ließ sich das Licht von der großartigen Szenerie draußen auf Gesicht und Brust scheinen. Bald würde sie auf die Terrasse hinausgehen und sehen, ob sie Mischa am Strand entdecken könnte. Und etwas später würde sie die Treppe hinuntergehen, aber sehr langsam, und das Wasser des Baches durchschreiten. Und wieder ein bisschen später. Rosa fühlte, dass ihr Atem jetzt in tiefen, langsamen Zügen kam, als wäre der ganze Rhythmus ihres Seins verlangsamt worden. Ihr Herz klopfte nun sehr gemächlich und träge. Sie spürte, dass eine unglaubliche Gelassenheit sie wie eine Segnung überkam. Sie trank ihren Kaffee. Sie hatte nicht das Bedürfnis zu essen. Dann ging sie in ihr Zimmer zurück und richtete noch einmal sehr sorgfältig ihr Haar. Sie kam zurück durchs Wohnzimmer und betrat, nachdem sie die Tür aufgestoßen hatte, die Terrasse.

In dem Augenblick hörte sie jemanden »Miss Keepe!« rufen. Rosa drehte sich abrupt um. An der anderen Ecke der Terrasse neben dem Haus stand Calvin Blick. Seit gestern hatte sie ganz vergessen, dass er existierte. Daran wurde sie nun mit einem solchen Schock erinnert, dass ihr vor banger Erwartung ganz kalt wurde. Reglos stand sie da und starrte ihn an und ihr träges Herz zuckte zusammen und fing dann an, rasend zu pochen. Sie sagte nichts.

Calvin kam am Haus entlang auf sie zu und ließ dabei seine Finger über die Wand fahren. »Könnte ich Sie mal sprechen?«, fragte er.

Rosa drehte sich um, ihre Absätze knirschten auf dem Kies. Sie nickte und trat ins Halbdunkel des Zimmers zurück. In Calvins Ton lag etwas, was sie plötzlich mit großer Unruhe erfüllte.

Sie zog einen Stuhl an die Tür und setzte sich. Calvin stand, halb drinnen, halb draußen, mit gesenktem Blick neben ihr. Dann ging er an ihr vorbei ins Zimmer. Rosas Frühstück stand noch unberührt da. Calvin goss sich eine Tasse warme Milch ein und trank sie mit ernster Miene, wobei er die Flüssigkeit im Mund herumwälzte und mit der Zunge hindurchschnellte wie ein Fisch. Dann wandte er sich, eine Hand auf den Tisch gestützt, zu Rosa um. Sie fand, dass er erregt aussah. Sie hatte ihn nie Gefühle zeigen sehen. Sie betrachtete ihn angespannt.

»Ich bin mir darüber im Klaren, Miss Keepe«, sagte Calvin, »dass dies ein schwerwiegender Moment in Ihrem Leben ist.«

Ein Geist flüsterte Rosa ins Ohr, jetzt aufzuspringen, bevor es zu spät war, und rasch die Treppe hinunter fortzulaufen. Doch eine stärkere Kraft hielt sie zurück.

»Ich glaube«, sagte Calvin, »dass man in solchen Momenten so weit als möglich alle Fakten vor sich haben sollte.« Er sprach, als hielte er eine vorbereitete Rede.

»Zu Recht werden Sie sagen«, fuhr er fort, »dass man erst einmal alle Fakten kennen muss. Darauf will ich sofort antworten, dass ich keineswegs behaupte, sie zu kennen. Mir geht es nur darum, Ihnen bei ein oder zwei ganz kleinen Punkten zu helfen, ohne im Entferntesten zu wissen, inwieweit ich damit das ganze Bild, wie Sie es sehen, verändere.«

»Sie wollen mir nicht helfen«, sagte Rosa. Vor lauter Emotion war ihre Stimme sehr tief. Sie hatte nicht den Eindruck, dass es um etwas Triviales ging. »Lassen Sie uns wenigstens offen zueinander sein.«

»Wie Sie meinen«, sagte Calvin. »Innerlich bin ich eigentlich weder für noch gegen Sie. Nur kann ich einfach nicht zulassen, dass Sie weitergehen, ohne Ihnen zu sagen, was ich zu sagen habe, und zwar jetzt.«

Rosa hatte das Gefühl, dass er mit einer gewissen Aufrichtigkeit sprach. Sie wartete, legte die Hand fest auf ihr Herz. »Fahren Sie fort«, sagte sie. »Aber ich kann Ihnen keine Diskretion versprechen.«

»Das wird nicht nötig sein«, sagte Calvin und lächelte ein Lächeln, das ihn Rosa vertrauter machte.

»Erstens«, sagte er, »und ohne Kommentar, das hier.« Er zog etwas aus der Tasche und reichte es Rosa.

Sie hielt es ins Licht. Es war die Fotografie von ihr mit den Lusiewicz-Brüdern. Für einen kurzen Augenblick war der Schock gewaltig. Eine weiße Leere breitete sich in ihrem Kopf aus und sie ließ das Foto auf den Boden fallen. Calvin hob es mit respektvoller Geste auf und gab es ihr zurück.

»Danke«, sagte Rosa mechanisch. Sie legte es auf den Tisch.

»Natürlich«, sagte Rosa, »dieses Blitzlicht. Ich hätte es ahnen müssen. Wer hat das Foto gemacht?«

»Ich«, antwortete Calvin mit gesenktem Blick.

»Ach«, sagte Rosa und schüttelte mit fast bedauernder Miene den Kopf. »Hat er es gesehen?«

»Ich habe keine Geheimnisse vor ihm«, sagte Calvin.

»Hat er es gesehen?«, wiederholte sie.

»Ja«, antwortete Calvin. »Schließlich hatte ich ja die Anweisung, es zu machen.« Er schaute Rosa an und auf seinem Gesicht lag jetzt ein glühender Ausdruck von Entschlossenheit, der fast wie Heiterkeit wirkte. Seine Augen öffneten sich weit und funkelten, als er mit sehr forschendem Blick auf sie hinabsah.

»Ich glaube Ihnen nicht«, sagte Rosa. Ihr freundliches Lächeln war starr vor Sorge. Sie sprach immer noch mit leiser Stimme, einer Stimme der Leidenschaft.

»Ihre Familie ist schwer zu überzeugen!«, sagte Calvin. Er begann, sich hinter dem Tisch hin und her zu bewegen. Es war, als wollte er tanzen. Immer wieder wanderte sein Blick entzückt im Zimmer umher und dann wieder zu Rosa zurück. »Dieses kleine Foto hat eine Menge Arbeit geleistet!«, sagte er.

Rosa starrte ihn an und das Lächeln wich aus ihrem Gesicht. Nach einer Weile sagte sie: »Haben Sie dieses Bild – Hunter gezeigt?«

Calvin nickte, seine Augenbrauen gingen auf und ab und seine Zähne glänzten. »Hunter hatte Angst, eine gewisse Person könnte es sehen!«

Rosa sah ihn an. Sie hielt ihre Distanz aufrecht. »Sie erstaunen mich«, sagte sie. »Sie versuchen nicht nur, mich mit einer Geschichte und Hunter mit dem Gegenteil davon zu erpressen, sondern besitzen auch noch die Unverfrorenheit, es zuzugeben.«

»Ja, ja!«, sagte Calvin. Er schaute sie begierig an. Er konnte nicht ruhig bleiben. »Genau, genau!« Er schien entzückt.

Rosa legte ihre Hand an den Kopf. »Es ist nicht möglich …«, sagte sie.

»Warum nicht?«, rief Calvin. »Die Wahrheit werden Sie nie erfahren und die Zeichen werden Sie nach Ihren sehnlichsten Wünschen interpretieren. Genau das müssen wir Menschen immer tun. Die Realität ist eine Chiffre mit vielen Lösungen, eine so richtig wie die andere.«

»Wenn Sie so prahlen«, sagte Rosa, »geben Sie Ihre Macht auf.«

»Macht!«, sagte Calvin. Er sprach sehr schnell. »Glauben Sie wirklich, in solchen mechanischen Dingen läge irgendeine Macht? Ihnen und Ihrem Bruder habe ich nichts anderes getan, als Ihnen ziemlich groteske Vorwände zu liefern, das zu tun, was Sie wirklich tun möchten. Die Wahrheit liegt tiefer, tiefer. So ist es immer!« Er sprach mit Begeisterung in der Stimme, während er sich über den Tisch zu ihr hinüberbeugte.

»Sie sind vollkommen verrückt!«, sagte Rosa. »Und ich glaube Ihnen nicht. Und es macht sowieso nichts aus, es macht nichts aus. Ich kann mir nicht vorstellen, warum Sie meinen sollten, dass es etwas ausmacht.« Sie hielt sich die Hände vors Gesicht. Sie spürte, wie Calvins Blick sie durchdrang wie ein scharfes Werkzeug, das nach einer Schwachstelle sucht, die es durchstoßen kann.

»Ist das alles, was Sie zu sagen haben?«, fragte Rosa. Ihre Stimme begann zu zittern.

»Nein!«, sagte Calvin. Er beruhigte sich. Jetzt hatte er den gewieften, triumphierenden Blick von jemandem, der ein immer noch schwieriges Spiel beherrscht. »Nein! Das war nur das Vorspiel, das, wenn ich so sagen darf, uns in die richtige Stimmung versetzen sollte. Lassen Sie uns tatsächlich übereinkommen, dass es nichts ausmacht. Meine Aufgabe, liebe Miss Keepe, besteht lediglich darin, Sie auf ein oder zwei kleine Fakten aufmerksam zu machen. Ich habe nicht das Bedürfnis, zu diskutieren oder zu überzeugen. So können wir jetzt mit Ihrer Erlaubnis dazu übergehen, Nummer zwei aufzudecken.«

Aus der Innentasche seines Mantels zog er eine Ausgabe der *Evening News*, die er behutsam auseinander faltete und vor Rosa auf dem Tisch ausbreitete. Auf der Titelseite stand die Geschichte von Ninas Selbstmord.

Rosa zog die Zeitung zu sich. »Ich wusste nichts – davon«, sagte sie.

Die Zeitung führte Ninas Tod darauf zurück, dass die Position einer bestimmten Kategorie von Ausländern, zu der anscheinend auch Nina gehört hatte, in der letzten Zeit so viel Aufsehen erregt hatte.

»Sehr traurig, nicht wahr!«, sagte Calvin.

Zum Teil sich selbst zuliebe musste Rosa in diesem Moment

sein Mienenspiel lesen. Sie hob den Blick; doch die Anstrengung war zu groß und sie sah seinen Kopf verschwommen und verzerrt in einer Wolke von Tränen.

»Aber«, sagte Rosa und nach den ersten Worten klang ihre Stimme ganz deutlich, obwohl die Tränen ihr über das Gesicht rannen, »sie hätten Nina doch bestimmt nichts getan?«

»Das ist ja das Traurige«, erwiderte Calvin. »Natürlich nicht. Aber das ist eben England. Es ist wie bei der Herzogin in *Alice*. Niemand wird wirklich enthauptet. Irgendjemand schreibt, lange bevor das passiert, an die *Times* oder seinen Parlamentsabgeordneten. Niemand von diesen Leuten wird abgeschoben. Ein oder zwei Individuen, die aus anderen Gründen ein schlechtes Gewissen hatten, finden es vielleicht klüger zu verschwinden – aber sonst wird niemand behelligt. Nina wäre nichts geschehen, außer dass sie ein paar weitere Formulare hätte ausfüllen müssen. Jemand hätte ihr das alles erklären müssen.«

»Wer hätte denn gedacht«, sagte Rosa mit einem Klagen in der Stimme, während sie sich mit dem Handrücken die Tränen abwischte, »dass Nina so dumm sein würde …«

»Sie war sehr isoliert«, sagte Calvin. »Sie war merkwürdig isoliert und auf jeden Fall der Verzweiflung nah.« Er beugte sich ganz dicht zu ihr hin, während er diese Worte klar und deutlich aussprach. »Jemand hätte ihr die Dinge erklären müssen, jemand, der ihre Situation ganz genau kannte. Im Übrigen war sie nur ein zufälliges Opfer …«

»Halt!«, sagte Rosa. »Das reicht!« Sie stand auf und trat durch die Tür auf die Terrasse. Die Wärme der Morgensonne umfing sie in goldenen Farben. Ihre Berührung war ihr zuwider, wie der Geschmack des Essens nach einem Todesfall. Einen Augenblick stand sie reglos da und Calvin kam und stellte sich unmittelbar hinter sie. Sie zitterte, als sie Calvin so nah spürte, und entfernte sich von ihm.

»Ich verstehe nicht«, sagte sie, »warum Mischa Sie nicht vor Jahren schon getötet hat.«

»Mischa hat mich vor Jahren getötet«, sagte Calvin mit leiser Stimme.

Rosas Bewegung brachte sie in die Nähe der Brüstung und sie sah voller Erstaunen, dass das blasse, glänzende Meer immer noch da war; mittlerweile war nur ein leichter Blaustich aus dem Morgenhimmel in es eingesickert. Sie blickte zum Strand hinunter.

»Sehen Sie ihn?«, fragte Calvin sanft.

Rosa suchte. »Nein«, sagte sie.

»Schauen Sie hier durch«, sagte Calvin. Er zog ein Fernglas hervor. Wie ein Gewehr richtete er es auf die Szene unter ihnen. Dann gab er es Rosa. *»Da!«*, sagte er und deutete mit dem Finger in eine Richtung. »Er verharrt ganz still, deshalb bemerkt man ihn kaum.«

Rosa schaute durch das Fernglas. Ein Teil des Strandes kam in ihr Blickfeld, sehr nah und ganz verlassen. Sie konnte das kristalline Glitzern im Sand und die winzigen Wellen am Meeressaum erkennen. Langsam bewegte sie das Fernglas weiter. Dann war Mischa plötzlich da. Er saß im Sand, barfuß, die Hose bis zum Knie aufgerollt und die Fußsohlen wie ein Paar betender Hände aneinander gelegt. Sein Blick war zum Horizont gerichtet. Sein Anblick versetzte ihr einen solchen Schock, dass sie sofort das Fernglas sinken ließ. Als sie es wieder hob und ihn erneut entdeckte, hatte er sich erhoben und stand jetzt mit den Füßen im Wasser. Er bückte sich und hob etwas auf, was wie ein Seestern aussah, und nachdem er es sich angeschaut hatte, warf er es weit hinaus ins Wasser. Dann drehte er sich um und sah Rosa genau in die Augen. Sie zuckte zurück und überließ Calvin das Fernglas. Sie war davon überzeugt, dass Mischa ihr Gesicht und ihre Seele sehen konnte. Einen Moment, aber nur einen Moment lang, glaubte sie, er wisse und plane alles.

»Er hat uns gesehen!«, sagte Calvin. »Er winkt!« Calvin fing an heftig zu winken. »Winken Sie!«, sagte er zu Rosa. »Sonst glaubt er, es sei irgendetwas los.«

Rosa winkte. Jetzt konnte sie sehen, wie weit unten eine kleine Gestalt mit den Händen fuchtelte. Sie wandte ihren Blick Calvin zu. Er schaute mit einem zärtlichen raubtierhaften Ausdruck nach unten.

»Sie verstehen es, Ihr Recht zu verteidigen«, sagte Rosa. Sie wandte sich ab und überquerte mit stolpernden Schritten die Terrasse.

»Wohin gehen Sie?«, fragte Calvin.

»Meinen Koffer packen«, antwortete Rosa.

»Ich werde Lucio bitten, das Auto zu holen«, sagte Calvin.

Als Rosa einen Augenblick später mit ihren Sachen zurückkam, wartete das Auto bereits im vorderen Hof. Marias Sohn Lucio saß am Steuer.

»Er wird Sie zum Bahnhof bringen«, sagte Calvin. »In weniger als einer halben Stunde geht ein Zug nach Neapel.« Er öffnete die Wagentür.

Als Rosa gerade einsteigen wollte, packte er sie an der Hand. Sie versuchte nicht, sich zu befreien, sondern schaute ihn an. »Es ist komisch«, sagte sie, »bisher habe ich immer gedacht, dass ich, ob ich zu ihm hin- oder von ihm wegging, nur seinen Willen tat. Doch das war alles Illusion.«

»Wer weiß«, sagte Calvin, »vielleicht wäre es nur jetzt eine Illusion. Es tut mir Leid.«

»Was werden Sie tun?«, fragte Rosa.

»Es geht eher darum, was er tun wird«, sagte Calvin. Er tat, als wollte er Rosa die Hand küssen, aber sie entzog sie ihm und stieg ins Auto.

Eine große Staubwolke wirbelte auf, als das Auto den Pfad zur Straße hinunterfuhr. Bis sie sich wieder ganz gelegt hatte, war das Auto verschwunden und sogar das Motorengeräusch war in der reglosen Landschaft, die sich zum Meer neigte, fast schon verhallt. Calvin Blick stand ganz still da, bis das Geräusch nicht mehr zu hören war. Dann drehte er sich um und rannte durchs Haus und über die Terrasse und fing an, in verzweifelter Hast die Treppe hinunterzueilen.

NEUNUNDZWANZIG

Der Orientexpress flog südwärts durch Europa. In einem Erster-Klasse-Abteil küsste Sir Andrew Cockeyne gerade leidenschaftlich seine Frau. Annette trieb sich im Speisewagen herum und im Augenblick hatten sie das Abteil für sich allein. Andrew liebte seine Frau; er war sich jedoch nie sicher, ob sie durch die Heirat mit ihm bekommen hatte, was sie wollte. Schon bald, schon auf der Hochzeitsreise, hatte er gelernt, sie nicht nach ihren Gefühlen zu fragen. Aber noch immer hoffte er, obgleich er wusste, dass ihr das kaum weniger missfiel, seine Antworten in ihren Augen zu finden. Irgendwo tief im Inneren schien ein Licht, das ihm für immer ein Gefühl der Sicherheit geben konnte. Aber diese Sicherheit war etwas, was Marcia ihm, bewusst oder unbewusst, immer vorenthalten hatte. Sie erlaubte ihm nicht, ihr in die Augen zu schauen. Sie hielt nie still und wenn sie sich umarmten, verbarg sie ihr Gesicht. So entkam sie ihm und vermied stets den Augenblick der Ruhe und Beschaulichkeit, zu dem er sie immer hinziehen wollte; und wenn er dann einmal ihren Kopf zu fassen bekam, fast brutal vor Begierde nach ihrem Blick, bewegte sie sich unentwegt, warf ihr Haar nach hinten, verdrehte ihren Körper und wandte den Blick ab wie ein Tier. Andrew seufzte und versuchte jetzt, sie auf seine Schulter hinabzuziehen – doch sie befreite sich mit einer raschen Bewegung.

»*Attention, voilà l'enfant!*«, sagte Marcia.

Annette betrat das Abteil und strahlte ihre Eltern wohlwollend an. Sie wählte den Sitz in der Ecke und ließ sich nieder, gähnte und zog ihre Füße hoch. Ihre Wangen glühten wie Pfirsiche, ihre Arme wurden bereits goldbraun von der Sonne und ihr Scheitel leuchtete wie ein edles Metall. Sie legte ihren Rock wie einen großen Fächer um sich herum. Andrew betrachtete sie mit Erstaunen. Dann schaute er seine Frau an. Marcia richtete einen forschend verständnisvollen Blick auf Annette, der ihr Gesicht noch runder und ihre Augen noch größer machte. Marcia war jetzt ganz still. Andrew sah von einer zur anderen. Er wusste nicht, welche geheimnisvoller war.

Annette strich sich über ihre schlanken Beine. »Schau mal, Marcia«, sagte sie, »dieser Knöchel ist jetzt wieder ganz in Ordnung. Man könnte gar nicht mehr sagen, welcher von beiden es war.« In einem Blitz bunter Petticoats streckte sie ein Bein geradewegs zur Decke.

»Annette!«, sagte Andrew.

Marcia lachte. Annette lachte auch und setzte sich wieder richtig hin, wobei sie die rechte Hand ostentativ auf ihren Oberschenkel legte. Am Mittelfinger steckte, in einen goldenen Ring gefasst, der große weiße Saphir. Als der Zug um eine Biegung fuhr, brannte die Sonne plötzlich durchs Fenster und ließ den Saphir aufflammen.

»Zieh die Jalousie runter, Annette«, sagte Andrew.

»Aber nur ein bisschen«, erwiderte Annette. »Ich will nämlich rausgucken.« Sie zog die Jalousie ein Stück herunter, rollte sich zusammen, kuschelte sich in ihren Sitz und lehnte die Wange an die untere Fensterhälfte. Als Andrew ihr frisches, unbekümmertes Gesicht im Profil sah, verspürte er angesichts ihrer Vitalität einen Moment lang ein Gefühl der Verwirrung, vielleicht der Ehrfurcht, ja fast des Grolls.

Annette war in den Anblick der Landschaft versunken. Ein Haus, ein Hund, ein Mann auf einem Fahrrad, eine Frau auf einem Feld, in der Ferne ein Berg. Den Mund leicht geöffnet und mit großen Augen schaute sie sich das alles wie verzaubert an. Es war wie im Kino.

»Schau doch! Schau doch!«, sagte sie immer wieder zu Marcia. »Schau dir die Kühe da an, wie unglaublich rot sie sind! Und auf ihren Rücken sitzen Krähen, wie in – und sieh doch mal, der kleine Hund da, er bellt den Zug an! Na, so was, da steht ein Haus wie unseres in Vevey! Jetzt guck doch mal, Marcia! Was für eine hübsche Allee! Schade, jetzt ist sie weg.«

Und während Annette die Welt betrachtete, betrachtete Marcia Annette und Andrew Marcia. Dann hielt der Zug an einem kleinen Bahnhof an und plötzlich war es still. Annette hörte mit ihrem Geplapper auf. Sie öffnete das Fenster. In der sonnigen Stille konnte sie den Staub riechen und das Geräusch der Zikaden hören. Sie wusste, dass sie im Süden war.

Langsam setzte der Zug sich wieder in Bewegung. Der kleine Bahnhof verschwand und eine Reihe von Pinien wurde weggezogen, um den Blick auf ein tiefes Tal freizugeben. Unten im Tal floss glitzernd ein Fluss und jenseits davon stand eine lange Reihe von Bögen.

»Schau mal, Andrew!«, sagte Annette. »Was ist das da drüben?«

»Das ist ein römischer Aquädukt«, antwortete Andrew.

»Wohin führte er?«, fragte Annette.

Andrew fing an, es ihr zu erklären. Aber sie hörte ihm schon nicht mehr zu. Bald, bald, bald würde sie Nicholas sehen. Sie würde ihm eine Menge zu erzählen haben.

DREISSIG

Es regnete. Peter Saward stand am Fenster und schaute zu, wie der Regen in den kleinen dunklen Garten fiel, indem die Tropfen sich einen Weg durch den großen belaubten Baum suchten, der den Platz zwischen den Mauern weitgehend ausfüllte, an den Blättern und Ästen entlangliefen und in riesige Pfützen auf der nackten Erde platschten. Die großen, von der Feuchtigkeit schwer gewordenen Blätter mit ihren nassen Oberflächen senkten sich und schwankten in dem scharfen Wind, der aufgekommen war. Während er das herabfallende Wasser betrachtete, pfiff Peter, einen Vogel nachahmend, leise vor sich hin. Dann wandte er sich vom Fenster weg der Dunkelheit des Zimmers zu. Die Stille im Raum war tief und vertraut, als würden alle Bücher ruhig atmen. Lange Zeit stand er ganz still und schaute, ohne etwas Bestimmtes zu fixieren, in die Dunkelheit.

Vor der Tür war ein hektisches Scharren zu hören. Peter Saward fuhr zusammen. Dann flog die Tür weit auf und in dem plötzlich aus der Diele hereinfallenden Licht sah er Rosa mit vom Regen dunkel gewordenen Kleidern vor sich stehen. Sie stolperte herein und das Zimmer verdunkelte sich wieder. Nur im ersten Moment schaute Rosa ihn an. Noch halb außer Atem murmelte sie: »Gott sei Dank!«, und fing an, sich wie ein Hund zu schütteln.

»Lass das, Rosa«, sagte Peter, »du machst die ganzen Bücher nass.«

»Diese verdammten Bücher!«, erwiderte Rosa. Sie schlüpfte aus ihrem Mantel und ließ ihn zu Boden fallen. Peter hob ihn auf und hängte ihn sorgfältig über eine Stuhllehne. Rosa setzte sich auf den Schreibtisch und fing an, ihr Haar zu lösen, das ganz nass war. Schwer vom Regen fielen die dunklen Locken ihr über beide Schultern.

»Armes Ding, du bist ja völlig durchnässt!«, sagte Peter. »Ich mache den Ofen auf.« Er zog die beiden eisernen Türen auf und ein heller Schein erleuchtete den Raum, spiegelte sich in der polierten Seitenfläche des Schreibtischs und brachte die Farben von vielen tausend Büchern zutage.

»Komm näher«, sagte Peter. Aber Rosa rührte sich nicht von der Stelle und fuhr fort, mit den Fingern mechanisch ihr Haar zu kämmen, während das Wasser immer noch von ihrem Rocksaum auf den Boden tröpfelte.

Peter stand verlegen über ihr. »Ich bin so froh, dass du gekommen bist«, sagte er. »Ich habe gerade dem Regen zugeschaut. Er sah so schön aus«, fügte er für den Fall hinzu, dass es sich wie eine Klage angehört hatte.

»Komisch«, sagte Rosa, »ich dachte, du wärst tot.«

»Wie bist du denn darauf gekommen?«, sagte Peter. »Das bin ich nicht, wie du siehst!«

»Ich weiß es nicht«, sagte Rosa, »aber im Zug hatte ich plötzlich das ganz sichere Gefühl, du wärst tot. Ich habe es alles gesehen, wie in einer Vision. Ich habe gesehen, wie ich hier ankam. Die Haustür war verriegelt und ich musste klingeln und Miss Glashan kam und sagte mir sehr freundlich, ihr Mieter sei verschieden. Und dann ließ sie mich hier herein und ich sah, dass das alles ein nutzloses Durcheinander von Gegenständen geworden war, das irgendjemand einmal aussortieren und wegbringen müsste.«

»Na, so ist es nicht«, sagte Peter. »Hier, nimm eine Zigarette.« In seinem Schreibtisch hatte er immer Zigaretten für Rosa.

»Nein«, sagte Rosa, »die sind schon seit Monaten da drin.« Sie rückte näher ans Feuer.

»Wo warst du?«, fragte Peter.

»Ich war in Italien«, antwortete Rosa, »um Mischa zu besuchen. Aber es war sinnlos.« Ihr Ton ließ keine weiteren Fragen zu.

»Warst du schon – am Campden Hill Square?«, fragte Peter.

»Nein«, sagte Rosa, »ich bin direkt vom Bahnhof hierher gekommen. Du weißt nicht zufällig, wie es Hunter geht?« Sie wrang das Wasser aus ihren Haarspitzen und fing an, sich die Wangen mit einem Taschentuch abzutrocknen. Im Feuerschein glühte ihr nasses Gesicht rot.

»Hier, wie dumm von mir!«, sagte Peter Saward und gab ihr ein Handtuch. »Hunter geht es viel besser«, sagte er. »Er ist wieder auf den Beinen, hat Miss Foy mir erzählt.«

»Das wundert mich nicht«, sagte Rosa. Sie schüttelte langsam den Kopf und seufzte.

»Hast du gewusst, dass Mrs. Wingfield gestorben ist?«

»Oh«, sagte Rosa. Sie warf das Handtuch zu Boden. Ihre Stirn glänzte immer noch vom Regen. »Oh«, sagte sie, »das tut mir Leid. Arme Lady! Wie seltsam. Meine liebe Mutter mochte sie sehr, erinnere ich mich.« Sie fuhr sich mit der Hand über Stirn und Augen.

»Miss Foy hat dich gesucht«, sagte Peter Saward, »um dir von dem Testament zu berichten.«

»Ach, das Testament!«, sagte Rosa. Sie hob das Handtuch wieder auf, wickelte die Masse feuchter Haare, die ihr in den Schoß fiel, darin ein und fing an, heftig zu rubbeln. »Und wer hat was gekriegt, wenn ich fragen darf?«

»Mrs. Wingfield hat dir alle Anteile der *Artemis* hinterlassen«, sagte Peter Saward, »und eine Jahresrente von fünfhundert Pfund, so lange die Zeitschrift unter dir als Herausgeberin erscheint.«

Rosa lachte kurz auf. »Fünfhundert Pfund!«, sagte sie.

»Findest du, dass sie knauserig war?«, fragte Peter.

»Nein!«, erwiderte Rosa. »Intelligent! Wer hat den Rest bekommen?«

»Den Rest hat sie Miss Foy vermacht«, sagte Peter Saward.

»Gut!«, sagte Rosa. »Das freut mich. War es viel?«

»Allerdings«, antwortete Peter Saward.

»Ich frage mich nur, was Miss Foy damit machen wird«, sagte Rosa.

»Es dir geben, wenn du nicht aufpasst«, sagte Peter Saward.

»Ich will es nicht«, sagte Rosa. »Du und Hunter, ihr könnt es haben. Arme Mrs. Wingfield …«

»Rosa«, sagte Peter Saward, »hast du das mit Nina gehört?«

»*Ja*«, sagte Rosa. »Nun setz dich doch endlich hin, Peter. Es macht mich ganz nervös, wenn du so herumstehst.«

Er setzte sich in einen Sessel nahe dem Ofen und Rosa stand von ihrem Stuhl auf und ließ sich zu seinen Füßen nieder. Sie lehnte sich leicht an sein Knie, während sie mit beiden Händen ihr Haar wie ein großes Netz zum Trocknen ausbreitete. Einen Augenblick verharrten sie so, sie melancholisch und nachdenklich, er sie betrachtend, plötzlich reglos vor Zufriedenheit. Draußen vor dem Fenster war es Nacht geworden.

»Das Zimmer wirkt verändert«, sagte Rosa. »Es sieht leerer aus. Was hast du gemacht? Ich weiß, was es ist – die Blätter mit den Hieroglyphen sind nicht da. Du hast sie weggetan.«

»Ja«, sagte Peter, »das ist alles vorbei.«

»Was meinst du mit ›alles vorbei‹?«

»Na ja, in der Nähe von Tarsus haben sie einen zweisprachigen Stein gefunden, ein Riesending – er sagt alles.«

»Er sagt alles?«, wiederholte Rosa. Sie kniete aufrecht vor ihm. »Du meinst, deine ganze Forschung war umsonst?«

»Ja, ich vermute schon«, sagte Peter. »Ich war sowieso auf einer falschen Fährte. Mein Gedanke, es sei eine indogermanische Sprache, war völlig falsch. Sie hat sich als eine Art mongolische Sprache entpuppt. Der zweisprachige Stein liefert genug Vokabular, um das meiste von dem, was wir haben, zu entziffern.«

»Was war denn das Zeug, über dem du immer gebrütet hast, was hat es bedeutet?«

»Es ist noch zu früh, um Genaueres darüber zu sagen«, antwortete Peter, »aber es scheinen hauptsächlich Kriegsberichte zu sein – ziemlich interessant – sie zeigen –«

»Es ist doch egal, was sie zeigen!«, sagte Rosa. »Also ist deine ganze Arbeit für die Katz gewesen, für die Katz!« Sie klang halb ärgerlich, halb bekümmert.

»Tja, was kann man da machen?«, sagte Peter. »Man deutet die Zeichen, so gut man kann, und wird womöglich völlig in die Irre geführt. Es ist aber nie sicher, dass der Beweis auftauchen wird, der alles klar werden lässt. Den Versuch war es wert. Jetzt kann ich mich in Ruhe wieder meiner anderen Arbeit widmen. Es gibt keinen Grund traurig zu sein, Rosa.«

Sie kniete vor ihm und ihr schwarzes Haar fiel ihr fast bis auf den Boden. Sie legte eine Hand auf seinen Arm.

»Peter«, sagte sie, »was würdest du von der Idee halten, mich zu heiraten?«

Er schaute sie ruhig und ein bisschen traurig an. »Du kannst dir vorstellen, Liebes«, sagte er, »wie gerührt ich bin, das aus deinem Mund zu hören. Aber du willst es nicht wirklich. Irgendein Gott oder Dämon lässt es dich sagen, aber du willst es nicht wirklich. Ach, wenn du es bloß wolltest! Aber du willst es nicht.« Er legte die Hand unter ihr Kinn und sah ihr in die Augen. Sie schaute grimmig zurück.

»Irgendein Gott oder Dämon!«, sagte Rosa. »Nein, nein! Glaubst du mir nicht?«

»Nein«, sagte Peter. Er fuhr mit seiner Hand an ihrer Wange hinauf und nahm eine Strähne warmes Haar, das er hinüber auf sein Knie zog.

»Nein«, sagte Rosa und ihre Stimme brach. »Du glaubst mir nicht, du wirst mir jetzt nie mehr glauben. Peter, ich fange gleich an zu weinen. Lass dir schnell etwas einfallen, um mich abzulenken, zeig mir etwas.«

Während er immer noch ihr Haar festhielt, griff er mit der anderen Hand nach dem grünen Fotoalbum, das ganz nah auf dem Schreibtisch lag. Als er es vor ihr öffnete und anfing, die

Seiten umzublättern, sah sie die Bilder durch eine sich zusammenbrauende Wolke von Tränen.

»Schau mal«, sagte er, »hier ist der alte Marktplatz und hier die berühmte Bronzestatue, und hier ist die mittelalterliche Brücke über den Fluss …« Er blätterte um. »Und hier ist die Kathedrale …«

Zuerst erschienen bei Chatto & Windus, Great Britain 1956.

www.deuticke.at

Gestaltung, Produktion: typic®/wolf

Umschlaggestaltung: Studio Hollinger

Umschlagfoto: © Image Bank/John Wagner

Druck: Wiener Verlag, Himberg

Printed in Austria

ISBN 3-216-30513-9